Für meinen Mann und unsere Kinder, für ihre Liebe, Geduld und ihre tatkräftige Unterstützung bei Technik und Layout.

Die Autorin

Frieda Rosa Meer ist ein Pseudonym der Liebesroman-Autorin Sylvia Fuchs-Schiewe.
Sie wurde 1966 in Niedersachsen geboren, wo sie noch heute mit ihrem Mann und ihren zwei Kindern lebt.
Nach ihrem Fachabitur 1986 arbeitet sie als Erzieherin in einer Kindertagesstätte sowie in einer Grundschule.
Nebenbei widmet sie sich ihrer Leidenschaft als Autorin, die schon in jungen Jahren begann.

© 2021 Frieda Rosa Meer

Alle Rechte vorbehalten

ISBN 9783752892635

Impressum

Verfasserin / Herausgeberin
Sylvia Fuchs-Schiewe
Germany

frieda-rosa-meer@kabelmail.net
Facebook: Frieda Rosa Meer

Korrektur/Lektorat:
Jörg Querner, www.anti-fehlerteufel.de

Covergrafik: starline / rawpixel.com / standret / via Freepik
Satz: Frieda Rosa Meer 2015
Coverdesign, Herstellung und Verlag: BoD – Books on Demand, Norderstedt

Inhaltsverzeichnis

Prolog 11
1: Friedhof 13
2: Lisa 34
3: Abschied 39
4: Der Besuch 48
5: Die Ankunft 58
6: Krankenzimmer 63
7: Prof. Dr. Garden 68
8: Wiedersehen 85
9: Zurück 88
10: Flur 94
11: Im Park I 105
12: Im Park II 112
13: Speisesaal 117
14: Warten 120
15: Chefarzt 123
16: Test 1 136
17: Büro 143
18: Abendessen 148
19: Zimmer-Arrest 152
20: Lisas Gedanken 154

21: Balkon 158
22: Lisas Zimmer 170
23: Test Nr. 2 173
24: Untersuchungszimmer 180
25: Keller 183
26: Untersuchungszimmer 188
27: Liebeserklärung 193
28: Erinnerungen 195
29: Besuch von Pete 205
30: Am Springbrunnen 212
31: Überwachungsraum 216
32: Petes Zimmer 217
33: Frühstück 227
34: Zurück am Springbrunnen 230
35: Überwachungsraum 236
36: Besenkammer 241
37: Der Verdacht 251
38: Regine und Lisa 259
39: Adam und Regine 266
40: Pete-Adam 273
41: Das Kind Adam 280
42: Date! Petes Enthüllung 282
43: Regine und Pete 296

44: Garden und Pete	301
45: Gedanken: Pete	313
46: Warten 2	317
47: Garden und Lisa	321
49: Max	330
50: Pete und Lisa	332
51: Garden und Pete	336
52: Gedanken-Pete	340
53: Lisas Abschied	343
54: Petes Entscheidung	345
55: Der erste Kunde	347
56: Geheimunterlagen	354
57: Autofahrt mit Garden	361
58: Der Stick	364
59: Lisas Rückkehr	365
60: Pete und Karl	368
61: Lisa und Pete bei Karl	374
62: Lisa bei Karl	384
63: Abschied	393
64: Regine und Lisa	401
65: Keller	405
66: Am Fahrstuhl	411
67: Feuer	418

68: Fahrstuhl 419
69: Adam in Gefahr 430
70: Schutt und Asche 431
71: Gardens Rückkehr 434
72: Adam und Max 439
73: Im Krankenhaus..444
74: Im Haus seiner Mutter 452
75: Die Zuckerdose 455
Nachruf 459

Prolog

Ein von starken Winden gepeitschtes Wolkenmeer zog über Lisa hinweg, gefolgt von kreischenden Krähen und umherwirbelnden Blättern. Mit ihren Augen verfolgte Lisa die bunten Blätter, bis sie nach einem kreisenden Tanz auf der feuchten Erde unter der Hecke verschwanden und nicht wieder hervorkamen. Ihr Blick fiel auf die kupferfarbene Steinplatte wenige Meter vor ihren Füßen. Der grüne Rasen war frisch gemäht. Und obwohl es den Hinterbliebenen untersagt war, Blumenschalen und Sträuße neben die Grabsteine zu stellen – sie sollten bei einem einige Meter entfernt stehenden Holzkreuz niedergelegt werden –, standen an jedem Stein mehrere Blumengaben.

Seit ein paar Monaten lag er hier begraben. Er war schon vor so viel längerer Zeit aus ihrem Leben verschwunden, so dass sie oft Mühe hatte, sich sein Gesicht vorzustellen. Doch viel wichtiger als sein Aussehen waren ihre Gefühle für ihn, denen die Jahre nichts anhaben konnten. Auch nicht die Tatsache, dass diese schon lange nicht mehr erwidert wurden, vielleicht nie den ihren glichen. Aber es hatte immer noch die Hoffnung, das Schicksal, den Zufall und ihre Träume gegeben.

Nun war er tot, begraben, den Gesetzen des menschlichen Zerfalls ausgeliefert. Für immer! In dieser dunklen Erde unerreichbar, für immer! Und doch! Sie glaubte, dass es keine Träume gäbe, die gänzlich unerreichbar waren. Träume ließen sich verändern und in Bahnen lenken, die es der jeweiligen Person möglich machten, weiterzuträumen. Manch einer nannte dies verrückt, besessen oder einfach nur dumm. Aber – was wäre, wenn?

1: Friedhof

Sie parkte ihren Kleinwagen auf dem großen, leeren Parkplatz gegenüber dem Friedhof. Ein ganzes Stück entfernt von den letzten Häusern des kleinen Dorfes mitten auf dem Lande. Es war noch recht früh am Vormittag, etwa halb zehn, ihr freier Tag. Sie sah sich, wie jedes Mal, wenn sie ihn besuchte, nach allen Seiten um. Es war weit und breit niemand auf dem Friedhof zu sehen. Bei ihren letzten Besuchen war es nicht viel anders gewesen.
Einmal kam ihr eine alte Frau auf einem noch älteren Fahrrad, mit einer Gießkanne auf dem Gepäckträger, entgegen. Ein kurzes Nicken als Gruß. Das Quietschen ihres Rades war noch von Weitem zu hören, als sie langsam ins Dorf zurückfuhr. Oder ein andermal liefen zwei junge Frauen den Feldweg entlang, in Trainingsanzügen, modisch, farblich abgestimmt auf Turnschuhe und Stirnband. Als sie an ihr vorbeigelaufen waren und sie ihnen nachsah, konnte sie die beiden miteinander tuscheln sehen, während sie sich ebenfalls nach ihr umsahen, verstehen konnte sie nichts von dem, was sie sprachen. Aber sie glaubte auch so zu wissen, worüber sie sprachen. Sie selbst stammte aus einem kleinen Dorf und wusste, dass jeder Fremde beobachtet und über seine Absichten spekuliert wurde.
Lisa war froh heute niemanden zu sehen. Es war nicht einfach, dem Dorftratsch zu entgehen. Erst recht nicht, ihn zu verhindern; es sei denn, sie würde auf diese Besuche verzichten, doch das wollte sie auf gar keinen Fall. Sie ging das kurze Stück bis zu der alten Holzpforte. Mit etwas Kraftaufwand schob sie diese beiseite.

Jedes Mal, wenn sie dort stand, wo so viele Menschen ihren Platz gefunden hatten, den sie nie wieder verlassen würden, überfiel sie eine merkwürdige Stimmung. Sie konnte nicht anders, sah nach links, sah nach rechts, las die Namen, die Geburtstage, die Sterbetage. Sie fand alte und junge Menschen. Menschen, die ein so langes Leben hatten, dass sie sich danach sehnte, Geschichten aus ihrem Leben zu hören. Kinder, die nur wenig Zeit hatten, ihr Leben mit Geschichten zu füllen, aber glücklich waren, wie Lisa hoffte. Ehepaare, Lebensgefährten, die einander nach nur wenigen Tagen gefolgt waren. Familiengräber, liebevoll gepflegt, bepflanzt, gegossen und geharkt. Die schon jetzt erzählten, wer hier einmal liegen würde. Der Mann würde seiner Frau folgen, die Frau ihrem Mann. Aber sie entdeckte auch Menschen, die alleine, ohne Familie dalagen, neben ihnen völlig fremde Menschen. So war es auch „ihm"" ergangen. Lisa war an seinem Grab angekommen.

Einige verwelkte Sträuße standen in Vasen und Töpfen auf seinem Grab. Sie mussten wunderschön ausgesehen haben, als die Sonnenblumen und Margeriten ihre volle Blütenpracht gezeigt hatten. Vereinzelt waren auch noch blaue Kornblumen und die bereits leeren Blütenstängel der einst purpurroten Mohnblume zu erkennen. Wer auch immer ihm diese Sträuße gebracht hatte, musste sehr naturverbunden sein. Ein flacher Stein lag mittlerweile am Kopfende des mit Rasen bewachsenen Grabes. Es war nichts weiter als sein Name und diese schrecklichen Zahlen auf ihm zu finden, die die Kürze seines Lebens aufzeigten. Lisa war nur wenige Jahre jünger als er.

Ein merkwürdiges Gefühl beschlich sie. Bis vor wenigen Monaten hatte sie den Tod als eine in der Ferne liegende Begebenheit betrachtet. Etwas, was sie nicht beachten brauchte. Jetzt stand sie hier und der Tod war so nahe. Sie hatte das Gefühl, er würde sie auslachen, wie naiv sie doch war.
Ihr fröstelte. Die Luft war feucht, und der Morgennebel wollte sich nicht so recht von den grünen Wiesen trennen. Eine blass-gelbe Scheibe hatte sich hinter ihm den Himmel hinaufgeschoben. Wie ein blinder Spiegel, in den man hineinsah und nur Nebel erkennen konnte, stieg sie höher und höher. Vielleicht würde heute Mittag die Sonne scheinen, überlegte sie.
Wieso dachte sie an heute Mittag? Sie hatte nichts vor. Langsam löste sie ihre Blicke von seinem Stein und ließ sie umherschweifen.
Sein Grab lag am Rande des recht großen Friedhofes. Rundherum von einem Jägerzaun aus Holz und verschiedenen Büschen und Sträuchern umsäumt. Der Zaun war grün mit Moos überzogen und an manchen Stellen hing eine Latte senkrecht zu Boden. Hinter ihm begann ein großes Feld, das nun abgemäht und brach dalag. Die noch aus der Erde ragenden Stoppeln erinnerten an das Korn, das noch vor wenigen Tagen dort gestanden war. Hinter dem Feld verlief eine wenig befahrene Landstraße.
Obwohl es schon Ende September war, versprach auch dieser Tag, angenehm warm zu werden. Sie trug nur eine leichte Häkeljacke über ihrem ärmellosen, aber knöchellangen Baumwollkleid, was allerdings alles andere als sommerlich aussah. Es war dunkelbraun und das Jäckchen schwarz.

Eigentlich standen ihr eher fröhliche Farben, denn sie hatte einen blassen, leicht rötlichen Teint und mittelbraunes Haar, das in der Sonne kastanienfarben schimmerte. In diesem Sommer trug sie nur dunkle Farben, allerdings tat sie dies nicht, um anderen zu zeigen, dass sie einen Verlust erlitten hatte, oder weil es auf dem Lande so üblich war. Nein, sie konnte einfach nicht anders. Er war nun schon ein halbes Jahr tot.

Wieder, wie bei jedem ihrer mittlerweile zahlreichen Besuche, liefen Tränen über ihre Wangen. Sie hatte sich doch fest vorgenommen, heute nicht zu weinen. Heute wollte sie ihm von ihrem Besuch bei seiner Mutter erzählen. Es tat ihnen beiden so gut, über Pete zu sprechen, sie würden ihn nie vergessen.

Aber all ihre guten Vorsätze waren dahin, als sie vor seinem Grab stand. Das Bild, sie sah es immer wieder vor sich. Wie sein Sarg hinabgelassen wurde. Der Sarg wirkte so viel kleiner, als sie Pete in Erinnerung gehabt hatte.

Er war so groß und stark gewesen, als könnte nichts und niemand ihm etwas anhaben. Seine Lebensfreude war höchstansteckend gewesen, als mitreißend empfand sie seine Freude an jeder Minute des Tages. Wie er den Gartenzaun, der um ihr Elternhaus verlief, mit einem leichten Satz übersprang, wobei seine dunkelbraunen Locken durch die Luft wirbelten, als genossen sie jede seiner Bewegungen. Oder wie risikobereit er sich auf dem Motorrad in die Kurve legte, so dass er eins wurde mit seiner Maschine.

Lisa schluckte. All diese kleinen Erinnerungen waren lange, sehr lange her, über zehn Jahre. Ein guter Freund fragte sie einmal, warum sie Pete so liebte. Sie konnte es nicht sagen, es

gab keine Antwort auf diese Frage. Es gab tausend Antworten auf diese Frage. Er war die einzige und alles erklärende Antwort.
Sie hatte ihn nicht lebend wiedergesehen. Auch nicht tot. Und nun lag er da unten, in dieser feuchten, dunklen Erde. Ihr wurde beinahe übel bei dem Gedanken. Die Vorstellung, selbst einmal tief in der Erde begraben zu liegen, verursachte eine fast panische Angst in ihr. Er war erst Anfang dreißig gewesen, nur ein paar Jahre älter als sie. Nie im Leben hätte sie geahnt, keine Chance für ein Wiedersehen zu erhalten. Gedankenverloren stand sie da. Während der Wind ihre Haare zerzauste und ihre Tränen trocknete. Plötzlich vernahm sie ein Geräusch, was sie aufhorchen ließ. Das Knacken eines Astes! Als wäre ein Ast unter der Last eines Schrittes gebrochen. Lisa lauschte. Weitere schwache Geräusch, welche sich vom leichten Rauschen des Windes und den fröhlichen Stimmen der Vögel abhoben, konnte sie erkennen. Sie hörten sich an wie Schritte, entlang auf den kleinen Kieselsteinen, die um einige Grabstätten verstreut lagen.
Wieso Schritte? Suchend sah sie sich um, konnte jedoch keine Menschenseele entdecken. Vielleicht war ein Vogel durchs Astwerk gehüpft oder eine Maus über die Steine gehuscht. Unsanft wischte sie sich ihre Tränen mit den Handrücken ab und stellte das kleine Efeutöpfchen, das sie mitgebracht hatte, neben seinen Stein. Der Efeu sollte sich um ihn ranken, sich im Boden verankern, wachsen und ihn umarmen, wie sie selbst es nicht mehr tun konnte.
Es knackte! Dieses Mal hatte sie es noch deutlicher gehört.
Abrupt drehte sie sich um. Sie entdeckte eine Gestalt in einiger Entfernung hinter den Rhododendronbüschen unter den

schattigen Bäumen, die den Hauptweg bis zur Pforte säumten. Dort stand jemand und sah zu ihr herüber. Die Gestalt rührte sich nicht. Sie sah zu ihr herüber, ohne aus ihrem Versteck, dem Schatten, hervorzutreten.

Lisa sah wieder auf sein Grab hinab, sie hatte einen ziemlichen Schreck bekommen. Woher kam dieser Person so plötzlich? Wurde sie von ihr beobachtet? Lisa war unfähig sich zu bewegen. Warum und wer war es, der sich dort im Schatten verborgen hielt? Sie war bis eben noch ganz alleine auf dem stillen Friedhof gewesen, was ihr eigentlich nichts ausmachte, doch nun kroch eine leichte Unruhe in ihr empor. Nervös wechselte sie von einem auf den anderen Fuß, doch sie wagte es nicht, erneut hinüberzusehen in Richtung Gebüsch.

So etwas Blödes, sie schalt sich selbst eine Hysterikerin und zwang sich, diese verrückten Fragen aus dem Kopf zu schlagen. Sie nahm die verwelkten Sträuße aus den Vasen und goss das verbliebene Wasser in die Hecke. Dann legte sie die Vasen hinter den Stein. Die verwelkten Sträuße noch in den Händen, stellte sie sich erneut vor sein Grab. Angestrengt lauschte sie. War er oder sie noch da? Sie konnte kein Geräusch vernehmen, das darauf schließen ließ. Nichts rührte sich, selbst der Wind schien zu lauschen. Wie lange sie so dastand? Sie wusste es nicht.

Dann hob sie unter großer Überwindung ihren Kopf und sah erneut zu der Stelle, wo die Rhododendronbüsche wuchsen, hinüber. Die Person war noch da. Es war ein Mann, seine große, kräftige Gestalt und der lange dunkle Mantel hoben sich nun von dem grünen Blätterwerk gut sichtbar hervor. Er trat einen Schritt zurück. Sein Gesicht lag immer noch im Schatten.

Er wartete. Er wartete auf sie. Es konnte nichts anderes bedeuten. Vielleicht wollte er mit ihr sprechen, sie allerdings nicht am Grab stören, und wartete nun darauf, dass sie an ihm vorbei den Hauptweg entlanggehen würde? Doch wer mochte es sein, wer konnte Interesse daran haben, sie hier zu beobachten, zu treffen? Niemand wusste, dass sie hierher fuhr, außer Petes Mutter.

Ihr fiel ein, dass sie schon mehrmals das Gefühl gehabt hatte, hier nicht alleine zu sein, selbst wenn sie keinen Menschen entdecken konnte. Sie hatte sich stets gesagt, das sei nur Einbildung. Schließlich ist ein Friedhof ein Friedhof! Da ist es ganz natürlich, ab und zu solche Empfindungen zu haben. Solche Empfindungen! Wie konnte sie es nur so benennen? Sie glaubte weder an Geister noch sonst welche Gestalten. Aber sie träumte, sie träumte ihre eigenen Tagträume, und das taten gewiss nicht viele, schon gar nicht auf einem Friedhof. Sie träumte einen Traum, der facettenreich war, immer wieder neu, doch auch immer wieder gleich. Er war ein Stück unrealistische Hoffnung, doch umso öfter sie ihn träumte, umso wahrscheinlicher wurde er.

Sie träumte, Pete wäre nicht tot. In Wahrheit, in echt, in der Realität, in ihrem Traum. Manchmal war er ein Spion, ein Geheimagent, der seinen Tod nur vortäuschen musste, um seinen Fängern zu entgehen. Ein anderes Mal ein Drogendealer oder ein Auftragsmörder – es war ihr gleich, er war geflohen, vor der Mafia, der Polizei, er hielt sich versteckt, alles war nur ein riesiger Schwindel, er lebte irgendwo, wenn er nur lebte!!

„Du spinnst echt!", schallt sie sich danach selbst. Doch sie konnte nicht damit aufhören.

Und heute, jetzt in diesem Augenblick ging ihre Phantasie mit ihr durch, sie wagte zu hoffen. Wenn er dort stand, wenn er es nun wirklich war, wenn er sie sehen wollte?
Nichts passierte. Ihrer Unruhe mischte sich Angst bei. Was, wenn sie sich irrte, wenn dort ein Triebtäter auf sie lauern würde? Was wohl wahrscheinlicher war als ihre verrückten Tagträume von einem 007-Agenten oder Ähnlichem. Und wohl auch um einiges gefährlicher!
Es half nichts, sie konnte nicht länger untätig darauf warten, was als Nächstes passieren würde. Entschlossen wandte sie sich von Petes Grab ab und ging mit großen, mutigen Schritten, mit dem Gedanken, Angriff ist die beste Verteidigung, in seine Richtung, direkt auf ihn zu.
Doch in diesem Moment verließ der Fremde seinen Platz, er wandte sich ab, beschleunigte seine Schritte, ging um einige Gräber herum und übersprang mit Leichtigkeit eine hüfthohe Hecke, um so auf den Hauptweg zu gelangen, in Richtung Pforte. Lisa beschleunigte ebenfalls ihre Schritte. Er konnte kein Triebtäter sein, denn er floh vor ihr. Und seine Größe, seine Bewegungen, so vertraut … „Bitte warten Sie, warten Sie. Wer sind Sie?"
Doch die Gestalt wurde schneller, sie begann zu laufen, den Weg hinunter. Warum lief er fort? Auch Lisa lief nun und ließ ihn keinen Moment aus den Augen, die alten vertrockneten Sträuße noch immer in beiden Händen haltend. Sie bemerkte es nicht.
Das Sonnenlicht fiel nun direkt auf ihn hinab und glänzte auf seinen gelockten Haaren. Sie streiften seine Schultern und kräuselten sich dort auf einem braunen, knöchellangen Trenchcoat. Lisa konnte nur das untere Stück einer schwarzen

engen Hose an langen Beinen erkennen, die in spitzen Cowboystiefeln zu stecken schienen.
Lisa blieb stehen. – Sie kannte diesen Mann. Dann drehte er sich im Laufen zu ihr um, wie in Zeitlupe sah sie sein Gesicht. Die verwelkten Sonnen-, Mohn- und Kornblumen fielen auf den frisch geharkten Sandweg. Er war es – er war es wirklich! Sie sah ihm nach, er rannte weiter, kam zur Pforte und stieß sie auf. Er drehte sich nicht mehr zu ihr um. Wenn er es wirklich war – er war es!! Warum blieb er nicht stehen, wieso lief er vor ihr davon? Warum konnte er laufen – leben? Es begann in ihrem Kopf zu rauschen. Wie war das nur möglich? Sie musste träumen, wie sonst auch. Es war ihr Traum, er würde plötzlich vor ihr stehen, am Leben sein, irgendwie erklärbar!
„Pete!" Ihre Stimme schrie seinen Namen über die Stille des Friedhofes hinweg. Doch er rannte weiter. Sie musste ihn einholen, durfte jetzt nicht schlapp machen, sonst würde sie es sich selbst nicht mehr glauben, wen sie lebend sah! – Sie verfolgte ihn mit ihren Augen, wagte kaum zu blinzeln. Ihre Beine wurden schwer wie Blei.
„Ich muss ihn einholen!", dröhnte es durch ihren Schädel. Er hatte bereits den Friedhof durch die Pforte verlassen, den Parkplatz überquert, er wollte ins Dorf. Plötzlich stoppte er, er drehte sich um und lief zurück, am Parkplatz vorbei, in Richtung Pforte! Lisa holte tief Luft, sie fühlte weder die kleinen Kieselsteine in ihren Sandaletten noch hörte sie das Quietschen von abgebremsten Reifen. Sie lief, so schnell sie konnte, ihm entgegen.
Erst jetzt erahnte sie den Grund für seinen Richtungswechsel. Zwei schwarze Limousinen kamen in schneller Fahrt auf ihn zu. Er floh vor ihnen, er kam immer näher.

Fast gleichzeitig erreichten sie die Pforte. Noch ehe sie sie öffnen konnte, stand er bereits vor ihr und hielt sie zu. Ihr Herz klopfte bis zum Hals, sie konnte nicht sprechen. Es war sein Gesicht, seine hellblauen Augen, die in starkem Kontrast zu seinen fast schwarzen Haaren standen. Er war blass, und etwas eingefallen lagen seine Augen in einem früher so jugendlichen Gesicht. Er hatte sich verändert, doch er war es, es gab keinen Zweifel – noch nicht!
Er sah sie an, erschöpft, völlig außer Atem. Verzweifelt? Ein Gejagter, ein Verbrecher? Egal! Er lebte, sie träumte nicht, er lebte! Selbst wenn er ein Geist wäre oder ein Zombie, es war ihr völlig gleich. Sie wollte ihn umarmen und nie wieder loslassen – so wie im Film und alles würde wieder so sein wie früher. – Oh, wie hasste sie diese Happy Ends! Nie würde irgendetwas wieder so sein wie in der Vergangenheit!
„Verschwinden Sie von hier, laufen Sie, wenn Sie frei sein wollen – verstecken Sie sich! Jetzt sofort!" Die zwei letzten Wörter schrie er heraus. Er war immer noch völlig außer Atem, doch er rannte wieder los, weiter, den Feldweg hinunter. Noch einmal drehte er sich zu ihr um und zeigte auf den Friedhof. Sie sollte umkehren, verschwinden, sein Gesichtsausdruck war ernst. Sein Blick, panisch vor Angst! – Er hatte Angst, und er hatte sie gewarnt, wovor?
In diesem Moment rasten die zwei Fahrzeuge an ihr vorbei, er konnte ihnen nicht entkommen, einfach unmöglich. Es gab dort kein Versteck und keine Straße, auf der ihm ein Auto als Rettung entgegenkommen konnte. Was wollten „die" von ihm? Warum, wovor hatte er solche Angst?
Lisa hatte keine Zeit, darüber nachzudenken. Und dennoch tat sie es. Sie umklammerte den rostigen Knauf der Pforte. Sie

sollte hier verschwinden, er wollte es so, aber gleichzeitig war er es, der sie zurückhielt. Ihre Augen konnten ihn nicht loslassen. Am liebsten wäre sie ihm gefolgt, doch das hätte keinen Sinn gemacht.

Sie sah, wie die Fahrzeuge ihn nach ungefähr fünfzig Metern überholten und in einer großen Staubwolke einkreisten. Vier Männer sprangen heraus, stürzten sich auf ihn, überwältigten ihn, zerrten ihn in eines der beiden Autos hinein. Um ihre Fahrt sofort wieder aufzunehmen. Alles ging so schnell, er hatte keinerlei Chance.

Wieso? Wer waren die? Warum nahmen sie ihn mit? Wohin brachten sie ihn? – Und warum hatte er sie, Lisa, gesiezt? Hatte er sie nicht erkannt? Warum nicht? Ja, sie hatten sich vor seinem Tod, über zehn Jahre lang, nicht gesehen. Aber sie sah noch genauso aus wie früher, oder fast. – Das war alles so absurd! Sie konnte keinen klaren Gedanken fassen.

Als die beiden Fahrzeuge sich erneut in ihre Richtung bewegten und nicht weit von ihr entfernt mitten auf der kleinen Straße hielten, geriet ihr Instinkt in Alarmbereitschaft. War sie ebenfalls in Gefahr? Plötzlich wusste sie, dass es so war. Er hatte sie gewarnt, sie sollte sich beeilen. So schnell sie konnte, lief sie den Weg wieder zurück, in Richtung Kapelle. Wo sollte sie sonst hin? Rundherum lagen nur Felder. Bis zum Dorf hätte sie es nie geschafft. Und verstecken, wo?

Sie rannte, bis sie die alte Kapelle erreicht hatte. Glücklicherweise war die schwere Eichentür unverschlossen. Mit letzter Kraft stieß sie die Tür auf, stürmte hinein, schlug sie krachend ins Schloss und wartete. Nur ihr schneller Atem war zu hören. Im Inneren war es düster, feucht und kalt. Von der Wärme der Sonne war hier nichts zu spüren.

Langsam gewöhnten sich ihre Augen an das Halbdunkel. Sie erkannte die Reihen von Holzbänken, einen Fußschemel gleich neben der Tür, ein Pult an der gegenüberliegenden Wand und daneben zwei Kerzenleuchter. Hier hatte er gestanden, sein Sarg. Dort am Fenster hatte sie gesessen. Mit von Tränen gefüllten Augen hatte sie durch das vergitterte, bunt verglaste Fenster auf den frisch ausgehobenen Hügel geblickt.

Sie wandte sich ab, öffnete die Tür nur einen Spalt und sah hindurch. Zwei große, dunkel gekleidete Männer liefen auf dem Kiesweg entlang genau auf sie zu. Sie knallte die Tür ins Schloss. Ein schmaler Schwenkriegel war alles, was die Tür geschlossen halten konnte. Es gab keinen Schlüssel. Sie sah sich um, immer noch schwer atmend.

Mit aller Kraft, die sie aufbringen konnte, zog sie eine schwere Holzbank vor die Tür, dann nahm sie den Schemel, stellte ihn auf die Bank und klemmte ihn unter die Türklinke. Ihre Hand hielt noch ein Bein des Hockers umfasst, als kräftig an der Klinke gerüttelt wurde. Ihr Turm wackelte, aber die Tür blieb geschlossen. Wie lange konnte sie so ihre Verfolger von ihr fernhalten? Wann würde irgendjemand zufällig vorbeikommen? Was war hier eigentlich los? Es gab keinen Zweifel mehr, sie wollten nicht nur Pete, sie wollten auch sie! Erschöpft ließ sie sich auf der Bank nieder, die Türklinke fest mit beiden Händen umklammert. Wieder wurde kräftig an der Tür gerüttelt. Sie hörte Stimmen, leise Flüche. Sie würden nicht aufgeben. Oder? – Stille.

Dann krachte es gewaltig. Die Tür war einen Spalt aufgesprungen, der Schemel heruntergestürzt, doch der Riegel war noch heil, und noch bevor die Tür weiter aufgedrückt

werden konnte, hatte Lisa ihre Festung erneuert und stemmte sich gegen den Schemel. Sie zitterte am ganzen Körper Dass sie weinte, hatte sie bis jetzt noch nicht bemerkt.
Wieder Stille. Wahrscheinlich suchten sie nach einer zweiten Tür oder einem anderen Weg hinein. Sie sah sich um. Eine zweite Tür gab es nicht. Sie sah, wie ein Mann durch eines der vier Fenster an der Seite hineinblickte. Ein großer, breitschultriger Mann mit finsterem Blick. Nur kurz betrachtete er die Vergitterung. Hier kam er nicht weiter, denn die gusseisernen Gitter würde er nicht so schnell beseitigen können.
Plötzlich flogen Glassplitter über sie hinweg, streiften ihr Haar. Ein Fenster war zersplittert, welches sie noch nicht bemerkt hatte, da es sich rechts über ihr im Giebel befand. Das Fenster war etwa zweieinhalb Meter hoch oben in der steinernen Mauer. Das einzige, das keine Gitter besaß. Wie lange würde es dauern, bis einer hinaufklettern und durch die schmale Öffnung steigen würde?
Sie brauchte Hilfe, sofort! Warum hatte sie ihr Handy nicht dabei? Das war typisch. Und nicht nur im Film. Es musste einen anderen Weg geben, um Hilfe zu holen. Sie sah sich erneut um.
Ihr Blick fiel auf einen Stapel Gesangbücher, die in der letzten Reihe lagen, und auf die Kerzen, und dann sah sie die Streichholzschachtel auf dem Pult liegen. Sie überlegte nicht, sie lief los, zündete so schnell sie konnte eine Kerze an, nahm sie aus dem Halter und lief zu der letzten Bank zurück. Sie berührte mit der Flamme das erste Buch, welches sofort Feuer fing. Sie hielt es einen Moment hoch, sah die Flammen auflodern und spürte die Hitze in ihrem Gesicht.

Als sie es auf den Schemel warf, flogen Funken. Von draußen war ein dumpfer Aufprall, dann ein Fluch zu hören, das schien das Ende eines misslungenen Kletterversuches zu sein.
Schnell nahm sie das nächste Buch und wieder das nächste, und das Feuer wuchs und wuchs. Die Tür war hinter den immer höher schlagenden Flammen verschwunden.
Sie musste Zeit gewinnen. Jemand würde den Rauch sehen, ganz bestimmt. Die Feuerwehr holen! Sie würden kommen und sie retten. Sie würde ihnen entkommen. Die Flammen schlugen hoch, züngelten an der Tür empor. Der Rauch kroch durch das zerbrochene Fenster. Das war sehr gut. Sie konnten nirgends herein.
Aber die Bücher würden sie nicht ewig aufhalten. „Ewig!" – Was für ein Wort! Suchend sah sie sich um, entdeckte die Sitzkissen, die fast auf jeder Bank zu finden waren, und warf sie ins Feuer, sie brannten sofort. Das Feuer breitete sich aus, es war nun groß genug, um sie für weitere Minuten von der Tür fernzuhalten, sie konnten nicht herein, doch sie selbst konnte auch nicht heraus. Sie hatte sich ihre eigene Falle gebaut. Wenn sie nicht raus kam, brauchten sie sie nur dem Feuer zu überlassen.
Wieso hatte sie den Eindruck, die Männer wollten ihren Tod, wie kam sie zu dieser Annahme? Vielleicht hätte sie nicht davonlaufen, sondern einfach stehenbleiben und abwarten sollen? Absurd! In dieser Situation wäre jeder davongelaufen. Doch warum? Sie hatte niemandem etwas getan!
Verflucht, der Rauch, sie hatte nicht an den Rauch gedacht. Er erreichte sie noch vor der Hitze des Feuers. Er brannte in ihrer Kehle, ihre Brust begann zu schmerzen. Ihre Augen tränten nun durch den beißenden Rauch. Sie hielt sich ihre gehäkelte

Jacke vor ihr Gesicht. Panik überfiel sie. Sie lief ans Fenster, es war nicht zu öffnen. Sie holte den Kerzenhalter und schlug zwischen die Gitterstäbe, das Glas entzwei. Frische Luft, sie atmete.

Plötzlich, wie aus dem Nichts stand der Fremde direkt vor ihrem Fenster, er griff durch die Stäbe nach ihr. Erschrocken sprang sie zurück. Er verschwand. Draußen war es ruhig. Warum kam denn niemand?

Das Feuer hatte einen langen Läufer erfasst und fraß sich durch den Raum. Es wurde immer heißer, sie bekam immer schlechter Luft, musste husten, jeder Atemzug schmerzte. Tränen der Verzweiflung, aber auch Tränen der Wut rollten über ihre Wangen. Was geschah hier nur mit ihr? Was für ein Alptraum! „Wieso? – Wo warst du? – Wo bist du?"

In der hintersten Ecke kauerte sie sich an die kalte Steinmauer. Diese roch nach feuchter Erde, und sie dachte an ihn, nur an ihn. Er war es! Wirklich? Vielleicht war dies wieder einer ihrer Träume, vielleicht gab es keine Männer da draußen, vielleicht wurde sie verrückt? Sein plötzlicher, sinnloser Tod. Die Gewissheit, ihn für immer verloren zu haben. Es gab keinen Zufall, kein Schicksal, das sie wieder zueinander führen würde. Ihr Wunsch, ihn wiederzusehen, war so groß, so stark. Könnte es sein, dass sie einen Ausweg gesucht und gefunden hatte? Alles beenden wollte, um bei ihm zu sein? Wild schüttelte sie ihren Kopf hin und her. Ihre langen Haare blieben in ihrem tränennassen Gesicht kleben. So war es nicht, nein so nicht! Doch selbst wenn es so wäre, sie war sich in **einem Punkt** völlig sicher. Niemals, nein, niemals hätte sie das Feuer gewählt!

Langsam kam er wieder zu sich, rieb sich seinen Hinterkopf. Max hatte ihm einen verdammt harten Schlag versetzt. Er sah sich um, versuchte sich zu bewegen. Sie hatten ihn ungefesselt, liegend auf der Rücksitzbank der Limousine zurückgelassen. Wie sicher mussten sie sich sein, von ihm keine Gegenwehr zu befürchten. Drei Tage hatte seine Flucht gedauert. Er wusste keine Erklärung dafür, wie sie ihn finden konnten. Ja, er war immer wieder am Grab, das war ein Fehler, aber sie hatten dort nicht auf ihn gewartet, und er war sich sicher, dass Lisa nicht verfolgt wurde.
Nahe dem Wald in einer Scheune hatte er gehaust. Wie ein Dieb war er nachts um die Häuser geschlichen. Sie konnten nicht die Polizei informieren, das wusste er genau. Fast die gesamte Strecke war er getrampt, hatte sich unterwegs mit dem Nötigsten versorgt und gewartet. Garden hatte ihm gesagte, sie besuchte sein Grab regelmäßig, was auch immer das hieß. Er wusste, sie würde kommen, also wartete er. Was blieb ihm auch anderes übrig?
Er hatte keine Ahnung, wo sie wohnte oder wie sie heute hieß, sicher hatte sie geheiratet und ihre Eltern lebten schon lange nicht mehr. Wo sollte er sie suchen? Selbst wenn er ihre Telefonnummer herausbekommen hätte, wäre das das Letzte gewesen, um mit ihr in Kontakt zu treten.
Außerdem hatte Garden sicherlich ihren Telefonanschluss verwanzt, ihr Haus oder ihre Wohnung überwachen lassen. In allem, was er tat, war er überaus gründlich. Und er gab nie auf. Es war relativ einfach gewesen, hierher zu kommen, in sein altes Dorf, allerdings wesentlich schwieriger, von hier fort zu gelangen. Was, wenn ihn jemand wiedererkennen würde? Auf der Straße, beim Trampen. Auch sein Geld würde nicht mehr

lange reichen. Und seine Kreditkarten hatte ... ach egal, er hätte sie eh nicht benutzen können.

Es gab nur eine Hoffnung, Lisa, er musste sie finden, er musste sie warnen, und wer weiß, vielleicht würde sie ihm weiterhelfen. Es war riskant, er wusste das, doch nun, wo er geflohen war, würde Garden sicherlich der Suche nach ihm den Vorrang geben und Lisa in Ruhe lassen, zumindest so lange, wie er in Freiheit war. Solange sie ihn nicht hatten, nicht wussten, wo er war, wären auch alle anderen außer Gefahr. Er hoffte, seine Theorie würde stimmen.

Seine Mutter würden sie bestimmt überwachen. Freunde hatte er schon lange keine mehr und die wenigen Verwandten lebten im Ausland. Seine Arbeitskollegen waren ihm völlig fremd. Sie waren an keinen weiteren Kontakten zu ihm interessiert. Das beruhte auf Gegenseitigkeit. Doch waren sie alle auch sicher? Sicherer als Lisa, so glaubte er. Und heute sah er sie – endlich.

Sie war alleine, sie wurde nicht überwacht, er hatte sie die ganze Zeit im Auge, kein Auto, kein Fremder war in ihrer Nähe. Er wollte mit ihr sprechen, doch wie konnte er ihr gegenübertreten? Nach all den Jahren? Und seinem Tod? Plötzlich war ihm bewusst geworden, was das für sie bedeuten könnte. Er hatte gezögert – zu lange. Dann hatte er die Fahrzeuge erkannt, sie auf der Landstraße schnell näher kommen gesehen. Er musste fliehen. Warum sie ihn nun doch auf dem Friedhof erwischen konnten? Er fand keine Erklärung. Wahrscheinlich hatte er einfach Pech gehabt!

Sich immer noch den Kopf reibend, lauschte er und rappelte sich vorsichtig auf. Nur der **Fahrer saß am Steuer** und zündete sich eine Zigarette an. Dass sein Gast wach war, hatte er noch nicht bemerkt. Wo waren die anderen? Seine Blicke überflogen den Friedhof. Dann sah er Tom und Max um die kleine alte Kapelle laufen. Lisa! Sie waren hinter ihr her, wie er befürchtet hatte. Diese Gelegenheit konnten und durften sich die beiden nicht entgehen lassen.

Jetzt sah er den Rauch aus dem kleinen Fenster über der Tür strömen. Anscheinend kamen sie nicht zu ihr hinein. Egal was er tun würde, sie hatten sie in ihrer Gewalt, doch würden sie Lisa auch noch lebend daraus holen können? Das Fenster, welches den vorderen von dem hinteren Bereich der Limousine trennen konnte, hatte der Fahrer dummerweise unten gelassen. Ohne weiter zu überlegen, packte er ihn schnell von hinten und hielt ihn fest im Würgegriff. „Wo ist sie?"

Der Fahrer zeigte nach misslungenen Versuchen des Widerstandes mit einer Hand nach links, die er kurz löste, da er sich selbst mit beiden Händen nicht aus dem festen Griff seines Angreifers befreien konnte. Sie war also wirklich in der Kapelle.

Es rauchte gewaltig. Max und sein Kollege versuchten mit vereinten Kräften die Tür aufzustemmen. Es musste etwas geschehen, und zwar gleich.

Kurzentschlossen warf er sich von hinten auf den Fahrer, nahm seinen Kopf in beide Hände und schlug ihn auf das Lenkrad. Dann sprang er aus dem Auto, öffnete die Fahrertür, zerrte ihn heraus und startete den Wagen. Er setzte einige Meter zurück, gab Vollgas und durchbrach mit aufheulendem Motor die Pforte. Der Fahrer des zweiten Fahrzeuges hatte noch versucht sich ihm in den Weg zu stellen, als er im Rückspiegel seinen Kollegen in den Kies fallen sah, sprang dann aber im letzten Augenblick beiseite. Das Fahrzeug raste zwischen den Gräbern den schmalen Hauptweg entlang auf sein Ziel zu.

Plötzlich hörte Lisa ein Motorengeräusch, das immer lauter wurde, sich schnell näherte. Noch bevor sie sich vorstellen konnte, was dies zu bedeuten hatte, brach auch schon ein Fahrzeug durch die Tür. Es krachte gewaltig. Holz splitterte nach allen Seiten. Funken sprühten bis hoch zum Dach. Eine Lawine aus mehreren Bänken schob sich immer weiter bis vor Lisas Füße, stoppte in dem Moment, in dem auch das Fahrzeug in der Mitte der Kapelle zum Stehen kam.
Die Luft war so voller Rauch und Staub, so undurchdringlich, dass sie ihn erst erkannte, als er sich vor sie niederkniete. Seine Augen musterten sie besorgt, aber es war ihnen nicht anzusehen, ob er sie erkannt hatte. „Bist – sind Sie verletzt?" Seine Stimme zitterte, sie klang so fremd. Er war ihr so fremd. Und doch. In diesem Augenblick erkannte sie in ihm ihre Jugendliebe wieder. Ein stechender Schmerz in ihrer Brust ließ sie leicht zusammenzucken. Er kam nicht aus ihrer Lunge und sie genoss ihn beinahe.
„Können Sie aufstehen?"
Sie konnte nicht antworten.
Er strich ihre zerzausten Haare aus ihrem vom Rauch verrußten Gesicht. „Es tut mir leid!" Mehr sagte er nicht. Dann zog er sie zu sich hoch, hielt sie fest an ihren Schultern, so hatte sie nicht bemerkt, wie schwer es ihr fiel, sich auf ihren Beinen zu halten.
Als er seinen Griff lockerte, drohte sie vor ihm zusammenzusacken. Schnell hob er sie auf seine Arme und

trug sie über die brennenden Reste der Tür und der Bänke hinweg – durch das große Loch in der Wand aus der Kapelle hinaus bis ins Sonnenlicht, welches sich endlich einen Weg durch den Nebel gebahnt hatte. Der Wind kühlte ihr Gesicht und erleichterte ihr das Atmen. Er trug sie immer noch auf seinen Armen, als er bereits auf dem Hauptweg zu dem noch verbleibenden Auto zurückging. Flankiert von mittlerweile vier völlig erstaunt dreinblickenden Männern in schwarzen Anzügen. Denen er keinerlei Beachtung schenkte. Einer sprach in sein Handy, hektisch gestikulierend.
Lisa verstand kein Wort. In ihrem Kopf rauschte es wieder. Und ihre Augen durchforschten sein Gesicht. Sie suchte nach seinen Grübchen. Nach seinem Lächeln. Aber beides war nicht vorhanden. Wie er selbst auch nicht bei ihr war. Seine Abwesenheit hatte etwas Bedrückendes an sich, was sich auf Lisa übertrug. Erst jetzt kehrte die Bedeutung der fremden Männer zurück in ihr Gedächtnis. Eine spürbare Bedrohung, für die Lisa keine Erklärung kannte, ging von ihnen aus. Sie wusste nun, dass diese Bedrohung real war und auch sie betraf. Ihre Arme, die sie um seinen Hals geschlungen hatte, zogen sie etwas höher an sein Gesicht heran. Mit ihren Haaren streifte sie seine Wange und sein Kinn. Unbeirrt ging er langsam weiter, auf die Pforte und das verlassene Auto zu. Allerdings fühlte Lisa seine Hände stärker auf ihrem Körper. Er drückte sie fest an sich, als wollte er ihr Mut machen, ihr zeigen, dass er auf sie aufpassen würde, sie beschützen würde, vor wem auch immer.
Endlich war auch die Sirene aus dem Dorf zu hören. Menschen liefen bereits herbei, doch bevor sie sie erreichen konnten, saßen Lisa und fünf Männer im Auto. Die getönten Scheiben

ließen keine Blicke herein und die energische Fahrweise des Fahrers keine Möglichkeit eines Kontaktes zu.

Das Feuer hatte nun das Dach erreicht. Es gab nicht mehr viel, was in der Kapelle brennen konnte. Die Flammen suchten sich einen Weg ans Tageslicht. Dachziegel krachten auf das zurückgelassene Auto und fielen in einen Haufen aus Asche und Glut.

2: Lisa

Das Krachen des Toasters beim Herausschleudern des Toastes aus dem Gitter schreckte sie auf. Bevor sie ihn mit Butter und Marmelade bestreichen konnte, musste sie ihn erst hinter dem Toaster suchen. Er war etwas zu dunkel geworden, doch das störte sie nicht weiter. Während sie ihn sich schmecken ließ, blickte sie auf die Fußgängerzone unter ihrem Fenster hinab. Es war keine besonders schöne Aussicht, die sie aus dem zweiten Stock eines Geschäftshauses mitten in ihrer kleinen Heimatstadt hatte, aber ein interessanter. Besonders morgens, beim Frühstück, das sie so gegen acht Uhr einnahm, konnte sie Einiges beobachten.
Menschen und Fahrzeuge bahnten sich ihren Weg durch die von Blumenrabatten, Bänken und Schildern durchzogene Fußgängerzone. Irgendwie hatten sie es alle eilig. Die ersten Läden wurden bereits aufgeschlossen, und Lieferungen wurden in Form von Kisten und Paketen hineingetragen. Das Gewusel dauerte etwa eine halbe Stunde, dann begann das Warten, das Warten auf Kundschaft.
Auch für Lisa wurde es Zeit, zur Arbeit zu gehen. Allerdings hatte sie es nie eilig, wieso auch, ihr Arbeitsplatz lag nur eine Etage tiefer. Er befand sich in einem kleinen Blumenladen, in dem sie abwechselnd mit zwei weiteren Frauen Blumensträuße und Gestecke fertigte und verkaufte.
Eine von diesen Frauen war ihre Chefin und gleichzeitig ihre beste Freundin, Vera. Ihr gehörte auch das Haus, in dem sich der Blumenladen befand und in dem Lisa zur Miete wohnte. Die meisten Leute beneideten sie um ihre Nähe zum Arbeitsplatz, doch es konnte auch ein Fluch sein, wenn man

eine gute Freundin hatte, die gleichzeitig die eigene Chefin war und die regelmäßig irgendetwas oder irgendjemanden vergaß.

Was allerdings nicht weiter schlimm war, denn es gab ja Lisa, die eh nichts anderes zu tun hatte, als in ihrer Freizeit am Fenster zu sitzen, Zeitung zu lesen und auf einen Anruf – von Vera – zu warten. So kam sie wenigstens vor die Tür und unter Menschen, wenn noch ein Strauß für Familie Sowieso oder ein Grabgesteck für den Verblichenen Irgendwer auszuliefern war. Ansonsten konnte sie nachsehen, ob die Kaffeemaschine auch wirklich aus war und die letzte Rosenlieferung sicher im Kühlraum und nicht neben der Heizung lagerte.

Alles in Allem nichts weiter als ein paar Freundschaftsdienste, die Lisa mehr oder weniger auch gerne übernahm. Was tut man nicht alles für seine beste, immer gestresste Freundin, mit Familie und Laden am Hacken.

Bei Lisa sah es ganz anders aus. Lisa war, wie Vera sich auszudrücken pflegte, im Begriff, mit Riesenschritten auf die Vierzig zu rennen. Was so viel hieß wie, sie hatte die Dreißig gerade überrollt. Und dass Lisa diese Tatsache so überhaupt nicht nervös machte, konnte sie ganz und gar nicht begreifen. Kein Mann weit und breit, weder Verlobter, Freund noch Geliebter in Sicht.

„Und dabei siehst du wirklich nicht schlecht aus, und eine gute Figur hast du außerdem, nicht gerade die Modellgrößen, aber doch sehr ansprechend, wenn ich ein Mann wäre …!" Veras prüfende Blicke glitten dabei an Lisa herab. Bis jetzt hatte sie noch jede ihrer Freundinnen mehr oder weniger erfolgreich verkuppelt.

Aber Lisa war ein schwierigerer Fall, sie hatte ein Bild von einem Mann im Kopf, den gab es gar nicht, soweit Vera wusste, und sie wusste allerhand. Lisa amüsierte sich jedes Mal köstlich, wenn sie mal wieder von ihrer Lieblingsfreundin, und außerdem einzigen Freundin, zum Essen eingeladen wurde. In kleiner Runde natürlich, nur ein Arbeitskollege von ihrem unbezahlbaren Rainer wäre noch anwesend oder ein Nachbar oder der neue so sympathische Briefträger, der letztes Jahr seine Frau verloren hatte und nun mit zwei Kindern in unsere Stadt gezogen war, was für ein „Glück"! Sie war einfach unglaublich.

Als Lisa die Ladentür aufschloss und die Glöckchen beim Öffnen bimmelten, wusste sie, dass sie glücklich und zufrieden war mit ihrem ach so tristen Leben, wie jemand Bestimmtes es zu nennen pflegte. Ja, es hätte anders verlaufen können, ganz anders, wenn ... ja, wenn was passierte wäre? Oder besser, wenn was nicht passiert wäre? Wenn ihre große Liebe nicht fremdgegangen wäre? Wenn sie ihm eine letzte Chance gegeben hätte? Wenn sie nicht immer noch fast täglich an ihn denken würde. Wenn er sie so sehr geliebt hätte, wie sie ihn!

Ihre Gedanken waren mal wieder davongeschwommen, in eine Vergangenheit, die seit über zehn Jahren Vergangenheit war, und eigentlich viel zu kurz, um sie in so starker Erinnerung zu behalten. Allerdings wusste sie damals noch nicht, wie stark ihre Gefühle für ihn waren und wie stark sie ihr späteres Leben beeinflussen würden. Vielleicht hätte sie ihm dann verzeihen können. Vielleicht, wenn ... Sie konnte es einfach nicht bleiben lassen, sich an diesen Worten festzubeißen, manchmal kam es ihr wie ein Fluch vor, aber

dann wieder wie ein Funken Hoffnung. Ein Zeichen des Himmels – was für ein Blödsinn!
Mit mehr Kraft als nötig stieß sie die Tür, in der sie gedankenverloren verharrt hatte, bis zum Anschlag auf, als wollte sie symbolisch Platz machen für einen neuen Gedanken, einen neuen Tag, einen weiteren Tag ohne ihn. Den sie jedoch meistern würde wie alle anderen davor auch schon. Die Zeitung und ein paar Rechnungen steckten im Briefkasten und das Schild musste aufgestellt werden. Es hatte zu regnen begonnen, und die Leute gingen noch etwas schneller als sonst mit ihren verschiedenfarbigen Regenschirmen, die Lisa bewundernd betrachtete, eilig an ihr vorüber. Was für ein wunderbarer Job, fuhr es ihr in den Sinn, Regenschirm-Designer, da konnte man seinen Ideen freien Lauf lassen. Aber sie hatte wirklich keinen Grund zur Eifersucht. Auch sie konnte ihren Ideen freien Lauf lassen und als Floristin nach Lust und Laune gestalten.
Der Regen nieselte bereits zur Tür herein, als sie wieder in den Laden trat. Keine Kundschaft in Sicht. Ihr Blick fiel auf die Sträuße, die sie gestern gebunden hatte. Nachdem sie die Stiele etlicher Bumenstängel nachgeschnitten, neues Wasser in die Vasen gefüllt und etwas aufgeräumt hatte, setzte sie sich hinter den Tresen gemütlich an einen kleinen Bistrotisch und schlug die Zeitung auf.
Es versprach ein ruhiger Tag zu werden, bei Regenwetter war nie viel los, was ihr ganz recht war. Sie würde sich nach dem Lesen der Zeitung ihrer Lieblingsbeschäftigung zuwenden. **Dem Entwerfen und** Gestalten von Ikebana-Gestecken, eine aus Japan stammende Kunst, einzelne **Blumen und** Blüten leicht und zart in den unterschiedlichsten Schalen mit Moos

und Zweigen, Steinen und ähnlichem zu arrangieren, einfach zauberhaft.

Vera belächelte Lisas Begeisterung für diese Art von Gestecken. Doch den Kunden gefielen sie, und so unterstützte sie Lisa mit den notwendigen Materialien und ließ ihr die Zeit, die sie benötigte, um sie zu gestalten. Lisa fühlte sich dabei jedes Mal in eine andere Welt versetzt. In die verschiedensten Landschaften. Zum Beispiel in dunkle Wälder, in denen die Sonnenstrahlen nur wenige Stellen erhellten. Moosbewachsene Steine, über die Elfen tanzend hinwegflogen. Oder Moorlandschaften, in denen es Hexen gab. Ihnen würde es leicht fallen, jemanden herbei zu hexen und ihn zu verzaubern.

Dass dieser Tag alles andere als zauberhaft werden würde, konnte sie in diesem Moment noch nicht ahnen. Und dass dieser Tag ihr Leben radikal verändern würde, sie aus ihrem wohlbehüteten Alltag herausreißen und in tiefe Trauer stürzen würde, war kaum vorstellbar. Ebenso wenig, oder besser so unwahrscheinlich, wie Marsmännchen vor der Haustür, war die Vorstellung, in eine Geschichte zu geraten, die die ureigenen Wünsche und Hoffnungen der Menschheit betraf. Noch unvorstellbarer war, dass dennoch, oder gerade deshalb, ihre eigenen Hoffnungen und Wünsche auf wundersame Weise in Erfüllung gehen würden. Und all das konnte durch ein paar Druckbuchstaben – die in einer bestimmten Reihenfolge gedruckt, in einem rechteckigen Kästchen stehend, schwarz umrandet und von ihr entdeckt und gelesen wurden – geschehen!

3: Abschied

Lisa bog mit ihrem kleinen roten Mini von der Landstraße ab und fuhr auf direktem Wege Richtung Friedhof. Über alte, mehrmals geflickte Asphaltstraßen, durch ein Dorf, das sich in den letzten Jahrzehnten kaum verändert hatte. Sie kämpfte mit der Sicht. Nicht, dass es in Strömen regnete, nein – durch ihre sich ständig wieder neu mit Tränen füllenden Augen hatte sie Schwierigkeiten, sich auf der richtigen Fahrbahnseite zu halten. Alleine auf dem Weg zu einem „alten" Freund. Ein Abschied für immer würde es sein, ein Abschied, mit dem sie nie gerechnet hätte, eher mit dem Gegenteil!
Dieser Freund war niemand aus ihrem Familien- oder Freundeskreis, der ohnehin sehr begrenzt war, nein, es war jemand … man könnte fast sagen ein „Mr. Unbekannt", denn sie hatte ihn schon seit über zehn Jahren nicht mehr gesehen. Allerdings stand er ihr nahe, sehr nahe! Er stand ihr nahe, ihr wurde immer klarer, dass sich daran nichts mehr ändern würde, dass sie ihn nie mehr wiedersehen würde. Ihre Uhr zeigte halb eins, um ein Uhr sollte die Trauerfeier stattfinden. Als sie ihr Auto auf dem noch recht leeren Parkplatz geparkt hatte, stieg sie aus. Sie wagte kaum zum Friedhof hinüberzusehen und zupfte unruhig an ihrem Trenchcoat herum. Ihre sonst eher etwas wild umherfliegenden Haare, die ihr bereits weit über die Schultern reichten, hatte sie heute streng zu einem Knoten zurückgebunden, was ihre schmale Gestalt etwas größer erscheinen ließ, als sie eigentlich war. Sie sah sehr blass aus, trotz Schminke, mit geröteten Augen und schmalen Lippen. In den letzten Nächten hatte sie so viel gegrübelt und immer wieder geweint.

An dem Morgen, als sie seine Todesanzeige in der Zeitung sah, konnte und wollte sie es einfach nicht glauben. Sein Name: Peter Stein, stand groß in diesem schwarz gerahmten Kasten. Immer wieder las sie seinen Namen, sein Geburtsdatum, seinen Sterbetag. Wo war sie, als er starb? Was tat sie, als er starb? Warum hatte sie denn nichts gespürt? „Plötzlich und unerwartet!" Er war nur zwei Jahre älter als sie selbst, was war passiert, warum starb er? „Pete!" Lisa presste ihre Lippen zusammen, blinzelte erneut ihre Tränen zurück und versuchte sich etwas zu beruhigen, bevor sie auf die Holzpforte zuging.

Obwohl die Trauerfeier erst in einer halben Stunde beginnen sollte, waren schon einige Trauergäste auf dem Friedhof zu sehen. Der Friedhof lag umgeben von Feldern an einer geteerten schmalen Straße, die am Ende in einen Feldweg Richtung Wald führte. Über ihr strahlte die Mittagssonne vom hellblauen Himmel. Es war Frühling, um sie herum stand jeder Busch, jeder Baum in zartem frischem Grün. Überall blühten Narzissen und Tulpen in leuchtendem Gelb und Orange. Schäfchenwolken zogen friedlich vorüber, als wäre nichts geschehen.

Ein total untypisches Wetter für eine Beerdigung, schoss es ihr durch den Kopf. Was war ein typisches Wetter für eine Beerdigung? Ein dunkelgrauer Himmel, wolkenverhangen, mit hinabstürzenden Regentropfen, die so groß waren, dass sie beim Aufprall Blasen hinterlassen? – Ja, und es sollte stürmisch sein. Donnergrollen sollte zu hören und am Himmel hellgelb zuckende Blitze zu sehen sein! Wie konnte sie in diesem Moment nur über das Wetter nachdenken?

Und doch, es war nicht gerecht, ihn an so einem Tag in die dunkle, fast schwarze Erde hinabzulassen. An so einem Tag hätte er sich auf sein Motorrad gesetzt und wäre über die Landstraßen hinweggeflogen, frei und glücklich! War das immer noch so gewesen? Sie wusste es nicht. Bewusst zielsicher griff sie nach der alten Türklinke des Tores. Sie war kalt und fühlte sich rostig an. Beim Öffnen des Tores quietschte es leise in seinen Angeln und hinterließ, als sie es zur Seite schob, eine Spur in der Form eines Halbkreises im Kies.

Lisa schritt unter großen Birken den Hauptweg entlang, an den unterschiedlichsten Grabstätten vorbei auf die Friedhofskapelle zu. Ihre Schritte knirschten auf dem feinen Kies. Sie sah hinab auf die vielen verschiedenen Schuhabdrücke, die andere Menschen schon vor ihr hier im Kies hinterlassen hatten.

Sie fühlte sich plötzlich zurückversetzt an einen Ort, der auch von Kieswegen durchzogen war. Der auch etwas mit der Vergangenheit, ihrer gemeinsamen Vergangenheit zu tun hatte. Sie sah ein wunderschönes altes Schloss inmitten eines romantischen Parks. In diesem Park hatte sie das erste Mal in ihrem Leben so viele Tränen vergossen wie nie zuvor. In den letzten Tagen erging es ihr das zweite Mal so wie damals. Damals war Pete dafür verantwortlich, ebenso wie nun auch. Damals, wie sich das anhörte! Doch die Zeit blieb nun mal nicht stehen. Und es war vor langer Zeit, als sie beide einen Kiesweg, ähnlich dem, auf dem sie gerade ging, stumm **nebeneinander** her schritten. Er ging langsam neben ihr. Er hielt weder ihre Hand noch hatte er seinen **Arm um ihre** Schultern gelegt. Es war im Spätsommer, recht warm, mit

einem blauen Himmel und einer Sonne, deren Strahlen sie blendeten und deren Kraft auf der Haut zu spüren war.
„Es tut mir so leid, ich weiß nicht, was ich noch sagen soll?"
Petes verzweifelte Versuche, Lisa zu beruhigen, hatten wenig Erfolg. Sie weinte schon so lange, seitdem er ihr alles gebeichtet hatte, und konnte einfach nicht damit aufhören.
„Marion und ich standen uns einmal so nahe, und dann ist es einfach passiert!"
Einfach passiert! Lisa hätte laut aufschreien müssen vor Verachtung. Aber sie konnte es nicht. Es tat so weh. Noch nie in ihrem Leben hatte sie einen solchen Schmerz gefühlt. Ja, sie war noch jung, gerade mal neunzehn Jahre alt. Ein wohlbehütetes Mädchen, das sich in den letzten Monaten wie in einem nie zu erhoffenden Traum befunden hatte. Als Pete ihr gestand, dass er sich in sie verliebt hatte, glaubte sie, sie wäre Aschenputtel und Dornröschen in einer Person.
Nie hatte sie gewagt zu hoffen, dass dieser junge Mann, der fast allen Mädchen in seiner Umgebung den Kopf verdrehte, auch nur Notiz von ihr nehmen würde. Ein Traum von dem Prinzen auf dem weißen Pferd wurde wahr. Auch wenn das kitschig klingt, es gab keine passendere Beschreibung.
Und dann – dann wurde sie unsanft geweckt. Nein, das war untertrieben. Sie wurde aus ihrem Traum geprügelt, gestoßen und alleine zurückgelassen. „Ich kann sie nicht vergessen!"
Petes Worte schnürten ihr die Kehle zu.
Das Wort Liebe vermied er. Warum? Wollte er sie schonen? Wie wäre dies noch möglich gewesen, nachdem er zu seiner Ex-Freundin zurückgekehrt war. Noch schlimmer als belogen und betrogen worden zu sein war, dass sie ihrer beider Liebe in Frage stellte. Sie war sich nicht mehr sicher, ob sie von seiner

Seite je existiert hatte? Ihr Körper begann erneut zu beben, sie konnte es nicht unterdrücken. Warum nahm er sie nicht einmal in den Arm, um sie zu trösten. Wovor hatte er Angst? Hatte er Angst oder war er einfach nur kalt?

Sie hasste ihn, nein sie liebte ihn, und er tat ihr fast leid, weil er so hilflos neben ihr herlief und nicht wusste, was er mit dem weinenden Mädchen neben sich tun sollte. Sie weinte um ihn, um ihre erste große Liebe. Wie groß sie wirklich war, sollte sie erst in den kommenden Jahren spüren.

Und nun weinte sie erneut um ihn, um ein unerwartetes Wiedersehen, das nie stattgefunden hatte. Um eine Liebeserklärung, die er nie wiederholt hatte. Um sein Leben, das er nicht mit ihr teilen wollte und es nun mit niemandem mehr teilen konnte.

Obwohl draußen die Frühlingssonne schien, war es in der kleinen Backstein-Kapelle kalt und düster. Ein frischer Ostwind schien durch alle Ritzen zu pfeifen. Lisa saß wie erfroren auf einer alten Holzbank in der vorletzten Reihe. Es durchfuhr sie ein leichter Panikschauer. Bis hier hatte sie es gut geschafft, ihr waren nur fremde Gesichter begegnet, und niemand nahm Notiz von ihr. Doch was mochte passieren, falls sie nicht an sich halten und laut schluchzend die Aufmerksamkeit auf sich lenken würde?

Ihre Finger krallten sich ineinander, sie atmete lange aus und versuchte nicht daran zu denken, wer dort vorne aufgebahrt unter dem Kreuz in dem geschlossenen, schlichten Eichensarg lag, von Kerzen auf langem Halter beleuchtet. Mehrere **Blumenkränze** aus weißen Nelken und roten Rosen umrahmten ihn. Sie selbst hatte ein Bukett aus weißen Lilien und rosa Rosen niedergelegt.

Immer wieder sah sie aus dem Fenster, in Richtung Erdhügel. Mit einem grünen Rasentuch abgedeckt – so hoch! Rings umher große weiße Birken, alte Grabsteine – neue! Es war so still. Ab und zu war ein Schniefen oder unterdrücktes Husten zu hören.

Dieses schwere, bleierne Gefühl der Trauer und Hilflosigkeit bedrückte Lisa so stark, dass sie kaum Luft bekam. Wieder schritten Menschen an ihr vorbei den Mittelgang entlang. Sie blieben einen Augenblick vor seinem Sarg stehen, wie auch sie es beim Eintreten getan hatte, dann nahmen sie in der ersten Reihe Platz. Es waren seine engsten Angehörigen. Denn seine Mutter war unter ihnen; Lisa erkannte sie sofort wieder, obwohl sie sie nur selten gesehen hatte. Sie war schon damals allein. Ihr Mann war früh an Krebs gestorben. Es gab nur diesen einen Sohn. Die ebenfalls älteren Frauen und Männer an ihrer Seite kannte Lisa nicht. Wahrscheinlich waren es seine Tanten und Onkel. Nur flüsternd unterhielten sich die Trauernden.

Lisa hielt Ausschau nach einer Frau. Einer Frau, der es so erging wie ihr selbst. Doch sie konnte keiner der Anwesenden diesen Part zuordnen.

Endlich begann der Pastor mit seiner Ansprache. Seine Stimme war tief und tröstend. Seine Erinnerungen an einen lebensfrohen jungen Mann waren auch die ihren. Aber er fand auch mahnende Worte. Jeder Mensch hätte die Pflicht, sich selbst und auch seinen Angehörigen gegenüber auf sich zu achten und nicht sorglos mit seinem Leben umzugehen. Erst später sollte sie erfahren, was er damit meinte. Bei der Beschreibung seiner guten Eigenschaften wurde das allgemeine Geschluchze fast unerträglich.

Lisa sah wieder aus dem Fenster und tupfte unruhig an ihren Augen herum, was irgendwie sinnlos war. Verdammt, verdammt noch mal, durchfuhr es sie. So gar nicht christlich, an diesem Ort.
Wie konntest du mir das antun. All die Jahre habe ich an dich gedacht, all die Jahre warst du mein stummer Begleiter, all die Jahre träumte ich von dir, all die Jahre hoffte ich. – Ich war mir so sicher, dass wir uns wiedersehen würden, irgendwann, plötzlich würdest du vor mir stehen. Erstaunt würdest du „Uff!" sagen und mich dann stürmisch umarmen. Ich war weder deine Frau noch deine Geliebte, nicht einmal eine langjährige Freundin, aber ich war eine Frau, die dich immer geliebt hat, seit dem Tag, an dem sie dich das erste Mal sah. Und diese Frau wird nie aufhören dich zu lieben, solange sie lebt!
Das Spielen der Orgel schreckte sie auf. Die lauten tiefen Töne, der Gesang der Anwesenden, so erdrückend. Es war vorbei, keine Chance, ihre Tränen aufzuhalten, zu kontrollieren. Also drehte sie sich erneut zum Fenster, sah wieder Richtung Hügel.
Der Gedanke, er solle dort tief unten, in der Erde …! Nein, sie durfte nicht darüber nachdenken. Schnell suchte sie in ihren Erinnerungen nach schönen Augenblicken mit ihm. Rief sich sein Gesicht in Erinnerung, wie er lachte, seine Grübchen, sein Erstaunen – seine Traurigkeit!
Dann wurde der Sarg vorübergetragen. Alle standen ihm zu Ehren von ihren Plätzen auf. Kaum Einer, dem keine Tränen über die Wangen flossen. Als er aus der Kapelle getragen wurde, sah sie ihm aus dem Fenster nach. Und wieder schweifte ihr Blick umher, von dem Hügel fort zu den großen

Birken, zu den anderen Grabsteinen, suchend! Was? Wonach hielt sie Ausschau?

Eine merkwürdige Unruhe ergriff sie. Sie hatte das Gefühl, gehen zu müssen, sie gehörte hier nicht her. Einfach weggehen und alles hinter sich lassen, nicht mehr nachzudenken, zu grübeln. Es war all die Jahre so sinnlos gewesen und nun war die Sinnlosigkeit allgegenwärtig. Sie musste sie endlich akzeptieren. Wenn nicht jetzt, wann dann?

Aber sie tat es nicht. Sie konnte nicht sagen, was sie zurückhielt, denn den Weg zum Grab wäre sie am liebsten nicht gegangen. Sie wollte nicht, dass er in dieses Grab gelegt wurde. Draußen vor der Kapelle standen noch mehr Trauergäste. Sie standen Spalier für den Verstorbenen und die, die ihm zum Grab folgten, dann schlossen sie sich ihnen an. Am Grab beobachtete sie seine Mutter, wie sie immer wieder langsam den Kopf schüttelte. Es kam ihr vor wie im Film, doch das hier war die Realität.

Als sie selbst vor diesem unheimlich tiefen Loch stand, in dem sich der Sag nun befand, hatte sie erneut Angst. Zu schwanken, zu stürzen, nicht mehr bei sich zu sein. Doch sie schaffte es irgendwie, auch den Angehörigen ihr Beileid auszudrücken und sich zu verabschieden. Mittlerweile war es ihr auch völlig egal, was sie über sie dachten, ob sich wohl jemand fragte, wer sie war, oder ob sie gar keine Notiz von ihr nahmen.

Nur seine Mutter hatte kurz so einen seltsamen Ausdruck in den Augen, als hätte sie Lisa erkannt. Und es war ihr, für einen Bruchteil einer Sekunde, als lächelte sie ihr zu. Lisa umarmte sie. Kein weiteres Wort ging über ihre Lippen. Doch in diesem Moment verbanden ihre Tränen sie miteinander.

Langsam suchte sie sich einen Weg zwischen den Umherstehenden hindurch zurück in Richtung Ausgang. Plötzlich spürte sie, dass sie beobachtet wurde. Mit verschwommenem Blick sah sie drei Männer in schwarzen Anzügen. Was sicherlich an diesem Ort, zu diesem Anlass, nichts Besonderes war. Und doch!

Irgendetwas war auffällig. Ihre Anzüge waren auf keinen Fall von C+A oder Karstadt. Der ältere Mann in der Mitte sah noch eleganter aus. Armani, schätzte Lisa. Und als sie Lisas Aufmerksamkeit bemerkten, sahen sie in drei unterschiedliche Richtungen. Vielleicht handelte es sich um ehemalige Arbeitskollegen von Pete?

Mit jedem weiteren Schritt entfernten sich auch ihre Gedanken von den drei Männern. Die, was Lisa nicht sah, sie sehr genau im Auge behielten. Länger als sie jemals erahnen konnte.

Wenige Minuten später saß sie in ihrem Wagen. Erleichtert, nun endlich mit sich alleine zu sein und ohne Hemmungen laut schluchzen zu können, verging einige Zeit, bis sie so weit war, heimfahren zu können. Wesentlich mehr Zeit benötigte sie, um den Mut zu finden, Petes Mutter zu besuchen.

4: Der Besuch

Der Weg zu ihr fiel Lisa ähnlich schwer wie der auf den Friedhof. Ihr Magen verkrampfte sich, sie konnte es noch immer nicht fassen, dass sie ihn nie wiedersehen sollte. Langsam ging sie die breite gepflasterte Auffahrt hinauf Richtung Haus.

Es war ein altes Haus, ein Bauernhaus, so wie man es in den Dörfern der Umgebung gewohnt war zu sehen. Doch Vieh- und Landwirtschaft wurde hier schon lange nicht mehr betrieben. Die meisten jungen Leute ringsum waren in die nächste, größere Stadt gezogen. Die wenigen Bauern, die es hier noch gab, waren mit der Kornernte beschäftigt. Es hatte seit Tagen nicht mehr geregnet, die Sonne schien strahlend auf die goldgelben Felder hinab, der leichte Wind streichelte über sie, als wollte er fühlen, ob das Korn reif zur Ernte sei. Nur wer hier Arbeit fand, konnte sich auf dem Lande niederlassen, ein Häuschen bauen und eine Familie gründen. Und wenn alles gut ging glücklich werden.

Lisa stieg die drei steinernen Stufen hoch und klingelte. Seine Mutter, Mitte sechzig, öffnete ihr die Tür, ein freundliches Lächeln umspielte ihre Lippen. Ihre Haare waren noch recht dunkel für ihr Alter, doch der Kummer hatte deutliche Spuren in ihr leicht gebräuntes Gesicht gezeichnet. Sie war schwarz gekleidet, was Lisa auch nicht anders erwartet hatte.

„Oh wie schön, dich wiederzusehen!", begrüßte sie Lisa mit einer Umarmung.

„Danke, dass ich kommen durfte!" Lisa war sich immer noch nicht sicher, ob dies eine kluge Entscheidung war. Sie reichte

ihr ein paar Blumen, die sie ihr mitgebracht hatte. Wie gerne wäre sie heute hierhergekommen, um ihn und seine Mutter zu besuchen. Doch diese Chance war für immer vorbei, und sie musste sich den Tatsachen fügen.
„Ich habe uns Kaffee gekocht und ein wenig Kuchen gekauft, zum Backen hatte ich leider keine Lust, und ich darf eigentlich auch keinen Kuchen!"
„Aber Sie sollten sich doch keine Umstände machen! Ich wollte mich Ihnen auch nicht aufdrängen. Es ist nur so … ich …"
„Aber, aber! Es war schön, dass du zu seiner Beerdigung gekommen bist, und deine Karte – ich habe mich so sehr über deine tröstenden Worte gefreut. Natürlich habe ich mich über all die Karten und Blumen sehr gefreut, aber deine war etwas ganz Besonderes!" Sie tätschelte behutsam Lisas Hand. Sie war eine mitfühlende, starke Frau, versuchte sie doch andere zu trösten, wo eigentlich sie, die Mutter eines toten Kindes, die größten Schmerzen ertragen musste. Unwichtig, wie alt dieses Kind bereits war.
Sie waren in der Küche angelangt, wo die Blumen mit einer Vase und reichlich Wasser versorgt wurden. „Jetzt trinken wir erst einmal einen schönen heißen Kaffee, mit Milch und Zucker?" Sie reichte Lisa eine Kaffeekanne, sie selbst nahm eine kleine Marienkäfer-Figur von der Fensterbank. Als sie Lisas fragenden Blick bemerkte, lächelte sie und hob den roten Deckel mit den schwarzen Punkten ab. Zucker kam zum Vorschein.
„Pete hat mir diese selbst getöpferte Zuckerdose zum Muttertag geschenkt, er war damals erst fünf Jahre alt. Dieser Marienkäfer durfte aber nicht im Schrank stehen, denn

Marienkäfer brauchen Sonne und Blumen. Deshalb steht er seither auf der Fensterbank zwischen den Blumentöpfen." Sie streichelte über die glänzenden Flügel. Ein Erinnerungsstück ganz besonderer Art, zeigte es doch, was Pete für eine empfindsame Seele hatte.

Ja, die hatte er. Lisa konnte sich noch gut an den Moment erinnern, in dem er ihr seine Liebe gestand und gleichzeitig zutiefst verzweifelt darüber war, da er es seiner Freundin noch nicht gesagt hatte und nicht wusste, wie er es ihr sagen sollte. Es quälte ihn, auch danach noch sehr.

Schweigend gingen sie ins angrenzende Wohnzimmer hinüber. Einander gegenüber sitzend, hatten sie in zwei schweren Sesseln Platz genommen.

Alles war recht dunkel, aber gemütlich. Die schweren Eichenschränke und das große Polstersofa aus den Achtzigern. Die breiten rotbraunen Übergardinen ließen nur wenig Licht in den Raum, die eine kleine Stehlampe in der Sofaecke brannte wahrscheinlich den ganzen Tag.

„Ich kann es immer noch nicht glauben!", begann seine Mutter leise, dabei drehte sie die Untertasse leicht hin und her und sah in den dunklen Kaffee, als könnte sie in ihm eine Antwort finden. „Er war schwer krank gewesen. Doch das war lange her. Sein Arzt hatte ein Wunder vollbracht, Pete hatte so von ihm geschwärmt. Seit Jahren war er in Behandlung, zu Anfang hatte er kaum noch Hoffnung, doch schon nach seinem ersten längeren Aufenthalt in dieser Klinik war er wie verwandelt. Ich hatte ihn schon lange nicht mehr so glücklich gesehen. Er begann wieder Pläne zu machen. Seine Firma zu retten, es stand nicht gut mit seinen Finanzen. Und nun das? Ich verstehe das einfach nicht!"

Sie erhob sich und ging zu einem Schränkchen an der Wand hinüber. Dort zog sie eine Schublade auf und holte ein weißes Taschentuch heraus. Sie tupfte sich die Augen trocken, putzte ihre Nase und als sie sich Lisa zuwand, lag bereits wieder ein schwaches Lächeln auf ihrem feucht glänzenden Gesicht. „Ich wusste nichts von seinem Leiden, was hatte er für eine schwere Krankheit?", fragte Lisa leise.
„Er hatte Krebs! Doch er wurde geheilt. Dieser Prof. Dr. Garden, heißt er, glaube ich. Er hat eine Privatklinik. Eines Tages stand er an Petes Krankenbett. Das muss fast zehn Jahre her sein. Er bot ihm an ihn zu heilen, wenn er sich als eine Art Testperson zur Verfügung stellen würde. Medikamente ausprobieren und so, nehme ich an.
Pete hatte nichts mehr zu verlieren. Es wäre nur noch eine Frage der Zeit gewesen, wann es zu Ende gegangen wäre. Also fuhr er mit ihm. Zuerst veränderte sich nicht allzu viel, aber er war am Leben. Und mit der Zeit ging es ihm immer besser. Dann, im letzten Herbst, galt er als geheilt. Er war so glücklich. Wir waren so glücklich und nun!?
Ich weiß bis heute nicht genau, was passiert ist. Er soll mit seinem Motorrad einfach gegen die Mauern einer Unterführung gerast sein, ungebremst. Zeugen konnten bestätigen, dass es so war. Ich kann das nicht glauben, einen Tag zuvor hatte er noch fröhlich mit mir zusammengesessen. Es gibt keine Erklärung. Er war weder depressiv, wie noch Jahre zuvor, noch gab es irgendeinen Vorfall, von dem ich weiß, der ihn in den Selbstmord hätte treiben können. Das Motorrad war in sehr gutem Zustand, sagte die Polizei, es gab keinen Hinweis auf Fremdverschulden. Sie sagten, es sei

Selbstmord!" Ein Schluchzen durchlief ihren Körper, doch sie fing sich gleich wieder.

„Ich habe mit seinen früheren Freunden gesprochen, Arbeitskollegen, nichts! Ich verstehe es nicht, nein er hat es nicht absichtlich getan, bestimmt nicht! Das hätte er mir niemals angetan!" Ihre Hände lagen nun ruhig in ihrem Schoß, nachdem sie die ganze Zeit, während sie gesprochen hatte, unruhig an ihrem Taschentuch herumgezupft hatten.

Es war eine bedrückende Stille eingetreten. Doch dann schien sie sie durchbrechen zu wollen. „Ich weiß nicht viel von euch beiden, von damals, aber es ist schön, dass du hier bist, du hast dich kaum verändert.", fuhr sie fort und betrachtete Lisa aufmerksam. „Es ist nicht leicht, Abschied zu nehmen, nicht leicht für die engsten Angehörigen, aber auch bestimmt nicht leicht für dich, habe ich Recht?"

Wahrscheinlich meinte sie: Für dich, die keine Chance mehr bekam, zu diesen zu gehören. Lisa nickte stumm. Wie Recht sie nur hatte. Wie viel ihr Petes Liebe bedeutet hatte und wie groß ihr Wunsch gewesen war, sie irgendwann zurückgewinnen zu können. Sie hatte die Hoffnung nie aufgegeben, irgendwann würden sich ihre Wege kreuzen und sie wieder zueinander finden.

„Möchtest du gerne sein altes Zimmer wiedersehen?" Sie war eine kluge aufmerksame Frau. Ihr war nicht entgangen, wie sich Lisa schon im Flur umgesehen und ihre Augen die ausgetretenen Treppenstufen hoch in den ersten Stock verfolgt hatten.

„Ja, das würde ich wirklich sehr gerne, es ist sicherlich heute anders möbliert als damals, aber es hängen so schöne

Erinnerungen an diesem Raum." Lisas Herz begann heftig zu schlagen.

„Es wird dich vielleicht überraschen, aber ich habe es so gelassen, wie es war, als er damals auszog. Was er nicht mitnehmen wollte, ließ ich einfach an Ort und Stelle stehen. Ich hatte genug Räume für mich."

„Nein, es überrascht mich nicht und ich finde es schön, dass Sie ihm so das Gefühl gegeben haben, jederzeit zurückkehren zu können."

„Ach, sag doch Inge zu mir, wir hatten ja noch nicht oft Gelegenheit, miteinander zu reden, aber du solltest du zu mir sagen, ja!?"

Lisa nickte wieder. Es tat ihr so gut, hier zu sein, bei seiner Mutter, nirgends konnte sie ihm näher sein, das glaubte sie zu dieser Zeit jedenfalls noch.

„Wollen wir hinaufgehen?" Sie sah Lisa etwas besorgt an. Seltsam, wie viele Jahre vergangen waren? Es war noch vor seiner Krankheit, kurz davor, als sie für einige Monate zusammen waren. Dann war plötzlich Schluss, sie wusste nicht warum und fragte auch nicht. Andere Mädchen kamen und gingen. Danach hatte sie Lisa nie wieder gesehen. Pete sprach kaum noch über Lisa, doch sie musste ihn sehr geliebt haben.

Lisa ließ Inge vorausgehen. Die Treppe, langsam Stufe für Stufe empor. Eigentlich hatte sie sich vorher die größten Gedanken gemacht, wie seine Mutter es aushalten würde, über ihren Sohn zu sprechen, sein Zimmer zu betreten, all die **Erinnerungen,** all die Gedanken, über das, was er nun nicht mehr tun konnte, nicht mehr erleben durfte. **Doch** seltsamerweise schien sie es zu befreien, zwischen ihren

Tränen fand sie immer wieder zu einem Lächeln zurück. Lisa selbst kämpfte mit ihren Erinnerungen und den Tränen, sie drängte sie zurück und litt sehr darunter.
Sie stiegen die alte Holztreppe hinauf, die an einigen Stellen laut knarrte. Es war dunkel im Flur, und als sie oben in einem noch dunkleren Flur angelangt waren und sie die erste Tür auf der linken Seite öffnete, wurden sie von hellem Sonnenschein geblendet, das ihnen durch ein Dachfenster entgegenstrahlte. Sofort fühlte Lisa sich um ein Jahrzehnt zurückversetzt. Das alte schmale grüne Sofa stand immer noch in derselben Ecke unter der Dachschräge mit dem dunkel getönten Glastisch, in Chrom gefasst, davor. Nur der Ascher fehlte. Auf der anderen Seite stand sein großes Bett, ein Messingbett mit blauer Tagesdecke.
Langsam ging sie Richtung Fenster. „Standen hier nicht zwei große Tannen, die bis fast an das Dachfenster ragten?"
„Ich musste sie schon vor Jahren fällen lassen, die Gefahr, dass sie bei einem Unwetter das Haus beschädigen würden, war einfach zu groß geworden."
Lisas Blicke schweiften weiter durch das Zimmer, der alte Plattenspieler stand nach wie vor auf dem Holzschränkchen an der Wand, gleich neben der Tür. Sicherlich wurde er schon seit Jahren nicht mehr benutzt.
„Und hattest du es noch so in Erinnerung?" Inge sah Lisa fragend an.
„Ich weiß nicht, was ich erwartete! Es ist noch fast so wie damals, aber es fehlt auch so viel, und, und er ist nicht da!"
Zwei Tränen hatten sich selbstständig gemacht und kullerten über ihr verzweifeltes Lächeln.

„Ich verstehe, es geht mir ständig so." Nun zupfte auch Inge aus ihrem dunklen Rock ihr Stofftaschentuch hervor.
Lisa ging auf sie zu und nahm sie in die Arme. Es tat so gut, jemanden zu haben, der sie verstehen konnte. Nach einer Weile hatten sie sich wieder gefangen und Inge suchte nach einer Ablenkung.
„Ich hole uns jetzt einen kleinen Likör – ja!?" Langsam stieg sie die Treppe hinunter und Lisa war allein.
Zu ihrem Herzklopfen gesellte sich nun auch noch ein wenig Enttäuschung. Sie sah sich um. Persönliche Dinge fehlten gänzlich. Aber das war doch normal, er wohnte schon seit Jahren nicht mehr in diesem Haus. Kein Foto an der Wand, keine Notiz, keine Bücher, Ordner, Briefe! Utopisch, was hatte sie sich nur gedacht.
Als Inge zur Tür hereintrat, mit zwei Likörgläsern in der einen und einer Flasche in der anderen Hand, trafen sich ihre Blicke.
„Du hattest sicher mehr erwartet?!" Ihre Stimme war leiser geworden. Sie winkte sie zu sich herüber, und sie setzten sich beide auf das alte Sofa.
Lisa wollte eigentlich diese Frage nicht stellen, doch sie lag ihr so schwer auf der Seele, dass sie es einfach tun musste. „Hatte er eine Freundin? Mir ist keine Frau aufgefallen, der ich diesen Platz zugeordnet hätte." Fragend sah sie Inge an.
„Nein, in den letzten Monaten bestimmt nicht. Davor gab es hin und wieder eine. Aber ich hatte jedes Mal das Gefühl, dass es noch immer nicht die Richtige für ihn war. Und jedes Mal sollte ich Recht behalten. Irgendwann war wieder Schluss, und irgendwann stand die Nächste neben ihm." Sie schüttelte den Kopf. „Er hatte kein Glück in der Liebe, durch seine Krankheit war er lange allein. Dabei sehnte er sich nach einer Frau, die zu

ihm stand. Er war so ein liebenswerter Junge! – Das war er wirklich, auch wenn im Dorf etwas anderes erzählt wurde. Er sei ein Herzensbrecher, ein Playboy, deshalb sei ihm jede Frau davongelaufen.

Ganz so schlimm war es nicht, doch wahrscheinlich war er selbst Schuld an dem Tratsch, er verdrehte den Mädels den Kopf und er war zu nett, um ihnen gleich zu sagen, dass sie keine Chance hatten. Seinen Ruf als Don Juan hatte er schnell weg. Aber ich kannte ihn besser. Zuerst, das muss einige Monate nach eurer Trennung gewesen sein, ließ er sich völlig von seiner Krankheit beherrschen. Er wollte niemanden außer mir sehen.

Dann lernte er im Krankenhaus eine Frau kennen, sie war Krankenschwester und konnte gut mit ihm umgehen. Doch nach ein paar Wochen kriselte es zwischen ihnen. Dann **gingen sie auseinander. Ausgerechnet in der Zeit, als es ihm gesundheitlich immer besser ging.** Ich verstand es nicht. Und später suchte er nur das Abenteuer. Ich hatte das Gefühl, er hatte Angst davor, sich enger zu binden, Angst vor einem Rückfall seiner Krankheit. Er wollte nicht, dass ihn jemand bedauerte, und er wollte auch nicht bemuttert werden. Wie soll ich es beschreiben, er wollte es alleine schaffen oder auch nicht!"

Lisa sah ihn vor sich. Sein Äußeres war sehr anziehend, und er war stehst gut gelaunt und zu jedermann freundlich. Sie sah ihn selten traurig, und wenn, dann ließ er nicht einmal sie an sich heran. Was war nur geschehen, dass er dieses eine Mal nicht alleine mit einer Situation fertig werden konnte, so dass er sich das Leben nahm? Gab es einen Grund, weshalb er ungebremst gegen die Mauer fuhr? Kam seine Krankheit zurück? Doch warum sollte er sie nicht auch ein weiteres Mal besiegen können?

„Nach seinem Tod musste ich seine Wohnung auflösen", sprach Inge langsam weiter. „Ich habe die Kartons in der Garage stehen. Es tut so weh, ich konnte sie noch nicht durchsehen. Ich habe meine Fotos und meine Erinnerungen, und jeden Tag habe ich das Gefühl, wenn ich mich umdrehe, steht er vor mir. Und nachts spreche ich mit ihm, im Traum. Morgens weiß ich dann nicht, ob es ein Traum oder ob es Realität war. Und so wird es bleiben, bis ich sterbe."

Lisa wagte nicht zu sprechen, wie konnte sie auch nur annähernd ermessen, welchen Schmerz seine Mutter erleiden musste, sie schämte sich für ihr Selbstmitleid und nahm sich vor, ihr Trost zu geben, und das nicht nur heute.

5: Die Ankunft

Es war eng geworden in der schwarzen und eigentlich recht großen Limousine. Vorne saßen die zwei Fahrer. Einer am Steuer und der, den er überwältigt hatte, auf dem Beifahrersitz. Dieser hielt sich noch immer ein Taschentuch auf die Nase. Mittlerweile blutete sie nicht mehr. Er hatte Eiswürfel aus dem kleinen Eisschrank genommen, in sein Taschentuch gewickelt und kühlte sie damit. Ihre Namen kannte er nicht.
Dafür kannte er die Namen der zwei Bodyguards, die ihm gegenüber saßen umso besser. Es waren Max und Tom. Sie hatten nicht mit ihm gesprochen. Manchmal war ihm so, als hätten sie Angst vor ihm. Obwohl das totaler Blödsinn war. Sie waren beide groß, kräftig und durchtrainiert, bis in die kleinsten Muskeln. Er selbst war zwar nicht viel kleiner, und auch seinen Körperbau konnte man ohne weiteres muskulös nennen. Allerdings war er kein Kraftpaket wie sie. Aber diese stille Angst war wohl auch mehr ein Unwohlsein in seiner Gegenwart. Eine Art Skepsis, die leicht in Respekt überging, manchmal!
Garden würde ihnen einen Bonus zahlen, sie brachten ihn zurück und Lisa noch dazu. Sie lag zusammengekauert neben ihm auf dem Rücksitz. Ihr Kopf ruhte auf seinem Schoß, sie schlief noch. Max hatte ihr auch eine Betäubungsspritze gegeben.
„Verflucht noch mal!", durchfuhr es ihn. Seine Hände ballte er zur Faust, während er aus dem Fenster sah. Er hätte sie niemals damit hineinziehen dürfen.
Der Wagen raste an Bäumen, Feldern und Wiesen vorbei. Einmal fuhren sie durch ein kleines Dorf, wo eine Katze die

Flucht ergriff und ihnen ängstlich an eine Hauswand gedrückt nachsah.

Diesen letzten Rest der Wegstrecke erkannte er, allerdings wusste er nicht, wo sie sich befanden. Jetzt konnte es nicht mehr lange dauern, dann würde das große weiße Gebäude in der Ferne zwischen den Bäumen auftauchen. Ein hoher Metallzaun umsäumte das gesamte Gelände. Es gab nur einen Zugang, ein elektrisch gesichertes Tor. Ein Pförtnerhäuschen stand, etwas hinter Büschen versteckt, rechts daneben. Er kannte jeden Quadratmeter dieses Grundstückes.

Langsam schloss er seine Augen, es war ein Alptraum, weiter nichts.

Als die Limousine stoppte, riss er erschrocken die Augen auf. Er musste etwas eingenickt gewesen sein, denn sie waren an dem Tor angelangt. Die Betäubungsspritze, die auch er bekommen hatte, wirkte noch etwas nach. Die Tür des Pförtnerhäuschens öffnete sich und Karl kam heraus. Als er die Limousine erkannte, nickte er kurz und ging wieder hinein, um das Tor automatisch zu öffnen.

Er sah aus dem Fenster, Karl versuchte ins Innere des Fahrzeuges zu blicken, doch Max ließ sogleich wieder seine Scheibe hochfahren, die er nur halb heruntergelassen hatte, um Karl sein OK zur Weiterfahrt zu geben.

Das Metalltor schloss sich leise hinter ihnen. Der Gefangene war zurück! Nun gut, es sollte wohl so sein! Sie fuhren bereits die breite Allee hinunter, Buchen und Eichen säumten die mit alten Pflastersteinen befestigte Straße. Die Auffahrt vor dem Haupteingang glich der eines Schlosses. Eingefasst von Rosenrabatten und Rasenflächen, die sich rund um das gesamte Gebäude erstreckten und auf der Rückseite in einen wunderschönen Park ausliefen mit uralten Bäumen, Hecken und Mauern.

Dieses Fleckchen Erde konnte ein Paradies sein, für einen war es die Hölle. Das Haus selbst glich einer modernen Festung. Garden hatte weder Kosten noch Mühen gescheut, um seinen Traum zu verwirklichen.

Übelkeit überfiel ihn, es war nicht leicht gewesen, hier rauszukommen, ein zweites Mal würde es ihm vielleicht nicht gelingen. Und nun saß er hier, auf seinem Schoß ruhte Lisas Kopf, und es war alles noch schlimmer als zuvor. Er betrachtete sie wieder und wieder. Die Wirkung der Spritze war sehr stark, so schlief sie nun schon über zwei Stunden und wusste von all seinen Sorgen noch nichts. Das war auch gut so, denn er würde ihr nur das Allernötigste erklären. Mehr konnte er im Moment nicht für sie tun. Verdammt, er hätte so weit es irgend geht fliehen sollen. Zu ihr zu gehen, sie zu warnen, war falsch gewesen, er hatte sie ihnen ausgeliefert!

Tom öffnete die Autotür. Er saß auf der Seite, die dem Eingang am nächsten war. Als er ausgestiegen war, drehte sich Tom zu ihm um und salutierte. Ein schallendes Gelächter von den anderen Bodyguards war zu hören.

Unbeeindruckt salutierte er zurück und konnte sich ein freches Grinsen nicht verkneifen. Obwohl ihm eher zum Schreien zu Mute war.

Max' Miene hatte sich verhärtet. Sofort winkte er Tom zu, dieser beugte sich vor, um Lisa aus dem Auto zu tragen. Doch Tom wurde zurückgestoßen.

„Ich werde sie hineintragen!" Nun war er wieder hellwach, er musste sich zusammenreißen. Er durfte keinerlei Schwäche zeigen, das würde seine Situation nur noch verschlimmern.

Max nickte Tom erneut zu. Dieser machte eine nichtssagende Handbewegung und half beim Aussteigen. Sie stiegen nebeneinander die breite Treppe zur Eingangstür empor. Lisa auf seinen Armen in der Mitte, Max und Karl rechts und links neben ihm. Die große Glastür wurde bereits von einer hübschen Krankenschwester im weißen Kittel aufgehalten. Groß und blond, ihr eher freundlicher Gesichtsausdruck war schwer zu deuten. Ihre Augen waren nur auf ihn gerichtet. Sie schien freudig erregt und doch gleichzeitig auch wütend auf ihn zu sein. Ihre Blicke fielen nur kurz auf die schlafende Lisa in seinen Armen. Missmutig beobachtete sie, wie vorsichtig er sie trug und wie besorgt er sie ansah, als er sie langsam auf eine Liege legte, die von zwei Pflegern herbeigeschoben worden war.

Als sie mit ihr davonfahren wollten, hielt er die Liege fest. „Wo bringt ihr sie hin?" Seine Stimme klang fest. Nur er selbst spürte das Zittern in seinem Hals. Was würde Garden nun tun? Wie würde er beginnen?

„Keine Angst, du wirst sie bald wiedersehen, sie ist bei mir in den besten Händen, wie du dir vorstellen kannst." Regine lächelte.

Doch er war alles andere als beruhigt. Er hoffte nur, sie würden ihr keine weiteren Spritzen geben.

„Prof. Dr. Garden erwartet dich bereits – seit Tagen!" Ihr Lächeln war ein Triumph, sie würde ihn voll und ganz auskosten, da konnte er sich sicher sein.

Dann trennten sich ihre Wege, Regine ging den beiden Pflegern voraus, und sie verschwanden mit Lisa in **einem der** vielen Gänge. Max und Tom, immer noch rechts und links an seiner Seite, führten ihn in die entgegengesetzte Richtung. Sie wirkten angespannt, sahen einander schweigend an, sie wussten nicht recht, wie Garden reagieren würde.

Sicher, sie hatten ihn zurückgebracht und die Frau dazu, was nicht ganz ihren Anweisungen entsprach. Aber die Sache mit dem Wagen und der Brand, darüber würde der Professor sicherlich nicht erfreut sein.

Auch er, der Entflohene, wusste nicht, was ihn erwarten würde. Einen Wutanfall von Garden? Würde er ihn bestrafen, Arrest im Keller, körperliche Gewalt, ausgeführt von seinen Bodyguards? Nein, wahrscheinlich nicht. Obwohl, Garden konnte sehr ungehalten sein. Vielleicht würde er sich für ihn etwas Psychisches aussuchen?

Doch was konnte noch schlimmer sein als das, was er bereits hinter sich hatte? Alleine seine **Anwesenheit hier war** „Marter" genug. Er hatte keine Angst davor, was ihn erwarten würde. Es war ihm gleich, und das machte ihm erst richtig Angst. Er hatte den Mut verloren und, was noch schlimmer war, seine Hoffnung.

Nur Lisa durften sie nichts antun. Das war sein einziger Gedanke. Dafür musste er alles tun, wozu er in der Lage war. Das war er ihr schuldig, ihr und ihm.

6: Krankenzimmer

Die Sonne schien auf das strahlend weiße Laken ihres Bettes, als Lisa langsam erwachte. Sie war alleine in einem Raum, der einem Krankenzimmer glich. Ein Schrank, ein Tisch mit zwei Stühlen vor einem großen Fenster. Daneben eine Balkontür und gegenüber das Bett in dem sie lag. Sie musste feststellen, dass sie eines dieser fürchterlichen Hemden trug, die hinten zuzubinden waren, und außer ihrer Unterwäsche, die sie noch anhatte, war keines ihre Kleidungsstücke zu sehen.
Wo war sie? Und warum lag sie im Bett? Sie konnte sich nicht erinnern, wie sie hierher gelangt war. Der Friedhof, Pete und die Männer, die sie verfolgt hatten, drangen wieder in ihr Gedächtnis. Der Brand, Pete und das große schwarze Auto. – Danach konnte sie sich an nichts erinnern. Was geschah dann? Und wo war Pete?
Ein kurzes Klopfen an der Tür unterbrach ihre Gedanken.
„Ja?" Lisas Stimme klang ihr fremd.
Eine weiß gekleidete Krankenschwester kam herein und lächelte sie freundlich an. „Ah, Sie sind wach! Das freut mich. Sie haben den halben Tag verschlafen, dabei ist das Wetter viel zu schön, um im Bett zu liegen!"
Sie schenkte ihr aus einem Krug Wasser in ein Glas und reichte es ihr. „Ich heiße Regine, und werde mich um Sie kümmern. Trinken Sie! Dann werden Sie sich gleich besser fühlen." Sie lächelte, ein gekonnt freundliches Lächeln.
Sie hatte ihre blonden Locken hochgesteckt, was ihnen anscheinend ganz und gar nicht gefiel, denn sie hatten sich bereits an etlichen Stellen wieder befreit. Der weiße Kittel machte sie sehr blass und noch dünner, als sie ohnehin schon

war. Lisa schätzte sie Mitte zwanzig und beobachtete ihre flinken Hände, die Kleidungsstücke geschickt über einen Stuhl verteilten, so dass sie ordentlich und gerade herunterhingen. „Ich habe Ihnen etwas zum Anziehen mitgebracht. Ihre Kleidung befindet sich in der Reinigung."
„Danke!" Mehr brachte Lisa vorerst nicht heraus. Ihr Hals und ihre Brust schmerzten bei jedem Atemzug.
„Haben Sie Schmerzen? Sie hatten eine Menge Rauch abbekommen, hörte ich. Der Doktor möchte Sie gleich sehen, sobald Sie sich angezogen haben. Er wird Ihnen alles über ihren Aufenthalt hier erklären."
„Aufenthalt? Aber wieso? Es geht mir gut. Wo bin ich hier und was ist geschehen, wo ist …?" Doch ein Hustenanfall stoppte ihre Neugierde.
„Trinken Sie einen Schluck und nehmen Sie diese hier." Regine gab ihr eine kleine weiße Tablette.
Lisa sah sie aus ihren tränengefüllten Augen an, die der Husten verursacht hatte. Sie nahm die Tablette, ließ sie aber in ihrer Hand verschwinden, als sie das Wasserglas zum Mund führte. Irgendetwas hatte sie dazu veranlasst, sie konnte nicht sagen, was es war, aber sie fühlte sich nun besser.
„Keine Angst, der Doktor wird Ihnen helfen und all ihre Fragen beantworten. Sie sind hier bei uns in den besten Händen. Das kann ich Ihnen versichern, schließlich kümmere ich mich schon viele Jahre persönlich um das Wohlergehen unserer Patienten dieses Hauses!" Sie lächelte wie aus einem Werbespot, gut genug sah sie dafür allemal aus. Allerdings die erwähnten Jahre konnten nicht allzu viele sein.
„Ich hole Sie in fünf Minuten ab, dann bringe ich Sie zu Professor Doktor Garden."

Lisa wollte noch einmal versuchen sie zu fragen, wo sie sich befand, doch schon war Schwester Regine aus der Tür. Sie konnte deutlich hören, wie sich ein Schlüssel im Schloss drehte.

Mit einem Satz war sie aus dem Bett, was sie im nächsten Moment jedoch bitter bereute. Alles drehte sich um sie herum, das Zimmer kippte einfach nach einer Seite weg, immer wieder. Sie setzte sich auf den Stuhl am Fenster, schloss ihre Augen und wartete.

Dann versuchte sie es erneut, sehr langsam. Der Schwindel ließ nach. Ihre rechte Hand drückte die Türklinke herunter, doch wie vermutet war die Tür verschlossen. In welcher Klinik wurden Patienten eingeschlossen und warum? Sie wagte es nicht, sich diese Frage zu beantworten.

Etwas unbeholfen griff sie nach der Kleidung, so dass die Jacke, die über der Lehne hing, auf dem Boden landete. Darunter befand sich ein Trainingsanzug, bestehend aus T-Shirt und Hose, Socken, Unterwäsche; Turnschuhe lagen ebenfalls bereit, alles in weiß!

Als sie sich eben fertig angezogen hatte, konnte sie das Drehen des Schlüssels in ihrer Tür erneut vernehmen. Und die überaus nette Schwester stand zum Gehen bereit. Lisa strich sich noch kurz über ihr ungekämmtes, schulterlanges Haar, in der Hoffnung, es sähe nicht so aus wie sie sich fühlte, und folgte ihr.

Vor ihrer Tür im Flur wartete ein Pfleger mit einem Rollstuhl. Als Lisa ihn sah, schüttelte sie den Kopf. „Das ist wirklich nicht nötig, es geht mir gut und ich kann alleine gehen."

„Das meinen Sie jetzt, aber Sie kennen unser Haus noch nicht, und außerdem wurde es angeordnet!" Regine zwinkerte ihr zu, so dass Lisa ihr nicht weiter widersprechen wollte.
Der Pfleger hieß Chris, das war alles, was er von sich preisgab. Lisa sah sich neugierig um, sie fuhren von einem in den nächsten Gang. Und es dauerte nicht lange, da wusste sie, dass sie den Weg in das Zimmer, in dem sie erwacht war, nicht wiederfinden würde.
Die Wände waren weiß oder pastellfarben, die Böden mit verschiedenen Grau- und Brauntönen bedeckt. Ein Linoleum- oder PVC-Belag, der vor Sauberkeit glänzte. Es gab eine Menge Türen, doch sie waren alle geschlossen. Glas und Edelstahl umrahmte Treppen und Zwischentüren in den Gängen.
Unzählige Fenster ließen die Sonne hinein, es war sehr hell, aber die Krankenhausatmosphäre verdrängte auch die Sonne nicht. Keine noch so schönen Naturaufnahmen an den Wänden und frische Blumen auf kleinen Tischen vertrieben den Geruch nach Putz- und Desinfektionsmitteln. Die Tische, an denen auch Stühle standen und Zeitschriften zur Verfügung lagen, waren hier und da in Ecken vor den verschiedensten Untersuchungszimmern, wie Lisa annahm, bereitgestellt. Aber es gab keine Schilder, nur Nummern an den Türen.
Und auf den Fluren liefen nur wenige Patienten umher. Sie trugen alle weiße Bademäntel oder Freizeitanzüge. Der Pfleger, Chris, und Regine grüßten jedes Mal freundlich, wenn sie ihnen begegneten, aber sie sprachen kein persönliches Wort mit ihnen.
Lisa wurde langsam ungeduldig. Was für eine riesige Klinik. Doch wo war Pete? Sie konnte es kaum erwarten, ihn

wiederzusehen. Wie kam sie darauf, dass er auch hier sein würde? Was war passiert, nachdem er sie aus den Flammen gerettet hatte? Ein seltsames Gefühl überfiel sie. Eine Art Vorahnung, dass dies kein Krankenhaus wie jedes andere sei und ebenso rätselhaft wie das unerwartete und unglaubliche Erscheinen von Pete.

Endlich blieben sie vor einer großen Glastür stehen. Schwester Regine klopfte.

7: Prof. Dr. Garden

„Herein!" Eine männliche Stimme drang energisch aus dem Inneren des Zimmers.
Nur eine zweiflüglige Tür aus Milchglas trennte Lisa bis jetzt noch von den einzigartigen Erkenntnissen, die sie in den nächsten Minuten erfahren sollte und die nicht nur ihr Leben, sondern das Leben von allen Menschen dieses Planeten verändern konnten. Chris half ihr beim Aufstehen und Regine öffnete die Tür. Mit einem leichten Handdruck auf Lisas Rücken schob sie Lisa mehr oder weniger hinein und schloss die Tür von außen hinter ihr.
An der gegenüberliegenden Seite des Zimmers stand ein Mann. „Kommen Sie näher! Ich habe Sie schon erwartet!" Er sprach lauter als nötig.
Dieser Mann war es gewohnt, den Ton anzugeben, dachte sie, als sie etwa zwei Meter vor ihm stand.
„Mein Name ist Professor Doktor Georg Garden. Ich freue mich sehr, Sie hier zu haben!" Er hatte sich nicht vom Fleck bewegt.
Seine Stimme passte zu seinem Äußeren. Er war groß, füllig, kräftig gebaut, Mitte sechzig, schätzte sie grob. Sein Gesicht lag im Schatten, denn er stand mit dem Rücken zum Fenster. Sein Haar war fast weiß, etwas länger und sehr gepflegt zurückgekämmt. Sein ganzes Äußeres glich dem Bild eines reichen Geschäftsmannes, nicht dem eines Arztes. Er trug auch keinen Kittel, sondern einen dunklen Anzug.
Auch sein Gesprächszimmer passte in dieses Bild. Es glich eher einem Arbeits- als einem Untersuchungszimmer. Ausgestattet mit mehreren Computern, einer edlen Sitzecke

und Anrichte und bestimmt wertvollen Bildern an den Wänden. Lisa konnte keinerlei medizinische Ausstattung erkennen.

„Nun, da sind Sie ja endlich! Sie sehen wesentlich besser aus als heute Morgen. Bitte setzen Sie sich doch!" Er zeigte mit einer einladenden Handbewegung zu einem riesigen Ledersessel gegenüber seinem Schreibtisch.

Sicherlich hatte er sich bewusst mit dem Rücken zum Fenster gestellt und bis jetzt seinen Platz nicht verlassen, um sich einen Vorteil zu verschaffen, denn seine Gesichtszüge lagen im Schatten, während Lisa gegen die durchs Fenster strahlende Sonne blinzelte. Nicht einmal, um ihr die Hand zu reichen, war er ihr einige Schritte entgegengekommen. Aber Lisa wusste, auch ohne seine Augen sehen zu können, dass seine Blicke sie fixierten, seitdem sie das Zimmer betreten hatte. Als versuchte er sie einzuschätzen, abzuschätzen, wie er mit ihr sprechen sollte oder wie sie auf bestimmte Tatsachen reagieren würde.

Lisa blieb stehen. Sie holte tief Luft, um mit einer ihrer vielen Fragen zu beginnen, doch er blockte sie sofort ab.

„Warten Sie, warten Sie, meine Liebe. Sie sollten sich noch etwas schonen und mit ihrer Stimme haushalten. Ihre Rauchvergiftung ist nicht zu unterschätzen, Sie werden noch einige Tage mit Husten, Heiserkeit und nicht zu vergessen Atemproblemen zu kämpfen haben. Am besten behalten wir Sie ein paar Tage zur Beobachtung hier, dann haben Sie auch Zeit, sich meinen Vorschlag in Ruhe zu überlegen."

„Nein, wieso, wo …?"

Er führte seinen Zeigefinger über seine Lippen und sah sie mahnend an. „Setzen Sie sich und hören Sie sich erst einmal mein Anliegen in Ruhe an. Alleine durch meine Ausführungen werden sich einige, ich würde meinen, alle ihre Fragen beantworten."

Lisa hasste es, „meine Liebe" genannt zu werden, und die Art, wie er sie behandelte, ließ eine ungewohnte Wut in ihr aufsteigen, die nur durch ihre erhöhte Aufmerksamkeit und Vorsicht unterdrückt wurde.

Langsam ging er zu seinem Sessel, der hinter dem riesigen Eichenschreibtisch stand, setzte sich etwas schwerfällig, nahm seine Brille, die auf dem etwas unordentlichen Schreibtisch lag, in die Hand und hielt sie über einen Stapel Papiere.

Was sollte das? Wollte er sie schmoren lassen, oder brauchte er noch einen Moment, um die richtigen Worte zu finden? Während er so las, setzte sich Lisa auf die vorderste Kante des Sessels und versuchte einen klaren Gedanken zu fassen.

Was passiert war, war so irreal, dass sie immer noch zweifelte, wirklich wach zu sein. War sie verrückt geworden, hatte man sie eingeliefert? Vielleicht war sie einem Realitätsverlust unterlegen?

Ruckartig beugte sie sich nach vorne. „Bitte, wo bin ich hier? Warum bin ich hier? Warum haben mich diese Männer verfolgt? Was wollen Sie von mir?", sprudelte es nun doch aus ihr hervor.

Sie musste ein paar Mal husten und schnappte nach Luft, doch wie konnte sie ruhig und untätig dasitzen? War sie in einem Krankenhaus? Wurde sie mit einem Krankenwagen hierhergebracht? Wo war Pete? Wenn es einen Pete gab! Wahrscheinlich zu Hause. Wo auch immer das Zuhause eines eigentlich Toten sein konnte.

Und jetzt hatte sie ein Gespräch mit einem Arzt! Hatte sie das? Diese Schlussfolgerung war sehr logisch. Und nichts sprach bis jetzt dagegen – oder? Nur ihr Instinkt! Er schrie förmlich um Hilfe. Nichts von dem war so, wie es normalerweise hätte sein sollen. Sie wusste nicht warum, doch für sie stand fest: Sie war entführt worden! Eine andere Erklärung gab es im Moment nicht für sie. Denn sie war in keinem gewöhnlichen Krankenhaus und niemand hatte sie gefragt, ob sie hier sein wollte! Und sie war nicht verrückt!

Langsam legte er seine Hornbrille auf die Papiere, sah sie wieder forschend an. Dann kämmte er mit seinen langen Fingern beider Hände seine weißen Haare nach hinten und glättete sie, obwohl sie keinerlei Anlass dazu gaben. Noch etwas langsamer beugte er sich zu ihr vor, legte die Hände auf den Tisch und sah sie lächelnd an.

„Mein Vater stammte aus England, meine Mutter war eine Deutsche. Sie verliebten sich während seines Studiums hier in Deutschland und er blieb, genau wie ich. Wir sollten die Stärke der Liebe nie unterschätzen. Besonders die Liebe zu einem Menschen.

Sie sind die Frau, die uns zu einem weltweit einzigartigen Forschungsergebnis verhelfen kann. Welches bis heute, meines Wissens nach, noch kein Mensch durchgeführt beziehungsweise erfolgreich beendet hat!" Er sprach betont langsam und deutlich, seine Worte hatten Gewicht.

Lisa wurde es plötzlich fürchterlich heiß. Sie verstand kein Wort. Und doch ahnte sie, dass sie in etwas hineingezogen worden war, das sie selbst nicht kontrollieren konnte. Wie ein wildes Tier, gefangen in einem Käfig auf einer Fahrt ins Unbekannte, scharrte sie nervös mit den Turnschuhen über den Teppichboden. „Wo bin ich? Sie müssen mir endlich sagen, wo wir uns aufhalten! Bin ich in einem normalen Krankenhaus?" Ihre Frage war präzise, so wie sie sich die Antwort wünschte.

„Nun gut, da Sie so ungeduldig sind, zu ihrer ersten Frage: Nein, bestimmt nicht, was, wie ich Sie einschätze, Sie längst bemerkt haben dürften."

„Dann haben sie mich entführt! Die Männer, sie haben mich doch geholt. Warum mich? Um was geht es denn eigentlich? Und wo ist Pete, er war da!?"

„Nun mal ganz langsam, beruhigen Sie sich. Es ist alles sicherlich sehr verwirrend für Sie, doch ich kann Ihnen versichern, sie brauchen sich nicht zu beunruhigen." Nun lehnte er sich bequem zurück und lächelte das zweite Mal, seit sie ihn sah. Es war kein freundliches Lächeln wie das von der Schwester, es war bestechend, abschätzend, überlegen. „Also gut, ich sehe schon, Sie sind nicht so einfach ‚mundtot' zu machen. Verzeihen Sie meine Ausdrucksweise!" Er zwinkerte ihr gelassen zu. Was Lisa allerdings nicht im Geringsten aufmunterte. „Ich muss mich bei ihnen für meine Männer entschuldigen, ihre Vorgehensweise war unüberlegt und sie handelten übereilt. Dennoch gibt es ungewöhnliche Situationen, die auch ungewöhnlicher Maßnahmen bedürfen."

„Was soll das heißen?" Seine Ausdrucksweise kam ihr vor, als hätte sie diese schon mal im Fernsehen gehört, in irgendeinem Krimi oder so! „Sie hatten niemals das Recht, mich hierher, wo auch immer das ist, zu verschleppen! Egal was vorher passiert war, sie hätten einen Krankenwagen rufen, die Polizei verständigen …!"

Ein schallendes Gelächter schlug ihr unterbrechend entgegen. Wie absurd ihr letzter Gedanke war, konnte sie nur erahnen. Angespannt knetete sie ihre Hände.
„Ich werde Ihnen jetzt erklären, was wir hier tun! Doch ich muss Sie darauf hinweisen, dass dies strengster Geheimhaltung unterliegt und Sie darüber mit niemandem – und ich meine wirklich niemandem – außerhalb dieses Gebäudes sprechen dürfen. Das müssen Sie später schriftlich bestätigen."
„Ich weiß nicht, ob ich so geheime Dinge hören möchte! Ich möchte doch lieber gleich gehen!" Ihre Stimme war zu ihrer eigenen Überraschung lauter als erwartet. Sofort erhob sie sich und wandte sich der Tür zu.
„Das möchten Sie nicht!" Seine Worte waren kurz und hart. „Dazu ist es bereits zu spät! Bitte setzen Sie sich wieder!"
Sie sah in sein ernstes Gesicht und ließ sich in den Sessel sinken. Wenn Lisa auch bis jetzt noch irgendwelche irrwitzigen Verwechslungstheorien oder die „Versteckte Kamera" hätte erwarten können, waren diese Möglichkeiten nun endgültig gestorben.
In diesem Moment öffnete sich die Tür. Ein großer, breitschultriger, schwarz gekleideter Mann kam herein, er sah aus wie einer der vier Männer vom Friedhof. Ja, sie erkannte ihn, er war es, der durch das Fenster ins Innere der Kapelle gesehen hatte.
„Es ist alles in Ordnung, Max, danke!"
Sofort, ohne ein Wort verschwand dieser wieder in den Flur. Nur einen kurzen neugierigen Blick auf Lisa konnte er sich nicht verkneifen.
Was war ihr nur zugestoßen, wo war sie da hineingeraten?

„Ich will Ihre Spannung nicht unnötig weiter steigern. Hören Sie mir einfach nur gut zu: Wir befinden uns hier in meiner Privatklinik. Es handelt sich um eine Klinik für unheilbar Kranke. Diese Menschen können nur durch ein Spenderorgan oder ähnlich schwierige Maßnahmen gerettet werden, welche nur wir ihnen bieten können. Doch Näheres würde jetzt zu weit führen.

Unser Labor arbeitet an der Stammzellforschung. Wir betreiben therapeutisches Klonen, haben allerdings die zurzeit üblichen Experimente weit hinter uns gelassen. Meine Kollegen und ich haben es erreicht" – er blickte ihr gespannt in die Augen – „den ersten Menschen zu klonen!"

Er machte eine kleine Atempause. Er schien auf Beifall zu warten. Doch damit konnte Lisa nicht dienen. Ihr Mund hatte sich leicht geöffnet, aber einen angemessenen Kommentar brachte sie nicht zustande.

Er erhob sich und fuhr, leicht enttäuscht, mit seinen Ausführungen fort, während er hinter dem Schreibtisch auf und ab schritt. „Wir schafften das Unglaubliche und ließen diesen Klon schneller altern. Innerhalb von nur zehn Jahren alterte er zirka dreißig Jahre. Das allein ist schon eine Weltsensation!" Seine Stimme wurde euphorisch, seine Schritte durch das Zimmer schneller.

„Doch damit nicht genug. Unsere eigentliche uns selbst gestellte Aufgabe bestand darin, seinem Spender das Leben zu ersetzen. Nicht zu verlängern, nein, wir wollten es erneuern. Meines Erachtens ist uns dies gelungen. Wir müssen es nur noch beweisen!"

„Was wollen Sie beweisen?" Lisas Frage kam zögernd und ungläubig hervor. Sie bemühte sich wirklich, den

Ausführungen zu folgen, doch irgendwie hatte sie das Gefühl, sie würde alles falsch verstehen, denn was er sagte, konnte er nicht in Wirklichkeit gesagt haben, schon gar nicht zu ihr.
„Ein zu Beginn unseres Experimentes sterbenskranker Mann, Anfang zwanzig, stellte sich als Genspender zur Verfügung. Er sollte uns als eine Art Schablone dienen, wodurch wir beweisen wollten, dass unser Klon sich zu genau demselben Menschen entwickeln würde wie sein Spender. Leider und völlig unerwartet verstarb unser Spender ganz plötzlich."
Prof. Dr. Garden wandte sich ab, rang er um Fassung? Doch sogleich sprach er voller Überzeugung, sich an Lisa richtend, weiter.
„Wir hätten das Experiment als beendet an die Öffentlichkeit weitergeben können. Der erste menschliche Klon. Beschleunigung des Alterungsprozesses, dies wäre ein bemerkenswerter Erfolg in der Biotechnologie. Doch es erschien uns als zu wenig, wir wollten ein Ergebnis, welches noch überwältigender, noch einschneidender sein würde. Wir wollten den Beweis liefern über die vollständige Übereinstimmung der Erinnerungen bis zum Zeitpunkt der Genspende. Alles was unser Spender vor der Genentnahme erlebte, gab er an seinen Klon weiter.
Nur fehlen uns bis heute, wie ich leider zugeben muss, hierzu immer noch die Beweise. Alles lief so wunderbar, zumal unser Klon sich immer weiter entwickelte, wissbegierig war, lernte, alles in sich aufsog wie ein trockener Schwamm. Er war von Anfang an wie ein normales Kind, nur dass er alles leichter und schneller verstand, besser lernte, sich schneller entwickelte. Natürlich hatten wir ihn so erschaffen. Und es funktionierte, in nur zehn Jahren wurde er zum Mann. Zu

demselben Mann, zu dem sein Spender in dreißig Jahren gewachsen war!" Er sah ins Nichts, schien von seinen eigenen Ergebnissen überrascht, ergriffen.
Lisa flüstert: "Pete!" Wie war das nur möglich? Er war es und war es doch nicht. Deshalb hatte er sie gesiezt. Und er hatte sie gewarnt, wovor?
„Ja, Sie haben Recht, es handelte sich um Peter S." Er war nur wenige Schritte vor ihr stehengeblieben und sah sie nun ernst an. „Wir haben ihn geklont!"
Lisas Herz schmerzte, als wollte es nicht weiterschlagen und wusste doch genau, dass es dies musste. Ein Klon. Ein Klon! Arnold Schwarzenegger fiel ihr sofort ein. Dieser Film, in dem der Klon nicht wusste, dass er ein Klon war. Er glaubte, er wäre ein ganz normaler Mensch, dieser einzigartige Mensch. Er dachte, er hätte gelebt, all die Jahre wären echt gewesen, an die er sich erinnern konnte. Doch das waren sie nicht. Er hatte keines dieser Jahre selbst erlebt! Und Pete sollte es ebenso ergehen? Nein, Pete nicht, er war tot!
„Sie haben ihn sogleich erkannt, nicht wahr? Sein Äußeres ist Petes identisch. Doch nicht nur sein Äußeres! – Doch nun zu Ihnen!"
Lisa erschrak. Was wollte er von ihr? War sie hier bei Frankenstein Junior, oder doch besser Senior, gelandet?
„Wir brauchen Sie, um unserem von uns geschaffenen Menschen seine verborgenen Erinnerungen und Gefühle zurückzugeben! Er hat alle Voraussetzungen dazu, doch er kann sich nicht erinnern. Er wurde „gefüttert", mit Wissen, zehn Jahre lang. Aber es fehlen ihm seine selbst erlebten Situationen. Die Jahre davor! Er konnte sein Leben nicht erleben, weil es ihn damals noch nicht gab."

„Aber warum lassen Sie ihn denn nicht sein Leben jetzt und heute leben? Geben Sie ihm Situationen, die er selbst eigenständig durchleben kann!"
„Sie verstehen das nicht. Er hat ja bereits sein Leben gelebt, über zwanzig Jahre lang, es liegt verborgen in seinem Gehirn gespeichert. Er ist ein Klon, er ist eine Kopie seines Spenders. Alle seine Gene, mit einigen Abänderungen, wurden übernommen. Sein Gehirn hat alles das gespeichert, was sein Original erlebt, durchlebt hat, natürlich auch all seine Gefühle. Davon gehen wir aus.
Und um die geht es uns in erster Linie. Wir wollen der Menschheit keinen Roboter präsentieren. Kein Ersatzteillager mit Organen, Blut und Haut, zur ständigen Verfügung. Nein, solche Steinzeitmethoden brauchen wir nicht mehr. Wir brauchen einen Menschen, der lebt, fühlt, sich erinnert! Eine Reproduktion! – Unsterblichkeit! Weitergegeben von Körper zu Körper!
Und um dies zu erlangen, brauchen wir Sie. Sie können ihm die Erinnerungen zugänglich machen. Sie können ihm helfen, sich an Sie zu erinnern, an Ihre und seine Gefühle. An gemeinsam Erlebtes. Sie können die Dominosteine anstoßen, die wiederum andere in Bewegung setzen und so weiter und so weiter. Sein Gehirn wird arbeiten, sein Gehirn wird Wege finden, von denen es nicht mehr wusste, dass sie existieren. Es wird ihm wieder einfallen. Er wird sein „ICH" wiederentdecken!"
Garden hatte ein hochrotes Gesicht bekommen. Er strich sich nun nervöse mit beiden Händen die diesmal wirklich zerzausten Haare glatt. Plötzlich fühlte er sich alt, er wurde ungeduldig. Wie viele Jahre musste er noch seinem Traum

nachjagen. Alle bereits erreichten positiven Ergebnisse gaben ihm nicht die nötige Befriedigung. Immer neue, nicht für möglich erachtete Ziele mussten verfolgt werden. Nun war er fast am Ende seiner Kräfte und auch Mittel. Er brauchte diesen bombastischen Sieg, er musste es einfach schaffen, es kam kein Fehlschlag in Frage.

Lisa sah ihn fassungslos an. Sie verstand, es ergab alles einen Sinn, wenn auch einen unglaublichen. Auf einmal spürte sie ein Verlangen in sich aufsteigen, diesen Mann wachzuschütteln. „Wissen Sie eigentlich, was Sie da tun? Welche Bedeutung es für unsere Welt hätte, wenn es Ihnen gelingen sollte, sein Erinnerungsvermögen zu aktivieren? Wenn Sie es wirklich schaffen sollten? Wie diese Tatsache unsere Menschheit verändern könnte?" Sie stockte, unterdrückte das Kribbeln in ihrer Kehle und atmete langsam aus. – Was es für mich bedeuten würde?

Wie könnte er das wissen, sie selbst konnte sich keine Vorstellung davon machen. Sie war eben noch damit beschäftigt zu verstehen, dass Pete nicht Pete war, und nun sollte sie begreifen, dass er es werden könnte – unmöglich! Sie rieb sich ihre Stirn und versuchte es erneut. Sie hatte ihn gesehen, Pete! Nein, es war nicht Pete, es war sein Klon. Pete wurde geklont, unfassbar! Dann starb er, und sie sollte ihnen nun helfen ihn in diesem anderen Menschen wiederzufinden. Er wurde erneuert, ersetzt, nachgebaut! Lisa begann zu zittern, nicht vor Angst, nein, vor Wut. Wie konnte dieser Mensch nur so etwas tun?

„Es ist uns klar, was wir da von Ihnen verlangen." Prof. Dr. Garden nahm seine Hornbrille ab und begann sie ungeduldig zu putzen. Er hatte sich wieder gefangen und konzentrierte

sich voll auf das Wesentliche, auf Lisa! Sein Hemd spannte sich über seinem mehr als nur rundlichen Bauch, und auf seiner Stirn bildeten sich einige kleine Schweißperlen.
Es war später Nachmittag und recht heiß. Auch die halb heruntergezogenen Jalousien, die gekippt waren, so dass genügend Licht hereinkam, hielten die Sonne nicht davon ab, den gesamten Raum mit ihrer Hitze zu füllen.
„Wir haben in den letzten Jahren die verschiedensten Methoden angewandt, damit er sich erinnert. Pete war uns dabei eine große Hilfe, doch wir haben es noch nicht geschafft. Und dann starb Pete. Wir dachten, er wäre unsere einzige Chance, unser Ziel zu erreichen. Ohne das Original keine Vergleichsmöglichkeit. Mittlerweile sind wir nicht mehr dieser Meinung. Wir brauchen keine Bestätigung seinerseits. Es kommt uns nicht mehr so sehr darauf an, einzelne Kapitel seines Lebens wiederzufinden und bestätigt zu wissen. Viel wichtiger ist, dass er selbst, unser Klon, fühlt, dass er Pete ist, denkt, dass er Pete ist, vergisst, dass er ein Klon ist.
Wir haben lange darüber nachgedacht, was wir tun könnten. Und dann hatte er diese grandiose Idee. Nach reichlichen Überlegungen, nach Abwägungen des Für und Wider sind wir doch letztendlich zu dem Ergebnis gelangt, dass nur Sie, meine liebe Lisa, in der Lage sind, uns, das heißt „IHM" zu helfen, zu seinem waren „ICH" zu gelangen."
Lisa saß immer noch kerzengrade in diesem viel zu großem Ledersessel. Sie wagte kaum zu atmen. Das konnte nicht die Realität sein, das war einfach völlig unmöglich. Erst heute Morgen stand sie einem Toten gegenüber und glaubte er würde leben. Und nun wusste sie, er war tot und würde es auch

bleiben. Sie hatte weder ihn noch seinen Geist gefunden, nur eine Kopie von ihm.

Sie musste ihren Verstand verloren haben, konnte nicht mehr klar denken. Schlimmer konnte es kaum kommen. Doch falsch gedacht, entführt, verschleppt, wer weiß wo gefangen gehalten, um die ganze schreckliche Wahrheit vor Augen geführt zu bekommen und zu wissen, dass sie nun selbst in größter Gefahr schwebte wie die gesamte Menschheit auch, doch ehrlich gesagt sorgte sie sich zurzeit, verständlicherweise, mehr um sich selbst. Und nun sollte sie auch noch dazu beitragen, sie bei diesem Experiment unterstützen, die Welt auf den Kopf stellen! Niemals!

„Was sagen Sie nun zu unserem Vorschlag? Sind Sie einverstanden, uns bei unserer Forschungsarbeit zu unterstützen? Natürlich unter Vorbehalt aller dazugehörigen Rechte und Pflichten! Unsere Anwälte werden Ihnen die entsprechenden Formulare zur Unterschrift vorlegen." Er räusperte sich, beugte sich etwas vor und sah sie über den Rand seiner Brille herausfordernd an.

„So ein Angebot sollten Sie nicht ausschlagen, an der Weiterentwicklung der Menschheit mitwirken zu dürfen! Natürlich übernehmen wir jegliche Kosten für ihren Aufenthalt hier bei uns und werden eine Freistellung bei ihrem Arbeitgeber bewirken. Sie sollten sich wirklich die Verträge ansehen! Was meinen Sie, sind Sie dabei, in der Forschungsabteilung der Zukunft?" Er grinste breit und entblößte strahlend weiße Zähne, die aussahen, als wären sie geradewegs aus dem Mund einer Schönheitskönigin operiert und in seinen implantiert worden. „Natürlich können Sie auch

eine Art Aufwandsentschädigung von uns verlangen, wir können über alles reden und ich bin sicher ..."
„Hören Sie auf, hören Sie sofort auf!" Lisa hatte all ihren Mut zusammengenommen, sich erhoben und so laut es ihr möglich war geschrien. Sie trat einen großen Schritt geradewegs auf den riesigen dunkelbraunen Eichenholz-Schreibtisch zu. Er glich einer Festung, hinter der sich Prof. Dr. Garden verschanzte und der ihm als Schutzwall zu dienen schien, gegen jeden, der es nur wagen sollte, ihm näher zu kommen, als er es wollte. Von dort aus hatte er eine gute Position, anzugreifen und gegebenenfalls vernichten zu lassen, der Bodyguard war ein Beweis dafür. Er wachte über Garden und beobachtete jeden, der auch nur in seine Nähe kam.
Lisas Herz raste, ihre Hände waren klitschnass und ihre Wut hatte den gesamten Körper ergriffen, sie versuchte die geeigneten Worte zu finden und ihre Stimme zu kontrollieren. Sie schluckte, obwohl ihr Mund trocken war. „Wenn ich Sie richtig verstanden habe, was für mich nicht immer leicht war", Lisa begann vor seinem Schreibtisch auf und ab zu laufen, was Garden als erfolgversprechende Geste aufnahm und sich entspannt zurücklehnte, „möchten Sie, dass ich „Mr. Unbekannt" eine Identität verabreiche. So wie Sie ihm Pillen einflößen, soll ich ihm ein Leben einflüstern, welches er selbst nie im Stande war zu leben."
Sie blieb vor ihm stehen und stützte sich mit beiden Händen auf seine Festung, gerade noch rechtzeitig, um ein aufkommendes Schwindelgefühl zu vertreiben und einen Hustenanfall vorbeigehen lassen zu können.
„Aber nein, nein, meine Liebe, nicht irgendeine Identität, sondern seine, seine eigenen Gefühle, Vorstellungen,

Erinnerungen!" Sein Blick glich dem eines Irren, obwohl hier die Frage aufkam, was oder wer war wann irre?
Lisa spürte, wie Verzweiflung in ihr aufstieg. „Wie können Sie es wagen, Gott zu spielen. Wie können Sie es wagen, Menschen zu kopieren? Wie können Sie es wagen, ihrem lebenden Toten, ihrem Zombie die Identität von einem Verstorbenen geben zu wollen?" Ihre Stimme schwoll zu einem Kreischen an, das zitternd versiegte, um dann fast zart ihre Fragen an Garden weiter zu stellen, mit dem Gedanken, ihre Antworten längst zu kennen.
Mittlerweile war Max hereingestürmt, allerdings durch eine Handbewegung von Garden gestoppt, unbemerkt hinter Lisa stehengeblieben.
„Wie konnten Sie dies alles Pete nur antun, Pete, und dem Wesen, welches ihn darstellen soll; Sie hatten kein Recht dazu und bestimmt auch keinerlei Erlaubnis von der Regierung. Wie konnten Sie es wagen, das zu tun, und wie konnten Sie es wagen, mich zu entführen, um mich für ihre Machenschaften zu benutzen?"
„Letzteres durch Sie, meine Liebe, fast ganz allein durch Sie! Und er ist kein lebender Toter, nein – er ist ein toter Lebender, das ist ein gewaltiger Unterschied, meine Liebe. Und wir werden ihn auferstehen lassen!"
Er hatte sich erhoben und schritt an ihr vorbei zu einem Wandschrank, hinter dem ein Fernseher zum Vorschein kam, als er zwei Schiebetüren beiseiteschob. Darunter befand sich ein Aufnahmegerät. Als er es betätigte, erschien ein ihr bekanntes Bild. Der Friedhof, auf dem sie noch heute früh gewesen war. Sein Grab. Und dann sie selbst! Sie war es. Sie stand an seinem Grab und weinte. Er spulte vor. Startete.

Wieder war nur sie zu sehen, wieder an seinem Grab, sie legte Blumen nieder. Sie redete mit ihm. Sie bat ihn zurückzukehren! Er stoppte das Band.
Lisa starrte fassungslos auf das jetzt stillstehende Bild von ihr. Sie hatten sie beobachtet, sie hatten sie gefilmt, sie hatten alles genau geplant.
„Sagen Sie jetzt nichts!" Er kam auf sie zu und legte seine Hand auf ihre Schulter, sie schüttelte sie nicht ab. Wie gelähmt starrte sie auf den Bildschirm. „Gemeinsam werden wir ihn zurückholen, und Sie können ihm alles sagen, was Ihnen auf dem Herzen liegt und wozu sie keine Gelegenheit mehr fanden. Sie werden ihn umarmen können, und er wird sich erinnern. Es ist ganz einfach, umso mehr sie ihm erzählen, umso mehr wird ihm wieder einfallen. Sein Gehirn wird arbeiten, es wird suchen, es wird sie suchen und finden!" Fast väterlich versuchte er seine Worte zu wählen, zu trösten. Doch es misslang.
Plötzlich schien Lisa aus ihrer Starre zu erwachen. „Niemals, Sie werden „IHN" niemals auferstehen lassen können. Er ist tot. Er wird nicht wieder lebendig werden. Ihre Kopie ist nur ein Abbild seiner, er ist nicht zu ersetzen!" Tränen liefen ihr über die Wangen.
„Wieso glauben Sie uns nicht, es sind seine Gene, sie bildeten sein Gehirn, sie enthielten all sein Wissen bis zur Entnahme! Und was Sie noch nicht wissen, was allerdings von großer Bedeutung für Sie zu sein scheint: Er war mit allem einverstanden. Er hatte diesen Versuchen zugestimmt! Er wollte leben! Leider war es uns dann doch nicht möglich, sein „erstes Leben", wie wir es nennen, zu retten. Aus welchen

Gründen auch immer! Doch es war auch sein Wunsch, ihn wieder zu uns Lebenden zurückzuholen."

„Das glaube ich nicht, Sie lügen!" Tränenüberströmt stand sie kerzengrade neben dem Sessel. „Ich werde jetzt gehen, ich werde mit einem Taxi nach Hause fahren, ich will nichts mehr über ihre Experimente hören und sollte sich auch nur einer ihrer Männer in meiner Nähe zeigen, werde ich zur Polizei gehen!" Sie wischte sich unsanft über ihr Gesicht.

„Natürlich werden wir alles abstreiten und Sie für verrückt erklären lassen!"

„Natürlich!" Sie sahen einander in die Augen, als glaubten beide nicht recht daran, dass das nun „alles" war. Sie ging zur Tür und öffnete sie. Sie drehte sich nicht um.

Max, der die ganze Zeit hinter ihr gestanden hatte, sah an ihr vorbei zu seinem Chef hinüber, der winkte, sie gehen zu lassen.

Lisa entschloss sich rechts herum zu gehen, das war die Richtung, aus der sie gekommen waren. Sie sah aus den Fenstern und ging weiter die endlosen weißen Gänge entlang, in der Hoffnung, den Ausgang zu finden. Es waren weit und breit weder Personal noch Patienten zu sehen.

Sie beschleunigte ihren Gang. Panik ergriff sie. Was, wenn sie sie hier nicht wieder herauslassen würden? Sie selbst, aber auch niemand sonst wusste, wo sie war. Sie würde spurlos verschwinden.

8: Wiedersehen

Panik ergriff von ihr Besitz. Lisa begann zu rennen, immer schneller floh sie durch die Gänge, sah immer wieder aus den Fenstern. Völlig leer wirkten die Flure wie ein riesiges Labyrinth aus weißen Wänden, stählernen Treppen und Glasfenstern, die ihr auch außerhalb keinerlei Hinweise gaben, da sie immer dasselbe Bild lieferten, einen prächtigen dichten Wald. Keine Anhaltspunkte, die ihr den Weg hätten weisen können. Keine Straße, kein Gebäude.
Sie stoppte kurz, lehnte sich an eine Wand, um zu husten und nach Luft zu schnappen. Und dann so schnell sie konnte weiterzulaufen. Es gab keine Schilder, die den Ausgang anzeigten, und niemanden, den sie hätte fragen können. Nachdem sie im Erdgeschoss angelangt war, versuchte sie einige Türen und Fenster zu öffnen. Sie waren alle verschlossen. Fast blind vor Tränen rannte sie um die nächste Ecke und prallte mit jemandem zusammen.
Ein Stapel Papiere ergoss sich über den blitzblanken Linoleumboden. Lisa stürzte zu Boden, wo sie vor Schreck und Schmerz für einen Moment die Augen schloss. Und sie – nachdem sie eine ihr bekannten Stimme vernahm – sie vor Erstaunen nie wieder schließen wollte.
„Uff! – Entschuldigung, sind Sie verletzt? Fehlt Ihnen etwas? Ich habe Sie nicht gesehen! – Kommen Sie, ich helfe Ihnen hoch!" Er beugte sich zu ihr herunter und wollte ihr aufhelfen. Doch als er ihr Gesicht erblickte, erstarrte er.
Auch Lisa traute ihren Augen kaum, ihr Herz setzte einige Takte aus. Es war einfach unglaublich, ihn zu sehen. Er war es, er war hier, er stand ihr gegenüber! Nur ihr Verstand versuchte

vier kleine Worte in ihr Bewusstsein zu hämmern: „Er ist es nicht!!!" Mit wenig Erfolg.

Langsam half er ihr auf. Er schien keineswegs überrascht zu sein, sie hier zu sehen. Allenfalls, sie hier im Flur zu treffen. Unsicher sah er sich um. Ihre Hand lag in seiner.

Als er sprach, klang seine Stimme noch vertrauter als am Morgen auf dem Friedhof. Sein Äußeres – so real. So wie er mit Anfang dreißig ausgesehen haben mochte. Was sind schon zehn Jahre? Sie hatte ihn heute früh sofort wiedererkannt, er war einzigartig, nein, das wohl nicht! – Nur dieser weiße Kittel und die weißen Turnschuhe passten nicht in das ihr vertraute Bild.

Als er ihr aufhalf, fiel ihr Blick auf seine großen starken Hände. So schlank! So stark. Seine Augen blickten in Ihre – so blau, so forschend – so vertraut.

Dann lächelte er dieses Lächeln, das einfach unsterblich war. Hielt sie immer noch an der Hand und sagte dieses Wort, das sie seit Ewigkeiten nicht mehr aus seinem Mund vernommen hatte. Er kam ihr wie ein Weltwunder vor, das eben erst entdeckt wurde – von ihr.

Er sagte: „LISA!?"

Prof. Dr. Garden legte sein Handy zurück auf den Tisch. Seine Augen waren auf den Bildschirm gerichtet. Er stoppte die Aufnahme, dann ließ er sie rückwärts laufen, dabei betrachtete er den Zusammenstoß im Schnelldurchlauf. Mit dem Lächeln eines Siegers betätigte er einen Knopf und löschte die gesamte Aufnahme.

Zielstrebig ging er hinüber zu seiner kleinen Schrankbar, goss sich einen Whiskey ein und prostete seinem Abbild in Öl zu, das lebensgroß auf der gegenüberliegenden Seite seines Büros hing. Erst dann griff er erneut zum Telefon.

9: Zurück

Unruhig war er die letzte halbe Stunde im Zimmer auf und ab gelaufen. Wieso tat sich hier nichts? Nach seiner Rückkehr hatten sich weder Garden noch Peters bei ihm blicken lassen. Hier in dieses winzige Untersuchungszimmer gesteckt, wartete er schon über eine Stunde.
Durch das kleine Fenster konnte er auf den Parkplatz hinuntersehen. Es war nicht verschlossen, so öffnete er es einen Spalt, um frische Luft zu bekommen. Abzuhauen, dieser Gedanke lag ihm im Moment ferner denn je. Wie auch und wozu? Er war abgehauen, sie hatten ihn wieder eingefangen. Doch er hatte mit niemandem gesprochen, sie nicht verraten! Was auch wenig Zweck gehabt hätte, da ihm ohnehin niemand geglaubt hätte, außerdem war er ja tot.
Und ihren Aufenthaltsort kannte er auch immer noch nicht. Ab dem Zeitpunkt, seit er sich im Helikopter versteckt hatte, bis zu dem Moment, als er auf einem Rollfeld entkommen war, hatte er keinerlei Anhaltspunkte gefunden. Natürlich erfuhr er recht schnell den Namen der Stadt, in der sie gelandet waren, und war per Anhalter recht zügig vorangekommen. Aber was danach geschehen sollte, darüber war er sich nicht im Klaren gewesen.
Er hatte Lisa sehen und mit ihr sprechen wollen, das war sein größter Wunsch gewesen, denn auch sie war in Gefahr gewesen, falls sie ihn doch gefunden hätten.
Und nun saß er wieder hier, und alles war umsonst gewesen. Schlimmer noch, Lisa war auch hier. Was hatten sie nun mit ihm vor? Wahrscheinlich beobachteten sie ihn und ließen ihn zappeln.

Mit einem leisen Klicken wurde die Tür per Chipkarte geöffnet. Garden höchstpersönlich trat ein und blieb, nachdem er die Tür wieder hinter sich geschlossen hatte, etwas unsicher an ihr stehen. „Du bist also wieder da!", stellte er trocken fest, nahm seine Brille ab und begann sie mit seinem Taschentuch, das er immer dabei hatte, ungeschickt zu putzen.
Garden alleine, ohne Max oder einen der anderen Schläger!? Er war überrascht, damit hatte er nicht gerechnet. Garden würdigte sein Gegenüber mit keinem Blick.
„Ich will und werde daraus keine große Sache machen. Du bist abgehauen, um Lisa zu sehen. Dazu kann ich nur sagen, das hättest du auch einfacher haben können. Wir waren uns doch einig, dass es nur noch eine kurze Zeit der Vorbereitung braucht, bis wir sie zu uns holen. Warum du nicht warten konntest, ist mir schleierhaft!" Mit gekonnten Griffen faltete er sein Taschentuch zusammen und steckte es in seine Brusttasche.

Nun trafen sich das erste Mal nach seiner Flucht ihre Blicke. „Vielleicht willst Du es ja gar nicht wissen, sonst würdest Du mich sicherlich danach fragen, oder?" Georg antwortete nicht. Dieser junge Mann wurde ihm von Tag zu Tag fremder. Seit diese dumme Sache mit Pete geschehen war, war er nicht mehr der Selbe.
Natürlich war es ein Schock für ihn gewesen, wie für alle anderen auch. Und dass es ihn am härtesten getroffen hatte, war nur zu verständlich. Pete war wie ein Bruder für ihn. Aber hatte er, Georg, nicht genug Rücksicht genommen? Die Monate danach hatte er ihn von seinen täglichen Pflichten befreit, die Testreihen unterbrochen. Rücksicht genommen. Er sollte erst wieder zur Ruhe kommen, die Trauer verarbeiten,

alles andere musste erst mal warten. Niemand konnte vorhersagen, welches Trauma eventuell entstehen könnte.
Und dann schien er sich zu erholen, er half Peters wieder ab und zu im Labor am PC, wenn auch sehr unkonzentriert und unsicher. Überraschenderweise kam als Nächstes von ihm die Idee mit Lisa. Er hatte gesagt, dass er so ein vertrautes Gefühl empfand, als Pete sie kurz vor seinem Tod in einem Gespräch erwähnte. Wir schöpften alle große Hoffnung, vielleicht nun endlich einen Weg entdeckt zu haben, der ihn seine Erinnerungen finden lassen konnte.
In der Nacht, in der er davonlief, war Georg über jeden seiner Schritte informiert. Er konnte sich nicht vorstellen, warum er es tat. Erst als er in der Nähe des Friedhofes blieb, ahnte Georg, dass Lisa sein Ziel war.
„Willst du es nun wissen oder nicht!" Ungeduldig hatte er sich auf einen Stuhl sinken lassen und betrachtete Georgs nachdenkliche Miene.
„Selbstverständlich, mein Junge, ja doch!" Nun setzte auch Georg sich auf einen Stuhl, den er hinter einem Schrank hervorgezogen hatte, und sah diesen für ihn immer noch großen Jungen aufmerksam an.
„Ich wollte zu ihm, an seinem Grab stehen." Eine väterliche Hand berührte leicht seinen Arm. „Und ich wartete auf Lisa, du sagtest, sie kommt oft zu Pete ans Grab. Ich wollte sie alleine treffen, ohne die bedrückende Umgebung der Klinik. Vielleicht hätte ich mich leichter an sie erinnert, wenn wir uns an einem neutralen Ort getroffen hätten?"
„Sicher, ich verstehe das, doch du siehst aus wie Pete!"

„Ja, ich habe nicht bedacht, wie groß der Schock für sie sein musste, mich zu sehen, und dann durchkreuzten auch schon Max und die Anderen meine Pläne!"
„Darum ging es mir doch die ganze Zeit. Ich suchte einen Weg, sie auf dich vorbereiten zu können. Dies war nicht der richtige!"
„Es tut mir leid! Weißt du, ich, ich fühle, verstehst du?"
Georg nickte schnell. „Selbstverständlich fühlst du!"
„Was ich meine, ist, ich fühle selbständig. Ich war an seinem Grab, und ich fühlte mich schlecht!"
„Auch das ist ganz natürlich, mein Junge!"
„Ja, genau, und deshalb verstehe ich nicht, warum dir das nicht reicht? Ich meine, ich bin lebendig, du hast mich erschaffen, warum soll ich er sein, warum soll ich sie lieben?"
Ratlos rutschte Garden auf seinem Stuhl näher an ihn heran. „Aber wir haben doch schon so oft darüber gesprochen. Das war immer unser Ziel, von Anfang an. Du wurdest erschaffen, damit wir Menschen retten können, vor schweren Krankheiten, vor dem Tod, vor all dem, was Pete erleiden musste, verstehst du?"
Du lügst!, wollte er ihm am liebsten ins Gesicht schreien. Aber das durfte er nicht, noch nicht! Stumm nickte er Garden entgegen, innerlich kochte er. Allerdings war die Zeit für Wutausbrüche denkbar schlecht. Er musste vorsichtig sein, wenn er Garden lenken wollte. Dorthin, wo er ihn haben wollte. Es musste ihm gelingen, ihn weiterhin von seinen ursprünglichen Testverfahren abzuhalten. Sonst, wie er glaubte, würde er hier keinen Tag länger überleben und Lisa auch nicht, da war er sich sicher. „Wir machen also weiter wie

besprochen? Ohne Medikamente, ohne Hypnose und den ganzen Quatsch?"

„Einen Versuch ist es wert, wenn du immer noch glaubst, dass Lisa in dir Gefühle, Erinnerungen wecken könnte, vergessen wir die vorherigen Tests für eine Zeitlang. Vielleicht sollte ich zur Abwechslung einmal dir vertrauen!" Garden erhob sich und wandte sich mit einem freundschaftlichen Klaps auf diesen immer irgendwie zotteligen Wuschelkopf zum Gehen in Richtung Tür.

Kurz bevor er sie öffnete, drehte er sich noch einmal um. „Dieses Mal schaffen wir es, ich fühle es, wir sind dem Ziel ganz nahe. Mach dich erst mal frisch und wechsele die Kleidung. Peters wartet auf dich, er will kurz sehen, ob du deinen Ausflug unbeschadet überstanden hast. Vielleicht drückt er dir auch ein wenig Arbeit in die Hand, ich sagte ihm, du musst dich wieder mehr beschäftigen, damit du nicht so viel grübelst, alles klar?"

„Klar, ich verstehe!"

Ein zufriedenes Lächeln huschte Garden über die Lippen, womit er das Zimmer verließ.

Ja, dieses Lächeln kannte er nur zu gut. Wie oft sah er nach einem Gespräch so aus, wenn er meinte, alles zu seiner vollsten Zufriedenheit geregelt zu haben.

Doch dieses Mal täuschst du dich, Garden! Dieses Mal bin ich derjenige, der den entscheidenden Zug gemacht hat. Sicher, glücklicher würde ich mich fühlen, wenn ich weit entfernt von hier ein neues Leben beginnen könnte, doch dazu habe ich kein Recht, das ist mir mittlerweile klar geworden. Ich muss bleiben und das Ganze beenden. Mit Lisas Hilfe werde ich es beenden, für immer!

10: Flur

In dem endlos erscheinenden Flur schien die Zeit stillzustehen. Zwei Augenpaare hielten einander fest, ohne sich im Klaren darüber zu werden, was sie sahen oder sehen wollten. Im Moment konnte keiner von beiden sagen, was er fühlte. Aus unsagbarem Glück wurde Ungläubigkeit und Furcht. Und aus Hoffnung wurde ein Gefühl, der Verantwortung und der Angst dieser nicht gewachsen zu sein.
„Lisa! Was tust – tun Sie denn hier? Ohne Begleitung dürfen Sie hier nicht herumlaufen!" Seine Besorgnis schien die Oberhand zu erlangen, er sah sich abermals nach allen Seiten um. „Kommen Sie mit! Schnell, ich muss mit Ihnen sprechen – allein!" Er raffte seine Papiere zusammen und zog sie am Arm mit sich, über Treppen und durch Flure, die alle gleich aussahen. Dennoch schien er genau zu wissen, wo sie lang mussten, und als er eine Tür öffnete und Lisa mit sich hineinzog, schien er genau da zu sein, wohin er wollte.
Erneut standen sie sich für einen Augenblick stumm gegenüber. Es war ihre dritte Begegnung. Und sie war nicht viel weniger ‚mysteriös' als die vorherigen. Lisa war noch immer unfähig zu sprechen.
So begann er, ohne seinen Blick von ihr abzuwenden: „Ich bin froh die Möglichkeit bekommen zu haben, mit Ihnen allein sprechen zu können! Doch zuerst: Wie kommt es, dass er sie hier ohne Begleitung herumlaufen lässt?"
Er überlegte einige Sekunden, schien dann aber den Entschluss gefasst zu haben, dass es wichtigeres gab, worüber er mit ihr sprechen musste. „Setzen Sie sich doch; ich weiß nicht, wie viel Zeit wir haben."

Er ließ sie immer noch nicht aus den Augen, auch nicht als sie hinübergingen, um sich an ein kleines Tischchen am Fenster zu setzen. Sie befanden sich in einem Krankenzimmer ähnlich dem ihren. Nur etwas größer, doch genauso unpersönlich und steril.
Sie saßen sich gegenüber und spürten eine Art Verbundenheit. Es war keine Wiedersehensfreude. Was bei ihm ohnehin nicht zu erwarten war, wie Lisa meinte. Nein, auch bei Lisa überwiegte die Ungewissheit über die Situation, in der sie sich befanden, und das, was sie noch erwarten würde. Stumme nervöse Blicke auf beiden Seiten.
Dann schien Lisa sich langsam zu fangen. „Danke, dass Sie mich aus der Kapelle geholt haben!", durchbrach sie die Stille. Sie war so aufgeregt, dass sie ihre Hände unruhig, unter dem Tisch versteckt, ineinander rieb.
„Schon gut, das war das Mindeste, was ich für Sie tun konnte."
„Es ist schön, Sie noch einmal zu sehen. Denn ich werde nach Hause fahren!"
„Nach Hause, er lässt Sie wirklich gehen?" Plötzlich sah er aus dem Fenster. Eine Ruhe hatte ihn befallen, seine Gedanken schienen plötzlich weit entfernt von hier zu sein, was Lisa noch nervöser werden ließ.
„Was wollten Sie mir sagen?"
Sein Blick fiel wieder auf Lisa. Als müsse er sich darauf konzentrieren, was er ihr nun sagen sollte, er legte beide Hände gefaltet, lang auf den Tisch und sah auf sie herab. „Ich denke, Sie kennen die Antwort. Prof. Dr. Garden hat Sie sicherlich aufgeklärt über das, was hier stattgefunden hat, und weshalb wir Sie brauchen." Sein Gesicht ließ einige nachdenklich wirkende Falten zum Vorschein kommen. Er

schien immer noch nicht ganz sicher zu sein, ob oder was er ihr sagen sollte.

„Ja, das hat er. Aber warum wollten Sie mich alleine sprechen? Warum waren Sie auf dem Friedhof? Weshalb haben Sie mich beobachtet, wieso haben Sie mich gewarnt – wovor?" Lisa konnte ihren Blick nicht von ihm abwenden, es war einfach unglaublich. Sie saß mit einem Toten am selben Tisch. Nein, das entsprach nicht der Wahrheit!

„Wovor?" Er war aufgesprungen, zeigte mit dem Finger auf einen kleinen Kasten an der Wand, aus dem ein zerrissenes Kabel heraushing. „Vor ihm! – Und vor mir!" Langsam ließ er sich auf den Stuhl zurücksinken. „Es ist alles meine Schuld!" Kurz hob er seine Hände, als wolle er sich ergeben. Eine Geste, die Lisa so vertraut war.

„Was ist das für ein Kasten?" Lisa sah nur kurz hinter sich. „Das *war* eine Überwachungskamera, ich habe sie zerstört, fürs erste." Er beugte sich über den Tisch etwas näher zu ihr herüber, sah tief in ihre grünen Augen und spürte seine eigene Nervosität. Das, was er jetzt zu tun hatte, war nicht leicht, doch das musste es auch nicht. Wichtig war nur, dass sie ihm half. „Das, was er Ihnen mitteilte, ist nur die halbe Wahrheit, seine Wahrheit. Der wahre Grund, weshalb Sie hier sind, ist der, dass ich ihn darum gebeten habe!" Nun sah er sie abwartend an. Würde sie wütend werden, schockiert sein? Ihn beschimpfen oder mitleidig ihre Hilfe anbieten?" Doch nichts dergleichen trat ein.

Scheinbar ruhig saß sie ihm gegenüber, als hätte sie nicht verstanden, was er ihr sagte. Dass er allein für ihre nicht gerade sichere Lage verantwortlich war.

„Ich weiß! Der Professor sagte es mir."

„Und Sie sind nicht wütend auf mich?" Es schien ihn zu überraschen.
„Sie hatten sicherlich Ihre Gründe, und außerdem haben nicht Sie mich hierher geschleppt, sondern Gardens Leute, oder?"
„Na, ja, wie man's nimmt, sagen wir mal so, es gab nur noch das eine Auto!" Er grinste verlegen und entlockte Lisa ein Lächeln, welches ihre Lippen umspielte und sie fast kindlich wirken ließ. „Sie sind hier, weil ich Sie brauche! – Ich meine, ich brauche Sie, wirklich! Garden will Sie benutzen, ich möchte, dass Sie mich retten! Ich muss wissen wie … wie er war. Ich meine, was war Pete für ein Mensch? Warum haben Sie ihn geliebt? War er ehrgeizig, manchmal jähzornig, argwöhnisch? Hatte er Ängste, war er zärtlich?" Er ließ sie nicht aus den Augen.
Lisa presste ihre Fingernägel ihrer einen Hand in die Handfläche der anderen, dass es schmerzte. Sie konnte es kaum mehr ertragen, ihm gegenüberzusitzen und zu wissen, dass er nicht er war. „Warum wollen Sie das wissen? Sie haben ihn doch gekannt, nicht wahr?"
Er erhob sich. „Das ist es ja gerade. Ich habe ihn gesehen, wir haben uns unterhalten, ja, wir haben sogar zusammen gelacht. Jahrelang gab es Untersuchungen, Tests, Erfolge und Misserfolge. Er war ein Freund, ja, das war er wirklich, doch ich habe ihn erst nach seiner Erkrankung kennengelernt. Wie war er früher, in der Welt da draußen? Wie haben sie sich kennen gelernt, lieben gelernt?" Seine Stimme wurde leiser, es fiel ihm sichtlich schwer, ihr diese Fragen zu stellen. Schnell wechselte er wieder zu Neutralerem. „Was haben Sie zusammen erlebt? Er sah mich nur als sein Spiegelbild, als

seinen Lebensretter, ja, aber nie als den, den Garden in mir suchte!"

„Als Pete! Und Sie wollen jetzt so werden wie Pete?"

„Nein, aber nein! Ich war immer eine eigenständige Person für ihn. Dennoch ließ er mich nicht an sich heran. Er litt unter unserer einzigartigen Beziehung. Vielleicht bereute er es sogar, dass er damals seine Einwilligung gab? Aber er war der Einzige, der mich verstand! Ich bin mehr als nur ein Experiment, ein Ersatzteillager, verdammt noch mal, ich bin ein Individuum wie jedes andere Wesen auf diesem Planeten auch!" Er stellte sich ans Fenster, verschränkte beide Arme über der breiten Brust und starrte hinaus.

Wie gut sie diese Geste doch kannte. Es kam ihr vor, als wäre die Zeit zurückgedreht worden. Um Jahre zurück.

Er stand am Fenster ihres Zimmers. Er sah hinaus auf die Felder. Wartete geduldig, bis sie sich fertig angezogen hatte. Sie wollten ins Kino fahren. Dann drehte er sich abrupt um, sein Lächeln zeichnete tiefe Grübchen in seine Wangen und seine blauen Augen leuchteten vor Glück, als er sie ansah. Sie liebte ihn so sehr, dass es schmerzte.

Nun stand er hier am Fenster und sah hinaus in den Wald. Dann drehte er sich um, durch seine fast schulterlangen braunen Locken fielen die Sonnenstrahlen und ließen sie golden schimmern. Als könnte er ihre Gedanken lesen, die sie immer wieder in Versuchung führen wollten, ihn zu umarmen und ihn als Pete festzuhalten und nie wieder loszulassen.

„Ich bin nicht er! Verstehen Sie? Ich sehe aus wie er, ich spreche wie er, ich gehe wie er, aber er ist tot! Und ich lebe, ich bin der erste Klon auf dieser Welt, ich bin etwas Besonderes, einzigartig. Vielleicht glauben Sie, ich möchte

berühmt werden, ein Leben im Rampenlicht, in Reichtum und Ruhm leben!
Doch da liegen Sie völlig falsch. Ich will mein eigenes Leben leben, ich meine, ein richtiges Leben, so wie Sie eines leben dürfen und er es durfte. Aber ich will keinesfalls *seins*!"
Ruckartig stürzte er zu ihr an den Tisch zurück. „Sie sind meine einzige Hoffnung. Prof. Dr. Garden will beweisen, dass er Menschen zu 100 Prozent klonen kann. Dass sämtliche Daten, die ein Gehirn aufgenommen hat, gespeichert werden und an seinen Klon in den Genen weitergegeben werden können. Sein Erbmaterial, seine Gene sind identisch. Er will beweisen, dass wir uns total reproduzieren können, unsterblich werden. Aber das ist nicht wahr, Pete war Pete und – ich bin ich. Ich bin ein Mensch mit eigenen Gedanken und Gefühlen. Garden glaubt, es liegt alles in mir verborgen, wir müssten es nur finden. Wir dürfen und werden nichts finden!"
Er versuchte sich etwas zu beruhigen, holte tief Luft und sprach dann langsam weiter. „Wissen Sie, was ein solcher Durchbruch für die Menschheit bedeuten würde? Aber wie könnten Sie das, keiner kann sagen, was passieren würde, falls er Erfolg hätte!" Er fuhr sich durch die Locken und ließ beide Hände am Hinterkopf verharren.
Lisa verstand durchaus seine Erregung. „Aber wie könnte das möglich sein? Sie haben all die Situationen, die er durchlebt hat, nie erlebt. Wie könnten Sie Gefühle oder überhaupt Erinnerungen daran haben?"
„Garden sagt, es wäre nur eine Frage der Zeit und der richtigen Auslöser, an die gespeicherten Daten heranzukommen. So eine Art von persönlichem Geheimcode, der entdeckt und angewandt werden kann."

„Also glauben Sie ihm? Doch was wollen Sie dann von mir?"
Lisa war verwirrt.
„Ich will, dass Sie mir helfen – nein, ich flehe Sie an, es zu tun! Aber nicht aus dem gleichen Grund, den Garden verfolgt. – Helfen Sie mir zu beweisen, dass ich ich bin – und nicht Pete! Helfen Sie mir frei zu sein. Ich will hier raus, ich will leben, so wie ihr. Ich habe so viel gelernt, so viel gelesen, aber ich habe nie gelebt. Eingesperrt in diesem Institut, Jahr für Jahr. Natürlich mit allem, was mein Herz begehrt, nur nicht mit dem Wichtigsten im Leben, der Freiheit."
Lisa betrachtete sein erregtes Gesicht mit den weit aufgerissenen Augen. Er hatte Angst, das war eindeutig. Angst, für immer in diesen Fluren lebendig begraben zu bleiben. Denn das war er. Er war lebendig begraben. Er existierte nicht! Nicht wirklich. Er war ein Experiment, erschaffen, getestet, beobachtet, kontrolliert.
Sein Leben war ausgefüllt, wichtig, wie er lange Zeit glaubte. Erst spät spürte er diesen Drang, weiter gehen zu wollen als bis zu dem Zaun hinter dem Park. Sein Instinkt sagte ihm, dass es noch mehr gab da draußen! Dennoch brauchte er noch viel Zeit, um einen entscheidenden Schritt zu wagen. Seine Angst vor dieser Welt war weit größer als seine Sehnsucht, sie zu entdecken.
Lisa versuchte sich vorzustellen was mit ihm geschehen würde, falls sie herausfinden würden, dass er etwas weiß, was er nicht wissen konnte. Nicht wissen durfte! Wenn er so war, wie ER war? Wenn er …? Sie schüttelte verstört ihre rotbraunen langen Haare. Was würde mit uns allen geschehen, wenn wir zu 100 Prozent zu erneuern wären?

„Nein, ich will nur fort von hier, es ist zu gefährlich. Was macht Sie so sicher, dass Garden Unrecht hat, was ist, wenn er beweisen kann, dass sie ihn in sich tragen?" Was sagte sie da, das war nicht ihr Verstand, der da sprach, es war ihr Herz. Sie musste hier weg!

„Das wird er nicht, es ist völlig unmöglich – ich weiß es, ich bin mir völlig sicher, er kann es nicht! Sie brauchen sich keine Sorgen zu machen, tun Sie einfach, was er von Ihnen verlangt, ich kümmere mich um den Rest."

„Wovor haben Sie dann Angst?"

Diese Frage war berechtigt. Aber er durfte sie ihr nicht beantworten. Er konnte ihr nicht die Wahrheit sagen, noch nicht!

Lisa hielt es nicht mehr länger aus, am Tisch zu sitzen, sie begann im Zimmer hin und her zu gehen, während er sich auf die Fensterbank setzte und jede ihrer Bewegungen verfolgte. Sie musste sich Garden widersetzt haben, er ließ sie nicht nach Hause, einfach so! Sie wollte ihm nicht helfen, das hatte er nicht erwartet. Wenn sie wirklich so viel Liebe für ihn, Pete, empfunden hatte, wieso wollte sie ihn dann nicht zurückholen?

„Dieses ganze „Experiment" ist nichts sagend!", begann sie erneut.

„Aber warum? Sie kannten ihn sehr gut, Sie liebten ihn, oder etwa nicht?" Er fühlte, wie seine Zunge sich trocken an seinen Gaumen presste, und er glaubte, einen Moment keine Luft mehr zu bekommen. Warum zögerte sie? Sollte er sich so geirrt haben?

„Es gab viele Menschen, die ihn geliebt haben, warum holen sie nicht seine Exfrau oder seine Mutter?" Schon bei den

Worten erschrak sie, nie durfte man seiner Mutter dies antun, nie durfte sie erfahren, dass es IHN gab! Schnell versuchte sie abzulenken.

Auch ihn hatte ein Ruck durchfahren, so dass er von der Fensterbank sprang wie jemand, der zum Angriff übergehen musste.

Aber Lisa hatte es nicht bemerkt und sprach wie zu sich selbst weiter und durchschritt das Zimmer immer wieder. Es tat ihr gut, in Bewegung zu sein, als wäre sie auf dem Weg hier raus, nach Hause. „Das Experiment ist nicht glaubwürdig. Sie haben mit ihrem Genspender regelmäßig Kontakt gehabt. Hatten sie doch, oder?"

Er nickte.

„Sie haben ihm Gesten abschauen können, Stimmvariationen. Er könnte Ihnen alles Mögliche erzählt haben, weder ich noch Prof. Dr. Garden wissen, ob Sie nicht alles von ihm wissen, was Sie wissen. Oder was Sie nicht wissen."

Lisa blieb abrupt stehen und rieb sich die Stirn. „Es tut mir so leid, aber ich kann jetzt wirklich nicht mehr denken, ich will nach Hause, ich kann Ihnen nicht helfen, es tut mir schrecklich leid!" Sie wagte nicht ihm in die Augen zu sehen. Doch das war alles so sinnlos. Er hatte kein eigenes Leben, er war ein Klon, ein Produkt, ein Experiment, sie würden ihn nie in Frieden lassen, nie! Sie musste hier raus.

Noch ehe sie die Tür öffnen konnte, stand er vor ihr, versperrte ihr den Weg und drückte sie an ihren Schultern an die noch geschlossene Tür. Sie wehrte sich nicht, sie war erschöpft und verunsichert.

Er sah sie immer noch bittend an, allerdings hatte er auch etwas an sich, was keinen Widerspruch duldete. Sie hatte keine Angst vor ihm, denn es war Pete, der vor ihr stand, und doch warnte sie eine innere Stimme, irgendetwas verbarg er. Er schien einen Kampf mit sich selbst zu führen, in dem sie eine große Rolle zu spielen schien, wie diese Rolle auszusehen hatte, hatte er gesagt, doch wohin sie sie führen würde, war ungewiss.

„Er hat mir von Ihnen erzählt", sprudelte es plötzlich aus ihm heraus; er holte seinen letzten Trumpf heraus, schüttelte ihn aus dem Ärmel, setzte alles auf eine Karte und hoffte, er möge gewinnen. Sicher, er hätte ihr sagen können, dass Garden sie nicht wieder so einfach gehen lassen würde, bestimmt nicht. Doch er wollte sie nicht ängstigen, er wollte, dass sie aus freiem Willen blieb, nur dann würde es ihr hier weiterhin gut gehen.

Dann sprach er langsam weiter: „Einmal fragte er mich, ob ich mich mittlerweile an etwas erinnern würde. Aus seiner Kindheit, oder später. Ich verneinte. Er lächelte geheimnisvoll, es kam mir so vor, als sehe er weit zurück. Als er mich wieder ansah, sagte er: ‚Wenn in deinem Schädel wirklich irgendetwas aus meinem Schädel drin sein sollte, dann kann es sich nur um Lisa handeln, denn dieses Mädel habe ich da mein Leben lang einfach nicht rauskriegen können'." Er hatte gewonnen, er spürte es sofort.

Tränen schossen in ihre Augen, und alles ringsum verschwamm, sie schwankte, und er hielt sie fester.

„Das ist nicht fair, und Sie wissen das!" Lisa ließ ihren Tränen freien Lauf. Konnte das wahr sein? Oder hatte er sich das nur ausgedacht, um sie umzustimmen? Hatte Pete sie wirklich nie vergessen können, aber warum …? Nein, sie wollte sich diese

Frage nicht zum tausendsten Mal stellen. Sie wollte es einfach glauben, einfach glauben!
In diesem Moment klopfte es. Sie wichen von der Tür zurück. Schwester Regine öffnete sie, Pfleger Chris stand hinter ihr, sie machten einen Schritt zur Seite und ließen Prof. Dr. Garden ins Zimmer treten.
„Ach, hier stecken Sie, Miss! Wir haben Sie bereits gesucht, da Sie nicht an unserer Rezeption vorbeikamen. Schön, dass Sie sich schon unterhalten haben, das heißt wohl so viel, als dass Sie ihre Meinung geändert haben? Oh, ich sehe, es hat Sie doch alles etwas mitgenommen, geht es Ihnen nicht gut?"
Gardens aufgesetzte Freundlichkeit bereitete ihr Gänsehaut. Immer noch standen sie sich eng gegenüber, immer noch lagen seine Hände auf ihren Schultern, sie spürte, wie sich ihr Druck verstärkte. Sie sah zu ihm auf, seine Augen flehten sie an. Garden trat noch einen Schritt näher an sie heran. „Darf ich Sie jetzt auf ihr Zimmer führen lassen, alles andere hat Zeit. Morgen ist auch noch ein Tag. Ruhen Sie sich erst etwas aus, dann regeln wir morgen das Formelle."
Er redete und redete, sie konnte ihm nicht mehr zuhören, sie sah nur ‚seine' Augen und es kam ihr so vor, als sei er in diesem Moment hier, in diesen Augen und dankte ihr für ihr zustimmendes Nicken.

11: Im Park I

Der nächste Tag begann ereignislos. Wenn man ihn im Vergleich zum Vortag betrachtete. Sie unterschrieb einige ihr von der Schwester vorgelegte Formulare, nachdem sie sie gelesen hatte. Und danach hatte sie das seltsame Gefühl, ihre Seele verkauft zu haben.
Hauptsächlich ging es um ihre Schweigepflicht, sie durfte mit niemandem über das Experiment „Pete" sprechen. Ausgenommen waren nur die am Experiment selbst Beteiligten, also die Ärzte und Schwestern und natürlich der Klon selbst. Nebensächlich bestätigte sie ihre Mithilfe an einem Experiment in der Genforschung. Sehr vage gehalten, nichtssagend geschrieben. Es konnte alles Mögliche beinhalten.
Wieso hatte sie sich nur darauf eingelassen? Wieso riskierte sie so viel, womöglich mehr als sie sich eingestehen wollte? Und alles für einen Menschen, den es nicht mehr gab; nein, das war nicht richtig, für einen Menschen, den es wieder gab, den es eigentlich nicht geben konnte, und doch ... Lisa rieb sich die Stirn.
Sie hatte Kopfschmerzen, schlecht geschlafen, fast gar nicht. Sie grübelte und grübelte, was sie nur tun konnte, um *ihm* zu helfen. Und welche Auswirkungen es haben würde. Konnte sie die Entwicklung, die Manipulation des Lebens, die hier vorgenommen worden war, aufhalten? Konnte sie die Zeit zurückdrehen?
Nein, das war unmöglich. Sie konnte nur eines tun, sie konnte die Wahrheit herausfinden und ihm helfen der Öffentlichkeit die Wahrheit mitzuteilen. Die Wahrheit, wie sah sie aus? Sie

wollte sie finden und hoffte inständig, dass sie für ihn und die Menschheit nur Gutes hervorbringen möge.

Er hatte Recht! Garden durfte keinen Erfolg haben! Meinte er damit, er würde mit ihrer Hilfe alles tun, damit Garden keinen Erfolg haben würde, oder dass er beweisen würde, dass Garden mit seinen Vermutungen falsch lag? Oder war das ein und dasselbe? Sie hatte wirklich keine Ahnung, worauf sie sich da einließ! Aber hatte sie eine Wahl? Hätten sie sie wirklich mit dem, was sie bis heute wusste, gehen lassen? Sie hatte heute Morgen, bis jetzt jedenfalls, weder Prof. Dr. Garden noch „ihn" gesehen.

„Ihn"! Eine kalte Bezeichnung für jemanden, dem man, wie sie es tat, so starke Gefühle entgegenbrachte. Wenn es auch sehr gemischte und verwirrende Gefühle waren, so konnte sie diese nicht leugnen. Sie kannte seinen Namen nicht, seinen eigenen Namen.

Hatte er einen eigenen Namen? Sie hatte ihn bis jetzt nicht danach gefragt. Warum auch, er war für sie Pete. – Nein, das war er nicht, und das würde er auch nie werden. Sie wollte ihn sofort bei ihrem nächsten Treffen nach seinem Namen fragen.

Schwester Regine führte sie nach dem Mittagessen, was ihr auf ihr Zimmer gebracht worden war, hinaus in den Park. Fast freundschaftlich hakte sie sich bei Lisa unter und geleitete sie nach draußen. Sie führten ein nichtssagendes Gespräch über das Wetter und die diesjährige Herbstmode.

Lisa hatte versucht Regine auszufragen, über Prof. Dr. Garden, die Klinik, seine Forschungsarbeiten, aber Regine gab ihr unmissverständlich zu verstehen, dass sie über diese Art von Fragen keinerlei Auskunft geben durfte. Dasselbe galt natürlich über alles, was Petes Klon betraf oder den Vorgang selbst. Sie sagte, dass Prof. Dr. Garden Lisa selbst über das notwendige Wissen unterrichten würde. Insofern waren ihre Gesprächsinhalte äußerst begrenzt, private Themen anzusprechen lag ihnen beiden sehr fern. Dafür erklärte sie ihr die Nutzung und Aufteilung der Klinik.

Der Park, den sie durchschritten, lag auf der Hinterseite des Gebäudes, im Süden, wie Lisa durch den Stand der Sonne erkennen konnte. Das gesamte Gebäude glich einem riesigen U. Fast so wie die alten Burgen, Schlösser oder Herrensitze gab es in den Mauern der unteren Etagen nur kleinere, zum Teil vergitterte Fenster. Darüber bestand die Fassade zum größten Teil aus Fenstern und Balkonen. Im Innenhof des Gebäudes befand sich eine große Terrasse mit etlichen runden Tischen und Stühlen aus Korbgeflecht. Von dort hatte man einen herrlichen Blick auf den Park. Da auch heute die Sonne wieder unverhüllt vom Himmel strahlte, waren große Sonnenschirme aufgespannt und eine noch größere Anzahl von Liegen auf dem Rasen vor der Terrasse verteilt worden. Einige waren bereits von Menschen belegt.

„Von hier hat man den schönsten Blick auf die Klinik", schwelgte Regine ihr vor und verharrte kurz, um sich dann auf einer der vielen Bänke niederzulassen, die überall im Park zu finden waren. Sie mochte Recht haben, denn auf sämtlichen Balkonen blühten Geranien in den unterschiedlichsten Farben. Das Haus wirkte wie ein Gemälde.

Auf dem Rasen standen große Kübel mit Palmen und Bananenpflanzen. Blumenrabatten rund um die Wege und an den Mauern entlang machten aus einer Klinik eine Wohlfühloase.

„Von hier aus gesehen befindet sich in der rechten Gebäudehälfte der Verwaltungstrakt, Büros, Sprechzimmer, Forschungsräume, Labors und dergleichen. In der linken Hälfte sind die Untersuchungszimmer, Patientenzimmer, Reha-Räume und auch die OPs angesiedelt. Die Mitte und gleichzeitig die Verbindung zu einem U bewohnen wir, das heißt das Personal wohnt in der zweiten Etage. Unser Professor und Dr. Peters bewohnen die oberen zwei Etagen in ihren eigenen Wohnungen. Im Erdgeschoss befinden sich die Aufenthaltsräume und Speisesäle mit der großen Küche und den Versorgungsräumen. Natürlich verfügen wir auch über ein Schwimmbad und verschiedene Saunen und Fitness-Räume im Keller unseres Hauses." Es trat eine große Portion Stolz aus ihren Ausführungen zum Vorschein, was Lisa auch in Regines Gesicht entdecken konnte, welches sie ab und zu von der Seite beobachtete. Sie hatte sich zu ihr gesetzt und war ihren Beschreibungen mit den Augen einer Suchenden gefolgt.
„Wo befindet sich der Eingang?"
Regine wandte sich ihr zu. „Auf der entgegengesetzten Seite, dort ist auch die Auffahrt auf dieses Grundstück. Das gesamte Areal befindet sich im Wald. Umgeben von einem bestens gesicherten Elektrozaun, der nur von einem Haupttor durchbrochen ist!" Forschend begutachtete sie Lisas Gesicht.
„Aha!" Das war alles, was Lisa dazu einfiel.
„Die Patientenzimmer liegen in der dritten und vierten Etage. Ihres befindet sich in der vierten. Sie können direkt auf diesen Teil des Waldes sehen, in dem wir uns zurzeit aufhalten."
Lisa erkannte die Aussicht wieder. Die Balkone befanden sich nur in der Innenseite des Us. An beiden Frontseiten befanden sich Gläserne Außenaufzüge, die dem Ganzen einen

futuristischen Anblick verliehen. Überhaupt schien Geld bei allem hier keine Rolle gespielt zu haben.

Ihre Begegnungen mit dem Professor und „Pete" mussten ihrer Ansicht nach also im rechten Teil – bei einem Schloss würde man wohl in diesem Fall im Ostflügel sagen – stattgefunden haben. Der Park lag also im Süden, wie auch die großen Fenster der oberen Stockwerke und die Balkone sowie die große Sonnenterrasse, die gleichzeitig die Verlängerung des Speisesaales war, als welche sie bei schönem Wetter auch genutzt wurde. Die medizinischen Abteilungen mit den Patienten lagen im Westflügel, die Verwaltung im Ostflügel und die Angestellten und Privaträume im Nordteil des Hauses, zusammen mit den Gemeinschaftsräumen. Lisa wollte sich alles so gut wie möglich einprägen. Nicht noch einmal wollte sie so blind und orientierungslos durch die Gänge jagen wie am Vortag.

„Wollen wir noch ein wenig weitergehen?" Regine erhob sich und strich ihren weißen Kittel glatt, ohne sonderlich an einer Antwort interessiert zu sein.

Kieswege schlängelten sich unter großen Buchen, Eichen und Ahornbäumen entlang rund herum durch den Wald. Blumenrabatten wechselten sich mit blühenden Sträuchern ab, die ihre ganze Kraft dem nahenden Herbst mit einer Farbenvielfalt entgegenhielten, als würden sie somit den Sommer verlängern können – was ihnen auch in diesem Jahr glückte.

Regine führte sie um das gesamte Gebäude herum, bis sie an der Auffahrt angelangt waren. Sie war beeindruckend wie auch der Blick auf die weiße Fassade der Klinik. Balkone gab es auf dieser Seite nicht. Dafür waren die Fenster noch größer als auf der Südseite. Licht spielte eine große Rolle in diesem Haus. Alles war lichtdurchflutet, hell, weiß, aus Glas und mit silbern schimmerndem Chrom und Edelstahl durchzogen. Modern und dennoch auf Althergebrachtem aufgebaut. Die Form des Hauses, die Gestaltung der Auffahrt, Gardens Arbeitszimmer, obwohl alles eindeutig neuerem Ursprungs war, ließ doch einen Hang, vielleicht sogar eine Liebe zu den Dingen der Vergangenheit erkennen. Ja, selbst Garden wirkte ein wenig wie der Hausherr, Schlossbesitzer, der über die Menschen seiner Umgebung bestimmte, als wären sie sein Eigentum.

In der vierten Etage des Westflügels war es deutlich ruhiger als auf den Etagen darunter. Hier kam ihnen kein Patient auf dem Flur entgegen. Bewohnte sie etwa diese Etage alleine? Als sie wieder vor Lisas Zimmer angelangt waren, ließ Regine sie eintreten und holte einen Schlüsselbund aus ihrer Kitteltasche hervor.

„Sie wollen mich doch nicht schon wieder einschließen, warum?"

„Es dient zu Ihrer eigenen Sicherheit. Wir wollen nicht, dass Sie sich noch einmal verlaufen. Wenn Sie etwas länger hier bei uns sind, wird es dieser Maßnahme nicht mehr bedürfen." Mit diesen Worten schloss sie die Tür vor Lisas Nase zu, so dass Lisa nur noch ihre Schritte auf dem Gang hören konnte, die langsam immer leiser wurden, bis sie endgültig verhallten. Sich allein überlassen, ließ sich Lisa auf ihr Bett fallen und ihren Gedanken freien Lauf. Diese wanderten sofort wieder zu dem unfassbaren Prozess des Klonens.

Ein Mensch wurde geklont, wer außer ihr wusste noch davon? Alle Menschen dieses Hauses? Wohl kaum. So konnte es nicht lange ein Geheimnis bleiben. Oder gab es auch außerhalb dieses Gebäudes Wissen über das, was hier geschehen war? Das gesamte Haus, das Personal, die wenigen Patienten, die sie bis jetzt zu Gesicht bekommen hatte, alles war so hell, so weiß – die Kleidung – so gleich! Sie bekam eine Gänsehaut. Wie viele von ihnen waren oder hatten Doppelgänger, wie viele von ihnen gab oder gibt es heute irgendwo da draußen, in der Wirklichkeit? Nein, Petes Klon war der Erste. Vielleicht der Erste, das hieß noch lange nicht, dass er auch der einzige Klon war!

Lisa musste so schnell wie möglich Antworten finden, sie musste sich in diesem riesigen Gebäudekomplex zurechtfinden. Sie musste jede Gelegenheit, die sich ihr bot, nutzen, um so viel wie möglich zu erfahren.

Und dann gab es noch die Frage, wie sie hier wieder herauskommen konnten. Und damit meinte sie nicht nur sich selbst. Sie versuchte diesen Gedanken zu verdrängen, noch war es zu früh, um an Fortgehen zu denken, sie hatte sich entschieden zu bleiben.

Doch ihr war auch klar, dass das Ergebnis über die Dauer ihres Aufenthaltes entscheiden würde. Ihre und auch seine Freiheit hing von seiner „Erinnerung" ab. Es gab, soweit sie bis jetzt wusste, nur einen Eingang und Ausgang, das Haupttor. Wahrscheinlich war es Tag und Nacht besetzt. Sie konnte nur hoffen, dass sie es passieren durfte, wenn sie danach verlangte.

12: Im Park II

Der Kies knirschte unter ihren neuen Schuhen. Turnschuhe und Freizeitkleidung und was man so braucht hatte sie bekommen. Alles in Weiß.
Was allerdings nicht eben zu ihrem Wohlbefinden beitrug. Denn nun unterschied sie sich äußerlich kaum mehr von den anderen, weder von dem Personal noch von den Patienten, denen sie mittlerweile einige Male begegnet war beim Abendessen im großen Speisesaal, auf den Fluren und hier draußen im weitläufigen Parkgelände.
Das sie nun zum zweiten Mal unter Regines Führung durchstreifte. Einige hatten ihr freundlich zugelächelt. Andere hatten sie nicht einmal bemerkt. Zu gerne hätte sie mit ihnen gesprochen. Doch Regine ließ ihr dazu keine Gelegenheit. Bis jetzt war sie die meiste Zeit auf ihrem Zimmer gewesen. Regine erklärte ihr, dass der Professor erst noch einige Vorbereitungen für die bevorstehenden Tests treffen musste. Sie hatten ja noch nicht so früh mit ihrem Erscheinen gerechnet.
„Erscheinen gerechnet!" Lisa wollte widersprechen. Schließlich war sie nicht von selbst hier erschienen. Aber Regine war nicht leicht in ein Gespräch zu verwickeln, schon gar nicht in eine Diskussion über Freiheitsberaubung. Wenn Lisa auch ihren Aufenthalt hier mehr oder weniger schweigend hinnahm, so war sie, unmerkbar für andere, aufs Höchste aufmerksam und an allem, was sie sah und hörte, sehr interessiert.
Woran sie sich einfach nicht gewöhnen wollte, waren die Überwachungskameras, die deutlich in allen Fluren und

Räumen zu sehen waren. Allerdings machte sie sich noch mehr Sorgen um die Kameras und Mikrofone, die nicht zu sehen waren. Auch hier draußen im Park wurde sie das Gefühl nicht los, pausenlos beobachtet und belauscht zu werden. Vielleicht waren es aber auch nur die vielen Fenster, die ihr dieses Gefühl gaben. Die Kamera in ihrem Zimmer diente natürlich auch nur zu ihrer Sicherheit, da das Haus so groß und die Schwestern nicht ständig in der Nähe sein konnten.
„Da sind wir!" Regine, die sie bereits am Vortag betreut hatte und anscheinend über „das Experiment" bestens informiert war, lächelte ihr zu und nickte in Richtung einer Parkbank, die unter einer großen Buche stand. Auf ihr saß ein großer Mann in weißer Kleidung und sah zu Boden.
„Prof. Dr. Garden meinte, Sie sollten sich ein wenig unterhalten, das täte Ihnen beiden gut! Ich werde auf der Terrasse auf Sie warten!" Ohne ein weiteres Wort wandte sie sich ab und ging zurück.
Lisa trat näher und spürte, wie sich ihr Körper verkrampfte, ihr Herzschlag und ihre Atmung sich beschleunigten und ihre Hände vor Kälte ganz weiß wurden. Wie schon damals, vor über zehn Jahren, übte er immer noch, oder wieder, diese Wirkung auf sie aus. Leise näherte sie sich der Bank, auf der er saß.
Seine Ellenbogen auf seine Knie gestützt, sein Gesicht in den Händen vergraben, schien er in Gedanken versunken zu sein. Als er Schritte näher kommen hörte, hob er den Kopf und ein Lächeln erfasste sein ganzes Gesicht. „Hallo! Ich habe auf dich gewartet, endlich hat man dich zu mir gebracht!" Schnell erhob er sich, kam ihr entgegen, nahm ihre Hand und zog sie neben sich auf die Bank.

Er ist es nicht! Er ist es nicht! Immer wieder sagte sie sich diese vier Worte. Wie war das nur möglich?
„Du bist hoffentlich einverstanden, dass wir du zueinander sagen?" Sein Lächeln hätte keinen Widerspruch geduldet, der auch nicht gekommen wäre. Die Anspannung von vor zwei Tagen schien er abgelegt zu haben. Wahrscheinlich konnte er sich nun auf sie beide konzentrieren, da er nun sicher war, dass sie ihm helfen würde.
Jetzt fiel Lisa wieder ein, was sie ihn als Erstes fragen wollte. „Wie ist dein Name?"
Als hätte sie etwas sehr unangenehmes angesprochen, verschwand jegliche Fröhlichkeit aus seinem Körper. Doch nur kurz, er fasste sich erstaunlich schnell. Wieso hatte ihn diese Frage so erschreckt, oder einfach nur überrascht? Lisa konnte es nicht deuten. Seine Fassung war sofort wieder hergestellt und er sah ihr direkt in die Augen.
„Was würdest du mir für einen Namen geben, mir, dem ersten Klon, einer Kopie eines anderen Menschen?" Da war es wieder, seine Stimme verriet ihn, er war verbittert, gereizt. Er schien große Schwierigkeiten zu haben, seine Fassung zu behalten, und das nach so langer Zeit? Doch wieso langer Zeit, sie hatte keine Ahnung, wie alt er war, und er konnte unmöglich so alt wie Pete sein. „Nun, fällt dir keiner ein?" Etwas gelassener lehnte er sich zurück und sah in die Baumkronen, als wollte er sich ablenken – beruhigen?
„Wieso sollte ich dir einen Namen geben, ich bin sicher, dass das schon jemand getan hat, oder?" Lisa spürte, wie fremd er ihr plötzlich war, nein das war nicht Pete. Es würde ihr leichter fallen, mit ihm zu arbeiten, wenn sie das endlich begreifen, endlich verinnerlichen würde.

„Natürlich hat das jemand getan, Prof. Dr. Garden befand den Namen ‚Adam' für treffend."

Es war nur zu deutlich, er war verärgert, er war verbittert, und das zu Recht. Adam, wer kam als Nächstes? Eine Eva? Selbst durch seine betont englische Aussprache deutete der Name immer noch nur zu deutlich auf Gardens „Schöpfungserfolg" hin.

Lisa empfand Mitleid für Adam. Was hatte man ihm angetan, was musste er alles erleiden. Wahrscheinlich reichte ihre Vorstellungskraft kaum aus, sich auszumalen, wie eine Kindheit ohne Eltern, in einer Klinik, abgeschottet von der Außenwelt, von Gleichaltrigen, nur der Wissenschaft und Forschung unterstellt, mit Tests, Untersuchungen und Operationen gequält zu werden, jahrein, jahraus. War es so?

„Adam, es tut mir leid, es tut mir alles so leid, ich kann dich auch anders nennen, sag mir einfach wie?"

„Pete, bitte nenn mich Pete!" Es war eine nicht zu unterdrückende, spontane Antwort, die er sofort bereute. Für ihn selbst war es so naheliegend. Schnell fügte er hinzu: „Ich weiß, ich bin es nicht – und ich will es auch nicht sein, aber vielleicht würde dir das helfen, ich meine bei den Tests. Ich schätze, Garden wäre darüber erfreut. Er setzt so große Hoffnung in dich, und vielleicht würde er einen Misserfolg besser wegstecken, wenn er wüsste, dass er das Bestmögliche versucht hat, mit dir Pete wiederzufinden!"

Seine Augen ließen sie nicht los, er konnte nur erahnen, was er da von ihr verlangte, wenn sie für Pete damals wirklich so viel empfand, wie es den Anschein machte. Doch er erhoffte sich auch eine engere Bindung, dass es ihr leichter fallen würde, von der Vergangenheit zu ihm zu sprechen, er musste wissen, warum sie so oft am Grab war, warum nach so vielen Jahren. Er wollte ihr das Gefühl geben, ihm alles anvertrauen zu können, und dann musste er beweisen, dass Prof. Dr. Garden ein Versager war, ein Hochstapler, er durfte so nicht weitermachen, er musste gestoppt werden.

„Das ist unmöglich, ich kann dich nicht bei seinem Namen nennen. Ich werde dir helfen, aber ich werde dich nie Pete nennen." Lisa wischte sich unsanft eine Träne aus dem Gesicht, wandte sich ab und lief den Kiesweg zurück zum Haus.

„Verdammt!" Adam fluchte nur selten, doch er wusste, wie schwerwiegend sein Fehler war. Anstelle Vertrauen aufzubauen, war er gerade dabei, das wenige, das vorhanden war, auch noch zu zerstören. Er hätte sich ohrfeigen können. Doch er durfte nicht aufgeben. Sie würde ihm helfen, ja, das würde sie tun. Sie würde ihm helfen zu beweisen, dass er „nur" Adam ist! So sehr sie sich auch bemühte, er würde ihr und ihm zeigen, dass keine Erinnerungen in seinem Gehirn auf Petes Gefühle und Gedanken hinweisen werden. Er wird Gardens Pläne zunichtemachen, ihn aufhalten und danach hier herauskommen, ein normales Leben führen, sein Leben!

13: Speisesaal

Als sie an diesem Abend im Speisesaal ganz allein an einem Tisch saß, der ihr zugewiesen worden war, und um sie herum all die Patienten saßen, versuchte sie ohne großen Erfolg sich zu entspannen. Es war wie in einem Hotel oder wie in einem Speisesaal bei einem Kuraufenthalt. Alle saßen zu dritt oder zu viert an kleinen Tischen, unterhielten sich und bekamen das Essen an den Tisch gereicht, jeder das, was für ihn speziell zusammengestellt worden war.

Lisa wäre zu gerne an einen x-beliebigen Tisch gegangen, um mit den anderen ins Gespräch zu kommen, sie etwas auszufragen, ihre Neugierde wuchs. Was waren das für Menschen, die sich in einer Gen-Klinik aufhielten? Waren sie krank oder ließen sie sich klonen? Lächerlich! Unmöglich!? Doch in dem Augenblick, als sie sich durchgerungen hatte sich zu erheben und zu einer ebenfalls alleine an einem Tisch sitzenden Frau zu gehen, legte sich eine Hand sanft auf ihre Schulter. Erschrocken fuhr sie herum.

Er stand neben ihr. „Darf ich mich zu dir setzen?" Sein Lächeln war entschuldigend und bittend zugleich.

„Ja, gerne." Lisa war ihm dankbar, dass er es ihr so leicht machte. Und in seiner Gesellschaft fühlte sie sich nicht mehr so verloren. „Ich wollte eben zu meinem Nachbartisch gehen, um mit der Frau dort zu sprechen."

Eine etwas rundliche Frau, vielleicht Mitte fünfzig, hatte anscheinend Lisas Interesse bemerkt und lächelte ihr freundlich zu. Auch Adam sah es, lächelte zurück und setzte sich nah an Lisas rechte Seite.

Lisa versuchte ganz normal zu wirken, doch ihre Stimme klang zittrig aufgeregt und unsicher.
Er sah sie forschend an. „Ich würde mich freuen, wenn du Adam zu mir sagen könntest!? Und bitte unternimm nichts, gar nichts ohne mich, bitte, versprich es mir!" Ernster hätte seine Stimme kaum klingen können. Es machte ihr etwas Angst, dass anscheinend die bloße Andeutung einer Unterhaltung mit anderen Patienten ihn zu so einer Äußerung veranlasste.
„Ja, ich verspreche es dir – Adam!"
Mit dem Lächeln der Erleichterung legte er seine Hand auf die ihre und hielt sie fest. „Morgen früh wird dich Gardens Chefarzt, Dr. Peters, etwas herumführen und über die Arbeit dieser Klinik informieren." Mehr sagte er nicht dazu.
Sie führten eine zwanglose, allerdings auch nichtssagende Unterhaltung, was Lisa sehr enttäuschend fand. Doch was hatte sie sonst erwartet? Dass er ihr von Pete erzählen würde? Nein, nicht hier neben so vielen fremden Leuten. Also versuchte sie auch nicht ihn auszufragen. Schon seine Art der Gesprächsführung ließ sie spüren, dass das hier der falsche Platz für ein persönliches Gespräch war.
Manchmal sah er sich um, als erwartete er, dass etwas passieren würde. Er war sehr nervös.
Lisa wusste nicht wann und wo, sie wusste nur, dass sie ihn so vieles fragen wollte und dass ihr jede Stunde des Tages wie eine Woche vorkam, ihre Gedanken sich im Kreis bewegten und sie endlich Antworten finden mussten.
Ob es einen Platz gab, an dem sie sich alleine, ungestört unterhalten konnten und er nicht so nervös sein würde? So wie im Park? Doch selbst da war es nicht einfach mit ihm zu

sprechen. Er schleppte eine Menge Dinge mit sich herum, die ihn belasteten und beunruhigten, das war ihr bewusst, und wahrscheinlich gehörte ihre Anwesenheit dazu.

14: Warten

Der vierte Morgen, den sie in dieser Klinik verbrachte, brach an. Schwester Regine brachte ihr das Frühstück und kündigte den Besuch von Dr. Paul Peters für zehn Uhr an. Sie war gut gelaunt und sagte ihr, dass sie der Doktor durch das Haus führen und sie dann zum Mittagstisch in den großen Saal begleiten würde.
Wahrscheinlich hatte Regine so den Vormittag für sich. Lisa hatte seit ihrer Ankunft nicht den Eindruck, als hätte Regine noch viel mit anderen Patienten zu tun. Sie war immer in ihrer Nähe, und Lisa konnte sie jederzeit über eine Klingel herbeiholen.
Der vierte Tag! Lisa dachte an Zuhause, an den Laden, ihre Freundin Vera. Ob sie ohne sie zurechtkam?
Nur kurz hatte sie sie telefonisch informieren dürfen. Nur das Nötigste: Dass sie an einem Forschungsprojekt teilnahm und die Klinik alle anfallenden Kosten übernehmen würde, durfte sie ihr mitteilen. Für alles andere würden sie sorgen, hatte Prof. Dr. Garden gesagt. Sogar dass sich Vertretungskräfte vorstellen würden und frei ausgewählt werden konnten. Alles Weiter käme schriftlich per Post.
Über die Dauer des Experimentes sagten sie nichts und Lisa hatte auch keine Zeit, Privates zu erfragen oder zu berichten. Regine stand daneben und sagte, das würde unter die Geheimhaltungsvorschrift fallen. Vera war so erstaunt, dass sie sprachlos Lisas kurzen Erklärungen lauschte und ihre Anweisungen bezüglich der Post und so weiter ohne Widerspruch entgegennahm.

Als Vera nach ihrer Telefonnummer oder Adresse fragte, unterbrach Regine das Gespräch unsanft, indem sie Lisa den Hörer abnahm und antwortete: „Sie wird sich bei Ihnen melden! Guten Tag!"
Auch Lisa war sprachlos über dieses Verhalten. War das eine Anordnung von ganz oben? „Geheimhaltung"! Ja, das leuchtete ihr ein. Was hier geheim gehalten wurde, würde die Öffentlichkeit mehr als nur überraschen, erschrecken, wahrscheinlich auch ängstigen. Das würde von dem Ergebnis abhängen, das Garden noch als Krone über Adams Haupt platzieren wollte.
Lisa hatte das Gefühl, dass das noch nicht alles war, was hinter den vielen Türen dieser „Klinik" versteckt gehalten wurde. Sie hoffte heute ein wenig mehr zu erfahren. Natürlich wusste sie, dass dieser Peters ihr gewiss nur, wie Adam sich ausgedrückt hatte, „das Nötigste" zeigen würde. Doch wenn sie sich Mühe geben und die Augen offenhalten würde, konnte sie vielleicht mehr erfahren als ihnen allen lieb war. Manches, was nicht erwähnt werden würde, konnte mehr aussagen als etwas, das ausführlich beschrieben werden würde.
Merkwürdigerweise freute sie sich richtig auf diesen Rundgang und war bereits viertel vor zehn zum Aufbruch bereit. Die weiße Kleidung nervte sie etwas. Jogginganzüge hasste sie ohnehin, und dann noch weiß.
Doch Regine bestand darauf, sie sagte, es wäre harmonischer für alle, als wenn sie in ihrem schwarzen Kleid durch die Gänge geistern würde. Als wenn es schwarze Geister geben würde!?
Aber sie sagte nichts, sie wollte es sich nicht mit Regine verscherzen. Irgendetwas hielt sie zurück, sie schien zu ahnen,

dass sie ihre Hilfe gewiss noch brauchen würde. Als sie auf ihre Armbanduhr sah, an der bis jetzt noch niemand etwas auszusetzen hatte, war es genau zehn Uhr.

Ein feines Piepen drang plötzlich an ihr Ohr. Suchend sah sie sich um. Es war sehr schwach, aber, da es so still im Zimmer war, deutlich zu hören. Es gab weder ein Radio noch sonst ein elektronisches Gerät in ihrem Zimmer. Bis ihr Blick an der gegenüberliegenden Wand den kleinen silbernen, unter der Decke befestigten Kasten fixierte. Ein blinkender kleiner roter Punkt zeigte, dass er aktiv war.

Lisa hatte diesen Kasten schon am ersten Morgen bemerkt, ihn allerdings nicht weiter beachtet, für einen Rauchmelder oder ein Gerät zur Überwachung der Raumluft einer Klimaanlage gehalten. Erst nachdem Adam ihr denselben Kasten in seinem Zimmer als Überwachungskamera vorstellte, wusste sie über dessen Funktion Bescheid.

Danach wusste sie, dass sie nahe dran war. Es war ein Gerät zur Überwachung, mit dem großen Unterschied, dass diese Überwachung nicht der Luft, sondern ihr galt.

15: Chefarzt

Während Lisa noch immer gebannt auf das blinkende Licht starrte, erlosch es. Sie überlegte, wer wohl vor dem Bildschirm sitzen würde, um sie zu beobachten. Und warum? Da klopfte es.
Lisa antwortete zögernd: „Herein!"
Ein Schlüssel wurde herumgedreht und die Tür öffnete sich. Ein großer Mann im weißen Kittel und mit Nickelbrille streckte ihr seine Hand entgegen. „Guten Morgen, mein Name ist Dr. Peters, wir sind verabredet?!"
Sein charmantes Lächeln stimmte Lisa wieder etwas freundlicher. Doch sie vergaß die Kameras nicht, während sie neben ihm durch die endlos erscheinenden Gänge ging. Neugierig betrachtete sie ihn von der Seite.
Recht gutaussehend war ihr Urteil. Natürlich sah er nicht so gut aus wie Pete oder Adam, er war auch nicht ganz so groß, allerdings war sein Lächeln konkurrenzfähig. Nur die typischen und so bezaubernden Grübchen fehlten ihm. Seine Haare waren hellbraun oder dunkelblond. So genau konnte man das nicht sagen, denn er trug eine Kurzhaarfrisur, sehr kurz, einen sogenannten Igel-Putz, wobei die Haare so kurz geschnitten werden, dass sie von allein senkrecht am Kopf stehen. Wenn man darüberstreichen würde, würden sie sich weich wie Samt anfühlen. Lisas Gedanken schweiften ab, doch Peters holte sie zurück.
„Sie sind also Adams Therapie, die ihm seinem Ziel näherbringen soll?", begann er langsam, während er ihr die Glastür zu einer Treppe aufhielt, die sie hinab in den dritten Stock führen würde.

„Wenn Sie es so nennen wollen! Prof. Dr. Garden scheint davon überzeugt zu sein."

„Oh ja, ich auch, Sie etwa nicht? Sie müssen aber daran glauben, Sie sollen ihn doch finden!" Dr. Peters schob verunsichert seine Brille weiter hinauf auf den Nasenrücken.

„Wen soll ich finden?" Lisa stellte sich dumm, was sonst nicht ihre Art war, doch sie hoffte, diesem offensichtlich leicht zu verunsichernden „Professor" mehr zu entlocken.

„Aber ich dachte, Sie seien bereits informiert? – Sie sollen natürlich Pete in Adam entdecken, wiederfinden, hervorlocken, befreien!" Er war stehengeblieben. „Adam muss Petes Erinnerungen in sich selbst sichtbar machen, er braucht nur die richtigen Stimulanzen. Petes Gefühle, seine Gedanken, Erinnerungen, sie ruhen in Adam, im Verborgenen. Allein, dass er Sie sieht, Sie zu ihm sprechen, kann schon als Auslöser reichen. Tiefe Gefühle sind der Schlüssel zu unserer Seele."

In Gedanken vertieft schien er vergessen zu haben, warum sie im Flur standen und Lisa an seiner Seite war. „Oh ich habe mich hinreißen lassen, tut mir leid, ich sollte Ihnen ja die Klinik zeigen und die einzelnen Aufgaben, die wir hier bewältigen, erläutern. Unsere Forschungsabteilung ist auf dem neuesten Stand der Gen-Technik, dank Georgs, ich meine Prof. Dr. Gardens Engagement und seiner großen finanziellen Unterstützung. Erst durch ihn wurde dies alles möglich. Er war und ist die treibende Kraft, er hat uns ausfindig gemacht und uns diese großartige Möglichkeit der Forschung geschenkt. Doch wo habe ich nur meine Gedanken. Ich zeige Ihnen nun die Räumlichkeiten."

Es wurde eine ausschweifende Dankeshymne zu Prof. Dr. Georg Gardens Ehren. Sie liefen von einem Stockwerk ins nächste. Ihre Besichtigungstour hatte im Westflügel begonnen.

Allerdings blieben die vielen Zimmertüren der Patienten verschlossen. Wir legen sehr viel Wert auf Diskretion, hatte er ihr erklärt.

Sie arbeiteten sich langsam durch Untersuchungszimmer mit den neuesten medizinischen Geräten zur Diagnostik, zum Mittelgebäude, den Aufenthaltsräumen, der Küche und dem Freizeitbereich vor. Dr. Peters grüßte jedermann freundlich, der ihnen über den Weg lief, jedoch ohne auch nur ein einziges Mal stehenzubleiben. Es war überdeutlich, dass er jeglichen Kontakt zwischen Lisa und den Patienten vermied.

Lisa wurde ungeduldig. Sie hatte genug Fitnessräume, Bäder mit Whirlpool und Solarien, sonnendurchflutete Ruhezimmer und so weiter begutachtet. Als sie im zweiten Stock an einer Sitzecke mit bequemen Sesseln direkt an einer großen Fensterfront angelangt waren, ließ sie sich in einen Sessel fallen.

„Oh, ich habe Sie wohl zu lange durch das Haus gejagt. Das tut mir wirklich leid, ich wollte Ihnen alles zeigen und habe nicht bedacht, das Sie erst vor wenigen Tagen mit einer Rauchvergiftung eingeliefert wurden." Er setzte sich ihr gegenüber, nahm seine Brille ab und begann sie mit dem Zipfel seines Kittels zu reinigen.

Ohne Brille sah er gar nicht mehr wie ein Doktor aus, jünger und nicht so streng. Wie alt mochte er sein? Lisas Blick fiel auf seine Hände. Sehr gepflegte, leicht gebräunte Hände, auch sein Gesicht war leicht gebräunt. Vielleicht spielte er in seiner

Freizeit Tennis, spielen nicht alle Ärzte Tennis? Sie glaubte in der Ferne des Parks Tennisplätze gesehen zu haben. Mitte bis Ende dreißig, das war Lisas Resultat ihrer Begutachtung.

Als ahnte er, worüber sie sich den Kopf zerbrach, lächelte er ihr erneut charmant zu. „Sie mögen sich wundern, dass ein so relativ junger Arzt wie ich hier mit Prof. Dr. Garden arbeiten darf. – Es war unsere Leidenschaft, die uns zusammenführte. Unsere Leidenschaft, Menschen über den heutigen Stand der Medizin hinaus zu helfen, ihr Leben zu verlängern, es zu retten." Er hatte seine Brille wieder aufgesetzt und sich in den Chefarzt zurückverwandelt.

Lisa rutschte an die Kante ihres Sessels. Endlich war er da angelangt, wo sie die ganze Zeit hin wollte, beim Klonen. Interesse zeigend beugte sie sich zu ihm vor, sie brauchte kein Interesse vorzutäuschen, sie war so interessiert, dass sie Angst bekam, er würde es sich anders überlegen und ihr auch noch die Sanitäranlagen und Verwaltungsräume zeigen. Aber er war weit aufmerksamer, als es manchmal den Anschein hatte. Keck blinzelte er ihr zu, was Lisa etwas verwirrte, und beugte sich ebenfalls nach vorne. Sie sahen einander in die Augen, keinen halben Meter voneinander entfernt.

„Ich kann dieselbe Leidenschaft auch in ihren Augen aufleuchten sehen. Sie wollen mehr darüber erfahren, nun gut, da Sie ja mehr oder weniger eine Mitarbeiterin unserer Klinik sind und rechtlich alles geregelt ist, womit ich natürlich hauptsächlich die Schweigepflicht meine, darf ich Sie über unsere Fortschritte in Kenntnis setzen. Doch nicht hier auf dem Flur, wir werden uns in mein Büro zurückziehen müssen. Denn das oberste Gebot unseres Hauses heißt: ..."

„Diskretion", ergänzte Lisa.

Er legte seinen Zeigefinger über seine Lippen und lächelte. Diskretion, aha, das oberste Gebot, sehr aufschlussreich, durchfuhr es Lisa, so viel also zu „Geboten"! Was genau Prof. Dr. Garden darunter verstand, sollte sie noch erfahren. Sie erwiderte sein Lächeln, und fast gleichzeitig erhoben sie sich von ihren Sesseln.

Er deutete mit einer Handbewegung in eine Richtung, da Lisa sich fragend im Kreis drehte und sich zu erinnern versuchte, aus welcher Richtung sie gekommen waren. Gemeinsam stiegen sie in einen Fahrstuhl und fuhren bis ins Erdgeschoss. Sie kamen im Eingangsbereich an, gegenüber saß ein Mann in einem Glashäuschen und telefonierte, die Rezeption. Er winkte Peters freundlich zu und dieser erwiderte den Gruß. Zwei, drei Gänge weiter, sie befanden sich mittlerweile im Ostflügel, blieb er vor einer Tür stehen und wühlte in seiner Kitteltasche, offensichtlich nach dem Schlüssel.

Bis er schließlich zwei Bunde zum Vorschein holte. An einem der beiden Bunde konnte Lisa auf einem Schildchen das Wort „Akten" lesen. Diesen steckte er schnell wieder in seine Tasche. Peters öffnete und ließ Lisa an ihm vorbei ins Zimmer treten.

Lisa war erstaunt, ein lichtdurchfluteter Raum mit modernen Möbeln, hell und freundlich eingerichtet, empfing sie. Er stand im totalen Gegensatz zu Gardens eher dunkel eingerichtetem Gesprächszimmer. Feine, helle Holzjalousien vor den Fenstern ließen die Sonne nur so weit hineinblinzeln, wie sie angenehm zu ertragen war. Ein Ventilator rauschte leise in einer Ecke und wehte kühle Luft durch den Raum. Ein Glastisch, umrahmt mit weißen Ledersesseln, lud zum Ausruhen ein.

Peters deutete Lisa an, sich zu setzen. Vorher gab er einer offenstehenden Tür, die in ein angrenzendes Zimmer führte, einen leichten Stoß, so dass diese zuklinkte. Einen großen Schreibtisch konnte Lisa eben noch erkennen, wahrscheinlich sein Büro.

„Möchten Sie etwas trinken oder eine leichte Zwischenmahlzeit einnehmen? Bis zum Mittagstisch ist es noch gut eine Stunde."

„Nein danke, ich benötige nichts!" Lisa schlug die Beine übereinander. Sie war bereits ungeduldig und wollte keinerlei Unterbrechungen mehr. Er sah sie offen an. Was grübelte er hinter seiner kreisrunden Brille, die ihn unvorteilhaft älter und unattraktiver werden ließ? Oder war das Absicht?

Er nahm sie ab und legte sie auf den gläsernen Tisch, als könnte er Gedanken lesen. Das war nicht das erste Mal, dass Lisa dieses Gefühl hatte, seit sie hier war. Entweder war sie so leicht zu durchschauen oder es wurden hier Pillen verteilt, die dies ermöglichten. Lisa wünschte in diesem Augenblick, sie hätte etwas Normales, Persönlicheres an, nicht diesen langweiligen Jogginganzug. Wenn sie sich unvorteilhaft angezogen fühlte, war sie noch unsicherer, zumal sie Selbstvertrauen ohnehin nur selten ihr Eigen nennen konnte.

„In diesem Zimmer empfange ich unsere neuen Patienten", begann er, indem er sich in einen der Sessel, die Lisa gegenüberstanden, zurücklehnte.

Eine weise Entscheidung von Garden, durchfuhr es sie. Peters mit seinem Charme hatte die größeren Chancen, sie für dieses Institut zu gewinnen.

„Sie kommen hauptsächlich auf Empfehlung von Freunden oder Bekannten, leider seltener von unseren Kollegen." Er rieb

sich die Nase mit dem Daumen und dem Zeigefinger der rechten Hand; dort, wo normalerweise die Brille saß, hatte sie einen rot schimmernden Abdruck hinterlassen. „Dabei sind wir eine anerkannte Gen-Klinik, die mit ihren Forschungsergebnissen und der praktischen Anwendung am Menschen weltweite Anerkennung genießt!"
Er erhob sich, wahrscheinlich konnte er seine Erregung über die Ablehnung in seinen Kreisen nicht ruhig sitzend ertragen. „Wir informieren die Patienten vorher ausführlich über unsere Behandlungsmethoden, zeigen Fotos – manchmal stellt sich auch ein Patient mit ähnlichem Krankheitsbild zur Verfügung und spricht mit dem Neuzugang." Er stellte sich hinter den Sessel und stützte beide Hände auf die Lehne.
„Wenn die neuen Patienten sich ausreichend informiert haben, treffen 99 Prozent von ihnen die Entscheidung, sich bei uns behandeln zu lassen!" Genugtuung breitete sich auf seinem Gesicht aus.
„Ja, aber mit welchen Krankheitsbildern kommen denn diese Patienten hierher?" Lisa wollte seine Ausführungen beschleunigen, wie konnte er sie nur so lange hinhalten?
„Mit den unterschiedlichsten. – Ich weiß, worauf Sie hinauswollen", er grinste. „Sie haben den Verdacht, wir klonen hier Menschen am laufenden Band. Meine Liebe, ich glaube, Sie haben zu viele Sciencefiction-Filme gesehen. Adam ist unser erstes, einziges und größtes Projekt seit über zehn Jahren. Forschung ist zeitraubend. Neue Wege müssen erst entdeckt werden."
Sein Lächeln war verstellt, Lisa spürte so etwas sofort, er wollte ihre Befürchtungen ins Lächerliche ziehen, doch sie spürte, dass er ihr etwas verheimlichte, er konnte sich nicht so

gut verstellen wie sie dies bei Garden beobachtet hatte, und selbst bei ihm spürte sie diese Nervosität in der Stimme, die auf eine Lüge oder einfach nur eine Vertuschung der Tatsachen schließen ließ.

„Haben Sie schon einmal etwas über Biotechnologie gehört oder gelesen?"

Lisa schüttelte den Kopf, obwohl sie schon mehrmals davon gehört und gelesen hatte, im Fernsehen oder in Zeitschriften.

„Nun, es handelt sich hier, einfach ausgedrückt, um individuelle Hautzüchtung. Aus Hautzellen, die dem Patienten entnommen werden, wird neue Haut gezüchtet. Das geht relativ schnell, zirka sechs Wochen dauert die Zellzüchtung. Bei Patienten, die Verbrennungen erlitten haben, ist dies ein wahrer Segen."

Er ging zum Tisch und setzte seine Brille wieder auf, als bräuchte er diese zum Schutz. Er sah Lisa dadurch abschätzend an.

Erwartete er, dass sie etwas dazu sagte? Doch sie blickte ihm gebannt entgegen und hoffte, er möge weitersprechen, denn dies konnte nicht alles sein.

Dann fuhr er fort. „Natürlich ist unsere Forschung längst viel weiter fortgeschritten!"

Offensichtlich fuhr es Lisa durch den Kopf.

„Seit ein paar Jahren werden hier bei uns auch Organe „nachgebaut" oder besser gesagt „aufgebaut". Auf ein Gerüst aus Kunststoff, was sich später von selbst wieder abbaut, wird lebendes Gewebe aufgespritzt. So werden die neuen Organe gezüchtet und später in den Körper des Spenders transplantiert. Das Wichtigste daran ist, dass wir körpereigene Zellen, Stammzellen, benötigen, so werden die Ersatzorgane nicht vom Immunsystem des eigenen Körpers abgestoßen. Das Gerüst baut sich ab und das Organ ist fertig. Natürliches Gewebe bleibt übrig! Das nennt man therapeutisches Klonen! Faszinierend nicht wahr?"

„Ja, wirklich!" Lisa musste ihm eindeutig zustimmen. Wie viele Menschen warteten auf eine neue Niere oder ein Herz. Es gab Hoffnung für diese Menschen. Sie konnte nicht umhin, Hochachtung entgegenzubringen für ihre Arbeit, die sie hier leisteten.

„Unsere Patienten lassen sich ihre eigenen „gewachsenen" Organe einpflanzen, bleiben einige Monate hier bei uns zur Beobachtung und gehen dann geheilt wieder nach Hause!" Er ließ sich zufrieden in den Sessel fallen und beobachtete Lisas Reaktion auf seinen Vortrag.

„Das hört sich ja alles wunderbar an, aber warum habe ich davon noch nie etwas gehört, ich meine, es ist doch eine weltweite Sensation, Organe nachbauen und einsetzen zu können, ein wissenschaftlicher Durchbruch, der so viel Leid lindern kann!?" Lisa war ehrlich beeindruckt, was allerdings nur kurz ihre uneingeschränkte Bewunderung für Gardens und Peters Arbeit zuließ.

„Ich dachte mir schon, dass wir Sie beeindrucken würden, was wir ja ohnehin schon durch die einmalige Leistung bei Adam sicherlich getan haben, doch Sie sollten auch wissen, dass unsere Arbeit natürlich in den wissenschaftlichen Kreisen bekannt und bestätigt wurde, allerdings nicht an die, sagen wir mal, gewöhnliche Gesellschaft herangetragen worden ist." Er nahm seine Brille wieder ab und spielte mit ihr, indem er sie in seiner rechten Hand kreisen ließ.

„Ich verstehe nicht ganz, was wollen Sie damit sagen?" Sie ahnte, worauf er hinaus wollte, das war einfach ungeheuerlich. Und sie hatte Recht.
„Sie können sich sicherlich vorstellen, dass unsere Arbeit sehr viel Zeit, Technik und einen großen Aufwand beinhaltet. Langzeitstudien müssen erstellt werden, wissenschaftliche Aussagen formuliert, geprüft und nochmals überprüft und überarbeitet werden. Testreihen erscheinen oft endlos. Der Personal- und Materialeinsatz ist immens. Außerdem ist die Palette unserer Angebote lang, Therapeutisches Klonen kann sehr vielfältig genutzt werden, zum Beispiel bei Altersleiden, Alterserscheinungen, Fehlbildungen setzen wir reprogrammierende Zellen ein, das heißt zurückbildende Zellen. Embryonen-Stammzellen nutzen wir, um die psychologische Wahrnehmung zu verbessern, Lifting, Hautglättung, das Hautbild wird verbessert und so weiter. Ich könnte Ihnen noch etliche Möglichkeiten aufzeigen." Seine Brille wanderte wieder auf seine Nase zurück.
Sein Gegenüber war blass geworden, ihr Mund war halb geöffnet, doch sie war sprachlos. Einen Menschen zu klonen, das war schon so unglaublich – und unverantwortlich. (Aber es war das Fortschreiten der Wissenschaft.) Doch das, was hier ablief, diente nur einem Zweck, der Monopolherrschaft!
„Haben Sie noch Fragen, oder habe ich Ihnen ausreichende Einblicke in unsere Arbeit geliefert?" Mit seinem Oberkörper beugte er sich etwas zu ihr vor. „Sie möchten sicherlich noch wissen, was so etwas kostet?"
„Unbedingt!", antwortete sie ironisch, doch er ignorierte es. Eine leicht feindselige Stimmung hatte sich zwischen ihnen aufgebaut. Hatte er damit gerechnet, zumindest hatte er sich

vorzustellen versucht, wie seine Ausführungen auf sie wirken würden?

Unbeeindruckt fuhr er fort: „Bei einer Stammzellentherapie, also einer Aufbereitung der Stammzellen zur Immuntoleranz, die etwa drei bis vier Tage in Anspruch nimmt, stellen wir einen Betrag von zirka sechzehntausend Dollar in Rechnung."

Lisa schluckte. Hier wurden eindeutig nur die oberen Zehntausend behandelt. Wie sagt man so schön: „die Reichen und Schönen, oder Geld regiert die Welt". Diese Sätze sollte man sich zu Herzen nehmen, denn irgendwann könnten diese Sätze eine vollständige Beschreibung unsere Gesellschaft, der Menschheit sein.

„Oh, es ist schon fast eins, wir sollten uns langsam zu Tisch begeben!" Er erhob sich und ging zur Tür. Sein Lächeln war gekünstelt, hatte er erwartet, sie würde ihm im Namen der ganzen Menschheit danken oder so ähnlich?

Lisa schritt an ihm vorbei, stumm gingen sie nebeneinander her, bis sie den Speisesaal erreichten. Galant reichte er ihr seine Hand zum Abschied, als er sie an ihren Tisch begleitet hatte.

„Danke für Ihren aufschlussreichen Vortrag, ich verstehe nun viel besser, worum es Ihnen wirklich geht!" Sie lächelte, doch am liebsten hätte sie ihm gegen sein Schienbein getreten.

„Es war mir eine Ehre, Ihnen alles zu zeigen und zu erklären, obwohl es natürlich nur ein Einblick war. Die einzelnen Verfahren sind kompliziert und nicht so einfach zu vermitteln."

„Natürlich war ich nicht davon ausgegangen, dass Sie mich über die einzelnen Vorgänge, zum Beispiel des Klonens, in Kenntnis setzen würden, doch vielleicht haben Sie ja mal wieder für mich Zeit, falls ich Fragen, speziell zu Adam, habe, nicht wahr?"

„Sicher, sicher, doch als erste Voraussetzung im Umgang mit ihm möchte ich Ihnen noch einen Rat auf den Weg geben. Behandeln Sie ihn genauso, wie Sie sich jedem anderen Menschen gegenüber benehmen würden. Sie brauchen keinerlei Rücksicht auf seine spezielle Situation zu nehmen, OK?" Er nickte ihr zu, was sie gleichermaßen erwiderte. Dann verschwand er.

Sicherlich ging er zu Garden, um ihm Bericht zu erstatten und vielleicht mit ihm zu Mittag zu essen. Lisa hatte keinen Hunger. Wie konnte er nur annehmen, sie würde Adam nicht wie einen normalen Menschen behandeln? Schloss er von sich auf andere? Ja, es war für sie ganz natürlich, dass sie zu Adam eine besondere Beziehung hatte, diese war allerdings eher auf die Tatsache zurückzuführen, dass er Pete bis aufs letzte Haar glich, und nicht, weil er ein Klon war. Oder doch umgekehrt? Eine andere Frage beschäftige sie die ganze Zeit. Was hatten sie vor? Welche Pläne schmiedeten sie für die Zukunft? Was würden sie tun, falls Garden Recht behalten sollte? Sie hatten sich hier etwas aufgebaut, was in ihren Augen sicherlich noch zu toppen war. Und Adam war der Schlüssel dazu, er war der Erste, doch wie konnten sie es dabei belassen? Ihr Hunger nach Anerkennung, Macht, Ruhm und Reichtum war sicherlich unersättlich. Sie standen kurz vor ihrem großen Durchbruch. Wenn Adam das gewünschte Ergebnis lieferte, würde er damit eine Kettenreaktion unaufhaltsam in Gang setzen. Da war sie sich sicher, sie wusste nur nicht wie, wo? Gab es noch weitere Klone? Babys hatte sie nirgendwo gesehen oder gehört. Waren Sciencefiction-Filme im

Fernsehen wirklich so abwegige Zukunftsvisionen? Brutkästen mit menschlichen Körpern, an Maschinen angeschlossen?
Sie rieb sich die Stirn, vielleicht hatte Peters Recht, sie sah zu viel fern. Doch ihr Gefühl sagte ihr, dass das hier nicht alles war. Sie musste unbedingt mit Adam sprechen, vielleicht wusste er mehr, als er sie glauben ließ?

16: Test 1

Doch sie bekam an diesem Tag nicht die Gelegenheit, ihn zu sehen. Auf ihre Anfrage hin, mit Adam sprechen zu wollen – sie hatte Regine beauftragt nachzufragen –, erhielt sie als Antwort, er würde auf den nächsten Tag vorbereitet werden, auf den ersten Test mit ihr.
Als sie fragte, welche Vorbereitung sie benötigte, hörte sie nur, für sie sei keinerlei Vorbereitung nötig.
Dann war es so weit. Der erste Termin oder die erste Sitzung, wie man es auch nennen sollte, stand kurz bevor. Ein Gespräch sollte in einem kleinen, ruhigen Zimmer stattfinden, das war alles, was sie darüber erfuhr.
Lisa wurde von Schwester Regine hereingeführt, die ihr sagte, sie sollte sich an die Stirnseite eines rechteckigen Tisches setzen, der mit vier Stühlen umrahmt in der Mitte des Raumes stand. Auf dem Tisch lag ein Block mit einem Füllfederhalter bereit, ebenso ein Aufnahmegerät. Das Zimmer war nur so groß, dass man eben so um die vier Stühle herumgehen konnte, wenn sie unter den Tisch geschoben waren. Es waren weder Bilder oder Ähnliches an den Wänden noch Fenster. Regine war an der Wand gleich rechts neben der Tür stehengeblieben. Sie schien zu spüren, wie Lisas Unwohlsein von Minute zu Minute anstieg. „Sie werden gleich hier sein, dann geht es los, Sie brauchen wirklich nicht nervös zu sein. Prof. Dr. Garden wird sich mit Ihnen beiden unterhalten und vielleicht haben wir schon beim ersten Mal Glück und er entdeckt etwas." Sie hatte sich etwas zu Lisa vorgebeugt und stellte sich jetzt wieder kerzengerade an die Wand zurück. Ihre Mimik war schwer zu deuten. Während sie sprach, schien ein

freundschaftliches Lächeln ihren Mund zu umspielen, doch wenige Sekunden später stand sie da, ohne weitere Regungen erkennen zu lassen, wie ein Soldat, der gehorsam seine Befehle ausführte und keine weiteren, eigenständigen Handlungen tätigte.

Lisa sah sich im Raum um, soweit es etwas zu sehen geben würde, plötzlich fiel ihr Blick auf einen kleinen Kasten rechts über ihr unter der Decke, und auch in der gegenüberliegenden Ecke konnte sie einen entdecken. Es waren zwei kleine silberne Überwachungskameras, wie sie auch eine in ihrem Zimmer entdeckt hatte. An beiden konnte sie jeweils ein kleines, rotes blinkendes Licht erkennen. Sie wurde auch jetzt schon beobachtet.

Es war ihr klar, dass Prof. Dr. Garden das Gespräch aufzeichnen würde, aber warum lief die Kamera schon jetzt? Wo blieben sie nur? Sollte sie absichtlich nervös gemacht werden? Lisa hasste diesen Psychokram, und nun war sie dem völlig ausgeliefert.

Endlich ging die Tür auf, Prof. Dr. Garden und Pete – nein, Adam! – traten in den Raum. Prof. Dr. Garden reichte ihr die Hand und begann etwas von Forschung und dem Sinn des Lebens zu faseln, Lisa hörte ihn nicht.

Sie sah nur „sein" Lächeln, und alles andere war unwichtig. Nein, es war nicht nur unglaublich, unfassbar, es war ein Wunder. Er stand vor ihr zum Greifen nahe und doch für immer unerreichbar. Es überwältigte sie jedes Mal aufs Neue. Adam nahm ebenfalls ihre Hand und flüsterte nur kurz: „Keine Angst, wir sind hier bald wieder raus!" Doch auch seine Anwesenheit konnte die unguten Gefühle, die sich immer mehr in ihr aufbauten, nicht verjagen.

„Ich habe mir den Ablauf folgendermaßen gedacht!" Garden hatte zwischen ihnen Platz genommen, so dass sich Lisa und Adam gegenübersaßen. „Ich möchte Sie bitten", er deutete mit einem kurzen Nicken zu Lisa, „ein Erlebnis, eine Begegnung, eine Situation zu beschreiben, an der sie beide zugegen waren, möglichst mit anderen Menschen in Kontakt waren, Gegenstände um sich herum wahrnehmen konnten oder ähnliches! Das sollte keine Schwierigkeit sein. Danach werde ich einige Fragen stellen, und sie beide werden sie schriftlich beantworten, gleichzeitig. Aber wo ist denn der zweite Füller, Regine?"

Er schüttelte sichtlich empört den Kopf, er regte sich anscheinend gerne über das Nichtbefolgen seiner einfachsten Anweisungen auf, und die arme Regine war krebsrot zur Tür hinausgelaufen, um den fehlenden Stift zu besorgen.

Lisa atmete tief durch. Adam ließ sie nicht aus den Augen. Diese Art, sie zu fixieren, war weder aufdringlich noch unangenehm. Ganz im Gegenteil. Lisa fühlte sich so in seiner Nähe verstanden und fast geborgen. Als wolle er ihr durch Gedankenübertragung Mut machen und sie gleichzeitig an sein Anliegen erinnern und für ihre Hilfe danken. Es gab nur wenige Menschen, die diese Fähigkeit besaßen, ohne Worte so viel zu sagen.

In ihrem Leben hatte es bis vor wenigen Tagen nur einen von ihnen gegeben. Sie war mit sich selbst zufrieden, endlich schien ihr Verstand begriffen zu haben, wer Adam war. Er war nicht Pete, er hatte Petes Erinnerungen nicht in seinem Kopf, er war ein eigenständiger Mensch, er war jemand anderes. Doch wie konnte sie das beweisen? Keine Frage hatte sie, seitdem er sie darum gebeten hatte, mehr beschäftigt. Welches

Erlebnis, das sie mit Pete teilte, wäre so einschneidend gewesen, um Prof. Dr. Garden zu überzeugen, dass Adam nichts weiß!?

Sie grübelte, zermarterte sich den Schädel, so viele Bilder, die sie längst vergessen glaubte, tauchten wieder vor ihren Augen auf. Dieses so überwältigende Gefühl der Liebe, dann die große Enttäuschung, Verbitterung und Trauer. Jedes Bild in ihr löste ein anderes Gefühl aus. Und die niemals zu beantwortende Frage: Was wäre gewesen, wenn? Die unproducktiefste Frage in ihrem Leben. Warum tauchte sie immer wieder auf, wenn sie doch so sinnlos, so hoffnungslos ist? Das wäre eine Frage für den Herrn Psychologen. Meinetwegen könnte er sich daran die falschen Zähne ausbeißen und die weißen Haare raufen.

Doch in diesem Augenblick kam Regine herein und schob Lisa den Füller hin. Ihre Gedankenkette wurde jäh unterbrochen.

Garden reichte ihr und Adam ein Blatt Papier mit je einem Füllfederhalter und lächelte Lisa aufmunternd zu.

„Also gut, ich versuche es: Ich fahre neben Pete im Auto. – Ach, ich kann das nicht!" Lisa sprang auf, und stellte sich mit dem Rücken zu den anderen, hinter ihren Stuhl.

Sogleich war Regine neben ihr. „Lassen Sie sich Zeit, versetzen Sie sich in die Situation zurück. Vertrauen Sie Ihren Gefühlen, vergessen Sie, dass wir da sind."

„Wie könnte ich das? Verflixt, wie kann ich von etwas berichten, was so lange her ist und mich auch heute noch bewegt. Und all die Kameras um mich herum speichern jedes Wort und jeden meiner Gesichtsausdrücke?" Lisa hielt sich am Stuhl fest. Sie musste sich zusammenreißen. Alles hing von ihr ab.

Es war still im Raum. Regine sah fragend und mit den Achseln zuckend zu Prof. Dr. Garden hinüber. Der zeigte ihr, sich zurück an die Wand zu stellen.

Adam ließ Lisa immer noch nicht aus den Augen. Seine Hände lagen unter dem Tisch, zu zwei Fäusten geballt, auf seinen Oberschenkeln. Sie musste es tun, egal was sie sagen würde. Er würde diesem „Doc" beweisen, wie falsch er mit seinen Theorien lag, und wie sinnlos es war, weitere Menschen für seinen Triumph quälen zu lassen.

Lisa drehte sich um, ihre Augen waren geschlossen. Dann öffnete sie sie, blickte zu Adam. Sah Pete, nur Pete. Wie er am Steuer seines alten Mercedes saß. Sie saß hinten, das heißt, sie saß auf dem Rücksitz, hatte aber ihre Ellenbogen auf die Rückenlehnen der Vordersitze gelegt, und ihr Kinn lag auf ihren Händen. So blickte sie auf die Straße. Nein, das war nicht wahr, sie sah ihn von der Seite an, sie beobachtete jede Bewegung seines Gesichtes, das Zucken seiner Mundwinkel. Die tiefen Grübchen, die sich in seinen Wangen bildeten, wenn er lachte. Und er lachte oft. Sein dunkles, fast schwarzes, lockiges Haar, das immer etwas zerzaust aussah, die Locken waren einfach nicht zu bändigen. Er war so groß, seinen Sitz hatte er bis in die letzte Vertiefung der dazugehörigen Schiene zurückgeschoben. Sie konnte sein Aftershave riechen. Sie fragte sich die ganze Zeit, ob es denn möglich sein könnte, dass so ein Mann sich in sie verlieben könnte, so ein Mann, der von allen ihren Freundinnen umworben wurde und der es zu genießen schien. In diesem Augenblick lachte er wieder und für einen winzigen Moment sah er zu ihr in den Rückspiegel,

dort trafen sich ihre Blicke – nur kurz. Dann erschallte das laute Lachen ihrer Freundin. Sie saß vorne.
Lisa wartete, sah sich um. Alle Augen waren auf sie gerichtet. Sie hatte alles erzählt, was sie sah. Es war ihre erste Verabredung mit ihm, wenn auch nicht alleine mit ihm. Doch diese erste Fahrt hatte ihr Leben verändert, für immer.
„Das war einfach großartig, großartig!" Prof. Dr. Garden überschlug sich fast vor Begeisterung. „Schnell, schnell, bevor die Bilder verschwinden, werde ich ihnen beiden einige Fragen stellen. Sie sollten bitte nur stichwortartig antworten, ohne lange zu überlegen, bitte – jetzt!"
Er stellte ihnen Fragen, etwa nach der Farbe des Autos, dem Namen ihrer Freundin, wann diese Fahrt stattfand, Tageszeit, Jahreszeit, wohin und so weiter. Er fragte und sie schrieben. Nachdem er die Zettel an sich genommen hatte, gab er Regine noch die Anweisung, Adam zu Dr. Peters zu begleiten, dann war er so schnell verschwunden, dass sie keine Zeit mehr hatten, irgendwelche Fragen über den weiteren Verlauf zu stellen.
Adam hatte sich erhoben, er sah seltsam aus. Lisa wollte etwas sagen, doch sie wusste nicht, was. Seine Augen hatten einen traurigen Glanz.
Er hatte sich doch nicht etwa erinnert, nein, das durfte nicht sein, er konnte nichts, aber auch gar nichts gewusst haben. – Und wenn doch? Stumm schritten sie nebeneinander her. Regine war ein Stück vorausgegangen.
„Adam, was ist los?" Beunruhigt stoppte sie ihn, indem sie sich vor ihn stellte.
„Oh, es tut mir leid, ich war in Gedanken, du hast das sehr gut gemacht, ich bin sicher, dass kein weiterer Test nötig sein

wird!" Er versuchte gelassen zu wirken, doch wenn er auch nicht Pete war, Lisa sah, dass er sehr besorgt war. Er blickte in Regines Richtung, er konnte nicht offen sprechen.
Sie klopfte an eine Tür. Dr. Peters öffnete.
„Ah, ihr seid schon da." Er sah von Regine zu Adam und dann zu Lisa. „Komm herein, Adam! Regine, du begleitest Lisa auf ihr Zimmer?"
„Natürlich!" Mit gegenseitigem Lächeln verabschiedeten sie sich voneinander, bis zum Abendessen waren es nur noch ein paar Stunden. Dort würden sie vielleicht Gelegenheit bekommen, sich auszutauschen, trotz der Kameras.
Lisa nahm sich vor, irgendwo Papier und einen Stift aufzutreiben, falls sie nicht offen sprechen konnten. Glaubte er wirklich, Garden würde sich mit einem Test zufrieden geben, ganz egal, ob er zu seiner Zufriedenheit ausfallen würde oder auch nicht? Enttäuscht über die Ungewissheit, in der sie sich befanden, ließ sie sich aufs Bett fallen und grübelte vor sich hin.

17: Büro

Prof. Dr. Garden saß im Halbdunkel in seinem großen Drehstuhl. Die Tage wurden langsam kürzer und die Temperaturen der letzten Nächte ließen erahnen, dass der Spätsommer dem Herbst nun doch weichen musste. Georg hatte keine Lampe angeknipst, seine Hornbrille lag auf dem Tisch und seine Augen waren geschlossen.
Plötzlich wurde die Tür aufgestoßen und ein großer, sehr elegant gekleideter Herr stürmte ins Zimmer. Er ließ die Tür hinter sich ins Schloss fallen, sah sich suchend um, schaltete das Licht an und erst jetzt sah er Garden.
Max, der ihm nachgestürmt war, und die Tür aufriss, die er kurz vorher fast an den Kopf bekommen hätte, wurde durch Gardens Hinauswinken wieder ruhiger und verschwand zurück auf den Flur.
„Um Himmels willen, Georg, was sitzt du da im Dunkeln herum, was ist los? Du wolltest mich sprechen? Ich habe eine Theateraufführung meines Sohnes verlassen müssen, was ist passiert?" Völlig außer Atem ließ er sich in den riesigen Besuchersessel fallen und tupfte seine Stirn mit einem frisch gebügelten Taschentuch trocken. Er hatte nur noch wenige weiße Haare, doch sein Gesicht war auffallend glatt, sein Alter dadurch schwer zu erraten.
„John, es gibt ein Problem!" Garden setzte sich langsam aufrecht und dichter an seinen Schreibtisch heran. Er stützte beide Hände auf die dicke Eichenplatte und sah seinem Gegenüber direkt in die Augen. „Wir müssen vielleicht einen weiteren Patienten vorbereiten!"

„Was soll das heißen, Georg? Du hast doch gesagt, es läuft alles wunderbar. Diese Freundin von früher ist auch bereit für das Experiment? Ist deine Theorie falsch, nicht zu beweisen? Weißt du, wie viele Jahre wir vergeuden, um einen weiteren Klon vorzubereiten? Und was inzwischen alles schief gehen kann, siehst du ja an Petes Fall!" Nervös tupft er immer kräftiger auf seiner Stirn hin und her, so dass diese noch roter wurde als zuvor.

„Langsam, langsam!" Georg winkte entschieden ab und rückt seine Brille zurecht. „Es ist Adam. Er reagiert – wie soll ich sagen? – unangemessen. Nein, das ist das falsche Wort, unerwartet! – Er hat bei seiner schriftlichen Befragung keinerlei Übereinstimmung mit den Antworten seiner „Ex-Freundin" gezeigt.

Allerdings zeigt sein Körperverhalten genau das Gegenteil. Erhöhter Blutdruck, erhöhter Pulsschlag, seine Augen, sein ganzes Verhalten deutet genau in die andere Richtung. Er schien sehr bewegt zu sein, obwohl die Situation, die Lisa schilderte, alles andere als aufregend war."

„Was soll das bedeuten, hast du also Recht gehabt oder nicht, kann er sich erinnern oder nicht? Bist du auf dem richtigen Weg?"

„Ja verdammt, ich bin auf dem richtigen Weg! Ich kann, ich werde beweisen, dass er Petes Erinnerungen, Gefühle in sich trägt! Ich bin sicher, er hat sich erinnert."

„Aber wenn ja, warum antwortet er falsch?"

„Das ist das Problem – ich weiß es nicht. Wir haben ihn ständig unter Beobachtung, wir kennen jedes Wort, das er jemals in diesem Gebäude gesprochen hat, und auch die außerhalb im Park. Wir haben nichts, rein gar nichts dem Zufall überlassen."

„Da muss ich dich korrigieren. Was war mit der Aktion auf dem Friedhof, da lief doch alles schief, der Rummel um die abgebrannte Kapelle war kaum zu unterdrücken."

„Ja, ja, ich weiß, du hattest deine liebe Not mit der Polizei und Presse. Allerdings war die Erklärung mit dem Eifersuchtsdrama doch recht plausibel und hat seine Wirkung nicht verfehlt. Und da wir im vollen Umfang für den Schaden aufkommen, ist die Sache bald vom Tisch, nicht wahr?!
Aber genau das war der Punkt, mit dem alles begann: Das Davonlaufen, damit fing es an, das war sein erstes eigenständiges Handeln. Damit konnte niemand rechnen, nicht einmal ich hätte ihm das zugetraut. Er wollte sie plötzlich da raushalten, obwohl es seine Idee war, Lisa zu uns zu holen."

„Hat er dir das gesagt?"

„Nein, er sagte, er wollte sie an einem neutralen Ort treffen, sie alleine kennenlernen. Doch das nehme ich ihm nicht ab. Er muss doch geahnt haben, wie sein Erscheinen auf sie wirken würde. Und dennoch ging er dieses Risiko ein. Ein paar Tage zuvor sagte er, er wolle es noch einmal mit Hypnose versuchen. Ich habe keine Ahnung, warum er sich gegen den Versuch mit Lisa sperrte.

Heute habe ich den Verdacht, dass er mir nicht mehr loyal gesonnen ist. Ich glaube, er betrügt mich, ich weiß nur nicht, warum."

Für einen Moment sprachlos sahen sich die beiden Männer in die Augen.

„Georg! Du musst dieses Problem lösen! – Wenn Adam ausfällt, gibt es enorme Verzögerungen, das wirft uns um Jahre zurück! Du musst ihn testen!"

„Ja, ja, ich weiß. Ich werde das Experiment fortsetzen und ihn weiteren speziellen Tests unterziehen. Er war immer wie ein Sohn für mich. Er folgte stets meinen Anweisungen, verfolgte meine Forschungsarbeit interessiert und mit Begeisterung. Ich verstehe diese plötzliche Wandlung nicht."

„Du kannst die Gedanken eines Menschen nicht lesen! Selbst du nicht! Jedenfalls noch nicht! Vielleicht ist die Antwort ganz einfach, du übersiehst vielleicht das Naheliegende!

Ja, vielleicht sollten wir beide mehr in die Gegenwart, in die Realität als in die Zukunft sehen. Ich denke, ich kenne die Antwort. Mein Sohn und ich haben eine ähnliche Phase durchmachen müssen."

John hatte sich erhoben, klopfte Georg freundschaftlich auf die Schulter und ging in Richtung Tür. „Ich weiß, wie du dich fühlst. Dein Junge widersetzt sich dir, er wird erwachsen, das müssen alle Väter durchmachen, manche früher, manche später!"

„Aber du willst doch nicht andeuten, dass er in der Pubertät steckt? – Nein, wirklich, er ist Anfang dreißig!"

„Ist er das?" John winkte zum Abschied und verschwand durch die Tür. Er schien sichtlich erleichtert. „Ruf mich wieder an, OK!?"

Georg lehnte sich zurück und ließ seinen Kopf in den Nacken fallen. Sollte sein Freund Recht haben? Von dieser Seite hatte er es noch gar nicht gesehen. Es stimmte, Adam war ein Mann, allerdings hatte er dazu nur ein Drittel seiner Lebensjahre benötigt. Theoretisch war er erst ungefähr 10 Jahre alt.

Außerdem gab es noch keinerlei Untersuchungen oder Auswertungen über seine sexuelle Entwicklung. Seine körperliche Entwicklung wurde manipuliert; allerdings wie sah seine geistige Entwicklung in diesem speziellen Fall aus? Konnte es sein, dass er einfach nur rebellierte, und vielleicht hatte er sich das erste Mal verliebt, in diese Lisa?

Georg erhob sich, lief auf und ab. Das wäre möglicherweise schon ein Beweis dafür, dass er Gefühle von Pete übernommen, wiederentdeckt hatte. Doch warum log er dann? Oder sah er noch nichts, sondern fühlte es nur, seine Erinnerung? Georg raufte sich die Haare, so dass sie nun wirklich „zu Berge standen".

Jetzt brauchte er erst einmal einen starken Kaffee und etwas zu essen, dann würde er schon noch dahinterkommen. Zielsicher drückte er einen grünen Knopf, und fast zur gleichen Zeit erklang eine weibliche Stimme. Sofort ließ er sich mit der Küche verbinden, bestellte sich reichlich und hoffte auf einen Geistesblitz.

18: Abendessen

Lisa wurde zum Abendessen von Regine abgeholt. Diese war ein wenig wortkarg, auch ihr sonst so sonniges Lächeln wollte ihr nicht über die Lippen kommen. Als sie an ihrem Tisch angelangt waren, blickte Lisa erstaunt auf nur ein Gedeck. Sie hatte angenommen, Adam würde nun jede Mahlzeit mit ihr gemeinsam einnehmen. „Was ist mit Adam, wird er nicht zum Essen herunterkommen?"
„Nein, er wird heute Abend auf seinem Zimmer speisen!" Ihre Stimme klang kalt. So eine abneigende Haltung gegenüber Adam hatte sie noch nie gezeigt. Eher das Gegenteil war der Fall.
Einmal hatte Lisa unbemerkt Blicke zwischen Regine und Adam aufgefangen. Sie hatte den Eindruck, es gab eine tiefere Bindung zwischen ihnen, eine, die sie versuchten vor anderen zu verbergen. Oder galt ihre Ablehnung ihr?
„Wann werde ich mit ihm sprechen können?"
„Es tut mir leid, das weiß ich nicht, ich habe lediglich die Anweisung bekommen, dass Adam fürs Erste auf seinem Zimmer verweilen wird." Es schien ihr nicht leid zu tun, aber sie war über irgendetwas verstimmt.
Sie hatte sicherlich jederzeit die Möglichkeit, mit ihm zu sprechen. Sollte sie sie bitten, ihm einen Brief zu überbringen? Konnte sie ihr trauen? Nein, Lisa traute ihr nicht! Regine war zu undurchschaubar, und Garden schien großen Einfluss auf sie auszuüben. Sie musste sich etwas anderes einfallen lassen. Was war nur passiert? Weshalb sollte Adam auf seinem Zimmer bleiben? War er dort eingesperrt? Lisa wurde langsam klar, dass sie Garden und seinen Leuten völlig ausgeliefert

waren. Würde Garden ihr wohl das Ergebnis des Tests mitteilen? Wenn es ein Erfolg gewesen wäre, hätte sie ihn sicherlich schon zu Gesicht bekommen.
Also waren die Aussagen unterschiedlich. Das Spiel hatte begonnen. Würde Adam sein Ziel erreichen? Würde er Garden überzeugen können, dass er mit seiner Theorie falsch lag? Was würde Garden tun, wenn sicher war, dass Adam einfach nur Adam war? Irgendwann musste er ihm doch ein eigenständiges Leben zugestehen!
Lisa stocherte in ihrem Salat, sie hatte keine Lust sich umzusehen. All diese Menschen um sie herum plauderten angeregt. Wussten sie von Adam? Es stieg Wut in ihr auf, die sie am liebsten laut herausgeschrien hätte.
Doch wie konnte sie auch nur annehmen, Hilfe von ihnen erwarten zu können? Sie wusste jetzt, wer sie waren. Reiche! Sie waren gleich angezogen und sahen gleich aus. Sie nannten einander nur beim Vornamen. Diskretion! Sie hatten das nötige „Kleingeld", um sich ihre Gesundheit und Schönheit zu erkaufen. Außerhalb dieser Mauern brauchte davon niemand etwas zu wissen.
Ohne auf die Nachspeise zu warten, erhob sie sich und ging zum Ausgang des Speisesaales. Sie hatte noch nicht ganz die Tür erreicht, als Regine neben ihr auftauchte.
„Aber das Essen ist doch noch gar nicht beendet?", stellte sie erstaunt fest. „Ist Ihnen nicht gut?"
Prima Idee! „Ja, ich habe Kopfschmerzen und möchte mich hinlegen!" Ein leidendes Gesicht brauchte sie nicht einmal vorzutäuschen, es ging ihr nicht gut und das sah man ihr auch an.

Auf dem Weg zu ihrem Zimmer gingen sie stumm nebeneinander her. Einen Moment überlegte Lisa noch einmal, nach dem Grund von Adams Fernbleiben zu fragen, aber sie entschied sich dagegen. Regine würde ihn ihr, selbst wenn sie ihn wüsste, gewiss nicht nennen.
Als Regine ihr eine erholsame Nacht und gute Besserung wünschte, zog Lisa die Tür hinter sich zu. Sie wartete auf das Geräusch des Schlüssels, das er beim Drehen im Schloss verursachte. Es ließ nicht lange auf sich warten. Dann war sie eingeschlossen.
Warum, traute man ihr nicht? Und warum musste nun auch Adam auf seinem Zimmer bleiben? War es eine Art Strafe? Weshalb? Sie wollte diesen Gedanken nicht in ihren Kopf lassen, doch er ließ sich nicht so einfach aussperren. Was wäre, wenn er sich nun doch erinnert hatte? Das wäre doch sicherlich kein Grund dafür, ihn von ihr fernzuhalten, ihn zu bestrafen! Oder doch: um jegliche Art der Absprache zu unterbinden!
Aber warum sollten sie sich absprechen? Um einen Erfolg vorzutäuschen – undenkbar! Um einen Misserfolg vorzutäuschen, dazu bräuchten sie nicht miteinander sprechen. Sie schrieb die Wahrheit und er log. Ganz einfach!
Lisa blieb vor ihrer Balkontür stehen. Es war bereits stockdunkel. Ab und zu konnte der Mond einen kurzen Blick auf sie erhaschen, bevor die Wolken ihm die Sicht nahmen. Was wäre, wenn er wirklich gelogen hätte? Das hieße, Garden hätte Recht und Adam wollte ihn hintergehen. Warum? Dieser verdammte Test war einfach zu simpel, um jemals ein eindeutiges Ergebnis liefern zu können. Lisa konnte nicht verstehen, warum Garden sich mit so einem Test abgab.

Vielleicht ist die einfachste Methode doch die effektivste? Es gab nur richtig oder falsch. Und die Möglichkeit, dass die Zeit Adam helfen würde.

Er wurde körperlich überwacht. Konnte Garden daraus Rückschlüsse ziehen? Log Adam vielleicht wirklich? Wusste Garden Bescheid?

Lisa drehte sich zur Kamera herum. Das kleine rote blinkende Licht war aus. Was konnte Garden tun, um die Wahrheit herauszubekommen?

Es gab nichts was sie heute noch hätte tun können, also zog sie sich aus und schlüpfte in das dünne Nachthemd. Still lag sie im Bett und starrte an die Decke. Es kam ihr wie eine Ewigkeit vor, bis sie endlich einschlief.

19: Zimmer-Arrest

Wie ein Tiger in seinem Käfig lief Adam in seinem Zimmer hin und her. Sie hatten ihn eingeschlossen. Warum hatte ihm niemand erklärt. Adam fühlte sich wie ein Straftäter. Weder Garden noch Peters hatten auch nur einen Satz über den Verlauf des Tests verlauten lassen. Er wusste, dass seine Angaben nicht mit denen von Lisa übereinstimmten, doch dass ihn Garden deshalb einsperren ließ, hatte ihn überrascht.
Er war sich sicher, dass sie nicht gleich nach dem ersten Fehlschlag aufgeben würden. Weitere Tests würden folgen, bis sie irgendwann einsehen mussten, dass er keinerlei Erinnerungsvermögen von Pete in sich tragen würde. Wie lange das dauern würde, hing zweifelsohne von ihrer Hartnäckigkeit ab.
Vielleicht machte er sich unnötig Sorgen, es war für sie ein Schock, dass sie so gar keine Übereinstimmung finden konnten. Vielleicht hätte er ihnen ein wenig Hoffnung lassen sollen? Doch wie hätte er dies Lisa erklären können, falls Garden es ihr mitgeteilt hätte. Nein, sein Weg war der Richtige, er war sich sicher, dass es keinen anderen gab.
Dann fielen ihm Peters Augen ein, mit denen er ihn so seltsam angesehen hatte, nachdem er seinen Blutdruck und Puls gemessen hatte. Selbst ein EEG hatte er durchführen lassen und eine Computertomographie. Er blickte in sein Gehirn! Aber was konnte er dort entdecken?
Eines stand außer Frage, Peters war verunsichert, wenn nicht sogar misstrauisch geworden. Er konnte nur eines tun: abwarten.

Ein feines kurzes Piepen ließ ihn verharren. Sein Blick wanderte zur Decke empor. Der rote Punkt blinkte. Wütend nahm er den Stuhl, der vorm Fenster stand, drehte ihn mit der Lehne in Richtung Kamera, setzte sich und verschränkte die Arme über der Brust. Unbeweglich saß er da, mit dem Rücken zur Kamera und starrte aus dem Fenster.
Auf dem Tisch stand noch immer sein Abendessen. Vielleicht hätte er es doch essen sollen, um keinen Verdacht aufkommen zu lassen, und außerdem knurrte ihm der Magen. Doch auf welchen Verdacht konnten sie schon stoßen? Er war sauer, weil sie ihn eingesperrt hatten, das war alles!

20: Lisas Gedanken

Der nächste Tag verlief ereignislos. Lisa durfte sich, natürlich unter Regines Aufsicht, frei bewegen. Sie machte einen Spaziergang durch den Park und blickte immer wieder suchend zu den Fenstern empor. Sie wusste, dass Adams Zimmer ebenfalls im vierten Stockwerk lag und dass man auf den Park hinabsehen konnte, doch die Fenster wie auch die Balkone sahen alle gleich aus. Sie konnte auch sonst kein Zeichen finden, keine große Gestalt am Fenster oder ähnliches.

Was war bloß los, warum durfte sie nicht zu ihm und warum sprach niemand mit ihr? Alle Versuche, über Regine zu Garden vorzudringen, schlugen fehl. Sie sagte nur, dass es bald einen zweiten Test geben würde und sie doch die kleine Verschnaufpause genießen sollte. Sie brauchte keine Verschnaufpause, sie brauchte Informationen, sonst würde sie noch verrückt werden.

Langsam ließ sie sich auf eine Bank sinken. Eigentlich war es heute zu kühl, um sich im Park niederzulassen. Ihre Sweatshirt-Jacke war zu dünn und auch die Turnschuhe für die Jahreszeit zu kalt. Aber sie brauchte die frische Luft und das Rauschen der Bäume.

Beruhigend wirkte das Vorüberziehen der dicken grauen Wolken am hellgrauen Himmel. Schwarze Krähen jagten sich gegenseitig durch die Luft und stießen dabei hohe, spitze Schreie aus. Lisa schloss die Augen.

Ein kreischendes Gelächter ließ sie zurückblicken. In die Vergangenheit ... Dort saßen in einer Kneipe vier junge Frauen und kriegten sich kaum noch ein vor Lachen. In ihrer

Kneipe! Dort, wo sich ihre Clique früher immer traf, abends oder am Wochenende. „Zum König" hieß sie und war auch recht vornehm, ordentlich und sauber, vielleicht sogar etwas zu vornehm. Jedenfalls für Teenager wie sie. Denn es saßen dort mehr Banker und reiche Geschäftsleute bei einem Glas Bier oder einer Tasse Kaffee.

An diesem Abend war es recht voll. Etliche Pärchen mittleren Alters hatten sich hier zum Essen verabredet. Die Küche war lecker, vielseitig und nicht zu teuer. Pete und Lisa fanden nur noch einen Stehtisch mit zwei Barhockern. Es war ein Freitag und sehr ungewöhnlich, dass von den anderen noch niemand zu sehen war.

Rechts neben ihnen saßen an einem Tisch vier ältere Herren. Der Wirt brachte ihnen vier riesige Gläser Altbierbowle, die Besonderheit dieser Kneipe und mit ein Grund für die große Beliebtheit; auch in Lisas Clique.

Pete wirkte etwas nervös. Es war das erste Mal, dass sie sich alleine gegenübersaßen. Sie kannten sich mittlerweile über einen Monat, was in der damaligen Zeit eine Ewigkeit war. Ihre Freundin hatte sie mit in diese Clique geschleppt und nachdem diese dort einen festen Freund gefunden hatte, trafen sie sich regelmäßig mit ihnen im König, meistens, um weitere Pläne für den Abend zu schmieden.

Pete bestellte ihnen zwei Gläser Bowle und fingerte ständig an einem Bierdeckel herum.

Lisa sah zur Tür. „Wo bleiben denn die anderen?" Die Kneipe war mittlerweile so gut besucht, dass kein einziger Stuhl mehr frei war.

Pete fixierte Lisa aufmerksam. „Ich glaube nicht, dass sie noch kommen werden!"

Verdutzt sah sie ihn an. Ja, sie musste zugeben, dass sie jede Sekunde mit ihm allein über alles genoss, doch sie war in dieser Zeit auch so unsicher, dass sie trotz ihrer Glücksgefühle erleichtert war, wenn sie nicht mehr alleine waren. So konnte sie Pete in Ruhe beobachten und seine Anwesenheit genießen, ohne ewig das Gefühl zu haben, etwas Geistreiches sagen zu müssen und vor allen Dingen dabei zu verheimlichen, wie viel er ihr bedeutete.

Er hatte eine Freundin, schon seit Monaten, was ihn allerdings nicht im Geringsten davon abhielt, hier und da mit Mädels zu flirten. Eine merkwürdige Beziehung, dachte sie damals. Niemals würde ich ihn so oft alleine losziehen lassen.

„Willst du gar nicht wissen, warum?" Pete hatte seinen Barhocker etwas näher an den Tisch gerückt, damit er nicht so laut sprechen musste. Die Stimmung um sie herum war ausgelassen, fröhlich und auch recht laut geworden.

„Natürlich!" Lisa war wieder angekommen, versuchte sich zu erinnern, worüber sie gerade sprachen, und dabei auch noch interessiert auszusehen. Plötzlich hatte sie so ein seltsames Gefühl in der Magengegend. In diesem Moment nahm sie nur noch seine Nähe war, sah in seine hellblauen Augen und spürte, dass hier irgendetwas vor sich ging, was sie nie für möglich gehalten hatte.

Seine ganze Aufmerksamkeit galt alleine ihr. „Die anderen sind im Kino. Ich habe ihnen gesagt, dass wir unabhängig voneinander etwas anderes vorhaben." Er wartete. „Ich hoffe, du bist mir nicht böse?"

Lisa schüttelte ihren Kopf. „Warum sollte ich, es ist doch recht nett hier, aber ich verstehe nicht, wieso …"

„Ja, ich weiß. Ich verstehe es ja selbst nicht." Unsicher senkte er seinen Blick und verfolgte jede Drehung des Bierdeckels in seinen Fingern. „Ich weiß auch nicht wie oder wann es passiert ist. Es ist einfach passiert! Ich hatte es nicht geplant. Ich meine wegen Marion. Ich weiß nicht, wie ich es ihr sagen soll. Wie ich es dir sagen soll. Es ist einfach passiert, ich habe mich in dich verliebt!"
Plötzlich sah er wieder auf. Ihre Blicke trafen sich. So unsicher hatte sie ihn noch nie erlebt. Eine Welle des Glücks spülte durch ihren Körper.
Erst als sie ihn anlächelte, fiel seine Anspannung von ihm ab und er lächelte glücklich zurück. Sie konnte es nicht glauben. Wie war das möglich, dass ausgerechnet Pete sich in sie verliebt hatte? Dass dieser Traum von Mann, dem alle Mädels hinterherliefen, der bei den Jungs beliebt war – und überhaupt, der Mann, in den sie sich das erste Mal unsterblich verliebt hatte –, sich in sie verliebt hatte? Sie konnte es nicht fassen. Es war für sie unvorstellbar.
Doch ihre Hände lagen bereits in seinen und sein Lächeln galt immer noch nur ihr. Nichts und niemand existierte um sie herum. Es gab nur sie beide. Wenigstens für diesen Abend.

21: Balkon

In ihrem Zimmer erhellte die Neonröhre unter der weißen Decke eine weitere zur Schlaflosigkeit verdammte Nacht. Es war fast 22 Uhr.
Die Tage wurden immer kürzer und die Nächte immer länger. Es roch bereits nach Herbst. Selbst wenn es am Tag noch recht warm und mild war, krochen schon in der Abenddämmerung dichte Nebel durch den bewaldeten Park. Schnell wurde es kühl und feucht. Der Sommer versuchte dem mit einem letzten Aufbäumen entgegenzutreten. Doch auch all die wundervollen Farben an Blüten und Blättern konnten den Beginn des Winterschlafes nicht aufhalten, in den die Natur, wie Lisa fand, und besonders der Wald fiel.
Lisa lag wach in ihrem Bett und starrte in eines der vielen Boulevardblätter, die Regine ihr gegeben hatte mit den Worten: „Etwas Ablenkung wird Ihnen sicher guttun."
Natürlich würde es ihr guttun, allerdings hatte Lisa noch nicht einen Satz so gelesen, dass sie am Ende des Satzes auch wusste, was sie da eigentlich gelesen hatte. Ablenkung ist eine Idee, ein Ende dieser nervenaufreibenden Situation wäre wohl die bessere. Wenn sie wüssten, dass sie Erfolg haben würden mit ihrem Weg, den sie eingeschlagen hatten. Dass es nicht mehr lange dauern würde und sie dann endlich wieder nach Hause könnte.
Nur eines hatte man ihr gesagt, dass es einen weiteren Test geben würde. Doch wann würde dieser zweite Test stattfinden? Die Tage gingen dahin. Würden daraus Wochen, vielleicht Monate werden?

Nein! Lisa war aus dem Bett gesprungen, doch nachdem sie ein-, zweimal das Zimmer durchlaufen hatte, kroch sie vor Kälte wieder unter ihre Bettdecke.

Was wohl Vera, ihre Freundin und Chefin, von ihrem überraschenden Sonderurlaub hielt? Und davon, dass sie weder schrieb noch anrief? Sie hatte es sich zwar fest vorgenommen, doch sie wusste einfach nicht, was sie schreiben sollte. Der Brief würde gelesen und notfalls zensiert werden, das hatte ihr Regine gesagt.

Und was konnte sie schon berichten? Adam war top sekret, gleichfalls ihr Aufenthaltsort, und das nicht nur für ihre Freundin. Außerdem hasste sie Unwahrheiten, und übers Wetter zu berichten war einfach das Letzte.

In diesem Moment klopfte es. Zuerst meinte sie sich getäuscht zu haben, doch dann klopfte es erneut. Das Geräusch kam eindeutig von der Balkontür. Aber das war völlig unmöglich, sie befand sich im vierten Stock!

Lisa beobachtete die Balkontür. Ein Schatten huschte vorbei. Es klopfte ein drittes Mal, dieses Mal war es stärker und ganz deutlich zu hören. Und dann sah sie ihn, es war Adam, er stand direkt hinter der Scheibe und lächelte ihr zu.

Sie sprang aus dem Bett, schnappte sich ihren Morgenmantel vom Stuhl, der dabei polternd umfiel, warf ihn sich über und eilte zur Balkontür.

„Hast du das gesehen?" Bernd, der zuständige Mann für die Videoüberwachung, stieß seinem Kollegen seinen Ellenbogen in die Seite.

Dieser verschüttete seinen heißen Kaffee über den halben Schreibtisch. „Bist du verrückt?", schnaubte er wütend und versuchte die Sintflut mit ohnehin nicht mehr zu rettendem Papierkram aufzuhalten, indem er Wälle errichtete.

„Udo, wie oft habe ich dir schon gesagt, du sollst deine blöden Kaffeebecher nicht auf unseren Arbeitstisch abstellen!"

Bernd drückte nervös mehrere Knöpfe und sogleich veränderten sich zwei Überwachungsbildschirme.

„Sieh doch, sieh!" Aufgeregt drehte er an der Schärfe herum.

„Ich sehe nichts, das ist das Zimmer von der Neuen, stimmt's?"

„Ja, 406, und die ist plötzlich wie von der Tarantel gestochen aus dem Bett gesprungen hat sich ihren Morgenrock gegriffen, dabei den Stuhl umgeworfen und ist zur Balkontür gelaufen. Jetzt ist sie weg. Ich dachte, ich hätte kurz vorher etwas gehört, eine Art Knall, aber ich kann mich auch getäuscht haben."

„Vielleicht ist wieder ein Vogel gegen die Scheibe geflogen, passiert doch ständig, bei den großen Glasfenstern."

„Aber die fliegen doch nicht im Dunkeln!"

„Vielleicht war es eine Fledermaus!?"

„Noch nichts von Echoorientierung, Echolot gehört?!"

Bernd rollte mit seinem Stuhl noch näher an die Bildschirme heran. „Ich möchte wissen, was mit der los ist. Zeig mir doch mal die Außenkamera!"

„Ist an!"

„Dann zoom dichter ran! Mann, Udo, muss ich dir immer erst alles sagen?"

Udo tippte wild auf seiner Tastatur. „Ich sehe niemanden auf dem Balkon!" „Ich auch nicht, verflixt, die muss im Schatten stehen! Wo ist denn die Balkonkamera von Zimmer 406?"

„Läuft nicht!"

„Wieso nicht"?

„Weiß ich auch nicht, Bernd! – Moment, keine Panik, ich bin schon dran, in ein, zwei Minuten hab ichs."
„Na hoffentlich!" Bernd spielte nervös mit dem Bleistift herum, bis dieser zu Boden fiel.
„Hör doch mal auf, du machst mich total nervös! Jetzt müsste es gleich kommen!"
Bernd hob den Bleistift auf und steckte ihn in den Mund.
 „Ich sehe immer noch nichts!"
„Da, ich sehe sie, jetzt kommt etwas auf die Kamera zu, was soll das? Sie hat irgendwas drüber gehängt."
„Was soll's, sie will halt auch mal unbeobachtet sein, gönnen wir ihr etwas Ruhe. Bernd wendete sich ab."
Udo drehte seinen Stuhl zu Bernd.
„Und was ist, wenn sie sich was antun will?"
„Dann sehen wir es als Erste, auf der Fassaden-Kamera, an der kommt keiner vorbei. Und wenn sie springt, ist es so und so zu spät!"
„Du hast Nerven Bernd!"
Udo ließ die Bildschirme nicht wieder aus den Augen.
„Vielleicht sollten wir die Schwester benachrichtigen, sie soll mal nach ihr sehen?" Udo nahm den Hörer ab und drückte einen Knopf. Er wartete. „Sie nimmt nicht ab!"
„Sicher ist sie schon auf ihrem Kontrollgang. Außerdem, wie kommst du nur auf die blöde Idee, die Neue könnte springen? Bis heute hat der Professor noch jedem das Leben gerettet. Keine Sorge, die will nur mal allein sein. OK?"
„Was heißt hier ich? Du hast gesagt, sie will vielleicht springen!"
Bernd wühlte in seiner Jackentasche. „Nein Du! Ist doch völlig egal, jetzt reg dich ab! Ich piep die Schwester an! Und

morgen früh müssen wir uns sofort um eine neue, nicht erreichbare Position für die Balkonansicht kümmern!"
Grinsend räkelte sich Udo in seinen Schreibtischstuhl. „Klar doch, aber nicht vor dem Aufstehen!" Er legte die Füße auf den Tisch und verschränkte die Arme über der Brust. „Pass du jetzt alleine auf! Ich lös dich in 'ner Stunde ab!"
„Klar doch, deine Stunde kenn ich!" Aber Bernd war im Moment sowieso nicht von den Bildschirmen wegzukriegen. Irgendetwas ging da vor sich, aber was konnte die Neue schon anstellen?

„Adam, was tust du hier? Wie bist du hier raufgekommen, bist du verrückt geworden? Du hättest dir den Hals brechen können, und wo hast du die Sachen her?!"
Sobald sie ihm geöffnet hatte, hatte er sie sofort aus dem Zimmer zu sich auf den Balkon gezogen und hinter ihr die Tür geschlossen. Dann nahm er ihre Hände in seine und hielt Lisa dicht vor sich im Schatten des Gebäudes. Er hatte es einfach nicht mehr ausgehalten, nach einer schlaflosen Nacht war dieser elend lange Tag auf dem Zimmer gefolgt. Seine Gedanken waren nur bei ihr, er musste sie sehen, unbedingt.
„Welche der unendlich vielen Fragen darf ich zuerst beantworten?" Er grinste breit, und selbst hier im Mondlicht, in diesem nur schemenhaft zu erkennenden Gesicht, waren seine Augen ein einzigartiges Blitzen und Funkeln.
Lisa verschlug es die Sprache, mit ihm hier im Dunkeln zu stehen, das ließ einen Strom von überwältigenden Gefühlen durch ihren Körper fließen, der einfach nicht aufzuhalten war. Wellen von Erinnerungen an Pete überdeckten die Realität.
„Wo hast du die Sachen her?" Lisas Augen wollten nicht

glauben, was sie sahen. Er trug eine enge schwarze Jeans und ein schwarzes Hemd. Sie wünschte, er hätte seine weißen Sachen an und diesen Assistentenkittel.

„Äh, sie gehörten Pete, er hatte immer ein paar Sachen hier, falls er über Nacht blieb, und diese hier konnte er nicht mehr abholen." Er schwieg. Er hatte nicht nachgedacht, doch in den weißen Klamotten wäre er zu leicht zu entdecken gewesen. Lisa schloss ihre Augen, sie war weit weg.

Sie stand ihm gegenüber, damals, an den Ufern eines stillen Sees, bei Mondschein unter Weiden, die bis ins Wasser reichten. Nur die Sterne und der Mond, der sich im Wasser spiegelte, konnten mit seinen Augen konkurrieren. In dieser Nacht küsste er sie das erste Mal.

Als sie die Augen wieder öffnete, standen sie nicht mehr an dem spiegelglatten See, nein, sie standen auf diesem Balkon, nur der Mond war derselbe. Es waren nur wenige Sekunden, in denen sie in der Vergangenheit weilte, doch sie hatte Schwierigkeiten, sie von der Gegenwart zu trennen. Sie standen sich noch immer so dicht gegenüber, dass sie meinten, der jeweils andere müsste ihr rasendes Herzklopfen hören. Adams lausbubenhaftes Grinsen war verschwunden. Er spürte Lisas starke Gefühle, doch was konnte er tun, ohne sie zu verletzen? Lisa kam zurück, zurück auf den Balkon, zurück zu Adam.

„Woran denkst du, du bist ja plötzlich so still!" Sie durchbrach die Dunkelheit mit flüsternder, etwas unsicherer Stimme. Sie hatte Angst, diese Frage zu stellen, Angst vor einer Antwort.

„Schon gut, es ist nichts!"

Lisa versuchte sich einen plausiblen Grund vorzustellen, weshalb er sie unter Lebensgefahr hier aufsuchte, aber außer dem, den sie sich insgeheim wünschte, fiel ihr keiner ein, es sei denn, sie wäre irgendwie in Gefahr.

„Ich musste dich einfach sprechen. Allein, ohne Zuschauer und Zuhörer!" Er sah sich plötzlich suchend um. „Verflixt, zieh deinen Morgenrock aus!"

„Was soll ich tun?" Sie sah ihn ungläubig an.

Wieder grinste er sie an, er sah fast glücklich aus.

Merkwürdig, wie konnte er sich nur so „normal" benehmen, so männlich wirken, wo er doch so – ihr fielen nicht die richtigen Worte ein. Er war ein Klon, es dürfte ihn gar nicht geben, er existierte eigentlich überhaupt nicht, er konnte gar nicht „normal" sein!

Er zog ihr den Mantel aus und warf ihn hinter sich, hoch über eine silberne Wandlampe, die nicht angeschaltet war.

„Was soll das?" Lisa betrachtete ihren Mantel, wie er im Wind flatternd an der Wand entlangrieb. Durch den weißen Stoff schimmerte das rote blinkende Licht der Kamera.

„Wir wollen doch nicht die ganze Zeit beobachtet werden, oder?"

„Du meinst hier draußen auch? Und was ist mit Mikrofonen?"

„Die befinden sich nur im Zimmer. Wenn die Balkontür offen steht, hört man auch jedes Wort von draußen. Aber jetzt ist sie zu, und solange wir flüstern, können wir ungestört reden."

„Woher weißt du das alles so genau?"

„Ich habe es gesehen und gehört! – Pete und ich haben uns, vor langer Zeit, in der Überwachungsanlage umgesehen, wir wollten wissen, wie weit sie uns im Auge haben und wo genau. Wir fanden ein paar ungestörte Plätze heraus, an denen wir uns das sagen konnten, was sonst niemand hören durfte. Wenn sich die Möglichkeit dazu bietet, zeige ich sie dir."

„Ich habe nicht gewusst, wie nahe ihr euch gestanden habt. Was habt ihr miteinander gesprochen, was niemand hören durfte?"

„Das erzähle ich dir ein andermal, ich habe nicht so viel Zeit, um halb elf beginnt der Kontrollgang. Ich bin gekommen, um dich zu warnen."

„Wovor, was ist passiert?" Lisa spürte seine Unsicherheit.

„Ich glaube, Peters und Garden sind misstrauisch geworden, sie vermuten, dass ich den Test manipuliert habe." Adam beobachtete sie skeptisch. Wie würde sie reagieren, wenn sie die ganze Wahrheit wüsste; würde sie ihn hassen oder lieben? Wie auch immer, es konnte seine Pläne zunichtemachen.

„Manipuliert, was soll das heißen?"

„Das heißt, er glaubt, ich habe absichtlich was Falsches geschrieben! – Dass ich die richtigen Antworten wusste, die Farbe des Autos, den Namen deiner Freundin."

„Wie kommst du darauf, dass er das denken könnte?"

„Sie hatten mich total verkabelt, mein Blutdruck, mein Puls, mein Körper hat sich auffallend verhalten, ich war zu aufgeregt, bewegt, Peters sah sehr verwundert aus. Es tut mir leid, ich habe sie unterschätzt."

„Warum hast du dich aufgeregt? Du hast etwas gesehen, ist es nicht so, sonst hätte dein Körper nicht reagiert, es hätte dich völlig kalt gelassen. Verflucht, Garden hatte doch Recht, wie ist das nur möglich?" Lisa wandte sich abrupt von ihm ab und wollte die Tür aufstoßen.

„Nein, nicht öffnen!" Er hielt sie fest und zog sie wieder in den Schatten zurück. Wie ein Schlag durchfuhr es ihn. Wie konnte es ihr nach all den Jahren noch immer so nahegehen? Wie stark musste ihre Liebe damals gewesen sein, wenn noch heute

so viel davon übrig war, so viel Leid? Und er hatte alles wieder aufgerührt, er war schuld, dass sie noch einmal verletzt wurde, noch einmal mit all ihrer Liebe allein zurückblieb, zurückbleiben musste. Es gab keine andere Möglichkeit, er musste jetzt so weitermachen, wie er es geplant hatte.
Er versuchte eine plausible Erklärung zu finden, doch er schien es nur zu verschlimmern. „Ich habe nur einzelne Bilder gesehen", versuchte er sie zu beschwichtigen.
„Einzelne Bilder, was soll das heißen, entweder hast du Erinnerungen oder du hast keine!" Lisa konnte es nicht fassen. Sollte er Petes Erinnerungen in sich entdeckt haben? Konnte er sie beide zusammen sehen, wie sie sich damals liebten? Wie sie sich stritten? Hatte er auch gesehen, wie sie, ihre Freundin, ihn umgarnt hat, wie sie ihn an sich gerissen hat und er es auch noch genoss? Und wie sehr Lisa darunter litt? „Und was ist mit deinen Gefühlen, hast du etwas gespürt?" Ungläubig beobachtete sie sein Gesicht.
Er schien mit sich zu ringen, würde er ihr die Wahrheit sagen? „Ich weiß nicht, in was für einer Situation sich die jeweiligen Personen befanden oder was Pete dabei fühlte. Aber ich kann es mir vorstellen! Er strich ihr eine Haarsträhne aus dem Gesicht und sah, dass ihre Augen unter Wasser standen. Er hatte Recht, ihre Gefühle standen ihr überall im Wege.
„Aber wie ist das möglich, dass du es siehst, das Auto, Pete, mich? Adam, wie ist das möglich?" Sie wich einen Schritt zur Seite, so dass er sie loslassen musste. Dabei wünschte sie nichts mehr auf dieser Welt, als dass er sie nie wieder loslassen würde. Sie wollte gehalten werden, nur fest in seinen Armen gehalten werden.

Aber wer würde sie halten, Adam oder Pete? Er hatte etwas von Pete wiedergefunden, Erinnerungen, Bilder, es war nicht alles verloren. Sollte sie sich darüber freuen oder nicht? Sie wusste kaum noch, für wen sie so viel empfand. Für Pete in Erinnerung an ihre erste große Liebe oder war sie im Begriff, sich in Adam zu verlieben, seinen Klon. Weil er ihm so ähnlich war oder weil er doch ganz anders war? Wie Zwillingsbrüder. Nur das äußere Bild stimmte überein.
„Wer hat dir nur dieses hauchdünne Nachthemd gegeben? Dir ist kalt, du hast eine Gänsehaut." Er wollte und konnte ihr nicht antworten. Doch seine Stimme klang tröstend. Langsam streichelte er ihr über die nackten Schultern und Arme. Bis jetzt hatte sie nicht bemerkt, dass ihr kalt war, von den bloßen Füßen bis in die Fingerspitzen.
„Ich werde einen Weg finden, um uns beide hier rauszuholen, wir müssen nur noch ein wenig weitermachen wie bisher. Dann wird Garden einsehen, dass er gescheitert ist, er wird mich der Öffentlichkeit präsentieren und nach einiger Zeit wird man das Interesse an mir verlieren und ich kann mir mein eigenes Leben aufbauen."
Glaubte er wirklich daran? Seine Stimme klang voller Optimismus, doch Lisas Verstand traute dieser Theorie nicht mehr.
„Mir wird schon etwas einfallen, um Garden von seinen Plänen abzuhalten."
„Welche Pläne meinst du, Adam, was weißt du noch?"
„Es ist nichts, frag nicht, glaube mir, es ist besser so!" Er betrachtete ihr Gesicht, und in diesem Augenblick war er einfach nur glücklich.

Sie wollte widersprechen, aber er schloss ihren Mund mit seinen Lippen, ganz sanft, als befürchtete er, sie würde es nicht zulassen. Seine Lippen waren warm und weich. Sie öffnete leicht ihren Mund und ließ seine Zunge, die ihre suchen. Er hielt sie so fest umschlungen, dass sie keinen Zweifel daran hatte, dass er, Adam, existierte, es gab ihn, er lebte, und er empfand mehr für sie, als sie je für möglich gehalten hätte. Vielleicht sogar mehr, als Pete je für sie empfunden hatte. Sie befanden sich in der Realität. Es war kein Traum. Ihr Körper zitterte vor Erregung. Sie wollte nicht, dass er sie losließ, sie wollte, dass er bei ihr blieb. Aber er zog sich zurück, lockert seine Umarmung.

Sie sahen einander in die Augen, fanden aber keine Worte für ihre Gefühle. Adam wurde bewusst, was er getan hatte. Er war wieder einmal seinen Gefühlen erlegen. Er war egoistisch. Noch vor wenigen Augenblicken zermarterte er sich den Schädel, wie er sie hier so schnell wie möglich herauskriegen könnte. Und nun stand er da und hatte seinen Gefühlen freien Lauf gelassen, die sie niemals hätte kennen dürfen.

Sein Verstand sagte ihm, dass er verschwinden musste, so schnell es ging. Er wollte sie nicht loslassen, weder jetzt noch irgendwann. Aber er wusste, dass die Zeit drängte, er musste zurück. Ja, er hatte die Situation verkompliziert. Ja, er hatte sich nicht an seinen Plan gehalten, doch die Gefühle, die er empfand, als er sie in seinen Armen hielt, diesen Wogen von überwältigendem Glück und einer Art von Zufriedenheit, die er noch nicht kannte. Als hätte er nur darauf gewartet, auf diesen einen Moment. Er war ihnen ausgeliefert, er konnte sie nicht unterdrücken.

Vielleicht gab es doch noch einen anderen Ausweg.
Euphorisch gab er ihr schnell einen Kuss auf die Stirn, und bevor Lisa wieder einen klaren Gedanken fassen konnte, kletterte er zum nächsten Balkon hinüber. „Wir sehen uns morgen, mit oder ohne ihre Erlaubnis!" Er schickte noch einen Handkuss zu ihr hinüber und begann dann zum nächsten und übernächsten Balkon zu klettern.
Lisa verfolgte ihn ängstlich mit den Augen. Erst auf dem vierten Balkon winkte er ihr kurz zu und verschwand dann im Haus.
Lisa zog ihren Mantel von der Kamera und ging hinein. Das Licht blinkte, doch es war ihr egal. Er hatte sie geküsst, sie hatte nicht geträumt. Aber war es ihm auch ernst? Hatte er sich auch in sie verliebt, oder wollte er sie nur beruhigen, trösten, sich entschuldigen? Warum konnte sie nicht einfach glücklich sein? Warum musste sie immer zweifeln? Sie hatte es doch gespürt, seine Gefühle für sie waren echt, als er sie küsste. Im gleichen Moment war sie sich sicher und nun, kaum dass er keine fünf Minuten fort war, zweifelte sie, genau wie damals bei Pete. Adam war anders, ehrlich, fürsorglich, er wollte, dass es ihr gut ging, dass sie unbeschadet hier herauskam. Er sorgte sich um sie und er unternahm etwas, er war weder feige noch handelte er unbedacht.
Warum verteidigte sie ihn? Gegen wen, gegen Pete? Pete war tot und würde es auch bleiben. Wenn nichts sicher war, das war es, so glaubte sie. Wenigstens noch in dieser Nacht.

22: Lisas Zimmer

Lisa hatte die ganze Nacht kaum geschlafen. Die Morgensonne strahlte so hellgelb in ihr Zimmer, als würde sie sich über Lisas verschlafenes Gesicht lustig machen. Wie konnte ein so ungewisser Tag nur so strahlend beginnen? Sie zog sich schnell an. Es war fast halb acht.
Regine würde gewiss gleich auftauchen, ebenfalls strahlend? Wie jeden Morgen! Sie würde ihr das Frühstück bringen, ein paar unwichtige Dinge sagen und wieder gehen.
Lisa war jetzt fast eine Woche hier. Merkwürdig, es kam ihr vor wie ein Monat oder länger. In der ganzen Zeit hatte Regine kein persönliches Wort mit ihr gewechselt. Sie war immer nett und freundlich, doch schwer zu durchschauen, ihre Gefühle verbarg sie recht gut. Nie ließ sie auch nur einen Funken ihres eigenen Wohlbefindens durchblicken. Sie trug eine Maske, sobald sie das Zimmer betrat. Und sie spielte ihre Rolle perfekt – das musste man ihr lassen.
Schätzte Lisa sie richtig ein? War sie wirklich so? Oder hatte sie Order von ihrem Chef, so zu sein? Ja, natürlich sind Krankenschwestern freundlich, hilfsbereit, mit aufmunternden Sprüchen auf den Lippen, aber wirklich immer?
Lisa war eben mit den Turnschuhen fertig, als es klopfte.
„Herein!" Ihre Stimme war etwas kratzig, sie hustete kurz.
„Guten Morgen, ist alles in Ordnung mit Ihnen?" Regine musterte sie etwas besorgt.
„Ja, danke, es geht mir gut, ich bin nur noch nicht richtig wach!" Ihr Lächeln sollte überzeugend wirken, doch Regine war es nicht.

„Ich werde den Doktor bitten, Sie sich noch mal kurz anzusehen, wir wollen doch nicht, dass sie Ihren Husten verschleppen!" Dann kam das, was Lisa bereits erwartet hatte, das Lächeln, das Plaudern und die besten Wünsche für einen angenehmen Tag. Und weg war sie.

Was Lisa nicht sah, war Regines Wut, der sie, kaum dass sie das Zimmer verlassen hatte, freien Lauf ließ. Draußen im Flur ließ sie sich wütend gegen die Wand fallen, stampfte kurz mit dem Fuß gegen dieselbe und stieß einen Seufzer des Unmutes von sich.

Dann versteckte sie ihre Hände zu Fäusten geballt in ihren Kitteltaschen und biss sich fest auf die Unterlippe. Sie wusste Bescheid, Er war letzte Nacht nicht auf seinem Zimmer, sondern bei ihr gewesen. Das sollte er ihr büßen.

Das Frühstück stand auf dem kleinen Tisch am Fenster, mit extra Apfelgelee. Lisa setzte sich und begann zu frühstücken. Es ging ihr wirklich nicht besonders, sie hustete erneut. Hoffentlich hatte sie sich gestern auf dem Balkon nicht erkältet. Was sie im Moment am wenigsten gebrauchen konnte, war eine Krankheit. Sie brauchte all ihre Kraft und einen klaren Verstand, um zusammen mit Adam den richtigen Weg aus dieser merkwürdigen Situation herauszufinden.

Sie konnte es kaum erwarten, ihn wiederzusehen. Durch ihn fühlte sie sich gestärkt. Jetzt konnte sie es kaum erwarten, es mit Garden aufzunehmen. Ob der neue Test kurz bevorstand? Sie dachte über ihr gestriges Gespräch nach. War es wirklich möglich, hatte er den Test manipuliert?

Das hieße, er wusste also die richtigen Antworten? Aber er sagte ihr nicht, wie das möglich sein konnte. Wahrscheinlich konnte er es sich selbst nicht erklären. Wie auch. Er musste genug damit zu tun haben, sich eingestehen zu müssen, dass Garden Recht hatte, dass er es geschafft hatte. Er konnte Petes Erinnerungen in Adam wiederfinden, durch sie.

Das war zu einfach, nichts auf der Welt war so einfach, und so etwas konnte es erst recht nicht sein. Lisa rührte noch immer in ihrem Tee, sie hatte weder von ihrem Brötchen gegessen noch etwas getrunken.

Als das Telefon auf ihrem Nachttisch klingelte, fuhr sie erschrocken zusammen. Langsam nahm sie ab.

Eine unbekannte männliche Stimme meldete sich mit einem schönen guten Morgen: „Wir haben einen Termin für Sie. um 9.30 Uhr wird Schwester Regine Sie abholen, bitte seien Sie dann für einen weiteren Test bereit!"

Genauso langsam, wie sie den Hörer aufgenommen hatte, legte Lisa ihn wieder zurück. Der Mann am Apparat hatte ihr einen Befehl erteilt, und sie hatte zu gehorchen. Er hatte ihr nicht die Zeit gegeben für eine Frage oder Äußerung. Das war nur ein Punkt von vielen, der sie immer mehr bedrückte.

Wo war sie hier nur hineingeraten? Oder viel wichtiger, wie konnten sie hier wieder herauskommen? Denn ganz egal, was Adam oder besser Prof. Dr. Garden beweisen oder nicht beweisen konnte, Adam durfte nicht hier zurückbleiben. Garden musste ihn freilassen.

Sie konnte sich zwar noch nicht vorstellen, wie Adam das bewerkstelligen wollte und was aus ihm werden sollte – draußen! – Aber es musste möglich sein, es musste einfach!

23: Test Nr. 2

Es war kurz vor halb zehn, als Lisa Regine öffnete. Gefolgt von ihrem Lächeln und mit einem Notizblock in der Hand, machte sie eine freundliche Handbewegung, die so viel zu heißen schien wie: „Los geht's, packen wir's an!".
Lisa holte Luft, um zu fragen, welche Art von Test durchgeführt werden sollte. Doch Regine schüttelte nur kurz den Kopf, deutete auf ihre Armbanduhr und meinte: „Alles Weitere erfahren Sie von Prof. Garden persönlich."
Sie kamen in denselben Raum wie das letzte Mal. Adam war schon da. Er saß am Tisch und lächelte ihr aufmunternd zu. Als sie eintraten, erhob er sich. „Schön, dich zu sehen, ich …" Doch Regine fiel ihm ins Wort: „Bitte keine Unterhaltung vor dem Test."
Er reichte Lisa die Hand, doch Regine griff erneut ein: „Und keinen Körperkontakt, bitte!"
Adam grinste. Lisa errötete leicht und setzte sich ihm gegenüber. Regine stellte sich wie ein Soldat neben die Tür, und gemeinsam warteten sie auf Prof. Garden.
Er ließ sie etwa zehn Minuten warten, allerdings hatte Lisa das Gefühl, dass er sie die ganze Zeit beobachtete. Das kleine rote blinkende Licht an der Kamera in der gegenüberliegenden Ecke war nicht zu übersehen.
Endlich kam er herein. „Guten Morgen wünsche ich Ihnen allen zusammen Ich hoffe, Sie haben gut geschlafen, damit unser Test die bestmöglichen Voraussetzungen hat, ein Erfolg zu werden." Sein Blick fiel zuerst auf Adam, dann auf Lisa. Er schien etwas gereizt, angespannt zu sein.

Adam wurde das Gefühl nicht los, dass er auf letzte Nacht anspielte. Sollte er doch gesehen worden sein? Dass sich Lisa in ihrem Zimmer etwas merkwürdig aufgeführt haben mochte und auf den Balkon verschwand, sollte doch wohl kaum so große Aufmerksamkeit erregt haben, es dem Chef höchstpersönlich mitteilen zu müssen. Vielleicht wäre es klug, mal wieder den Überwachungsraum zu besuchen.

Garden wandte sich Lisa zu. „Ich möchte genauso weitermachen, wie wir letztes Mal begonnen haben, mit einer kleinen Besonderheit. Erzählen Sie uns eine Situation, an der Sie beide teilhatten und in der besonders Pete große Emotionen durchlebte. Bitte, Sie dürfen beginnen." Er setzte sich nun auch an den Tisch zwischen ihnen. Alle Augen sahen gespannt auf Lisa.

Sie winkte ab. „Entschuldigen Sie, ich hatte mir schon eine Situation ausgesucht; ich weiß nicht, ob mir so schnell eine neue, passende einfällt."

„Überlegen Sie ruhig eine Weile, sehen Sie sich Adam an, denken Sie an früher, als sie – in Pete – glücklich verliebt waren. Irgendwann passiert immer etwas, was den einen Partner emotional mehr belastet als den anderen." Er faltete seine Hände und legte sie in seinen Schoß, als ob er alle Zeit der Welt hätte.

Niemand der Anwesenden vermutete, dass seine Anspannung so groß war, dass seine Hände sonst gezittert hätten. Er wollte Gewissheit haben. Warum hatte Adam bei seinem ersten Test gelogen? Garden war sich sicher, dass es so war. Jetzt brauchte er nur noch einen eindeutigen Beweis, bevor er ihn zur Rede stellen konnte.

Auch was Regine ihm heute früh berichte hatte, verstand er einfach nicht. Warum hatte er kein Vertrauen mehr zu ihm? Noch vor wenigen Monaten hätte er ihm erzählt, wenn er sich verliebt hätte, dazu musste er doch nicht sein Leben riskieren und über die Balkone klettern. Oder hatten sie sich vielleicht letzte Nacht vorbereitet, abgesprochen, wollten sie ihn austricksen, verwirren, warum?

Er hatte ihn heute erneut verkabeln lassen, um all seine Körperaktivitäten zu beobachten. Unter der Kleidung selbstverständlich, es sollte Lisa nicht ablenken. Und selbst wenn Adam sich nur halb so gut im Griff hatte wie er selbst, würde er der Technik nichts vormachen können. Ihr entging nichts. Zusätzlich zu den üblichen Überwachungen, wie die des Blutdruckes und Pulses, sollte diesmal ein Lügendetektor Gewissheit bringen.

Adam hatte es schweigend hingenommen. Nichts, was er sagen würde oder tun konnte, hätte seine Situation verbessern können.

Lisa räusperte sich, sie wusste nun, wovon sie erzählen würde. Wie fast alles, was Pete betraf, fiel es ihr auch diesmal nicht leicht. Sie hatte lange Zeit vergebens versucht, es zu vergessen. Noch heute hatte sie keinerlei Erklärung dafür, wie er sie damals so leichtsinnig in Lebensgefahr hatte bringen können.

Sie begann leise, blickte auf den leeren Tisch, sie konnte Adam nicht ansehen. „Es geht um einen Nachmittag im Dezember, wir beide waren zu einer Feier eingeladen, Pete und ich …"

In diesem Moment griff sich Adam mit beiden Händen an die Stirn, schloss die Augen und rieb sich über das gesamte Gesicht.

„Ist etwas nicht in Ordnung, Adam?" Garden hatte sich zu ihm vorgebeugt.

„Nein, nein, ein Anflug von Kopfschmerzen, ist gleich wieder vorbei." Er rieb sich noch einmal über die Augen und sah dann Lisa an. „Alles OK, erzähl bitte weiter."

„Es hatte nachts geschneit, doch nun schien die Sonne, die Straßen waren wieder frei und trocken, und Pete wollte unbedingt mit dem Motorrad fahren. Es war nicht sehr weit, und wir wollten über Nacht bleiben, also war die Rückfahrt auch kein Problem …" Lisa sprach weiter, aber Adam hörte sie nicht mehr.

Seine Stirn schmerzte. – Er sah die Straße, kurvenreich, schön breit, Schnee rechts und links, Kiefern, hohe Tannen zu beiden Seiten, es ging leicht bergauf, er setzte zum Überholen an, warum? Ihm war einfach danach, es war so herrlich, er und sie im Rausch der Geschwindigkeit, die Sonne, so frei. Dann sah er den Lastwagen, direkt vor ihnen. Er wusste nicht, wohin, es war zu spät! Für einen Moment sah er nur Himmel, so blau, so unendlich leuchtend blau, dann hörte er diesen Schrei, Lisa schrie, die Tannen und diese Schmerzen, dann die plötzliche Dunkelheit. – Er hielt sich wieder den Kopf, schloss seine Augen. Was war nur mit ihm los? Wenig später spürte er die Schmerzen am ganzen Körper, er konnte sich nicht mehr auf dem Stuhl halten, seine Arme umfassten seine Oberschenkel, er fiel zitternd, sich vor Schmerzen windend auf den Boden. Fast gleichzeitig waren sie um ihn herum versammelt.

„Adam, was ist mit dir, was hast du?" Lisa kniete neben ihm und versuchte ihn stillzuhalten, doch er krümmte und drehte sich auf dem Boden. Dann begann er nach Luft zu schnappen. Garden hatte seinen Puls erfasst und Regine stand gebückt neben ihm und wartete. Garden blickte zu ihr und sie eilte sofort zur Tür hinaus.

Wenig später kam sie mit Dr. Peters, zwei Pflegern und einer Liege zurück. Adam liefen Schweißperlen von der Stirn. Er hatte sich weder beruhigt noch seine Augen wieder geöffnet. Paul gab ihm eine Spritze in den Arm.

Zu dritt hielten sie ihn fest, um dies möglich zu machen. Nur wenige Augenblicke später wurde er ruhiger. Sie hoben ihn auf die Trage, und im Laufschritt trugen sie ihn durch die Gänge. Lisa wich nicht von seiner Seite, obwohl Regine eine Geste machte, sie möge hier warten. Schnell musste sie einsehen, dass sie wenig Erfolg mit der Durchführung haben würde, zumal Peters sie brauchte.

Während sie im Fahrstuhl hinabfuhren, stellte Lisa die Frage, die sie zurzeit alle beschäftigte. „Was ist mit ihm passiert, was hat er?"

Garden sah zu Peters auf.

„Im Moment bin ich ratlos, ich muss ihn erst untersuchen, die Ergebnisse der Auswertung seiner Körperfunktionen überprüfen, bis dahin werden wir ihn ruhigstellen. Bitte fahren Sie gleich wieder hoch und gehen auf Ihr Zimmer, Sie können ihm ja doch nicht helfen."

„Aber ich will bei ihm sein, ich muss sehen, was mit ihm passiert."

„Nein, Lisa, nicht jetzt!" Peters schüttelte ehrlich betrübt den Kopf und nickte Chris, dem Pfleger, der ihr am nächsten stand, zu. Dieser hielt sie zurück, als sich die Tür öffnete und Adam mit der Liege herausgeschoben wurde. Dann betätigte er die Etagentaste, sah sie merkwürdig an und ließ die Tür zwischen sich und Lisa zugehen.

Er hatte sie wieder hochgeschickt, der Fahrstuhl fuhr. Alleine, ihrer Angst, den Tränen und dem Fahrstuhl ausgeliefert, lehnte sie sich an die kalte glänzende Aluhülle und schloss die Augen. Sie sah den blauen Himmel, fühlte den kalten Schnee in ihrem Gesicht, in ihrem Mund und wartete auf den dunklen, traumlosen Schlaf ohne Schmerzen.

Der Fahrstuhl ruckte, hielt an. Die Türen öffneten sich. Ein rötliches Licht schimmerte von der Decke des Ganges.

Alles, was sie erkennen konnte, war ihr fremd. Sie wusste, dass sie noch nie auf dieser Etage, in diesem Trakt war. Auf dem Weg hierher hatte sie die Schilder Labor, OP und Intensivstation gelesen. Labor – hier mussten die Organe gezüchtet werden, die Eingriffe stattfinden, die Transplantationen. Sie war in dem Trakt, in den nur die schon betäubten Patienten gefahren wurden. Trakt C.

Aber nichts deutete darauf hin, dass hier Operationen stattfinden konnten. Es war so dunkel und still, niemand war hier. In welchem Stockwerk war sie bloß, sie erkannte es nicht. Sie sah auf die Anzeige, sie befand sich im dritten Untergeschoss. Sie war im Keller, hier sah es weder nach einem Labor, nach OP-Räumen oder ähnlichen ärztlichen Zimmern aus.

„Für Patienten ist der Zutritt verboten", stand auf einem Schild neben der Tür, die eben wieder zuschnappen wollte. Lisa schob ihren Fuß dazwischen.

Chris hatte den falschen Knopf gedrückt, das war sicher. Doch tat er es aus Versehen oder verfolgte er damit eine bestimmte Absicht? Lisa musste es herausfinden.

24: Untersuchungszimmer

„Hier herein! Anschließen, schnell! Sein Puls wird schwächer, wir müssen ihn stabilisieren!"

Prof. Garden war beiseite getreten und hatte Adam seinem jüngeren Kollegen Peters überlassen.

Dieser hatte ihm kurz auf die Schulter geklopft, um ihn dann in einen kleinen Nebenraum zu schieben. Sein Blick war besorgt, aber ein aufmunterndes Kopfnicken – was so viel heißen sollte wie: „Er wird es schon schaffen!" – sollte ihnen beiden die Angst nehmen.

Nach fast einer Stunde, Garden hatte es sich auf einem dieser Kunststoffstühle einigermaßen bequem gemacht, kam Paul Peters herein. Er sah mitgenommen aus, ließ sich auf einen Stuhl fallen und streckte die Beine aus. „Alles OK, es geht ihm gut!" Er seufzte hörbar.

„Was ist passiert, sag schon, was war los mit ihm?" Garden hatte sich erhoben und war auf Paul zugegangen.

Paul zog die Schultern hoch. „Er hatte einen Schock, der Schockzustand breitete sich immer weiter aus. Er griff auf den gesamten Körper über. Ich selbst habe so etwas noch nie erlebt, doch natürlich kenne ich mich damit aus!"

„Natürlich!" Garden war nervös auf und ab gelaufen und nun vor Peters Füßen stehengeblieben, „Aber warum? Kannst du mir nichts Genaueres sagen?"

„Es kann sowohl physische wie auch psychische Ursachen dafür geben. Hat er in den letzten Stunden irgendwelche Medikamente verabreicht bekommen?"

Garden sah ihn ungläubig an. „Ja – unser Serum, er bekommt es in regelmäßigen Abständen. – Aber das ist völlig unmöglich!"
Peters sah Garden nachdenklich an. „Das könnte eine Erklärung sein. Er hat einen allergischen Schock erlitten."
„Aber das ist unmöglich! Er nimmt dieses Serum, seit er existiert, nur die Zeitspannen haben sich extrem vergrößert. Es gab nie auch nur das kleinste Problem einer Unverträglichkeit!"
„Georg, Sie wissen doch, so was passiert, manchmal von heute auf morgen, sein Körper ist Veränderungen ausgeliefert, noch extremeren Veränderungen als sonst ein Körper auf diesem Planeten."
Garden versuchte vergebens seine Haare glatt zu streichen. Paul kannte diese Geste gut. Nervosität oder Unzufriedenheit war meistens der Auslöser, oder beides.
„Gut, wenn du willst, mache ich noch ein paar Tests, um sicher zu sein?"
Das war es, was Georg jetzt brauchte. Es musste etwas geschehen, und es musste ein Ergebnis her, so schnell wie möglich. „Tu das, bitte!" Er reichte Paul seine rechte Hand und einander zunickend verabschiedeten sie sich voneinander. „Ich gebe dir Bescheid!", rief Peters ihm noch im Hinausgehen nach.
Garden rieb sich die Stirn. Allergisch – wie konnte er eine so banale Eigenschafft übersehen? Das hätte nicht passieren dürfen, er würde dafür sorgen dass ihm so etwas nicht wieder in die Quere kommen würde.
Aber was sollte er tun, falls Adams das Serum nie wieder nehmen konnte? Nein, er wollte sich nicht jetzt schon den

Kopf über Schwierigkeiten zerbrechen, die vielleicht ganz woanders ihre Ursache hatten. Langsam brachte der Fahrstuhl ihn zurück in den Alltag. Als sich seine Türen leise surrend öffneten und ihn das grelle Neonlicht des Flures blendete, da wusste er wieder, wer er war und was er zu tun hatte.

Es hatte bis heute nur wenige Zeiten in seinem Leben gegeben, in denen er sich so hilflos und krank gefühlt hatte wie in der vergangenen Stunde. Adam gehörte eindeutig zu den Menschen, die Garden daran erinnerten, dass es in einem Menschen mehr gab als Organe, Knochen, Blut und Gene.

25: Keller

Mit nur wenigen Schritten war Lisa an dem Verbotsschild vorbei. Im gleichen Augenblick schlossen sich die Türen des Fahrstuhles hinter ihr. Sie sah dem aufsteigenden Licht im Fahrstuhl nach, bis er fort war.
Nun stand sie hier alleine, im Keller. Ja, es gab keinen Zweifel, sie war in einem Kellergewölbe gelandet, das nicht von Unbefugten betreten werden durfte. Was nur hier unten war? Die Gänge liefen in drei Richtungen. Sie waren nur schwach rötlich beleuchtet, und an den Wänden waren außer Rohren, Stromkabeln und undefinierbaren Zeichen keine Hinweisschilder zu entdecken. Über ihrem Kopf liefen dicke Rohre entlang, wahrscheinlich Wasserleitungen, Heizung oder Ähnliches vermutete sie. Wonach suchte sie eigentlich? Der Pfleger, Chris, hatte sie hierher geschickt, da war sie sich mittlerweile ganz sicher. Sie hatte schon von je her eine lebhafte Fantasie gehabt, doch hier unten war ihr die nicht gerade eine Hilfe. Bilder von Räumen mit Käfigen kamen ihr in den Sinn. Tiere, die keiner Art angehörten. Missglückte Experimente! Als ihre Fantasie vollends mit ihr durchgehen wollte und sie schon brodelnde Flüssigkeiten in durchsichtigen Gefäßen und Röhrchen hinter der nächsten Tür vermutete, holte sie ein zischendes Geräusch gleich hinter ihr in die Wirklichkeit zurück.
Aus einem Ventil strömte für wenige Sekunden Dampf in den Gang, der sich durch das Licht rötlich färbte. Was, wenn sie sich hier verlaufen würde? Diese Sorge schien jedenfalls berechtigter zu sein als alles, was ihr bisher im Kopf herumgeisterte. Wer würde sie suchen? Würden sie sie hier

unten suchen? Würde ein weiterer „Zufall" für ihre Rettung sorgen?

Langsam ging sie immer weiter in die Dunkelheit. Adam wollte nicht, dass sie alleine auf Entdeckungsreise ging. Warum nicht? Waren hier vielleicht irgendwelche Monster versteckt, Geheimwaffen oder noch mehr „Adams"?

Wie es ihm gehen mochte? Sie zitterte. Sie sollte hochfahren und nach ihm sehen! Was, wenn er nach ihr rief und sie sie nicht finden konnten? Doch sie konnte ihm nicht helfen, das war Aufgabe der Ärzte, und wenn sie auch sonst kein Vertrauen in dieses Institut hatte, war sie sich sicher, dass sie alles tun würden, um ihm zu helfen. Selbst wenn sie ihn in Verdacht hatten, gegen sie zu arbeiten.

Dennoch sollte sie sich beeilen. Also, sei kein Angsthase, Lisa, und schau dich einfach mal ein bisschen um! Als sich der Gang teilte, entschloss sie sich für den Süd-Gang. Süden hatte schon immer für sie Priorität. Woher sie wusste, dass er nach Süden ging? Sie fühlte es eben!

Doch auch dieser Gang teilte sich nach etwa acht Metern. Sie blickte zurück, wie sollte sie sich orientieren? Unruhig suchten ihre Augen nach irgendwelchen Merkmalen, bis sie auf dem Boden dicht an der Wand einen Stein, ein Stück Mörtel fand. Es „malte" nur einen schwachen Strich, doch wenn sie wusste, wo sie suchen sollte, würde sie ihn wiederfinden. Also begann sie jeweils an der rechten Wand in Augenhöhe Pfeile zu hinterlassen, vor jedem neuen Gang, für den sie sich entschied. Hoffentlich würde das Stück reichen, ging es ihr durch den Kopf. Denn die Gänge nahmen kein Ende, und jede der vielen Metalltüren, die sie fand und zu öffnen versuchte, waren verschlossen.

Sie begann bereits an ihrer Expedition zu zweifeln, als sie plötzlich auf eine unverschlossene Tür traf. Ihr Herz schlug ihr bis zum Hals und ihre Hände waren kalt und schweißnass. Langsam drückte sie die schwere Tür einen Spalt weit auf. Eine riesige Maschine, wie ein großer schwarzer Kasten stand genau vor ihr. Angespannt lauschte sie nach Schritten, Stimmen, oder anderen Geräuschen, sie konnte keine ausmachen. Es war kein Mensch zu hören oder zu sehen. Dieser riesige Kasten war größer als sie und füllte fast den gesamten Raum aus. Wie ein Öltank, etwa drei mal drei Meter. Eine grüne Lampe leuchtete oben dicht unter der Decke. Langsam ging sie um ihn herum, nur ein schmaler Gang ließ dies zu. Er brummte leise, irgendein riesiges Stromaggregat könnte es vielleicht sein. Sie kannte sich mit solchen Sachen wirklich nicht aus und beschloss, Adam, sobald er sich erholt haben würde, danach zu fragen.

Als sie fast einmal um den Kasten herum war, entdeckte sie eine weitere Metalltür. Sie war ebenfalls nur angelehnt. Langsam wagte sie sich vorwärts. Stille umgab sie, eine merkwürdige Stille. Nicht dass es in den Gängen großartig Geräusche gab, nein, vielleicht das leise Surren der Notbeleuchtung, oder ein gurgelndes Geräusch in der Wasserleitung. Aber hier war es totenstill. Lisa konnte ihren unregelmäßigen Atem hören.

Sie stand in der nun geöffneten Tür und versuchte sich an die Dunkelheit, die hier herrschte, zu gewöhnen. Nur ab und zu hing ein rotes Licht an der Decke und ließ schemenhaft die Umrisse von riesigen Regalen erkennen. Lisa trat etwas vor und bemerkte, dass sie die gegenüberliegende Wand nicht ausmachen konnte und das Ende der Regalreihen ebenso wenig. Sie standen alle parallel zueinander, vor ihr konnte sie sechs zählen, dann verschluckte die Dunkelheit den Raum. Langsam schritt sie an die ihr am nächsten stehendene heran. Was befand sich in den Regalen? Alles sah so gleich aus. Ihre Hand tastete nach einem Gegenstand. Staubig, schwer, ein Karton, nein, ein Ordner, sie fühlte Papier unter ihm herausragen. Mit beiden Händen nahm sie ihn vollständig aus dem Regal. Er war aus schwarzem Karton, wahrscheinlich. Sie klappte ihn auseinander, etwas fiel heraus, sie bückte sich und hob es auf. Es war ein Foto, ein Baby-Foto. Sonst nur Papiere, endlose Zahlen, Namen, Arztberichte. Sie konnte hier nicht lesen, selbst direkt unter dem roten Licht konnte sie nur erahnen, worum es sich handelte. Es war eine riesige Patientenkartei. Unvorstellbar groß!

So viele Patienten konnte es hier noch gar nicht gegeben haben, einfach unmöglich. Aber woher, und was waren das alles für Menschen-Akten? Lisa beschloss, dass sie sich eine davon genauer ansehen wollte. Doch dazu musste sie sie mit auf ihr Zimmer nehmen. Aber wie konnte sie sie an den vielen neugierigen roten Augen vorbeischleusen? Sie war so groß, dick und schwer. Sie musste eine Tasche organisiere, ja, anders hatte es keinen Sinn.

Und sie musste Adam nach einem toten Winkel, einem Ort, einem Raum fragen, wo sie ungestört lesen konnte. Wenn sie nicht die ganze Zeit auf der Toilette verbringen wollte. Also, es war zwecklos, noch länger zu bleiben, sie musste zurückkommen und sich eine Akte „ausleihen".

Kluger Gedanke – sogleich erschrak sie. Als sie sich durch die Regale tastete, hatte sie vergessen sich zu orientieren. Von wo war sie gekommen? Wo war die Tür?

Endlich erkannte sie eine blass-graue Metalltür. Sie war verschlossen, allerdings steckte der Schlüssel von innen. Mit einigem Kraftaufwand ließ er sich drehen und die Tür öffnete sich quietschend. Einer der vielen Gänge lag vor ihr.
Eine Weile suchte sie vergebens, doch dann entdeckte sie einen ihrer Pfeile. Sie musste lächeln, es gab nur wenige Augenblicke in ihrem Leben, in denen sie mit sich selbst so sehr zufrieden war. Dieser war einer davon.

26: Untersuchungszimmer

Den Weg zurück zu finden, kostete sie nur wenig Mühe. Als sie den Fahrstuhl glücklich erreichte, wollte sie nur noch eins, so schnell wie möglich zu Adam. Es vergingen einige Sekunden, bis sich das helle Licht im Fahrstuhlfenster zeigte. Kurz bevor sich die Tür öffnete, durchfuhr sie ein Schreck. Was sollte sie tun, wenn nun jemand im Fahrstuhl stehen würde und sie entdeckte? Blitzschnell sprang sie zur Seite und drückte sich gegen die kalte Wand. Die Türen öffneten sich. Das Licht des Fahrstuhles strahlte in die Dunkelheit. Nichts geschah. Lisa lugte um die Ecke, er war leer, welch ein Glück! Schnell sprang sie hinein, die Türen liefen zu und sie fuhr nach oben. Jemand musste ihn bereits geordert haben. Er hielt genau vor dem OP, wo sie Adam vorhin verlassen musste. Als sich die Türen erneut öffneten, sah ihr eine etwas verdutzt dreinschauende Regine entgegen. „Was tun Sie denn hier, und wo kommen Sie her, von ganz unten? Aus dem Keller?"
Lisa spürte ihre wachsamen Augen und wusste, dass sie sich nun, wo doch bis hier alles so glatt ging, nicht verraten durfte. „Ich bin zu weit gefahren. Ich habe es einfach nicht mehr in meinem Zimmer ausgehalten, ich musste hierherkommen, um Adam zu sehen", begann sie stürmisch drauflozuplappern, „bitte, wie geht es ihm, ich muss ihn sehen!" Sie setzte ihr verzweifeltestes Gesicht auf, was wirklich nicht schwer war, und trat dicht auf Regine zu.
„Es geht ihm wieder besser, beruhigen Sie sich doch, es ist halb so schlimm." Regine hielt sie an den Schultern zurück. „Ich lasse Sie nur zu ihm, wenn Sie ganz ruhig sind. Er darf

nicht spüren, dass Sie solche Ängste wegen ihm ausgestanden haben. Das würde ihn zusätzlich belasten, OK?"
„Natürlich, ich möchte ihm auf keinen Fall schaden." Lisa riss sich deutlich zusammen, und Regine schien zufrieden.
Doch als sie ein paar Schritte getan hatte, rief sie ihr nach: „Ach, was war noch mit dem Keller?"
Lisa blieb stehen, drehte sich langsam um, zuckte mit den Schultern. „Ich muss in der Aufregung den falschen Knopf erwischt haben.", und ging langsam weiter, ohne zu wissen, wohin.
„Lisa!"
Sie stoppte.
„Es ist die letzte Tür rechts, bitte klopfen Sie an, bevor sie eintreten!" Regine machte kehrt, und Lisa hörte ihre Absätze bis in den Fahrstuhl hinein.
Langsam ging sie weiter, sie hatte sich nicht umgedreht, sondern nur knapp zum Dank gewunken in der Hoffnung, alle Zweifel beseitigt zu haben. Vor seiner Tür angelangt, blieb sie einen Moment lang stehen. Sie musste vorsichtig sein, durfte sich nicht verplappern, sicherlich war auch dieser Raum mit Kameras und Mikros gespickt.
Als nach ihrem Klopfen ein weibliches „Herein!" erklang, öffnete sie etwas verdutzt die Tür, doch Pete war da. Eine Schwester, die Lisa unbekannt war, zupfte sein Kissen zurecht und sah fragend zu ihr auf.
„Lisa, endlich!" Er streckte ihr eine Hand entgegen.
„Ich sehe dann später noch einmal nach Ihnen!" Die Schwester verließ schmunzelnd den Raum.
Adam saß aufrecht im Bett. Er lächelte sogar. Es ging ihm wieder gut.

Lisa stürmte an sein Bett und fiel ihm um den Hals. Sie konnte nicht anders, Tränen liefen ihr über das Gesicht.

Er sah noch sehr blass aus, seine Augen blickten etwas gequält, aber er hatte es überstanden, was immer mit ihm passiert war. Erfreut über diese stürmische Umarmung, drückte er Lisa fest an sich.

Er war überrascht, wie gut sie ihm tat. Dann löste er sich sanft aus ihren Armen und sah ihr in die Augen. „Es war ja gar nicht so schlimm, weine doch nicht, bitte, es geht mir wirklich wieder gut. Der Doc sagte, es war mein Glück, dass ich hier in einem Krankenhaus lebe, woanders wäre mir wahrscheinlich die Zeit davongelaufen." Er grinste aufmunternd.

„Das war kein Spaß, Adam, ich dachte, du stirbst, es war schrecklich."

„Wahrscheinlich sah es schlimmer aus, als es war. Der Doc erklärte mir, dass ich einen allergischen Schock hatte, wahrscheinlich von dem Medikament, was ich vorher bekam. Also ist die Sache geklärt und morgen darf ich auch wieder auf mein Zimmer."

„Was für ein Medikament?" Lisa tupfte ihr Gesicht trocken. Wie wunderschön sie war, selbst jetzt, da ihre Augen glasig und die Nase leicht gerötet war. Es gab keinen Zweifel mehr, er liebte sie, gestern und heute und morgen.

„Adam? Was für ein Medikament?" Sie hatte sich zu ihm auf die Bettkante gesetzt und beobachtete ihn gespannt.

„Es ist ein Serum, ich bekomme es in großen Abständen, es ließ mich schneller wachsen und nun auch altern."

Lisa öffnete leicht den Mund, doch es kam kein Laut über ihre Lippen.

„Schau nicht so verdutzt, ich bin ein Klon, weißt du noch? Ich brauche solche Sachen eben."
„Ja, sicher, ich war nur überrascht, ich dachte, es geht nun alles von allein weiter, ich meine, dein Körper …" Sie stockte.
„Im Prinzip ist das auch so, nur der Alterungsprozess nicht, dieses Gen wurde entfernt und mir so, wie es geplant war, von außen zugeführt, vereinfacht gesagt. Verstehst du? Sonst hätten sie dreißig Jahre warten müssen, bis ich Petes Alter erreicht hätte.
Zuerst ließen sie mich schneller altern, und dann wieder langsamer, jetzt bekomme ich es nur noch sehr selten, in großen Abständen, damit ich normal weiteraltere. Hört sich verrückt an, wie?"
„Ja, verrückt!
Adam, ich weiß nicht, wie lange ich noch bleiben darf, sehen wir uns morgen?"
„Davon gehe ich jetzt mal ganz stark aus, ansonsten mache ich Krach, bis man dich zu mir bringt!"
Sie strahlte ihn glücklich an und wuschelte ihm durchs Haar.
„Verrückter Kerl! Werde mir ja nicht übermütig, du musst dich schonen, ich brauche dich!"
Dann öffnete die Schwester die Tür, wie auf ihr Stichwort bat sie Lisa zu gehen. Wahrscheinlich hatte sie jedes Wort mitangehört.
Doch im Augenblick war Lisa das so egal, Adam ging es gut, sogar sehr gut, er hatte noch nie so viel gesprochen und gescherzt wie heute. Sie fühlte sich erleichtert, glücklich, sie vergaß für einen wundervollen Augenblick alles um sich herum. Wo sie war, warum sie hier war und vor allem, wer da

im Bett lag. Für sie lag dort ihre große Liebe, ihr Traum wurde Wirklichkeit.

Als Lisa und die Schwester sein Zimmer verlassen hatten, ließ sich Adam in die Kissen sinken. Er fühlte sich völlig ausgelaugt, um Jahre gealtert. Verdammtes Zeug, fluchte er innerlich bei geschlossenen Augen.

Manchmal hatte er das Gefühl, sie würden geradewegs in sein Gehirn blicken und all seine Gedanken lesen können, wenn er die Augen nicht schließen würde.

Lisa. Er öffnete seine Augen wieder und setzte sich abrupt auf. Sie sagte, sie brauche ihn, und ihre Augen sahen dabei so ernst aus. Wollte sie ihm etwas sagen, sie würde doch keine Dummheiten machen? Unruhig wälzte er sich im Bett hin und her.

Heute gab es keine Möglichkeit mehr, hier rauszukommen, doch gleich morgen früh musste er sich etwas einfallen lassen. Sie brauchten Ruhe und Zeit, um miteinander zu reden.

Er musste einen geeigneten „toten Winkel" finden. Und den nicht nur für die Kameras, die Wanzen waren weit wichtiger, leider aber auch schwieriger zu umgehen.

Es gab nicht viele Bereiche, wo sie sicher reden konnten. Im Garten am Springbrunnen war einer davon. Er hoffte, sie würden eine Möglichkeit finden, sich dort zu treffen.

27: Liebeserklärung

Mit einem Ruck hob er den Kopf in den Nacken, öffnete seine Augen, die sich zu orientieren versuchten. Er musste eingenickt und sein Kopf auf seine Brust gefallen sein. Es war bereits dunkel.
Langsam setzte er sich im Bett auf. Sein Körper war ganz steif und schmerzte. Wie lange hatte er geschlafen? Er bewegte seinen Rücken vor und zurück und drehte seine Schultern abwechselnd. Mittlerweile hatten sich seine Augen an die Dunkelheit gewöhnt.
Erfreut stellte er fest, dass das rote Licht der Kamera erloschen war. Er setzte sich auf die Bettkannte und raufte sich die Haare, so dass sie wild sein Gesicht umrahmten.
Ein Traum, ja, er hatte geträumt. Er konnte sich nicht mehr genau erinnern, er wusste nur, er handelte von Lisa. Lisa, er hatte versucht nicht über sie nachzudenken. Er vermied es, über seine Gefühle ihr gegenüber nachzudenken.
Doch sie drang zu ihm vor, unausweichlich, und wenn es in seinen Träumen war. Wie konnte er sich selbst noch länger belügen, er empfand mehr als nur Dankbarkeit für sie. Schon als er sie am Grab stehen gesehen hatte, in der Kapelle und als sie in seinem Schoß eingeschlafen war, hatte er viel mehr als nur Verantwortung für sie empfunden.
Und schon bei ihrem ersten Test hatte er gespürt, dass seine Gefühle immer stärker wurden. Dieser Test!
Er sah sie hinter sich sitzen, auf dem Rücksitz. Ihr Kinn aufgestützt auf ihren übereinanderliegenden Händen. So dicht neben seiner Schulter. Ihre Haare waren damals noch viel länger. Sie fielen ihr über die Schultern wie ein Umhang. Im

Rückspiegel sah er in ihre Augen, so voller Neugierde auf das Leben, so voller Hoffnung auf Glück. Sie waren damals so jung, niemals hätten sie sich träumen lassen, dass diese Begegnung ihr Leben für immer prägen sollte. Wenn er heute in ihre Augen sah, blickten sie ihm erfahren entgegen.

Sie weiß, was sie will, was sie allerdings nicht vor Enttäuschungen bewahren kann. Ihre Verletzlichkeit lag in ihren Gefühlen für Pete. Er war sich sicher, dass er einiges dazu beigetragen hatte. Nur zu gerne würde er lieber heute als morgen etwas daran ändern.

Aber in ihrer jetzigen Situation durfte er die Sache nicht komplizierter werden lassen, als sie ohnehin schon war. Das Einzige, was er tun konnte, war, es sich einzugestehen, dass er sie liebte, und das mehr denn je.

28: Erinnerungen

Der Springbrunnen! Er sah wieder alles klar und deutlich vor sich. Erinnerungen durchströmten ihn. Sie beide, Pete und Adam, hatten sich dort getroffen, so oft es möglich war. Dort, wo sie ungehindert reden konnten. Er erinnerte sich besonders an ein Gespräch. Es war gegen Abend, im Herbst letzten Jahres. Wie im Film sah er sie beide vor seinen geschlossenen Augen.
Die Sonne blinzelte zwischen den Wolkenbändern hindurch und schimmerte golden durch die rotbraunen Blätter des Waldes. Sie hatte noch gerade so viel Kraft, um das Wasser des Springbrunnens zu durchfluten und die Abermillionen von Tropfen in Regenbogenfarben erstrahlen zu lassen.
Ein Vogel aus Stein stieg aus den Fluten und wollte sich eben emporerheben durch den farbenprächtigen Sprühnebel, den das Wasser entstehen ließ, nachdem die Tropfen aus dem Schnabel des Tieres zurück in das eines Kelches nachempfundene Becken fielen. Nur selten hatte dieses bezaubernde Schauspiel so wenig Beachtung gefunden, wie an diesem Abend. Und nur selten hatte die Bedeutung des Phönix-Vogels, der sich aus der Asche erhebt und wieder zu neuem Leben erwacht, eine so große Bedeutung in seiner Anwesenheit wie in diesem Augenblick.
Pete saß auf der gusseisernen Bank, die kreisförmig um den Springbrunnen verlief. Er malte ungeduldig mit einem Ast Linien in den Sand. Wellen, Fische, Zickzack und Wirbelstürme. Adam hatte sich verspätet.
Erst als sich der Himmel rosarot färbte, erblickte er ihn. Es dämmerte schon leicht, die Luft war feucht vom aufsteigenden

Nebel, es roch modrig, die nassen, gelben und roten Blätter des in der Nähe stehenden Ahornbaumes klebten unter Petes braunen Cowboystiefeln. Sie gehörten zu seinen Lieblingskleidungsstücken, genau wie die braune Lederhose, die er dazu trug.

Er war gut gelaunt, dieses war sein letzter offizieller Aufenthalt hier in der Klinik. Die Nachuntersuchungen, die er alle halbe Jahre über sich ergehen lassen musste, verliefen alle zur größten Zufriedenheit von Peters und Garden. Das letzte Ergebnis stand zwar noch aus, doch es sah sehr gut für ihn aus. Morgen früh würde er als geheilt und unsagbar glücklich abreisen.

Doch er wusste auch, dass er nun seinen Freund wohl nicht mehr so regelmäßig zu Gesicht bekommen würde wie bisher. Garden brauchte ihn ab sofort nicht mehr für irgendwelche Vergleichstests. Natürlich würde er ihn besuchen kommen, so oft er konnte, es seine Arbeit zuließ und Garden es erlaubte. Er war sich nur nicht sicher, ob Adam in der Zeit ohne ihn gut zurechtkommen würde.

Adam war in den letzten Wochen zunehmend melancholischer geworden. Ja, er hatte noch Regine zum Reden, doch das war etwas anderes, sie verstand ihn nicht so gut wie Pete. Sie hatte ihre eigenen Vorstellungen von Adam, von ihren Zielen. Sie hatte ihn sich ausgesucht, er hatte keinerlei Wahl gehabt. Sie war ihm haushoch überlegen, was Gefühle betraf und wie man sie einsetzen konnte, um das zu erreichen, was sie wollte und was nicht. Besonders in Hinsicht auf die Zukunft. Vielleicht war es gerade das, was Adam so an ihr gefiel, und einiges Andere, was auch Pete an ihr schätzte, sicherlich auch.

„Was war denn los, warum kommst du so spät?" Pete hatte sich den schnellen Schritten zugewandt, die er auf dem Kiesweg vernahm. Durch den Wasserschleier des Springbrunnens sah er Adam auf sich zukommen.
„Ach nichts weiter – ich hatte eine Auseinandersetzung mit Regine."
Pete durchfuhr, noch immer, ein Schauer der Verwunderung und des Staunens, wenn er sich selbst auf sich zukommen sah. Er fragte sich, ob es Zwillingen ebenso ging. Oder war es für sie leichter, da sie sich seit ihrer Geburt sahen? Auch Adam schien nicht so große Schwierigkeiten damit zu haben wie er. Dieses seltsame Gefühl wollte auch nach Jahren einfach nicht verschwinden. Zu unbegreiflich für das eigene Ich war dieses lebende Spiegelbild. In den letzten zwei Jahren trug er sogar das Haar wie Pete. Lang, gelockt, bis fast auf die Schultern. Adam setzte sich zu ihm auf die Bank. Sie hatten es sich zur Angewohnheit gemacht, sich – vom Haus aus gesehen – hinter dem Springbrunnen niederzulassen, der Kameras wegen.
„Hey, mach dir nichts draus, du weißt doch, wie sie ist! Und du bist nun mal ihr ganz persönliches Projekt." Er grinste. Adam musste auch schmunzeln. „Ja, ich weiß schon, aber sie verlangt zu viel, es reicht schon, dass Georg so viel Stress macht. Jetzt, wo du wieder gesund bist, hält ihn voll und ganz seine Psychotheorie gefangen. Es geht nur noch darum, dass ich etwas von dir in mir entdecke!" Adam rieb sich mit beiden Händen unruhig über die Oberschenkel.
Seine blaue Jeans hatte Regine für ihn gekauft und das hellblaue Hemd mit weißem Strickpulli darüber auch. Überhaupt hatte er selbst für sich noch nie Klamotten gekauft, geschweige denn etwas Anderes.

„Ich muss so blöde Tests machen, Erinnerungsfindungstests, wie Georg die nennt. Er sagt mir Wörter und ich soll erzählen, was für Bilder mir dabei im Kopf rumspuken. Aber da ist nichts, jedenfalls nichts, was auf dich hindeutet. Der kann sich auf den Kopf stellen, oder besser mich, was er ja so gesehen auch schon macht, aber es hilft nichts, und Regine ist genauso ungeduldig.
Ich habe sie im Verdacht, dass sie, wenn wir Erfolg haben sollten, mich heiraten und Klonkinder züchten will, natürlich unter Georgs Überwachung." Er schnitt eine Grimasse, die eher kläglich als lustig aussah, aber Pete konnte sich trotzdem vor Lachen kaum auf der Bank halten bei dem Gedanken, Regine mit vielen, kleinen Adams und Petes um sich herum. „Und eure süßen Familienfotos verkauft sie dann an Zeitschriften, und ihr werdet steinreich!" Pete hatte schnell begriffen, um was es Regine wirklich ging, zuerst hatte sie es auf ihn abgesehen, doch als er sie abblitzen ließ, wandte sie sich Adam zu, der sich vom Knaben rasant zum Jüngling und Mann entwickelte.
Erfreulicherweise stellte sie fest, dass Gardens Theorien weit mehr waren als nur das. Und sie wollte in ihrer Mitte stehen, wenn sein Bild und das von Adam um die Welt gingen.
„Vielleicht sollten wir die Sache ein bisschen beschleunigen, ich könnte dir doch helfen, das bin ich dir schuldig und wir sind doch Freunde, Freunde helfen einander." Er sah Adam ruhig an, er meinte es ernst.
Es war nicht das erste Mal, dass er Adam dieses Angebot gemacht hatte, doch Adam wollte davon nichts wissen, er vergötterte Georg, er hatte Respekt und Achtung vor ihm, er wollte ihn nicht hintergehen, betrügen. Nur durch ihn gab es

ihn überhaupt, er war wie ein Vater und doch viel mehr. Natürlich nervte er ihn auch oft wie ein Vater.

Aber er war sich über seine Bedeutung bewusst, Georg gegenüber und für die gesamte Menschheit. Er war mehr als nur klug, er sah in die Zukunft und sah das, wovon Georg träumte. Menschen, die nicht mehr leiden mussten, die er heilen konnte, ihr Leben verlängern und vielleicht sogar erneuern konnte.

Ob Georg seine Ziele wirklich erreichen würde, vermochte er nicht zu sagen, doch er wusste, dass er es so lange versuchen würde, wie es ihm möglich war. Und alles hing allein von ihm ab. Sollte er Erinnerungen von Pete in sich tragen, würde Georg sie finden – freisetzen können. Dann wäre die erste große Hürde genommen. Und er war sich sicher, dass Georg sich selbst als Nächstes klonen würde, sobald er beweisen konnte, dass seine Theorien richtig waren.

„Es wird immer kälter!" Adam rieb sich die Hände. „Dann werden sie den Springbrunnen abstellen und wir müssen uns ein anderes Plätzchen zum Reden suchen. Ich meine, wenn du mich besuchen kommst!?"

Pete spürte die Unsicherheit in seiner Stimme. Überhaupt spürten sie einander sehr stark, das hatten sie schon des Öfteren festgestellt. Vielleicht so wie Zwillinge, doch sie vermuteten, es sei noch viel mehr.

Garden hatte die typischen Tests, die häufig für Studien an Zwillingspaaren durchgeführt werden, alle an ihnen durchgeführt. Aber er sagte ihnen nur so viel: „Einfach unglaublich!" Und dann verschwand er mit seinen Tests und ließ die beiden verdutzt zurück.

Eine Zeitlang war es ihnen gleich, was die Tests sagten, sie kannten einander sehr gut, waren die besten Freunde geworden und brauchten dafür keinerlei Bestätigungen.

„Du brauchst dir keine Sorgen zu machen, ich komme so oft ich nur kann und Garden mich mit dem Flieger holen lässt!" Pete hatte Adam seine Hand auf die Schulter gelegt. In ihrer Beziehung war er stets der Stärkere gewesen, der für sie beide die Kraft besaß, dies alles durchzustehen. Seine schwere Krankheit hatte damals Garden auf ihn aufmerksam gemacht. Zuerst hatte er es für einen schlechten Scherz gehalten, doch was hatte er zu verlieren? Sein Betrieb, er besaß eine kleine Baufirma, war fast pleite, was nur das zweite Übel war. Seine Krankheit verschlimmerte sich rasant, er hatte nur noch wenige Monate zu leben.

Ihm wurde kalt. Er dachte nur ungerne und mit Angst an diese schlimme Zeit zurück. Dann bot ihm Garden an, sich als „Versuchskaninchen" zur Verfügung zu stellen. Im Ausgleich dafür würde er sämtliche Behandlungen, die nötig waren, um ihn gesund werden zu lassen, an ihm durchführen und finanzieren. Ein Deal, den er nicht ausschlagen konnte. Er konnte dabei nur gewinnen.

Das war Jahre her, vielleicht zehn? Nein, länger? Er wollte nicht nachrechnen. Adam holte ihn aus seinen Grübeleien zurück.

„Ich werde schon dafür sorgen, dass dich Garden holen lässt, sonst gibt es hier 'ne kleine Revolution!" Er lächelte lausbubenhaft, und Pete hatte wieder einmal das Gefühl, sich selbst zu sehen.

„Wie läuft denn dein Geschäft so? Du hast in letzter Zeit wenig darüber erzählt!" Er sah ihn aufmerksam an. Er wusste, dass Pete mehr schlecht als recht über die Runden kam, dass er seit Jahren zu Hause bei seiner Mutter wohnte, in seinem Elternhaus auf dem Lande. Sein Vater war schon sehr früh verstorben. Und Petes Ehe mit Tina hielt nur wenige Jahre. Das neue Haus hatte er verkaufen müssen und durch seine Krankheit fast seine Firma verloren.

Sein Partner leitete jahrelang den kleinen Handwerksbetrieb alleine, während Pete in der Klinik bleiben musste. Es gab ja immer wieder größere Zeiträume, in denen er zu Hause sein konnte. Und seinem Kumpel und Partner vertraute er völlig. Dennoch hatte er gehofft, dass, wenn er erst wieder gesund sein würde, es endlich bergaufgehen würde. Aber die Zeiten waren schlecht, er mühte sich und war drauf und dran, den ganzen Krempel hinzuschmeißen.

„Na ja, es läuft halt so vor sich hin, mal haben wir mehr Aufträge, mal weniger." Pete bog den Stock in seiner Hand zu einem Bogen bis er brach, dann warf er ihn ins nahe Gebüsch. Ihm wurde bange bei dem Gedanken an seine Zukunft, so wechselte er schnell das Thema. „Was meinst du wird Garden tun, wenn sein Erfolg ausbleibt?"

„Er wird mich der Öffentlichkeit präsentieren als das, was ich bin, ein Klon! Ich denke, das wird einen riesen Wirbel geben. Erfolg genug, um anerkannt und berühmt zu werden. Und vielleicht wird er dann sogar finanziell unterstützt, von irgendwelchen Forschungsvereinen oder der Regierung? Keine Ahnung? Unter Geldmangel leidet er ja eigentlich nicht, soweit ich weiß.

Sicher wird er maßlos enttäuscht sein, vielleicht wird er einen neuen Klon produzieren, nach anderen Möglichkeiten suchen, wer weiß? Ich hoffe nur, dass es nicht mehr allzu lange dauert.

Und dass er mich dann wie versprochen hier raus lässt. Durch euch beide, Regine und dich, weiß ich so viel von der Welt da draußen, doch das reicht mir nicht mehr, ich will ein eigenes Leben aufbauen, wer weiß, vielleicht ziehe ich mit Regine in eine kleine Wohnung und wir kriegen wirklich ein paar Kinder? Wie fändest du das?" Unsicher sah er Pete von der Seite an.

„Toll, wirklich, echt toll, dann könnten wir uns wieder häufiger sehen, vielleicht findest du einen Job, der dir Spaß macht, und dann holst du alles nach, was dir hier gefehlt hat." Pete wünschte es ihm aufrichtig, von ganzem Herzen. Er konnte es sich nicht vorstellen, sein Leben lang an dem gleichen Ort zu leben, wie ein Gefangener, abgeschottet von der Außenwelt, ohne Entscheidungsfreiheit, selbst zu bestimmen, wo und wie er leben will. Jahrelang mit den gleichen Menschen zu reden. Abgesehen von der kurzen Zeit als Baby und Kleinkind, an die Adam sich allerdings kaum erinnern konnte.

„Ja, das wäre bestimmt toll!", entgegnete Adam unsicher und schien in Gedanken versunken weit weg zu sein. Er hatte keine Ahnung, ob es wirklich „toll" wäre, er hatte überhaupt keine Vorstellung, wie es sich anfühlen würde, in einer eigenen Wohnung zu sitzen, überall hingehen zu können und zu dürfen, wann er es wollte. Mit Menschen zu sprechen, die er das erste Mal sah, Dinge einzukaufen, die er haben wollte. Vielleicht sogar Anerkennung in einem Beruf zu finden, der, wie Pete sagte, ihm Spaß machen konnte.

Adam war sehr gut ausgebildet worden. Er hatte Privatunterricht bekommen, seinen Schulabschluss gemacht. Sogar Abitur. Sicher, alles ohne einen anerkannten Abschluss.

Aber mit Auszeichnung, wie sich Dr. Peters und Prof. Dr. Garden einig waren. Später durfte er bei Peters als Praktikant und schließlich als Assistent mitarbeiten, natürlich mit Einschränkungen. Er war von jeher sehr neugierig gewesen, wissbegierig und hatte stundenlang am PC gelernt, auch nach seinen Prüfungen.

Das war sein Glück, wie er heute oft dachte, nicht nur in Bezug auf sein Wissen, was er sich in der vergangenen Zeit angeeignet hatte, sondern auch in Bezug auf seine Psyche. Pete hatte ihn oft gefragt, ob er in dem Laden nicht verrückt würde, jahrein, jahraus. Und heute war sich Adam sicher, dass er es geworden wäre, wenn er nicht diesen Wissensdurst verspürt hätte.

Was vielleicht noch wichtiger war: er wusste lange nicht, was es anstelle seines alltäglichen Lebens noch anderes gab. Er konnte sich keine andere Welt vorstellen. Erst in den letzten Jahren entdeckte er die „Welt da draußen", wie er sie gerne nannte. Durch das Fernsehen und später das Internet und seine Möglichkeiten sah er immer häufiger, was ihm fehlte.

Früher war ihm dies streng untersagt gewesen. Auch hatte er keinerlei Möglichkeit, es heimlich zu tun. Dann begann er sich mehr und mehr für die „Außenwelt" zu interessieren, für die Menschen. Sein Wissensdurst nach Theorie schien gestillt zu sein. Er wollte die Praxis ausprobieren.

So lockerte Garden seine Leine ein wenig. Zum Beispiel Karl, der Pförtner, kam als Kontaktperson dazu. Nachdem sie feststellen mussten, dass Pete und Adam auch ohne Einwilligung einen Weg zu ihm fanden. Seitdem Garden das Haus erweitert und zu einem Sanatorium ausgebaut hatte, Patienten ständig in der Nähe waren und – was natürlich noch mehr Gewicht hatte – Adam an „Alter" gewonnen hatte, konnte Garden gewisse Verbote nicht weiter aufrechterhalten. So erfuhr Adam immer mehr von „der Welt da draußen". Sie machte ihm nach wie vor Angst, doch er konnte es kaum erwarten sie kennenzulernen.

29: Besuch von Pete

Es war an einem Samstagmorgen. Es hatte die ganze Nacht geschneit. Pete hatte eigentlich vorgehabt, mit seinem Motorrad zu Adam zu fahren, das heißt zum Flugplatz. Aber als er aus dem Fenster sah, musste er diesen Gedanken vergessen.

Seine Laune war nicht gerade die beste, als er in den vollbesetzten Bus einstieg, der ihn zum Hauptbahnhof in der nächsten Stadt bringen sollte. Er würde dort den Zug nehmen und wieder den Bus. Erst dann würde er den Flughafen erreicht haben.

Dort erwartete ihn meistens Max, der ihm als Begrüßung, sozusagen, die „Gute Nacht"-Spritze setzte. Schlafend konnte Pete schwerer nachvollziehen, wie lange sein Flug ging und vor allem wohin! Es war jedes Mal dasselbe.

Also machte sich Pete auf den Weg. Es war ein großer Nachteil, wenn man auf dem Lande lebte. Die Wege sind lang, die Verkehrsverbindungen kompliziert und zeitaufwendig, wenn man, so wie Pete seit Kurzem, kein Auto besaß. Seine Firma, sein Auto, alles futsch. Schulden ohne Aussicht auf Besserung. Eigentlich müsste er sein Motorrad auch verkaufen, aber bevor er das tat, musste noch 'ne Menge passieren.

Er fuhr sich mit beiden Händen übers Gesicht, als wollte er endlich aufwachen. Aber zurück blieben nur Sorgenfalten im Spiegelbild des beschlagenen Busfensters. Eigentlich hatte er überhaupt keine Lust, Adam zu besuchen. Am liebsten würde er sich zu Hause vergraben. Seine Mutter versuchte, ihn mit ihren ohnehin sehr guten Kochkünsten aufzumuntern, indem sie seit Tagen nur seine Lieblingsspeisen kochte und sich selbst dabei übertraf. Obwohl sie sich das eigentlich nicht leisten konnten. Doch sie meinte es nur gut, und so sagte er nichts.

Aber es half alles nichts, er war zutiefst deprimiert und desillusioniert. Und er wollte nicht einmal seinen Freund sehen. Er schämte sich dafür. Es gab auch keine Ausrede, die eine Absage erlaubt hätte. Und außerdem hatte er ihm am Telefon versprochen, heute zu kommen.

Adam hatte ihn vor ein paar Tagen angerufen, er klang merkwürdig, ihn bedrückte etwas und gleichzeitig war er aufgeregt, aber er wollte am Telefon nicht darüber sprechen. Konnte es sein, dass sie Erfolg hatten, er Erinnerungen wiedergefunden hatte, die unmöglich von ihm stammen konnten? Pete wusste nicht, ob er sich darüber freuen sollte. Doch warum sollte Adam sich dann Sorgen machen?

Ja, er wünschte Adam die Freiheit, aber würde Garden sie ihm wirklich gewähren? Und was würde folgen? Weitere Klone, eingesperrt für Jahre? Als stille Reserve für ein Gedächtnis, das irgendwann einen Körper braucht? Nein, das war absolut unmöglich! Pete schüttelte den Kopf, als wollte er diesen Gedanken aus ihm herausschütteln. Soweit würde es nicht kommen. Sicher nicht!?

Er wechselte von dem Bus in den Zug und umgekehrt. Am Flughafen wurde er bereits erwartet. Der Privatjet wartete aufgetankt auf seinen „blinden" Passagier. Blind war vielleicht nicht das richtige Wort. Wenn sie in der Luft waren, wurde Pete schlafen gelegt. Eine kleine Spritze übernahm die Aufgabe des Sandmannes. So hatte er auch keinerlei

Anhaltspunkte über den Ort ihrer Landung und die Autofahrt zur Klinik.
Es war gegen Abend, als sie mit der Limousine am Tor hielten. Max winkte dem Pförtner zu. Es war Karl. Schade, Pete hätte sehr gerne mit ihm ein Fläschchen Bier getrunken. Sie redeten nie sehr viel miteinander. Das war auch gar nicht nötig. Karl schien ihn auch ohne Worte zu verstehen. All die Jahre, die er ihn nun schon hier ein- und ausgehen sah.
Als sie langsam die schneeverwehte Einfahrt Richtung Klinik entlangfuhren, fiel sein Blick auf das riesige Gebäude, das nun im Winter nicht von der Blätterwand des bewaldeten Parks verdeckt wurde. Wie friedlich es hier war. Eingezäunt und streng bewacht, was für Fremde allerdings nicht gleich zu erkennen war, die Kameras waren recht gut getarnt, in Nistkästen und ähnlichem. Es schien in einer Art Dornröschenschlaf zu liegen. Pete war sich sicher, dass sich dies sofort ändern würde, wenn die Öffentlichkeit von den wirklichen Arbeiten des Herrn Prof. Dr. Garden informiert werden würde. Dann hätte der alte Karl in seinem Pförtnerhäuschen auch mal was zu tun.
„Max! Halt an, ich möchte zu Fuß weitergehen!"
Max stoppte und drehte sich zu ihm um. Pete saß immer hinten. Für einen Augenblick schien er abzuwägen, ob er es ihm erlauben durfte. Aber dann warf er alle Bedenken über Bord und öffnete die hintere Tür. „Ich gebe Bescheid, dass du später kommst!" Mit diesen Worten wandte er sich wieder seinem Fahrzeug zu.
Als Pete die Tür zuschlug, brauste Max auch schon davon. Er sah ihm nach, machte dann auf dem Absatz kehrt und stiefelte

zurück zum Pförtnerhaus. Gerade dort angelangt, klopfte er an die Fensterscheibe des kleinen Häuschens.

Hinter der Scheibe hatte er Karl längst entdeckt, der eben genüsslich in seine Stulle reinbeißen wollte und sie vor Schreck fast fallen ließ. Pete lachte und ging Richtung Tür. „Kannst du nicht wie jeder normale Mensch zuerst zur Tür gehen und die Klingel benutzen?" Karl hatte das Brot zurück auf den Teller gelegt und die Tür für Pete geöffnet. Jetzt schüttelte er ihm kräftig die Hand und zog ihn in sein kleines Reich hinein. „Komm schnell rein, ich habe fast 'ne Stunde gebraucht, um die Bude hier warmzukriegen, irgendetwas mit der Heizung stimmt wieder nicht."

Pete fand es wundervoll warm. Auch wenn der Fußmarsch nur kurz war, spürte er doch seine kalten Füße und Hände.

„Verflixter Winter! Ich glaube, ich krieg 'ne Erkältung, am Bahnhof zog es wie Hechtsuppe."

„Warum bist du denn nicht mit deinem Auto gefahren?" Karl musterte Pete von oben bis unten. Er suchte nach dem kleinen Unterschied zu Adam. Doch äußerlich konnte er keinen entdecken. In den letzten Jahren sind sie ineinander verschmolzen. Er kannte Adam von klein auf und hätte es nicht für möglich gehalten, dass er diesem jungen Mann einmal aufs Haar gleichen würde.

„Ich habe mein Auto in der Werkstatt, blöder Zeitpunkt, ich weiß. Aber dass der Winter dieses Jahr so früh kommt, hätte wohl keiner gedacht." Pete setzte sich auf den Klappstuhl, den Karl für ihn aufgestellt hatte.

Sie hatten es sich zur Gewohnheit werden lassen, immer wenn Pete kam, ein Viertelstündchen zusammen zu plaudern. Karl wartete jedes Mal ungeduldig darauf. Er hatte wenig

Abwechslung. Tor auf, Tor zu. Das ging alles per Knopfdruck. Und meistens winkte man ihm nur zu. Nur Pete hatte von Anfang an das Gespräch gesucht. War immer ausgestiegen, wenn man ihn ließ und er nicht gerade mit Garden einen Termin hatte.
Er erkundigte sich nach Karls Rücken und nach dem letzten Geburtstag seiner Frau oder ähnlichen Besonderheiten. Ein feiner Kerl. Das ging ihm auch jetzt wieder durch den Kopf. Doch diesmal fragte Pete sofort nach Adam. „Wie geht es Adam, hast du in den letzten Tagen mit ihm gesprochen?"
Er klang besorgt, und Karl kannte den Grund. „Seitdem du das letzte Mal hier warst, hat sich hier nicht viel bewegt. Wann war das, vor drei, vier Wochen? Ich habe mich dann einfach mal wieder auf den Weg zum Haus gemacht, nachdem mich Ernst abgelöst hatte. Es ist erst ein paar Tage her.
Adam saß am Springbrunnen. Das Gesicht in seinen Händen verborgen, seine Ellenbogen auf seine Beine gestützt, so saß er da. Erst dachte ich, er weint, und wusste nicht, ob ich zu ihm gehen sollte. Ich wollte schon weitergehen, doch dann sah er auf und winkte mir, zu ihm zu kommen. Er hatte nicht geweint, aber er war völlig durcheinander. Er sprach so vollkommen verwirrendes Zeug, das krieg ich gar nicht mehr zusammen." Karl rieb sich die Stirn.
„Versuch es doch, bitte, ich muss wissen, was los ist, wenn ich zu ihm gehe, sonst bring ich ihn mit meinem dummen Gerede nur wieder durcheinander."
„Das hast du doch noch nie getan, ganz im Gegenteil, und das weißt du auch." Karl sah ihn ernst an. „Was ist los, heckt Garden irgendetwas aus, was euch Jungs nervös macht?" Karl musterte Pete streng, doch der winkte nur ab. „Ja, ja, ich weiß

schon, streng geheim. Aber Adam geht es damit anscheinen noch schlechter als dir.

Er faselte irgendetwas von Vertrauensbruch und ob man einem Menschen dann je wieder Vertrauen entgegenbringen könnte. Ich sagte, dass ich es nicht könnte, aber jeder Mensch sei anders. Als ich diesen Satz sagte, bereute ich es sofort, doch er schien ihn gar nicht gehört zu haben.

Er sprach über Verantwortung für die Menschheit. Er fragte, ob eine Lüge, die etwas Gutes bewirkt, wirklich schlecht sei. So in der Art waren seinen Fragen, an mich, an sich."

„Du hast Recht, es geht ihm nicht gut, ich muss zu ihm, es tut mir leid, dass ich nicht noch länger bleiben kann!" Pete erhob sich, er hielt es hier keinen Moment länger aus. Adam brauchte ihn, und er fühlte sich schlecht, weil er am liebsten nicht gefahren wäre. „Wir sehen uns, spätestens kurz bevor ich wieder fahre!"

„Mach's gut, Junge, und grüß Adam von mir. Sag ihm, er soll mich doch wieder öfter besuchen, ich warte auf ihn."

„Das werde ich tun!" Pete klopfte Karl freundschaftlich auf den Rücken, während Karl nickend zur Tür ging. Er war eigentlich schon zu alt zum Arbeiten, doch er wollte noch nicht in Rente gehen und Garden hatte anscheinend Rücksicht auf seine Wünsche genommen.

Im großen Ganzen war Garden ein recht verständnisvoller Mann. Nur wenn es um seine Forschung ging, dann kannte er weder Freunde noch Verwandte, wie es so schön heißt.

Pete winkte zum Abschied und Karl erwiderte seinen Gruß. Sie hatten nichts weiter zueinander gesagt. Aber sie spürten beide, dass sich etwas veränderte, dort hinter den Bäumen, die sich wie dunkle Skelette zum Himmel streckten. Als wollten sie aus der Enge des Waldes entfliehen und konnten es nicht.

30: Am Springbrunnen

Als Pete den schneeverwehten Weg durch den Wald entlangstampfte, fiel ihm die Stille auf, die hier herrschte. Gut, es war Winter, oder beinahe. Die meisten Vögel und Insekten waren verschwunden und das Rauschen der Blätter fehlte. Der Schnee, auch wenn er nicht sehr hoch lag, vermochte die noch verbleibenden Geräusche ebenfalls zu dämpfen.
Und doch, Pete spürte noch etwas anderes. So wie ein Tier ein Unwetter wittern konnte, so schien er eine Art Bedrohung zu spüren. Nur noch zwei Wochen, dann war Weihnachten, und die meisten Patienten waren entlassen worden oder auf Weihnachtsurlaub nach Hause gefahren. Auch das Personal war nur „notbesetzt", doch sicherlich führte diese Stille zu einer noch größeren Unruhe in Adam, als es sonst schon der Fall war. Er konnte nirgends hin. Er wurde verlassen. Es gab ihn nicht.
Pete beschleunigte seine Schritte. Als hätte er ihn gefühlt, schlug er den Weg in Richtung Springbrunnen ein. Dort sah er ihn sitzen, auf der kalten schneebedeckten Bank. Er starrte in den düster wirkenden Wald. Einen Augenblick wartete Pete, sah zu Adam hinüber und sah sich selbst. Sie beide hatten es nicht einfach gehabt in ihrem bisherigen Leben, aber sie lebten, was sie beide dem gleichen Mann zu verdanken hatten. Doch eben dieser Mann stellte sie immer wieder auf die Probe, führte sie immer wieder an ihre Grenzen. Dieses Mal schien Adam den schwierigeren Weg gehen zu müssen.
Was Pete in diesem Moment noch nicht wusste, war, dass Adam für sich selbst, für Pete und alle anderen Menschen auf dieser Welt bereits einen Weg eingeschlagen hatte und ihn

gedanklich bis zum Ende gegangen war. Er wusste, wo er ihn hinführen würde, und er wollte ihn gehen und keinen anderen. Dass auch Pete bald vor einer folgenschweren Entscheidung stehen würde, sich für einen Weg entscheiden zu müssen, mit allen Konsequenzen, konnte er in diesem Augenblick noch nicht ahnen.
„Adam!" Pete rief seinen Namen und begann zu laufen. Adam hob langsam seinen Kopf, als hätte er etwas gehört und könne es nicht glauben. Dann sah er Pete auf sich zu laufen. Etwas wacklig erhob er sich und ging ihm langsam entgegen. Pete blieb ruckartig stehen, als er in sein Gesicht sehen konnte. Das war das erste Mal, dass er sich selbst nicht in ihm wiederfinden konnte. Seine Augen lagen in tiefen Höhlen, dunkel umrandet. Seine Haut war grau, seine Lippen dünn und verkniffen. Er kämpfte mit den Tränen.
Pete schritt schnell auf ihn zu und sie fielen sich in die Arme. Adam begann zu schluchzen. Sein Körper schüttelte sich so, dass Pete Mühe hatte, ihn festzuhalten. Sie sprachen kein Wort.
In Pete stieg eine immer größer werdende Wut auf, sie wuchs zu Zorn heran. Er würde Garden seinen Zorn spüren lassen, ihn schlagen, aus dem Fenster werfen oder, was noch besser wäre, ihm das Gleiche antun, was er Adam angetan hatte. Pete streichelte Adams Rücken und wog ihn wie ein Kind in seinen Armen.
Langsam wurde das Schluchzen leiser, Adams Körper lag still in Petes Armen. Pete strich Adams Haare aus seinem Gesicht und sah ihm in die Augen. Er erwiderte den Blick und versuchte ein zaghaftes Lächeln.

„Was hat er dir angetan, sag es mir, was hat er mit dir gemacht?" Seine Frage hatte er ruhig und fast flüsternd gestellt, doch auch Adam spürte, wie sehr sich Pete beherrschen musste, um nicht wild um sich zu schlagen und loszuschreien.

„Es waren diese verflixten Drogen, irgend so ein Zeug, was die normale Gehirntätigkeit einschränkt und dabei die ungenutzten Zellen aktivieren soll, mich vordringen lassen soll in das, was da im Verborgenem liegt." Er löste sich aus Petes Armen und schniefte. Dann wischte er sich heftig mit den Ärmeln die Tränen aus dem Gesicht. Es war ihm plötzlich unangenehm, dass Pete ihn so sah. Aber er war froh, dass er endlich da war. Er würde ihm helfen.

Petes Gedanken kreisten nur noch um die Fragen, wie er Adam hier rausholen und Garden Schaden zufügen konnte. „Adam, wir müssen was unternehmen, du musst hier raus. Garden wird dich noch umbringen in seinem Forschungswahn!" Er stellte sich vor ihn und hielt ihn am Arm.

Adam schüttelte den Kopf. „Es ist nicht so schlimm, wie es aussieht, wirklich nicht. Ich habe keine Schmerzen. Schmerzen zu haben ist weit schlimmer!"

In Petes Brust krampfte sich alles zusammen. Er hatte Adam vor Schmerzen schreien hören. Das lag Jahre zurück. Ein Wachstumsschub war falsch dosiert gewesen. Sie hatten ihn nicht zu ihm gelassen und auch Pete nicht rausgelassen. Er hatte nichts tun können. Und danach hatte Adam nicht gewollt, dass er irgendetwas unternahm.

Genauso sah es jetzt wieder aus. Pete sollte nichts tun, doch dieses Mal würde er nicht auf ihn hören.

„Pete! Wirklich! Sieh mich nicht so an. Es ist meine Psyche! Ich bin labil, übernächtigt. Das verflixte Zeug lässt mich kaum schlafen. Und wenn ich wach bin, bin ich eigentlich nicht wach. Ich weiß auch nicht. Ich soll was sehen, Bilder beschreiben, die in meinem Kopf auftauchen, ihnen nachgehen, wie in einem Film, doch außer Farben und Licht finde ich nichts. Manchmal ist es so schlimm, dann weiß ich nicht mehr, wo ich bin, wer ich bin. Und dann ist da gar nichts, was ich weiß, ich bin ganz leer, und es ist irgendwie beruhigend friedlich." Sein Blick war wieder starr, in der Tiefe des Waldes schien er sich zwischen den Bäumen zu verlieren. Jetzt breitete sich auch noch Angst in Pete aus. „Wir machen jetzt folgendes, Adam: Wir marschieren jetzt durch den Wald. Zu Karl, OK! Der hat ein Auto, und dann verschwinden wir von hier, jetzt sofort."

„Nein, Pete, nein, ich schaff das schon, ich muss da jetzt durch. Außerdem würden wir nicht weit kommen. Sie beobachten uns, wahrscheinlich haben sie die ganze Zeit mitgehört. Wir würden nicht weit kommen!"

Er hatte Recht, sie würden nicht weit kommen. Sein Blick fiel auf den Springbrunnen, er war aus. Wie konnte Pete das vergessen. Sie belauschten sie die ganze Zeit. Es brodelte in ihm, doch er wusste, dass sie einen Plan brauchten. Er musste sich etwas überlegen, in Ruhe. „Lass uns reingehen, du musst dich ausruhen. Und ich werde mit Garden reden!"

„Er ist nicht da. Er ist für einige Wochen zu seinem Studienfreund gefahren."

Zuerst war Pete enttäuscht über diese Nachricht, doch nach und nach sah er darin einen Vorteil. Langsam gingen sie zum Haus. Pete stützte Adam. Dieser war bereits wieder ganz still.

31: Überwachungsraum

Regine wurde in den Überwachungsraum gebeten. Udo und Bernd berichteten ihr, was sie gehört und gesehen hatten. Sie wollten von ihr wissen, ob und was sie unternehmen sollten. Garden war nicht im Haus und hatte ihr die Verantwortung übertragen.
Aber Regine gab ihnen zu verstehen, dass sie selbst die Sache in die Hand nehmen würde.
Beide sahen einander verdutzt an, keinerlei Maßnahmen wie Hausarrest oder ähnliches? Schließlich hörte es sich ganz danach an, als wollte Pete Adam zum Abhauen überreden! Und was Adam betraf galt Sicherheitsstufe eins, da kannte Garden kein Pardon.
Regine spürte die Verunsicherung der beiden und fügte hinzu, sie allein übernehme die volle Verantwortung. Damit gaben sie sich schließlich zufrieden.
Regine hatte sich vorgenommen selbst ein Auge auf Pete und Adam zu haben und falls nötig sie mit Gewalt an einer Flucht zu hindern. Gardens Bodyguards standen zu ihrer Verfügung. Sie war keineswegs überrascht, sie hatte so etwas früher oder später von Pete erwartet. Und Adam war zurzeit so labil, dass er ohnehin keine eigenen Entscheidungen treffen konnte, was er ja auch sonst nie musste.

32: Petes Zimmer

Die Sonne schien auf seine sich ruhig hebende und senkende Brust.
Pete beobachtete Adam, wie er auf dem Rücken liegend tief und fest auf dem Bett schlief. Sie waren in Petes Zimmer gegangen, es stand immer noch für ihn bereit.
Er hatte sich von Regine ein Schlafmittel geben lassen und es Adam eingeflößt. Zuvor bedurfte es bei Regine etwas mehr als nur Überredungskunst, um sie dazu zu bewegen, ihm ein Mittel auszuhändigen. Doch nach einigen scharfen Worten und einer Drohung wurde sie einsichtig und beschaffte Pete, was er wollte.
Mürrisch überreichte sie ihm das Pulver mit den Worten: „Das wird noch ein Nachspiel haben!"
Pete konterte nur: „Das glaube ich kaum!"
Und er sollte Recht behalten. Zu groß war der Druck, den Pete auf sie ausüben konnte.
Zuerst wollte Adam das Mittel nicht nehmen. Pete hatte seine liebe Not mit ihm, bis er es schließlich doch schluckte. Pete glaubte, Adam sei zu gewissenhaft, wollte die Untersuchungsergebnisse nicht verfälschen. Erst später erfuhr er, warum Adam nicht schlafen wollte.
Nun saß Pete in seinem alten Zimmer und trank einen starken Kaffee, während er ihn beobachtete. Ihm musste etwas einfallen. Ein Ablenkungsmanöver, ein Stromausfall? Und dann? Er hatte kaum genug Geld, um seinen Lebensunterhalt zu finanzieren. Wie sollte er Adam damit verstecken und über Wasser halten können?

Adam besaß weder einen Ausweis noch sonstige Papiere. Wo sollte das hinführen? Nachdem er den letzten Schluck getrunken hatte, sah er aus dem Fenster hinab in den Park. Niemand wanderte durch den verschneiten Wald. Dann lehnte er sich zurück, verschränkte seine Arme über der Brust und schloss seine Augen.

Eigentlich wollte er nur kurz zur Ruhe kommen, aber als er erwachte, war die Sonne bereits wieder aufgegangen und ihr Licht durchs halbe Zimmer gewandert. Es musste nun früher Nachmittag sein. Sein erster Blick fiel sofort auf Adam. Dieser lag noch genauso da wie vor Stunden. Pete erhob sich schwerfällig und ging langsam auf ihn zu. Als er eben seinen Puls fühlen wollte, schlug dieser seine Augen auf.

„Wie geht es dir? Es scheint so, als hätten wir beide verschlafen!" Diese heimtückische Regine. Sicherlich war der starke Kaffee, den er bestellt hatte, umfunktioniert worden, in einen Beruhigungstee! Pete lächelte Adam an. „Du siehst schon viel besser aus!" Das war gelogen, doch Pete sagte gerne das, was er glauben wollte, nicht das, was er sah.

„Danke, es geht mir auch besser. Ich habe tief und fest geschlafen und – geträumt!" Adam schien darüber sehr erfreut zu sein.

„Wieso, ich dachte, du erinnerst dich an keinen Traum?" Er hatte sich auf das Bett gesetzt und beobachtete forschend Adams Gesichtszüge. Verschwieg der Freund ihm etwas?

„Ich werde jetzt duschen, OK?" Adam rappelte sich hoch und ging ins Bad. Sie brauchten einen Ort zum Reden. Er zog sich aus und begab sich unter die Dusche. Als er die Brause angestellt hatte, rief er nach Pete, er solle ihm doch bitte ein neues Handtuch bringen. Dass ein frischer Stapel hinter der Tür lag, interessierte ihn nicht.

Pete begriff erst, was Adam wollte, als er mit dem Handtuch in der Tür stand und Adam mit Slip in der Duschwanne sitzen sah. Den Duschvorhang nur halb zugezogen.

„Komm, setz dich auf den Hocker, dicht neben die Dusche und hör zu!" Noch nie hatte Adam so zu Pete gesprochen, er war immer derjenige gewesen, der auf Pete gehört hatte, auf ihn gewartet, ihn gefragt, was er nicht wusste.

Pete ging auf den Hocker zu, sah dann hinter sich. An der Decke hing der Kasten mit dem roten Licht. Es blinkte.

„Ja, ich weiß, sie können dich sehen, aber sie können uns nicht hören, komm schon dichter ran!" Adam zog den Vorhang halb hinter sich zu, und sah seinen Freund in die Augen. „Ich weiß, es wird dich überraschen, aber ich habe mir was ausgedacht. Aber bevor ich es dir erzähle, muss ich noch etwas von dir wissen, in Ordnung?"

Nur ein Nicken kam von Pete, als traute er seinen Ohren nicht. Die Dusche rauschte und Pete war fast wie betäubt von dem, was er nun zu hören bekam.

Adam hatte sich das Handtuch über die Schultern gehängt und saß immer noch in dem dampfenden, von der Wand regnenden Wasser. Er lehnte sich an die Wand zurück und vermied es, Pete anzusehen, als er zu sprechen begann:

„Kurz nach deiner Abreise hatte Georg begonnen mir ein Medikament zu geben, von dem er sagte, dass es mein Erinnerungsvermögen beeinträchtigen würde. Es sollte mir helfen, in die Vergangenheit zu sehen, in deine Vergangenheit! Manchmal wusste ich nicht mehr, was gestern

war, doch ich wusste, was vor Jahren geschah!" Langsam drehte er seinen Kopf Pete zu.
Dieser saß auf seinem Hocker, mit offenem Mund und großen erschrockenen Augen. „Das ist nicht wahr?!"
„Doch, es ist wahr. Wenn ich schlafe, träume ich, ich sehe Bilder, zusammenhanglos, durcheinander, manchmal kurze Filme, dann wieder nur Bruchstücke, Gegenstände, Personen, die ich noch nie zuvor gesehen habe."
„Das ist doch nicht möglich. Du hast doch immer gesagt, du findest nichts von mir in deinen Erinnerungen oder Träumen? Und jetzt, auf einmal – hast du es Garden erzählt?"
„Wäre er dann abgereist?"
„Worauf wartest du? Du willst doch hier raus, du musst es ihm sagen, die Öffentlichkeit muss es wissen, dann kommst du hier raus!"
„Ich werde hier rauskommen, und ich werde frei sein, für immer. Niemand wird je wieder mit meinem Körper noch mit meinem Geist experimentieren!"
Pete war sichtlich überrascht, so energisch kannte er ihn gar nicht, und eine so klare, bestimmte Aussage von Adam zu hören war alles andere als normal. Er hatte sich verändert, er war älter geworden, erwachsen.
„Aber vorher will ich von dir wissen, wer dieses Mädchen ist."
„Welches Mädchen?" Pete spürte, wie sich sein Magen verkrampfte. Er fuhr sich mit beiden Händen durch seine braunen Locken. Dann sah er Adam aufmerksam an, beugte sich zu ihm vor und flüsterte: „Du willst mir also weismachen, dass da, in deinem Kopf", er tippte mit seinem Zeigefinger leicht an Adams Schläfe, „irgendetwas von mir drin sein könnte, eine Person, ein Mädchen, die ich kannte?"

Adam nickte.

„Wenn da wirklich etwas aus meiner Erinnerung drin ist, dann – dann kann es nur Lisa sein!" Er ließ sich zurücksacken an die kalte, grässlich grün gekachelte Wand und beobachtete ungläubig seinen Freund, sein Spiegelbild, seinen Klon, den ersten Klon, den es auf dieser Welt gab. Und dieser Klon kannte seine Erinnerungen. Seine Träume. Pete beobachtete Adams sich wandelndes Gesicht, als er sie beschrieb.

„Sie ist immer wieder da. Viel deutlicher als jede andere Person in meinen Träumen. Ein junges Mädchen, vielleicht siebzehn, mittelbraune, lange Haare, glänzend wie Kastanien in der Sonne. Sie ist nicht besonders groß. In einem langen, bunt geblümten Kleid. Sie taucht immer wieder in meinem Kopf auf, aber nur sie, keine andere. Und auch sonst sehe ich keine weitere Person, jedenfalls nicht so oft, so klar, so deutlich. Als stände sie genau vor mir. Sie ist wunderschön, und ihr Lächeln, das ist das wundervollste Lächeln, das ich je sah. Wer ist sie?"

Pete sah ihn immer noch ungläubig an. Wie war das nur möglich? Dann sah er sie auch, wie sie vor ihm einen Feldweg entlangtanzte. Sie lachte und ihre Haare glänzten Kupfergold in den Sonnenstrahlen, die, wie von einer höheren Macht, nur auf sie fielen. Er hatte so lange nicht mehr an sie gedacht. Und nun, da er es tat, strömten die Bilder zurück in seinen Kopf, unaufhaltsam wie ein kräftiger Wind. Als hätten sie nur darauf gewartet, dass irgendjemand kommt, einen Schlüssel rausholt und eine bestimmte Tür aufschließen würde, durch die sie eindringen konnten. So oder ähnlich musste es Adam ergehen, nur, dass er sie nicht kannte, all die fremden Bilder.

„Lisa, ja, bestimmt, sie ist es!"

„Wer war sie? Nun sei doch nicht so einsilbig, wer war sie, sag schon, seid ihr befreundet gewesen?"
„Befreundet?" Diese Vermutung ließ Pete schmunzeln. Manchmal war Adam doch noch sehr naiv. Dann gab er etwas ernster zurück: „Befreundet waren wir auch. Heute denke ich, nein, ich weiß, dass ich sie geliebt habe wie keine andere vor oder nach ihr."
„Aber warum seid ihr dann nicht zusammengeblieben, hat sie dich denn nicht auch geliebt, wo ist sie heute?"
„Das weiß ich nicht, Adam, bitte, das ist Jahrzehnte her, oder fast. Ich weiß nicht, wo sie ist, sicherlich hat sie geheiratet und Kinder bekommen und lebt irgendwo glücklich und zufrieden mit ihrem Mann und ihrer Familie!" Er hatte sich erhoben und ging im Bad auf und ab. Es hatte ihn zu unerwartet getroffen, mit der Vergangenheit konfrontiert zu werden, mit Lisa!
„Setz dich wieder hin, denk an die Kamera!"
Bereitwillig setzte er sich wieder. „Jetzt will ich aber wissen, was du vorhast, sag schon, sonst werden die da oben doch noch nervös!"
„Ich will hier raus!" Adam sagte diesen Satz lauter und sehr bestimmt.
„Ja, das sollst du auch, aber gestern hast du noch gesagt, dass du hier bleiben willst. Ich überlege mir was, aber sei bitte leise!"
„Nein, du verstehst mich nicht, ich brauche eine Auszeit. Urlaub, einfach ein paar Tage Ruhe. Dann komme ich zurück, erzähle Garden, was ich träume, und der Rummel kann losgehen. Ich sehe plötzlich deine Erinnerungen. Prof. Dr. Georg Garden wird die Öffentlichkeit über diesen – seinen – großen Erfolg unterrichten. Wir werden von Journalisten

überrannt und er muss mir früher oder später meine Freiheit zugestehen. Der Druck der Öffentlichkeit wird schon dafür sorgen."

„Und dann, was wird Garden dann tun?"

„Keine Ahnung, er wird seine Studien prüfen lassen müssen, seine Kollegen überzeugen müssen, Beweise für die Echtheit seiner Behauptung erbringen müssen, um die volle Anerkennung zu erlangen. Gut, das wird noch 'ne Weile dauern, sie werden dich sicherlich ebenfalls dazu benötigen. Wir werden uns wieder häufiger sehen. Und vielleicht bekommst du auch Geld für deine Mithilfe. Ohne dich gäbe es mich schließlich nicht!"

„Ja, und ohne Garden gäbe es mich auch nicht mehr. Ich habe ihm mein Leben zu verdanken, das ist mit Geld nicht aufzuwiegen."

Sie schwiegen einen Augenblick, bis Pete wieder zum Punkt der Unterredung zurückfand.

„Also, wie willst du und, vor allem, wo willst du Urlaub machen?"

Das Grinsen seines Freundes kam ihm sehr bekannt vor. „Na bei dir zu Hause!"

„Du bist verrückt, meine Mutter wie auch fast jeder andere Mensch auf dieser Welt außerhalb der Klinik kennt weder unser Geheimnis noch würde sie so einen Schock unbeschadet überstehen."

„Wieso sollte sie sich erschrecken, wenn ihr Pete wieder da ist, so wie sonst auch?"

Langsam wurde ihm Adams Grinsen unheimlich. „Natürlich würde uns Garden nicht zusammen fahren lassen, aber wenn ich alleine fahren würde, werden wir niemanden beunruhigen."

„Du willst alleine fahren? Und was ist mit mir?"

„Du wirst auch ein wenig Urlaub machen, als Adam!"

„Das ist doch völlig verrückt, das geht nicht, wie stellst du dir das vor, wie willst du dich zurechtfinden?"

„Du kannst mir doch alles erklären, aufschreiben, du hast dein Handy mit, stimmt's? Ich ruf dich an, falls ich dich brauche."

„Adam, du stellst dir das so einfach vor, du warst noch nie außerhalb dieses Geländes, ich weiß nicht, was du alles nicht weißt, ich weiß nicht, wo ich anfangen soll, und du kannst weder Auto noch Motorrad fahren!" Pete war froh zwei schwerwiegende Gründe gefunden zu haben, um Adam diese Schnapsidee auszureden.

Doch dieser ließ nicht locker. „Bist du mit dem Auto zum Flughafen gefahren? Oder bist du mit dem Zug gefahren und dem Bus? Du bist mit dem Zug und dem Bus gefahren! Stimmt's?"

„Sag nicht immer ‚stimmt's'! Ich verstehe nicht, was das soll, auf die paar Wochen kommt es jetzt doch auch nicht mehr an, oder?" Pete raufte sich die Haare. Der Gedanke, hier als Adam durch die Klinik zu laufen, gefiel ihm absolut nicht. Und Adam alleine in der Weltgeschichte herumlaufen zu lassen noch viel weniger. Und womöglich würden sie ihm, Pete, Gardens Wunder-Drogen verabreichen und wer weiß, was dann mit ihm passieren würde.

„Georg kommt erst Mittwoch in zwei Wochen wieder. Vorher passiert hier überhaupt nichts. Um Regine solltest du einen Bogen machen, oder auch nicht, das überlasse ich dir."

Erstaunt sah Pete ihm in die Augen. Konnte er seine Gedanken lesen? Und was wusste er von Regine und ihm? Sie waren nur kurz zusammen gewesen, einmal, um es genau zu nehmen. Das war ganz am Anfang seines Aufenthaltes hier. Aber er durchschaute sie schnell und beendete die Beziehung. Die diente ihm noch heute als Druckmittel gegen Regine, da Garden davon nie etwas erfahren durfte.

Jahre später wurde Adam ihr Spielball, was ihr dann auch Garden erlaubte. Langsam, aber sicher wurde es Pete mehr als nur unheimlich. Er fühlte Adam in seinem Kopf. Wusste er alles, was er wusste? Konnten sich Gene so weiterentwickeln, konnte er dasselbe denken, fühlen, wie Pete es heute tat? Das wäre das absolut Unglaublichste, was es auf dieser Welt bisher gegeben hatte.

Diese ganzen Fachbegriffe wie Epigenetik und diese ganze Klongeschichte, das interessierte ihn damals nicht wirklich. Er dachte nur daran, gesund zu werden. Und nun stand da nicht nur sein Klon vor ihm, sondern sein Leben! War das wirklich so? Er mochte ihn nicht darauf ansprechen, irgendetwas hielt ihn zurück, er hatte Angst vor der Antwort. Angst davor, vor einem Menschen zu stehen, der viel weiter entwickelt war als jeder andere Mensch auf dieser Erde. Konnte das wirklich wahr sein? Pete hatte Angst zu denken.

„Also, mach dir keine Sorgen, Pete, es wird schon gut gehen, in ein paar Tagen bin ich wieder zurück und dann beenden wir Gardens Experiment!"

Noch niemals zuvor hatte Adam sich selbst als Experiment bezeichnet. An diesen Satz sollte Pete sich noch erinnern. Pete saß regungslos auf seinem Hocker, er wusste nicht mehr, was er tun sollte. Konnte er Adam so einfach gehen lassen?

Dann beugte sich Adam zu Pete vor. Er sah ihm in die Augen und ein Flehen lag in ihnen. „Bitte, tu es für mich, ich muss hier raus, sonst werde ich doch noch verrückt. Es gibt einen Punkt, den sollte man nicht überschreiten, und ich stehe kurz davor, ich kann nicht mehr, glaub mir!"
Pete nickte und wuschelte Adam freundschaftlich durchs nasse Haar. „Gut, wir tun es, du kuckst dich in der Welt da draußen um und machst Zukunftspläne. Und wenn du wieder da bist, geht es mit großen Schritten der Freiheit entgegen! Und jetzt mach endlich die Brause aus, sonst setzen sie mir noch die Wasserkosten auf die Rechnung. Du weißt, ich bin jetzt nur noch ein geduldeter Gast in diesem Haus." Seine plötzliche Unbeschwertheit war gespielt, doch er wollte Adam nicht zusätzlich ängstigen. Er wollte hier raus, er musste hier raus, sonst würde er vielleicht wirklich durchdrehen. Obwohl er im Moment mehr als klar war, er war entschlossen, er hatte eine Entscheidung getroffen, einen Ausweg gefunden, und er, Pete, durfte ihm nicht im Wege stehen.

33: Frühstück

Als sie am Nachmittag beim "Frühstück" zusammen saßen, blickte Adam plötzlich auf und sah Pete fragend an. „Du hast mir gestern meine Fragen nicht beantwortet, warum bist du nicht mehr mit Lisa zusammen?"
Pete sah sich um. Der Speiseraum war fast leer, aber die Mikros! Doch Adam wusste mittlerweile, wie oder was er sagen konnte, ohne dass jemand anderes damit etwas anfangen konnte. „Wir haben einfach nicht zueinander gepasst, wir waren zu unterschiedlich!" Pete schnitt ein Brötchen in zwei Hälften, das heißt, er versuchte es. Entweder war sein Messer zu stumpf oder er war einfach nicht bei der Sache. Es bröckelte und krümelte und letztendlich zerriss er das Brötchen mehr, als dass er es zerschnitt.
Das Thema berührte ihn, Adam spürte es deutlich und er ließ nicht locker. Schließlich tauchte dieses Mädchen immer wieder in seinen, oder besser gesagt, in Petes Erinnerungen auf. „Hast du Schluss gemacht oder sie?"
Pete legte sein Messer zur Seite. Es hatte keinen Sinn, sein Doubel würde erst aufhören nachzubohren, wenn er es ihm erzählt hatte. „Also gut", begann er. „Sie hieß Lisa."
„Das hast du mir schon gestern gesagt!"
„Wir waren eine Zeitlang zusammen. Wir liebten uns und wir stritten uns. Und dann trennten wir uns wieder."
„Warum?" Adams Blicke ließen Pete nicht los.
Eigentlich wollte Pete es ihm nicht sagen, doch er hatte seit gestern das Gefühl, als sollte er endlich damit aufhören, ihn wie seinen kleinen Bruder zu behandeln. „Ich habe sie betrogen!"

Langsam öffnete sich Adams Mund, aber es kam kein einziger Ton über seine Lippen.

„Als sie dahinter kam, war es aus. Sie brach völlig zusammen, sie weinte und konnte nicht mehr aufhören. Ich war so hilflos, ich wusste nicht, was ich tun sollte. Ich hatte sie so sehr verletzt, und ich konnte es mit nichts, was ich tun oder sagen konnte, rückgängig machen. So tat ich nichts und sie verschwand aus meinem Leben."

Schweigen hüllte sie ein. Pete war erstaunt und gleichermaßen erschrocken über die überwältigenden Gefühle, die in ihm aufstiegen. Er hatte sie verdrängt, all die Jahre. Er hatte versucht Lisa zu vergessen, er dachte, er hätte es geschafft, bis heute.

„Warum hast du ihr nicht gesagt, dass es dir leid tut, dass so etwas nie wieder passieren würde, dass du sie liebst!?"

„Weil ich mir nicht sicher war!" Pete war aufgesprungen und hatte seinen Stuhl umgeworfen. Was bezweckte Adam nur mit dieser Ausfragerei?

Adam nickte verständnisvoll vor sich hin, sah Pete aber nicht an. „Es ist nicht immer leicht zu erkennen, was man fühlt, was man will oder was richtig ist. Ich verstehe das. Ich bin sicher, sie hat es auch längst verstanden."

Verblüfft beugte Pete sich zu ihm hinunter und starrte in Adams Augen. „Wie kannst du so etwas sagen?" Pete hatte völlig vergessen, wo er war.

Im Gegensatz zu Adam. Er hatte sich vollends im Griff.

„Menschen werden älter – weiser. Später bereuen sie oft, dass sie etwas getan oder auch nicht getan haben." Adams Gesicht blieb starr. Was war nur los mit ihm? Was hatte er eigentlich sagen wollen? Dass er wusste, dass Pete so dachte? Oder verachtete er ihn für seine Untreue? Er war immer so gerechtigkeitsliebend, so dass Pete ihn damit aufzog, er möge sich doch später draußen bei Gericht bewerben. Und nun zeigte er keine Regung. Fast als wäre Pete es nicht wert, dass man sich über ihn aufregen müsste.

Pete drehte sich um und verließ den Raum. Mit schnellen Schritten durchquerte er das Frühstückszimmer. Endlich erreichte er den Flur.

Den erstbesten Sessel, den er entdeckte, nutzte er, um sich hineinfallen zulassen. Bewegungsunfähig starrte er an die gegenüberliegende Wand. So aufgewühlt hatten ihn sonst eigentlich nur Gardens egoistische Vorgehensweisen. Dieses eine Mal traf ihn keine Schuld.

Und das Schlimme war, dass er nicht genau sagen konnte, was ihm so zu schaffen machte. Die Tatsache, dass Adam bis ins Innere seiner Seele zu sehen schien oder dass durch Lisa ein Keil zwischen ihnen entstanden war, er jedoch nicht verstand, wieso?

34: Zurück am Springbrunnen

„Hallo!" Lisa war hinter ihm aufgetaucht, er hatte sie nicht kommen hören. Er war mit seinen Gedanken weit weg gewesen, in der Vergangenheit. Für einen kurzen Moment hatte er mit einem anderen Gesicht gerechnet – mit seinem eigenen. Das passierte ihm häufig, und besonders an Orten wie diesem, an denen er mit ihm zusammen war. Das Plätschern des Springbrunnens war lauter, als er es in Erinnerung hatte. Er war seit fast einem Jahr nicht mehr hierhergekommen, warum auch?
Und jetzt war es Lisa, die er hier traf. Damals hätte er es sich nicht vorstellen können, sie ausgerechnet hier zu sehen. Und nun war sie hier. Und er musste sich um sie kümmern. Sie hatte also seinen Zettel, den er ihr unter der Tür durchgeschoben hatte, gefunden. Dass Lisa es wirklich schaffen würde, Regine zu entkommen, hatte er gehofft, jedoch nicht wirklich daran geglaubt.
Er stand auf und umarmte sie. Oder hielt er sich an ihr fest? Seit seinem Zusammenbruch machte er sich noch größere Sorgen um sie. Sie war hier, um ihn zu retten, und wusste nicht im Geringsten, wie sehr sie selbst Rettung brauchte. Und wie viel für ihn auf dem Spiel stand!
Vielleicht hielt er sie eine Sekunde zu lange im Arm, ihre Augen musterten ihn fragend. Sie wollte es von ihm hören, sie wollte Gewissheit haben, sie wollte nicht mehr länger nur hoffen, dass er mehr für sie empfinden würde als einfach nur Zuneigung zu einer Weggefährtin! Wer weiß, vielleicht sogar mehr als Pete für sie empfand.

Doch Adam blieb stumm, er wartete, und sie wusste nicht, worauf. Auf das Gelingen ihres Planes? Auf die Freiheit? Und dann? Doch nun hatte sie keine Zeit, um ihren Grübeleien nachzuhängen.

Adam hatte sie an der Hand haltend zu der Bank hinter dem Springbrunnen geführt. „Hier können wir reden!"

„Bist du sicher?"

„Ja, wir können ungehindert reden, die Mikros versagen, dank der Geräuschkulisse vor uns. Falls sie uns vor die Kamera bekommen, sollten wir lieber ein Dauerlächeln präsentieren, verstehst du?"

„Ich werde mir große Mühe geben. – Du erstaunst mich immer wieder."

„Das will ich hoffen!" Sein Lächeln war wieder da.

Oh, wie sehr sie darauf gewartet hatte!

„Wir haben nicht sehr viel Zeit, Chris hat mich rausgelassen, er sagte, bis 11 Uhr muss ich wieder in meinem Zimmer sein."

„Chris? Warum hilft er dir?"

„Ich weiß nicht! Er hatte schon immer ein großes Interesse an uns beiden, Pete und mir! Wir haben auch manchmal Tennis zu viert gespielt, mit Regine. Er ist ein Kumpel, vielleicht ein Freund, wer weiß? Du hast also meinen Zettel gefunden!" Er zog sie dicht neben sich an den Rand des steinernen Brunnens. „Wie hast du es geschafft, Regine loszuwerden?"

„Ich habe sie darum gebeten, in die Sauna gehen zu dürfen. Sie war sofort einverstanden und hat mich alleingelassen. Sie sagte, ich soll sie anpiepen, wenn ich fertig bin, sie ist so locker geworden, merkwürdig?"

Adam schien einen Augenblick in Gedanken zu versinken, doch dann war er wieder völlig da und fragte: „Lisa, was ist

los, worüber wolltest du mit mir sprechen? Nun sag schon, hat Garden noch einmal mit dir gesprochen?"
Sie zögerte. „Nein, es ist … ich war im Keller."
„Du warst – wo? Bist du verrückt geworden?" Er rückte ein Stück von ihr weg, raufte sich die Haare, so dass seine Locken ihm noch wilder ums Gesicht wirbelten.
„Adam, bitte beruhige dich, und Adam, lächle!"
Doch es gelang ihm nicht. „Was hattest du da zu suchen? Weißt du eigentlich, in welch große Schwierigkeiten du dich da gebracht hast?"
„Nein!"
„Es tut mir leid, wie konntest du das wissen. Ich bin schuld, ich hätte dich nicht hierher holen dürfen!"
„Adam, jetzt beruhige dich doch, es ist doch nichts passiert, mich hat niemand gesehen, es ist alles in Ordnung."
„Ja, ich weiß, es ist alles in Ordnung. Da du hier sitzt, muss ich dir das wohl glauben. Wenn das nicht der Fall wäre, dann wärst du nicht hier!"
Er starrte sie an, als müsse er sich vergewissern, dass sie es war, die neben ihm saß. „Du verstehst das nicht, ich bin für dich verantwortlich, es war meine Idee, dich hierher holen zu lassen. Ich kannte doch niemand anderen aus, eh, seinem Leben, und er hat so bewegend von dir gesprochen. Wie konnte ich dieses Risiko nur eingehen?" Seinen Kopf in den Händen verborgen, überlegte er krampfhaft, wie er seinen Plan beschleunigen konnte. Sie mussten hier raus, unbedingt.
Lisa saß einfach nur still neben ihm, ein Schulmädchen, das einen Tadel erhalten hatte. Sie kämpfte mit der Versuchung, einfach aufzustehen und wegzulaufen. Wie konnte er sich nur so aufregen? Was hatte sie verbrochen?

Als könnte er ihre Gedanken lesen, versuchte er sich zu entschuldigen. „Es tut mir leid – Lisa – ich habe es nicht so gemeint!" Er tastete nach ihrer Hand, verdammt, er musste einen kühlen Kopf bewahren, sonst wäre alles umsonst gewesen. „Lisa, versprich mir, bitte, nichts ohne mich zu unternehmen, bitte!" Er zog sie zu sich heran, so dass sie sich in die Augen sahen. „Es ist wichtig, dass du nichts weißt, gar nichts."

„Adam, was redest du da nur, ich weiß ohnehin zu viel und im Keller waren nur Krankenblätter, weiter nichts."

„Ich weiß, ich war bereits im Keller, bitte, du darfst mit niemandem darüber sprechen, verstanden!"

„Aber ich wollte eine Akte raufholen, du musst mir einen toten Winkel zeigen, damit ich sie in Ruhe lesen kann!" Lisa fühlte sich im Stich gelassen, wieso war er nur so stur?

„Wenn du mit so einer Akte erwischt wirst, bist du tot!" Adam biss sich auf die Unterlippe. Er wollte ihr doch keine Angst machen.

„Das ist nicht dein Ernst? Das glaub ich dir nicht, du übertreibst." Lisa beobachtete sein Gesicht. Und sie sah sofort, dass er es ernst meinte.

„Ich bitte dich inständig, vergiss den Keller, für uns beide!" Sein Blick war kalt und starr, ihr fröstelte, aber sie nickte ihm zu.

„Ich habe jetzt keine Zeit mehr, Garden will mich heute noch sehen. Lisa, es tut mir leid, wenn ich dir Angst gemacht habe, ich kann dir nur so viel sagen: Die Sache ist gefährlicher, als du dir vorstellen kannst. Ich muss jetzt gehen, wir sehen uns bald." Er gab ihr einen flüchtigen Kuss auf die Wange und verschwand zwischen den Bäumen.

Verdammt, was war das? Sie konnte ihn nicht einmal fragen, wie es ihm heute ging. Sie waren sich nähergekommen, als sie zu hoffen gewagt hatte. Von sich selber hätte sie nie gedacht, wie leicht sie ihre Bedenken beiseiteschieben konnte, und nun? Sie hatte das Gefühl, er würde sich in Stein verwandeln, er war kälter als je zuvor! War er das wirklich?

Nein, er sorgte sich um ihre Sicherheit, aber das konnte nicht alles sein, er verbarg etwas vor ihr. Er wusste nicht, ob er sich ihr anvertrauen sollte, wie groß die Gefahr war, dass sie ihn verraten würde. Unter gewissen Umständen, die sie sich nicht vorstellen wollte, wäre sie wahrscheinlich sehr groß.

Sie musste versuchen ihn zu verstehen. Doch verflixt noch mal, wie konnte sie das, ohne die ganze Wahrheit zu kennen? War es denn möglich, dass sie in so großer Gefahr schwebte? Wieso sollte Garden ihr etwas antun? Ja, sicher, er hatte sie entführen lassen, er war ein fanatischer Wissenschaftler, der nur an sein Experiment glaubt, dem alle Regeln und Grenzen nur als Hürden im Wege stehen und die es heißt zu überspringen oder niederzureißen. Doch er hatte sich um ihren Arbeitgeber gekümmert, alles für sie geregelt. Sie hatten einen Vertrag abgeschlossen. Sie war an diesem Forschungsprojekt offiziell beteiligt.

War sie das wirklich? Sie durfte nicht sagen, wo sie sich befand. Sie wusste nicht, wo sie sich befand! Was, wenn *niemand* wusste, wo sie sich befand? Was, wenn sie einfach verschwinden würde?

Aber warum sollte er so etwas tun? Er wollte Pete in Adam wiedererwecken mit ihrer Hilfe. Wenn es gelang, würde er berühmt werden, und diesen Erfolg konnte er durch sie nachweisen. Es war ihr einfach unmöglich, Adams Ängste zu verstehen.

Sicher, wenn Garden versagen sollte, was sie sehr hoffte, wäre er sicherlich nicht gerade erfreut. Er würde einen neuen Weg suchen müssen. Er würde sie gehen lassen müssen. Sie hatte sich zu absoluter Geheimhaltung verpflichtet. Sie musste es unterschreiben! Es war sinnlos, sich darüber den Kopf zu zerbrechen, was passieren könnte, wenn … Aber es war nicht hoffnungslos. sich vorzustellen, was aus ihr und Adam werden könnte. Sie war voller Hoffnung. Hoffnungsvoll verliebt! In einen Klon! In seinen Klon! Den es offiziell nicht gab, nicht geben durfte – noch nicht!

35: Überwachungsraum

Udo stand gerade an der Kaffeemaschine und versuchte den Papierfilter einigermaßen gerade in den Filter zu puzzeln, als es an der Tür klopfte.
„Herein! – Moment, ich bin gleich soweit!" Er kippte den letzten Kaffee aus der alten verschrammten Dose in den Filter und drückte auf den Knopf. Erst dann drehte er sich zur Tür um.
Überrascht wusste er erst nicht, was er sagen sollte, aber dann fasste er sich wieder und grinste Adam überlegen an. „Hey, was machst du denn hier, der Überwachungsraum ist doch für dich tabu!"
„Hallo Udo! Ich wollt mal sehen, wie es so bei euch läuft!" Adam ließ sich in einen der beiden Drehstühle fallen und beobachtete die zahlreichen Bildschirme, auf denen die verschiedensten Räume und Flure zu erkennen waren.
„Hey, du darfst das nicht sehen!" Mit einem kräftigen Dreh wirbelte er den Stuhl herum, so dass Adam nun ihn und nicht die Bildschirme zu sehen bekam. „Du warst lange nicht mehr hier, ich glaube, das letzte Mal war Pete noch mit dabei." Udo setzte sich in den zweiten Stuhl.
„Ja, das ist lange her, jetzt bin nur noch ich da!"
„Was willst du hier, Adam? Du weißt, dass ich dir nicht helfen darf. Wenn Regine oder, schlimmer noch, der Chef dahinter kommt, bin ich gefeuert."
„Ich weiß, und es tut mir auch leid, dass wir dich damals mit hineingezogen haben, aber ohne dich wären wir nie heimlich zu Karl gekommen. Und wahrscheinlich hätte ich bis heute noch nicht gewusst, wie Bier schmeckt oder 'ne Zigarette."

Sie mussten beide lachen, obwohl Adam alles andere als zum Lachen zumute war. Was war daran auch lustig? Es war eher zum Heulen, dass sie erst die Kameras ausfindig machen mussten. Das hieß, Udo zu bestechen und dann nachts durch den stockfinsteren Wald zu stolpern, um an ein Bier und eine Zigarette zu kommen.
Was Udo damals nicht mitbekam, war, dass sie gleichzeitig noch weitere tote Winkel gefunden und erst durch sie mehr Freiheiten im Haus und Park erlangt hatten.
„Also, sag schon, warum bist du hier?"
„Ich brauche einen Freiraum, oder besser gesagt einen freien Raum!" Adam hatte sich für die „Geradeheraus-Taktik" entschieden. Langes Drumherum-Gerede würde Udo ohnehin nur verwirren.
„Was für einen freien Raum? Wozu?" Er erhob sich und goss sich Kaffee in eine Tasse, die offensichtlich so lange Udo hier Dienst schob noch keine Spülmaschine gesehen hatte. Er schwenkte sie einladend zu Adam hinüber, doch der winkte dankend ab. Alles andere, aber nicht Udos Kaffee!
„Du kennst doch die Neue, von Zimmer 406?"
„Ja klar, auf die soll ich besonders Acht geben, gleich nach dir!" Wieder grinste er Adam belustigt an. „Ihr habt ja des Öfteren miteinander zu tun, nicht wahr?! Sie ist wohl so eine Art Therapeutin, oder?"
„So ähnlich."
„Ah, jetzt weiß ich, was du willst, du willst auch mal die Hosen anhaben. Bei Regine hast du ja nicht viel zu melden. Ehrlich gesagt verstehe ich auch nicht, warum du die nicht längst abserviert hast – na ja, so viel Auswahl hast du ja bis jetzt nicht gehabt."

In Adam kochte es, doch wenn er bei Udo etwas erreichen wollte, musste er mitspielen. „Regine ist Vergangenheit!"
„Das freut mich für dich und erklärt so einiges in Bezug auf ihre Launen. – Also du brauchst einen Platz, an dem du mit deiner neuen Flamme unbeobachtet …"
„Unter vier Augen sozusagen …", ergänzte Adam.
„Aber natürlich, du kennst mich doch!"
„Genau!"
Udo begann auf seiner Tastatur herum zu hämmern.
„Ich nehme mir jetzt doch noch 'nen Kaffee." Langsam erhob sich Adam und ging in Richtung Kaffeemaschine.
„Die Tassen stehen oben im Schrank!"
„Ja, ich weiß!" Und ich weiß auch, wo die Wanzen liegen, gleich hier in der Schublade neben dem Besteck. Adam nahm sich, was er brauchte, und platzierte eine der Wanzen unter dem Hängeschrank an der Wand. Direkt über der Kaffeemaschine. Das Gegenstück steckte er in seine Kitteltasche.
Die Tasse mit dem schwarzen Gebräu, welches Udo Kaffee nannte, trug er vor sich her, als bestünde eine gewisse Gefahr darin, falls er ihn verschütten sollte.
„Und? Hast du was gefunden?"
„Dreh dich gefälligst um, du darfst nicht auf die Bildschirme sehen!"
„Schon gut, ich sehe nicht hin."
„Oh ja, ich hab da was, ganz in der Nähe von ihrem Zimmer. Nur ein paar Türen weiter. Ich schätze mal, das ist kein Problem für dich!"

Sollte er ihn doch unterschätzt haben? So weit er bis jetzt gesehen hatte, waren die toten Winkel noch dieselben. „Zeig her!" Adam beugte sich zu ihm hinüber.
„Na, groß genug? Sieh her, ich schalte den Bewegungsmelder aus, jetzt bleibt auch die Kamera aus. Und Mikros gab es da ohnehin nicht."
Das hätte ich wissen sollen, so ein Ort ist hier Gold wert. Adam klopfte Udo freundschaftlich auf die Schulter. „Ne Besenkammer – die ist mir ja noch nie aufgefallen! Danke, du bist ein echter Kumpel! Was bin ich dir schuldig? Du weißt, mit Geld kann ich nicht dienen, aber vielleicht kannst du ein paar von den rosa Pillen gebrauchen, dann besorg ich sie dir."
„Nein, diesmal nicht, danke, nett von dir, aber ich hab aufgehört mit dem Zeug. Man wird mit den Jahren doch vernünftiger. Diesen Gefallen kriegst du von mir geschenkt, macht euch 'ne heiße Nacht, und gib der Kleinen 'nen Kuss von mir."
„Das ist echt in Ordnung von dir, danke, Udo. Bis bald und grüß Bernd von mir."
„Lieber nicht, du weißt doch, wie korrekt er ist. Wenn er wüsste, dass du hier warst, Mann, da könnte ich mir aber was anhören."
„OK, mach's gut, und nochmals vielen Dank!" Adam verschwand aus der Tür. Als er im Flur stand, hatte er immer noch die Kaffeetasse in der Hand. Suchend sah er sich um. Ein Benjamin-Baum gleich hinter ihm am Fenster sah irgendwie durstig aus. Nachdem er den Kaffee umweltfreundlich entsorgt hatte, klopfte er noch mal kurz und stellte die Tasse auf ein Regal gleich neben der Tür. „Und danke für den Kaffee!"

Udo nickte nur. Er hatte es sich bereits mit den Füßen auf dem Schreibtisch bequem gemacht und auf einem Bildschirm lief ein Fußballspiel, das er sich genüsslich ansah.

36: Besenkammer

Es war bereits nach 24 Uhr, Lisa konnte nicht schlafen. Sie saß aufrecht im Bett und startete einen weiteren Versuch, einen Roman zu lesen, den sie sich aus dem Aufenthaltsraum mitgenommen hatte.

Nachdem sie einige Zeilen gelesen hatte, sich die Buchstaben zwar zu Wörtern, aber diese sich einfach nicht zu Bildern in ihrem Kopf formen lassen wollten, legte sie das Buch wieder auf den Nachttisch, zog die Bettdecke bis ans Kinn heran und stellte fest, dass ihr kalt war. Nachts fielen die Temperaturen schon bis an die Null-Grad-Grenze, so dass sie in ihrem dünnen Nachthemd trotz Decke fror.

Als sie sich gerade durchgerungen hatte, noch einmal aufzustehen und sich etwas Wärmeres anzuziehen, vernahm sie ein leises Knacken. Im Halbdunkel sah sie, wie sich ihr Tür-Knauf langsam drehte. Erschreckt drückte sie sich weiter an die Wand ihres Bettes. Die Tür war nachts immer verschlossen, und zwar von außen.

Ein Telefon stand in ihrem Zimmer, das über eine Zentrale ähnlich wie in einem Hotel geschaltet wurde. Allerdings nur innerhalb dieses Gebäudes. Sie könnte zum Tisch rüber laufen und um Hilfe rufen. Oder einfach nur schreien, die Mikros, die Kamera, es konnte ihr niemand unbemerkt etwas tun. Also wartete sie und beobachtete gespannt die Tür.

Leise, wie von Geisterhand öffnete sie sich. Ganz unten konnte sie einen Kopf erkennen. Er gehörte Adam, mit dem Finger auf den Lippen deutete er, keinen Laut zu geben, mit der anderen Hand zeigte er ihr, sie solle sich dicht an der Wand entlang zu ihm bewegen.

Sie tat es, und als sie an der Tür angelangt war, verschwand sein Gesicht und seine Hände zogen sie hinunter auf den Boden und aus dem Zimmer in den Flur. Dicht an die Wand gelehnt warteten sie, bis er leise die Tür hinter ihr zugezogen hatte.

„Wir krabbeln jetzt bis zur Besenkammer, dort können wir reden."

Es war nur ein kurzes Stück, welches sie auf Knien hinter sich ließen. Als sie die Kammer erreichten, schlüpften sie hinein und verschlossen die Tür. Eine Taschenlampe erleuchtete die Zimmerdecke. Noch auf dem Fußboden fielen sie einander in die Arme.

„Ich musste dich unbedingt sehen, ich hätte mich vorhin nicht so gehen lassen dürfen. Verzeih mir!" Seine Hände hielten ihre Schultern fest, als befürchtete er, sie würde ihm davonrennen. Er hatte keine Ahnung, wie es in ihr aussah. Selbst als sie ihn küsste, wusste er nicht, wen sie nun eigentlich küsste. Er konnte sich nicht vorstellen, dass sie Pete immer noch lieben konnte. Nach all den Jahren, so wie er damals war? Oder wie sie glaubte, wie er war? Doch noch absurder war die Vorstellung, Lisa könnte seinen Klon lieben, ein Abbild einer längst vergangenen Liebe, die sie nun wiedergefunden hatte.

Langsam löste er sich aus ihrer Umarmung. "Warte!" Er steckte sich einen Ohrstöpsel in ein Ohr und lauschte einige Sekunden.

„Was macht er denn da?", konnte er Udos Stimme deutlich vernehmen.

„Ich kann sein Gesicht nicht sehen. Ich hab dir doch gesagt, du sollst zwei Minikameras einbauen!" Das war die Stimme von

Bernd. Es war eindeutig, dass er nicht viel weniger scharf auf eine Videovorführung war als Udo.
Adam drehte sich um und es war nur eine Kleinigkeit für ihn, bis er die Kamera entdeckt hatte.
„Was ist denn los, Adam?" Lisa verfolgte gespannt sein Tun.
„Was hat sie gesagt?"
Adams suchender Blick galt den typischen Verstecken von Wanzen. Auch diesmal brauchte er nicht lange zu suchen. Sein Hemd zog er aus und warf es über die Kamera. Die Wanze zermalmte er unter seinem Schuh.
„Er muss was gewusst haben, wieso hat er sie entdeckt?"
Mit einem zufriedenen Lächeln nahm er den Knopf aus dem Ohr und steckte ihn ein.
„Spaßverderber!", konnte er eben noch vernehmen.
Wenn es doch nur darum ginge, dachte er traurig und sah Lisa zögernd an. Es gab eine Zeit, da er glaubte, ein Klon sei ein eigenständiger Mensch, ein Individuum. Aber Garden hatte ihn eines Besseren belehrt. Er hatte irgendetwas mit ihm angestellt. Seine fast laienhaften Versuche, Adams Erinnerungen zu aktivieren, waren nur eine Vorstufe von dem, was danach passierte.
Adam wurde zu Pete. Er hatte keine Ahnung, wie, aber es gab diesen Adam nicht mehr, so wie er vorher war. Nur ein Ziel war wichtig: Garden durfte keinen Erfolg haben, er durfte nicht weitermachen, es durfte keine neuen Klone geben!
Nein, das stimmte so nicht ganz. Als sie einander in die Augen sahen, wusste er wieder, warum er all dies tat. Er konnte natürlich auch einfach abwarten, was die Zukunft so brachte, wie weit Garden gehen würde! Was aus ihm werden würde! Wenn ihm alles egal wäre und ihm nicht einmal Lisa,

geschweige denn er selbst wichtig wäre, dann könnte er die Hände in den Schoß legen.

Aber das war einfach undenkbar. Er hatte eine Verantwortung ihr gegenüber und somit auch für sich.

Sie saßen sich immer noch auf dem Boden gegenüber und sahen einander schweigend an. Bis Adam die Stille unterbrach. „Ich habe lange darüber nachgedacht, doch jetzt bin ich fest entschlossen, wir müssen den Plan ändern. Eigentlich wollte ich es dir nicht sagen, aber nun glaube ich, es ist besser, wenn du es weißt. Es gibt keinen Grund mehr, länger damit zu warten, egal was passiert, es könnte uns ebenso zum Nachteil wie auch zum Vorteil sein."

„Adam, ich verstehe kein Wort von dem, was du da redest. Sag mir, was du vorhast, jetzt!"

Sie strich sich eine Strähne aus der Stirn. Ihr aufmunterndes Lächeln, ihre strahlenden grau-grünen Augen, die etwas ängstlich dreinblickten, ihr weiches langes Haar, er hatte versucht, dies alles zu ignorieren. Doch jetzt saßen sie hier in dieser Kammer, und er konnte sehen, wie sie zitterte. Er wusste, dass es richtig war, er wusste, dass er diese Frau nie wieder verlieren durfte, nie wieder, und dass es ihm gleich sein musste, wem ihre Liebe galt.

„Es fällt mir nicht leicht, ich hoffe, dass du mich richtig verstehst. Aber ich habe mir diese Entscheidung nicht einfach gemacht."

„Nun sag schon, was ist los?" Lisas Neugierde veränderte sich in ein ungutes, fast beängstigendes Gefühl.

„Ich werde ein Spiel spielen, ein Verwechslungsspiel. Hast du einmal das Doppelte Lottchen gesehen?"

„Adam, du machst Witze?"

„Nein, es ist nur so, dass ich jetzt nur noch der einzige Darsteller bin."
Lisa wurde ernst. „Was soll das heißen?"
Adam rückte etwas von ihr weg. „Ich bin Adam, OK?"
Sie nickte angespannt.
„Also gut, ich bin Adam, ein Klon. Ich soll der Menschheit – und natürlich Prof. Dr. Garden – den Durchbruch in der Genentwicklung liefern. Ein Mensch kann vollständig geklont werden, mit all seinen Erinnerungen, seinem Wissen, seinem Sein! Kannst du mir folgen?"
„Natürlich!"
„Wenn es gelingt, ist mein Job erledigt, die Formeln sind geschrieben und die Menschheit kann damit glücklich werden, oder auch nicht."
„Du machst es dir etwas zu einfach!"
„Gewiss nicht! Also habe ich beschlossen, keinen Erfolg zu liefern. Ich manipulierte meine Ergebnisse. Was so einfach schien, hat sich verkompliziert. Da ich lügen musste, ertappt mich Gardens Körperüberwachung, Lügendetektor und so weiter. Also musste ich mir etwas anderes einfallen lassen. Garden hätte die Möglichkeit, ich könnte absichtlich falsch antworten, vor ein paar Wochen noch völlig ausgeschlossen, doch nun ist er misstrauisch geworden. Ich wollte ihm beweisen, dass ich nur Adam bin und er nie Pete in mir finden wird. Doch ich fürchte, er wird mir nicht mehr glauben. Vielleicht wird er weitere Medikamente an mir ausprobieren wollen. Vielleicht wird er einen neuen Klon hervorbringen, dann fängt alles wieder von vorne an. Nein, ich muss ihn anders stoppen.

Also gebe ich ihm, was er will. Eine Erklärung: Ich bin nicht Adam – ich bin Pete!"

Adam spürte förmlich, wie sich Lisas Härchen aufstellten und sie eine Gänsehaut bekam. „Sag jetzt nichts, hör mir einfach weiter zu!" Er ließ sie nicht aus den Augen, und selbst in dem schwachen Licht der Taschenlampe konnte er sehen, wie diese zu schwimmen begonnen. „Pete und Adam tauschten vor Petes Tod die Rollen. Einfach so zum Spaß, Urlaub vom eigenen Ich, Erfahrungsaustausch, wie sie es nannten. Doch was Pete nicht wusste, war, dass Adam nicht vorhatte zurückzukommen. Ja, er kannte seine Probleme. Seine Einsamkeit, das Gefühl, missbraucht zu werden, um sein Leben betrogen zu sein. Doch er ahnte nicht, welche Auswirkungen dieses Schnuppern in der Realität des Menschseins auf ihn hatte.

Er nahm sich das Leben, weil er wusste, dass er nie eins besitzen würde. Ein Leben, sein Leben in Freiheit. Sie würden ihn suchen, finden und zurückbringen, das war sicher. Er würde immer wie ein Außerirdischer beobachtet werden. Doch wenn er sterben wollte, dann musste es in Freiheit sein. Zurück blieb Pete! Verunsichert, geschockt durch den Tod seines Freundes.

Er hätte alles aufklären sollen, sofort. Doch er zögerte. Er wusste, wie sehr Adam gelitten hatte, seelisch wie auch körperlich. Oft hatte er sich dafür geschämt. Was Adam für ihn getan hatte, konnte er ihm nicht zurückgeben, doch er konnte helfen, es vielen anderen nach ihm zu ersparen. Er nahm sich vor, Adams Platz einzunehmen und Gardens Vision scheitern zu lassen.

Auf was er sich da eingelassen hatte, merkte er erst, als es kein Zurück mehr gab. Er brauchte dich für die perfekten falschen Erinnerungen."

„Adam, sag, dass das nicht wahr ist, du bist nicht Pete, nein?" Ihr Blick flehte ihn an, doch er konnte nicht erkennen, für wen sie flehte. Er zögerte. „Nein, ich bin nicht Pete, aber als Pete habe ich eine Chance auf ein normales Leben. Wenn wir Garden überzeugen können, dass er Adam verloren hat, wird er sich einem Nachfolger zuwenden wollen. Er kann mich nicht mehr gebrauchen, ich bin frei!"

„Das ist doch blauäugig, er wird dich nicht so einfach gehen lassen, du existierst nicht mehr!"

„Ich weiß, das ist der Punkt. Es muss fast zeitgleich geschehen, wenn er seinen Verdacht, den er bis jetzt noch nicht hat, den wir ihm allerdings einimpfen werden, bestätigt sieht, muss uns die Flucht bereits gelungen sein. Wir werden sofort an die Öffentlichkeit gehen, das muss als Schutz genügen. Ich bin Pete, sein Klon ist tot, was hat er noch zu befürchten. Seine Anwälte werden das schon deichseln. Und er hat keine weitere Chance, zum Ziel zu kommen. Nun erst recht nicht mit dem Druck der Öffentlichkeit und hoffentlich mit großer Gegenwehr.

Wir werden im Fernsehen auftreten, in den Nachrichten wird man von dem unglücklichen geklonten Menschen berichten, der sich selbst tötete, da er das Leid, was man ihm angetan hatte, nicht mehr ertragen konnte. Wir werden die Menschheit aufrütteln und hoffentlich zur Besinnung bringen. Garden wird keine Minute mehr seine Arbeit weiterverfolgen können." Adam hatte sich in Euphorie geredet.

Doch Lisa holte ihn in die Wirklichkeit zurück. „Wenn uns die Flucht gelingt!"

„Ja, davon hängt alles ab. Das andere ist ein Kinderspiel. Wir haben ihn schon unbeabsichtigt skeptisch gemacht. Er bewegt sich in die richtige Richtung. Der allergische Schock kam wie gerufen. Verstehst du, ich bin Pete, ich vertrage die Spritze nicht, ich habe das Serum das erste Mal bekommen."

„Bitte sag nicht immer, du wärst Pete, ich ertrag das nicht."

„Aber das musst du, denn du musst – langsam – in mir Pete entdecken. Und zwar nicht durch Erinnerungen, die ich habe, oder Gefühle, die ich wiederfinde, sondern du musst Pete wiedererkennen, so wie er war, das heißt, wie er sich verhielt, was er tat, sein Wesen, seine Seele! Du musst Garden überzeugen, natürlich ganz unbeabsichtigt, dass du Pete wiedererkennst in mir, so, wie Adam nie war. Hilf mir, die richtigen Dinge zu tun oder zu sagen, hilf mir, Pete zu sein!"

„Zuerst soll ich dir helfen, Garden davon zu überzeugen, dass du nur du bist, Adam! Und nun soll ich doch Pete in dir finden?"

„Nein, nein, du sollst ihn nicht in Adam finden, du sollst ihn wiedererkennen. Pete lebt! Adam ist schon seit Monaten tot! – Lisa, ich muss dir etwas sagen!"

Für einen kurzen Augenblick konnte Lisa in seinen Augen Angst erkennen. Doch als er weitersprach war sie wieder verschwunden.

„Ich möchte, dass du weißt, dass du dich in große Gefahr begeben wirst, wenn du mir hilfst Garden zu betrügen, in sehr große!"

„Und dennoch bittest du mich darum! Wieso? Ist es denn so wichtig, dass Garden versagt? Wer sagt dir, dass er es nicht wieder versuchen wird? Bei einem anderen Klon, nach dir? Du weißt, was du da von mir verlangst? Du weißt, wie leicht dein Plan kippen kann? Eine Unachtsamkeit und wir stürzen beide in die Tiefe. Wir belügen und betrügen ihn. Was wird er mit uns tun, wenn wir hier nicht rechtzeitig rauskommen? Und wenn wir es schaffen, wird er uns jagen lassen?"

„Du hältst mich wahrscheinlich für egoistisch, da ich ihm weismachen will, dass ich ihm nicht mehr von Nutzen sein kann. Und du hast verdammt Recht! Ich will hier raus! Und wenn wir das schaffen und er annimmt, ich bin Pete, wird er uns in Ruhe lassen. Ich weiß, und ich habe lange mit mir gerungen, dieser Plan darf nicht scheitern, es muss alles sehr schnell gehen.

Wenn die Öffentlichkeit erfährt, dass Adam, der erste Klon auf der Welt, tot ist und dass ich, Pete, sein Spender, lebe, dann kann er mir nichts mehr tun. Dann bin ich für Garden tabu und du auch. Endlich werde ich ein normales Leben beginnen."

„Aber was ist mit seiner Mutter? Mit seinen Freunden? Du kannst ihnen nicht vormachen, du seist Pete."

„Wenn ich Peters und Garden überzeugen kann, kann ich es auch bei allen anderen! Aber solange wir hier sind, darf er keine Gefahr von mir ausgehen sehen – oder von uns. Hier drinnen sind wir ihm ausgeliefert, voll und ganz."

„Bist du eine Gefahr für ihn?" Sie fixierte seine Augen, und er hielt ihnen stand.

„Ja, das bin ich!"

„Adam, bitte halt mich fest!"

Eng umschlungen kauernd auf dem Boden der Besenkammer versuchten sie einander zu beschützen, doch keiner von beiden hatte große Hoffnung, hier wirklich unbeschadet wieder herauszukommen.

37: Der Verdacht

„Peters, schön Sie zu sehen! Sie finden ja nicht oft den Weg aus den Kellern zu mir." Garden war aus seinem Sessel aufgesprungen und ihm zur Tür entgegengegangen.
Sie schüttelten einander kräftig die Hände und Garden deutete Peters, doch Platz zu nehmen. Seinem Arbeitsplatz stand eine Sitzecke gegenüber, bestehend aus zwei schwarzen Lederelementen und einem schweren, ebenfalls schwarzen Marmortisch. „Darf ich Ihnen etwas anbieten, Kaffee oder Tee?"
Peters winkte dankend ab. „Ich möchte mit Ihnen alleine, ungestört reden."
„Na, Sie machen es aber spannend, was bedrückt Sie denn?" Garden sah seinen Kollegen fragend an.
„Es geht um Adam. – Sie haben meinen Bericht gelesen?"
„Natürlich, er war präzise formuliert. im großen Ganzen ein allergischer Schock, wie Sie ja schon vermutet hatten."
„Ja, doch ich möchte dem noch etwas hinzufügen."
„Hinzufügen, weitere Testergebnisse?" Garden betrachtete Peters beunruhigt.
„Nein, eine Theorie, ich möchte meine Theorie zu dem Ganzen anbringen. Auch wenn Sie mich für überarbeitet und überdreht halten werden, es lässt mir einfach keine Ruhe."
„Um Himmels willen, Peters, machen Sie es doch nicht so spannend, oder ist das ihre neue Masche, um mir einen noch nicht genehmigten Urlaub abzugaunern?" Er grinste breit, so dass sich seine Augen zu kleinen Schlitzen verengten. Allerdings nur kurz. Als er das ernste Gesicht seines

Gegenüber sah, wusste er, dass dieser nicht zum Scherzen aufgelegt war.

Peters erhob sich, um vor dem Marmortisch auf und ab zu laufen, was bis heute Gardens Privileg war. Er konnte nicht still sitzen. Nervös legte er ihm seine Theorie nahe. „Nehmen wir einmal an, irgendjemand wollte unsere Arbeit sabotieren, und …"

„Sie haben einen Verdacht, jemand aus den Reihen des Personals, oder …"

„Nein, nein, Garden, lassen Sie mich ausreden, es ist weit komplizierter als das."

Garden rieb sich mit einem schneeweißen Taschentuch über die Stirn und lehnte sich nach Luft schnappend zurück.

Peters, der stehengeblieben war, begann wieder hin und her zu laufen. Er hatte seine Brille abgenommen und ließ sie in seiner rechten Hand an einem Bügel kreisen. „Also, noch einmal von vorne. Jemand, der nicht wollte, dass wir mit unserer Forschung Erfolg haben würden; was müsste er unternehmen, um uns für Jahre zurückzuwerfen?" Er war vor Garden stehengeblieben.

„Dieser Jemand müsste erst einmal Bescheid wissen über unsere jüngsten Fortschritte und über die große Bedeutung, die Adam dabei spielt. Es gäbe nicht allzu viele, die da in Frage kommen. Wir haben den Kreis stets sehr klein gehalten."

„Ja, ja, aber was würde uns am schmerzlichsten treffen?"

„Wenn jemand Adam verschwinden lassen würde, ohne Adam würde unsere Forschung für Jahre ruhen, der nächste Klon, der bereits zwei Drittel seiner Entwicklung hinter sich hat, würde dennoch mindestens fünf weitere Jahre brauchen, um so weit zu sein, wie Adam heute bereits ist. Wenn wir ihn hierherholen

können und alles andere auch gut verläuft. Das Serum und so weiter.
Peters, was reden Sie da für einen Unsinn? Wir sind – Adam ist hier absolut sicher. Selbst der Präsident der Vereinigten Staaten würde sich über unser Sicherheitssystem wundern. Nein, Sie machen sich völlig umsonst Sorgen. Ach, Peters, wie können Sie mich nur so erschrecken?"
„Erschreckt werden sie erst sein, wenn ich Ihnen berichten werde, dass dieser Plan bereits erfolgreich abgeschlossen wurde!" Er stellte sich Garden gegenüber und sah ihm in die Augen. „Adam ist fort!"
„Nein, Peters, was reden Sie da, ich habe ihn noch vor einer Stunde gesehen!" Er hatte sich nach vorne gebeugt und Peters Hand ergriffen. „Sagen Sie mir, dass das nicht wahr ist!"
„Es tut mir leid, aber ich muss Ihnen mitteilen, dass Adam nicht nur fort, sondern wahrscheinlich sogar tot ist!"
Garden rang nach Luft und öffnete seine zwei obersten Hemdknöpfe. „Bitte! Erklären sie mir das!"
Peters stützte sich direkt vor Garden auf dessen Schreibtisch ab und sah ihm direkt in die Augen. „Adam ist nicht Adam. Ich bin mir so gut wie sicher, es ist Pete, mit dem wir hier schon seit mindestens einem halben Jahr arbeiten – und wer weiß wie lange schon vorher!"
„Pete! – Pete ist tot!"
„Ja, eben, doch haben wir einen Beweis dafür, dass nicht Adam vor etwa einem halben Jahr begraben wurde?"
„Völlig ausgeschlossen!"
„Das sagen Sie. Und was ist mit der plötzlichen Unverträglichkeit des Serums? Das letzte hatte er vor neun Monaten bekommen, völlig beschwerdefrei. Natürlich ist eine

Veränderung möglich, aber die Wahrscheinlichkeit doch sehr gering.
Weiter! Ich habe Sie damals über seine tiefe Depression in Kenntnis gesetzt, doch Sie wollten davon nichts wissen. Sie sagten nur, bringen Sie das wieder in Ordnung, Doc!"
„Und Sie haben es geschafft!"
„Habe ich das wirklich? Wer weiß?"
Beide Männer sahen einander fragend an.
„Und was noch hinzukommt, ist die Frage, warum log er, als er die Antworten niederschrieb? Weil er sie wusste, da er Pete und nicht Adam war? Oder weil er sie wiederfand in seinem Kopf, in Adams Kopf? Doch warum sollte Adam uns anlügen?"
„Vielleicht aus denselben Gründen, weshalb uns Pete anlügen würde. Um einen Erfolg zu verhindern." Garden fasste sich als Erster. „Ich kann und will nicht glauben, dass Adam mir das antuen könnte, andererseits will ich auch nicht glauben, dass er tot ist. Aber was können wir tun, wie können wir sicher sein? Welche Möglichkeiten haben wir, es zu überprüfen? Ich muss es wissen!"
„Das ist mein Garden, so kenn ich Sie. Wir müssen uns Gedanken machen über die kleinen Unterschiede, die es gibt. Zum Beispiel das Wachstumsserum! Aber wollen wir wirklich Jahre warten, um festzustellen, ob er altert oder nicht?"
„Unmöglich!"
„Leider fallen mir auf Anhieb keine erkennbaren Unterschiede ein. Adam ist Petes Klon, identisch. Seine OPs sind auch die von Pete. Der Blutaustausch, nichts mehr nachzuvollziehen. Pete war geheilt zur Zeit seines Todes, wenn es keinen Rückfall gibt?! Sie hatten dasselbe Alter, als Pete starb, selbst

der Alterungsprozess kann nicht mehr zurückverfolgt werden. Adam war immer etwas blasser als Pete, aber, ehrlich gesagt, könnte ich daher heute keine Rückschlüsse mehr ziehen, wer wer ist – oder besser war. Wir haben kein Vergleichsbild."
„Also bleibt uns nur sein Kopf, sein Wissen, seine Erinnerungen, seine Gefühle. Doch ich bin mir sicher, nein, ich weiß es genau, Sie sind auch in Adams Kopf. Ich habe es bewiesen, auch wenn er mir weismachen wollte, dass es nicht so ist. Und es werden immer mehr."
„Garden, das ist genau der Punkt, der meine Theorie stützt. Warum sollte Adam so etwas tun? Er war immer mit großem Interesse und Begeisterung dabei. Ihre Forschung lag ihm am Herzen, bis – bis er einsam wurde und zu viel verstand. Doch er hätte nie absichtlich Testergebnisse gefälscht, er war ein ehrlicher Junge, er konnte niemandem etwas Böses antun. Er hasste jede Art von Gewalt. Besonders Frauen gegenüber war er so zuvorkommend. Nie hätte er seine Hand gegen eine Frau erhoben, nie!" Peters rieb sich die Stirn.
Garden hatte ihm die ganze Zeit aufmerksam gelauscht. „Das ist es, Peters, genau das ist es. Der nächste Schritt, und auch der, mit dem wir beweisen können, ob wir Pete oder Adam vor uns haben. Sein wahres Ich, sein Wesen, seine Seele, wenn Sie so wollen. Mut, Feigheit – Gewaltbereitschaft, Gewissen, Tierliebe und so weiter.
Natürlich könnte er auch hier versuchen eine Rolle zu spielen, doch wenn wir ihn in eine Situation bringen, in der er nicht mit uns rechnet … Das ist überhaupt das Allerwichtigste: Er darf keinen Verdacht schöpfen. Wir lassen alles so weiterlaufen wie bisher. Der nächste Test mit Lisa findet in den nächsten Tagen statt. Wir müssen ihn beschäftigen. Und dann lassen wir

ihn in die Falle laufen. Wir werden ihn da erwischen, wo er es am wenigsten vermutet."

„Aber können wir dann wirklich sicher sein? Ihre Theorie besagt, dass sich Adam immer mehr in Pete zurück- – oder neu-, wie Sie auch wollen – verwandeln wird. Werden wir es je herausfinden? Und dann kommt noch hinzu, dass unsere Kunden langsam ungeduldig werden. Wir müssen ihnen Ergebnisse vorlegen, sonst werden sie ihr Geld zurückverlangen! Schließlich bleibt für manche nicht mehr viel Zeit! Auch sie sind letztendlich eine Gefahr für uns, sollten sie mit ihrem Wissen an die Öffentlichkeit gehen. Wir müssen sie beruhigen und Beweise liefern."

„Wir werden ihn herausfordern, und ich werde den wahren Menschen in ihm erkennen. Wir werden ihn aus der Fassung bringen. Er darf keine Zeit haben, über das nachzudenken, was er tun wird. Und er wird das tun, was ihm am leichtesten fällt. Ich werde es erkennen, da bin ich sicher! Und sollte er wirklich Pete sein, wird meine Rache ihn mit voller Wucht treffen.

Ich hoffe, Sie haben Unrecht, für Adam und auch für uns. Doch wir sollten uns auf das Schlimmste vorbereiten und keine Zeit verlieren, Sie wissen was zu tun ist!"

„Natürlich, ich werde alles veranlassen."

„Peters, warten Sie, setzen Sie sich noch einmal kurz. Eine Frage beschäftigt mich noch, was ist mit Pete? – Wenn er es ist. Was treibt ihn an? Warum hat er nicht alles aufgeklärt? Es sei denn, er ist schuld am Tod von Adam. Doch wie könnte er? Adam hat sein Leben gerettet. Ich sehe keinen Sinn für ihn hier zu bleiben."

„Ich schon! Wir haben ihn natürlich überprüfen lassen, und das in regelmäßigen Abständen immer wieder. Er war bis über beide Ohren verschuldet. Seine Firma ging den Bach runter. Wir hatten ihm zwar erst kurz vorher mitgeteilt, dass er geheilt ist. Doch was hatte er vom Leben da draußen zu erwarten? Insolvenz. Schulden. Seine Mutter hätte ihn wahrscheinlich von dem bisschen Rente aushalten müssen bei der heutigen Arbeitslage. Keine rosigen Zeiten für Verlierer.
Und so wurde seine Mutter durch seine Lebensversicherung abgesichert. Er selbst lebt hier, als Adam, nicht schlecht. Es geht ihm doch gut bei uns. Sein „Spender" ist tot, keine Gefahr für ihn. Sein einziger Fehler war, uns Steine in den Weg legen zu wollen. Wenn er weiter wie vorher mitgespielt hätte, die richtigen Antworten aufgeschrieben hätte, die er ja zweifelsohne besser wusste als irgendjemand anderes, hätten wir nie einen Verdacht gehegt. Aber er wollte keinen Erfolg verursachen. Er wollte uns unseren Erfolg nicht gönnen, den wir auf jeden Fall mit Adam erreicht hätten. Das war sein Fehler. Es passt alles zusammen. Und das viel zu gut."
„Sie haben Recht, leider, doch wir werden nicht aufgeben, wir nicht!"
Mit verschwörerischen Blicken verabschiedeten sie sich voneinander und gingen ihren Aufgaben nach wie sonst auch. Doch die Enttäuschung und Wut in ihnen wuchs. Nie hatte ihnen jemand so einen Bären aufgebunden und ein so großes, ja, Lebenswerk sabotiert. Das durfte nicht ungestraft und, vor allem, nie wieder passieren!
Ein kleines rotes Lämpchen, das die ganze Zeit an der Freisprechanlage auf Gardens Schreibtisch geblinkt hatte,

verlöschte ebenso lautlos wie es eingeschaltet worden war. Keiner der beiden Männer hatte es bemerkt.

38: Regine und Lisa

Lisa saß alleine auf einer Bank. im Park Es war Mittagsruhe, alles war so still. Sie hatte es in ihrem Zimmer nicht ausgehalten.
Die Sonne schien aus einem wolkenlosen Himmel mit einer Kraft, als wollte sie unbedingt noch einmal Wärme und Licht spenden vor dem unaufhaltbar näher rückenden Winter. Oder vielleicht vor einem plötzlich auftretenden, unberechenbaren Gewitter?
Natürlich war Lisa sich bewusst, dass die Mikros und Kameras draußen ebenfalls vorhanden waren, aber sie versuchte nicht daran zu denken. Und irgendwie hatte sie hier doch ein klein wenig das Gefühl, der Freiheit etwas näher zu sein.
Sie konnte nur noch an ihr letztes Gespräch mit Adam in der Kammer denken. Adams Vorschlag war so überraschend gekommen. Sie wusste nicht, ob es richtig war, seinen ersten Plan aufzugeben. Vielleicht hätten sie Garden davon überzeugen können, dass Adam eine eigenständige Persönlichkeit war, dass es keine Chance gab, Pete zurückzuholen. Aber war es das, was auch sie beweisen mochte?
Schnell drehte sie sich dem Wald zu. Verzweifelt zwinkerte sie gegen die aufsteigenden Tränen an. Sie hasste diese Heulerei. Aber sie konnte sie einfach nicht unterdrücken. Wütend über sich selbst wischte sie sich unsanft mit dem Handrücken über die Wangen. Warum konnte sie nicht wenigstens ein bisschen glücklich sein? Adam hatte ihr doch nur zu deutlich seine Zuneigung gezeigt.

Und wie es um sie selbst stand, wusste niemand besser als sie selbst. Sie hatte sich verliebt! Das war doch eindeutig! Sie liebte Adam! Sie würde ihm helfen. Was auch immer er ihr vorschlägt, würde sie für ihn tun, das war sie ihm schuldig!
„Was soll das Lisa?" Wild schüttelte sie ihren Kopf, so dass ihre langen Haare um ihre Schultern flogen. Du bist ihm überhaupt nichts schuldig! Weder ihm noch Pete! Verdammt noch mal, Pete! Wie kann ich jemals sicher sein, Adam zu lieben und nicht immer noch dich? Warum hast du das getan? Warum bist du gegen die Mauer gefahren? Warum bist du nicht hier? Warum hast du mich nicht schon früher hierher geholt? Warum, warum, warum? Ich werde noch wahnsinnig! Lisa erhob sich von der Bank, um unruhig ein paar Schritte hin und her zu gehen. Dann ließ sie sich wieder auf die Bank niedersinken.
Diese dämliche Grübelei musste endlich aufhören! Sie wollte sich von nun an voll auf Adam konzentrieren! Wie mochte sich Adam all die Jahre gefühlt haben? Ein lebenslang Gefangener zu sein? Seit wie vielen Jahren schon träumte er von der Freiheit? Sie selbst konnte sich nicht vorstellen, wie es wäre, wenn man immer nur hier auf dem Klinikgrundstück und nirgendswo anders leben dürfte. Sicher, sie war zurzeit ebenfalls eine Art Gefangene, dennoch kam es ihr nicht so schlimm vor. Sie wusste, es würde nicht für immer sein, so wie eine Art Urlaub oder Kur.
Adam sprach nicht gerne über sich und seine Gefühle, oder fehlte ihm nur die Möglichkeit, Gelegenheit dazu? Sie würde ihn gerne so vieles fragen. Seit dem Tag ihrer „Ankunft" waren noch immer so viele Fragen offen. Einige davon waren in den Hintergrund getreten, neue Fragen waren

hinzugekommen, alles hatte sich verkompliziert. Ihre Trauer um Pete hatte sich in Liebe zu Adam verwandelt.

Wie war das möglich? Oder projizierte sie ihre Liebe zu Pete einfach nur auf Adams Abbild? Konnten ihre Augen ihr so einen Streich spielen? Sie kannte Adam erst seit ein paar Wochen. So wie sie ihn in diesen wenigen Gesprächen kennenlernen konnte, war er Pete sehr ähnlich und doch viel sensibler, ehrlicher, rücksichtsvoller und was ihr sehr gut tat, er übernahm Verantwortung, für sich und andere.

Natürlich war Pete damals viel jünger, wilder, er war einfach noch nicht so weit gewesen – für eine feste Beziehung. Ruckartig erhob sie sich und machte ein paar Schritte um die Bank herum. Vereinzelte schon abgefallene Blätter raschelten unter ihren Füßen.

Sie sah hinauf in den großen Ahornbaum, der direkt hinter ihr stand. Es war bereits Spätsommer und der Baum hatte begonnen sich golden zu färben. Seine dicken Äste waren fast schwarz und streckten sich weit in den Himmel empor. Es ging eine Stärke von ihm aus, die sie etwas tröstete.

Der Wald hatte stets eine besondere Wirkung auf sie. Er gab ihr Sicherheit, ließ sie tief durchatmen und breitete Ruhe in ihr aus. Sie liebte ihn, besonders zu dieser Jahreszeit, die Natur zeigte noch einmal verschwenderisch ihre Kraft und Schönheit, um danach in einen dornröschenhaften Schlaf zu sinken. Im Frühling erwachte sie dann zu neuem, allerdings bekanntem Leben, wie in jedem Jahr.

Die Liebe zu Pete schien allerdings jahrelang in einer Art Dornröschenschlaf gelegen zu haben. Nun war sie von jemandem wachgeküsst worden, von dem sie nicht wusste, wer er wirklich war. Eine Vorstellung breitete sich in ihrem

Kopf aus, die sie immer so erhofft hatte und von der sie doch wusste, dass sie nie Wirklichkeit werden würde.

Dann Adams Erscheinen, diese Hoffnung, diese Enttäuschung.

Und nun begann sie erneut zu hoffen. Wie lange konnte sie das noch ertragen? – Und ihre Gefühle waren ihr so vertraut! Dieser Plan, sein Plan, war so echt. Warum sagte er ihr, es wäre mehr als nur ein Plan? Vielleicht war es die Wahrheit. Oder war es nur eine Wahrheit?

Alle dachten, er sei Adam, weil er Adam war? Oder weil Pete wollte, dass alle denken sollten, er sei Adam? Sie konnte nicht einmal sagen, welche Version sie sich herbeisehnte. Welchen Frühling wünschte sie sich? Wären sie beide am Leben, wen von ihnen würde sie lieben?

Fast erleichtert, keine Antwort gefunden zu haben, unterbrach Regine ihr Grübeln. Sie hatte von Weitem ihren Namen gerufen und Lisa abrupt in die Wirklichkeit zurückgeholt.

Die Freiheiten, die sie ihr in den letzten Tagen gelassen hatte, hatte Lisa skeptisch zur Kenntnis genommen. Ebenso die merkwürdigen verstohlenen Blicke, die sie ihr zuwarf und die Lisa nicht zu deuten wusste.

Regine kam direkt auf sie zu. Sie hatte einen MP3-Player im Ohr und keine Schwesternkleidung an, sondern war sportlich gekleidet, mit einer Baumwolljeans und Sweatshirt. Eine Jeansjacke hatte sie um die schmalen Hüften gebunden. Wahrscheinlich hatte sie Urlaub, Ausgang, oder wie auch immer sie es hier wohl nannten, und war auf dem Weg zum Bus.

„Hallo, Sie haben sich aber einen schönen Platz ausgesucht, hier sitze ich auch oft und lese." Ohne Lisas Antwort abzuwarten, setzte sie sich neben sie auf die Bank. Dann nahm sie ihre Ohrlautsprecher ab.

„Sie hatten mich doch mal um etwas Musik gebeten. Mit einem Radio kann ich Ihnen leider nicht dienen, aber ich habe Ihnen etwas aufgenommen, das sollten Sie sich sofort anhören, es ist einmalig!" Sie sah sie auffordernd an. Ihre Augen standen im krassen Gegensatz zu ihrem freundlichen Plauderton. Und überhaupt hatte Lisa ihr gegenüber nie diesen Wunsch geäußert. „Sie können es so lange behalten, wie sie wollen!" Mit einem übertriebenen Winken und Lisa keine Minute Zeit für einen Kommentar lassend, verschwand sie hinter den Bäumen.

Was war denn das? Lisa wusste keine Erklärung, noch nicht. Sie blickte auf das Ding in ihrer Hand, es war kein Ton zu hören. Neugierig steckte sie sich die Halterungen für die Lautsprecher hinter die Ohren und betätigte die Play-Taste des MP3-Players.

„Hallo, Lisa, bitte schauen Sie jetzt nicht so überrascht drein, Sie werden ständig beobachtet! Schließen Sie die Augen und hören Sie einfach *Musik*! Ich weiß nicht, ob Sie mir genug Vertrauen entgegenbringen können. An Ihrer Stelle würde ich es vielleicht nicht tun, aber bitte hören Sie mir gut zu, denn es geht um Ihre Sicherheit, um Ihre und um die von Adam, oder soll ich besser Pete sagen? Sie sind beide in Gefahr!

Vor zwei Tagen habe ich ein Gespräch belauscht, was mich auf eine Idee brachte. Ich weiß nicht, was Garden vorhat, aber ich kann mir nicht vorstellen, dass er einfach so dasitzt und alles auf sich zukommen lässt. Ich kenne ihn besser, als Sie alle glauben. Ich habe Pete und Adam oft geholfen, wenn sie ihre Nachforschungen anstellten, um alleine reden zu können

oder wenn wir alleine sein wollten. Ich kenne mich hier bestens aus, auch ich sehnte mich nach Orten, an denen ich allein war, allein mit ihm.
Ja, Sie mögen überrascht sein, aber wir waren einmal ein Liebespaar. Und das ist es, womit ich euch helfen kann. Niemand weiß davon, und niemand weiß, dass ich euch helfen will. Ich bitte *Adam* um ein Date und werde selbst dafür sorgen, dass sie es mitbekommen. Wir werden uns dort treffen, wo wir uns unbeobachtet fühlen, und ich werde Adam entlarven. Ich werde den Unterschied zwischen Adam und Pete erkennen. Dann haben sie ihren Beweis. Und Adam, das heißt Pete wäre frei. Frei, für die Forschung nicht mehr wichtig.
Den nächsten Schritt werden Sie tun müssen, um das Ganze noch zu verstärken. Sie werden sich am nächsten Tag mit ihm streiten, er rastet aus, und Sie werden ihn als Pete identifizieren. Dazu wäre Adam nie in der Lage, jedenfalls nicht ohne es sich vorher vorzunehmen. Damit ist die Beweislast groß genug. Ich werde Ihnen sogar helfen zu fliehen.
Ich will nur hoffen, dass Sie wissen, was Sie danach tun. Denn viel Zeit bleibt Ihnen dann bestimmt nicht mehr. Bitte löschen Sie dies sofort wieder. Und wenn wir uns das nächste Mal sehen, verraten Sie sich nicht. Denn jetzt gehöre ich zu Ihnen. Ich hoffe Sie werden an mich denken, wenn sie in Sicherheit sind?!"
Lisa lauschte, aber sie hörte nichts mehr. Dann öffnete sie langsam ihre Augen. Tränen liefen heraus und schmeckten salzig auf ihren Lippen. Regine und Adam!

Oder meinte sie Pete? Oder war sie mit beiden zusammen? Wieso weinte sie? Er hatte eine Andere vor ihr gehabt, na und? Wieso sollte er wie ein Mönch gelebt haben, nur, weil es vielleicht nicht in den Tests vorgesehen war? Doch war es das wirklich nicht? Was machte Regine so sicher mit Adam oder Pete alleine gewesen zu sein? Vielleicht waren sie es nicht! Sie wusste es, deshalb war sie sich auch jetzt sicher, dass das, was sie sagen würde, dort ankommen würde, wo sie etwas auslösen konnte. Auf welcher Seite stand sie wirklich? Und woher wusste sie von Adams Plan, Pete sein zu müssen? Was wusste sie wirklich?

39: Adam und Regine

Adam wartete ungeduldig am Springbrunnen. Regine hatte ihm eine Nachricht auf seine Frühstücksserviette geschrieben, auf der sie ihn dringend um ein Treffen bat.
Er war nervös. Was wollte sie von ihm? Es war aus zwischen ihnen, und was er im Augenblick am allerwenigsten gebrauchen konnte, war eine eifersüchtige Ex-Freundin. Doch eine Ahnung sagte ihm, dass weit mehr dahinter steckte.
Endlich tauchte sie hinter einem Nebel aus Sprühregen auf. Sie sah ebenfalls etwas angespannt aus. Sie trug genau wie er einen weißen Kittel, der sie immer etwas blasser aussehen ließ, als sie war. Ohne sich zu begrüßen nahmen sie nebeneinander auf einer Bank Platz.
„Was gibt es denn? Was haben wir beide miteinander zu besprechen?" Seine Stimme klang kalt.
Sie fixierte ihn mit Blicken wie denen eines Falken, der sich jeden Augenblick auf seine schutzlose Beute stürzen konnte. Sie war sich sicher. Sie brauchte keine Tests, keine Hypothesen, keine Spielchen.
Adam wich ihrem Blick aus und starrte durch die Bäume hindurch. „Wir sollten miteinander reden, sonst schöpft noch jemand Verdacht, hier könnte eine Verschwörung im Gange sein!" Er konnte ihr immer noch nicht in die Augen sehen. Irgendetwas führte sie im Schilde!
Regine lächelte, ob für die Kameras oder über die heikle Situation, das vermochte er nicht einzuschätzen. „Ist sie doch auch – eine Verschwörung ist im vollen Gange. Wir drei sind Verschwörer und ich habe einen Plan."
Überrascht sah er sie an.

„Ich habe Lisa bereits über den Ablauf informiert. Ich hoffe, du stimmst ihm zu, aber du hast ohnehin keine andere Wahl. Nur ich kann euch, uns, hier rausholen." Sie lächelte immer noch.
Ganz im Gegenteil zu Adam. Er starrte sie mit halb geöffnetem Mund an. Er war blass geworden. „Was willst du? Was hast du ihr erzählt? Was für einen Plan meinst du überhaupt? Wie kommst du dazu, unser Leben in deine Hände zu nehmen?" Er war aufgesprungen und hatte sich vor sie gestellt, mit dem Rücken zum Gebäude. Er konnte seinen Zorn in seinem Gesicht nicht länger verbergen. Er wusste noch nicht einmal, wovon sie sprach, und dennoch war sein Unbehagen so groß, dass er am liebsten davongerannt wäre.
„Ich habe ihr von uns beiden erzählt. Ich war etwas enttäuscht, dass du dies noch nicht selbst getan hast. Oder schämst du dich unserer Beziehung?"
Völlig überrascht und ein wenig erleichtert über das Thema, welches sie wählte, verschränkte er seine Arme vor seiner Brust. „Unsere Beziehung? Sie ist vorbei!"
„Ja, ich weiß, das ist lange her, und sie war viel zu kurz. Schon nach unserer ersten Nacht hast du mir keine weitere Chance gegeben. Warum eigentlich nicht?"
„Wovon redest du?" Adam stellte sich nun direkt vor sie. Regine erhob sich. Er fühlte, dass er die Kontrolle über diese Situation verlor, wahrscheinlich nie besaß. „Wir haben nicht zueinander gepasst, uns nur etwas vorgemacht, das war alles!"
„Uns! Du leugnest also nicht, das ist schon mal ein Anfang, denn ich werde Garden überzeugen müssen, dass es einmal ein Uns gab – als Adam noch lebte! Verstehst du, ich kenne euch beide, so, wie er euch nie kennenlernen konnte. Ich kenne eure

intimsten Vorlieben, euer Liebesspiel, wie es unterschiedlicher nicht sein kann."
Für einen Moment war er wie gelähmt, doch dann riss er sich zusammen und ging zum Angriff über. „Du Miststück, wie lange weißt du es? Wieso rennst du nicht gleich zu Garden und verrätst mich? Wieso dieses Spiel? Was springt für dich dabei raus?" Er hatte sie am Handgelenk gepackt und hielt sie so fest, dass es weiß wurde.
„Ich wusste es vom ersten Augenblick an, als Adam in deinen Kleidern das Haus verließ und du mich versuchtest so zu küssen, wie er es tat. Du warst so nervös, in der Beziehung kanntest du Adam kein bisschen!" Sie lachte kurz auf, um dann wieder in einen sehr berechnenden Ton zu verfallen. „Du bist Schuld, dass meine Pläne gescheitert sind, doch ich wollte und werde nicht noch weitere zehn Jahre oder länger warten, bis Garden einen neuen Klon so weit entwickelt haben wird, wie Adam es war. Ich musste dafür sorgen, dass er deinen Schwindel nicht erkennt, dass du als Adam das Spiel gewinnst. Nur so konnte ich zu meinem versprochenen Gewinn kommen. Beteiligt an einem Unternehmen, dessen weltweiter Ruhm nicht mit Geld aufzuwiegen sein würde."
Er ließ sie los und rieb sich mit beiden Händen sein Gesicht. Dann fuhr er sich durch sein lockiges Haar, wie er es oft tat, wenn er Zeit brauchte, um nachzudenken, einen klaren Kopf zu bekommen, eine Entscheidung zu treffen. Sie wusste alles. Sie war gefährlicher, als er je geahnt hatte. Er musste sie an sich binden, er musste ihr etwas bieten, was sie nicht zu Garden zurückfallen lassen konnte. Warum jetzt? Was hatte sich geändert? „Wieso jetzt? Und wieso verrätst du mich nicht einfach, dann haben wir's hinter uns?"

„Um Garden was zu sagen? Dass ich es seit Monaten weiß? Das verzeiht er mir nie! Und was hab ich davon? Außerdem könnte es sein, dass er mir so nicht glaubt, sollte ich ihm sagen, ich wüsste plötzlich, dass du Pete bist. Er ist ein misstrauischer Mensch. Vielleicht denkt er sogar, dass sich Adam verwandelt. Nein, er muss überzeugt werden."
Sie hatte Recht mit dem, was sie sagte. Garden brauchte ein Bild, ein perfektes Bild, das ihn überzeugen würde, dass Regine Pete erkennt. „Aber warum jetzt? Du hättest zu jeder Zeit etwas unternehmen können!"
„Du weißt, warum!"
„Weil Garden dir nie den Erfolg bringen wird, den du dir seit Jahren ersehnt hast?" Seine Augen sahen in ihre und er wusste, er hatte Recht. „Garden hat uns alle betrogen, er hatte von Anfang an nur das eine Ziel, er wollte Gott spielen. Macht genießen und Geld verdienen, sehr viel Geld! Er wollte Klone, er wollte seinen eigenen Klon. Dann, wenn seine Testreihe erfolgreich abgeschlossen sein würde. Wenn du also nur geldgierig wärst, dann würdest du deine Mühe nicht an uns verschwenden! Es sei denn, du willst berühmt werden und reich, dann wäre es für dich lohnend, uns hier raus zu helfen. Die Medien werden sich um uns reißen. Doch bedenke, du wirst dann die weit größere Gefahr für ihn sein, größer als ich es je sein könnte. Du weißt alles und wenn ich sage alles, dann meine ich auch alles, habe ich Recht?" Seine Augen hatten nicht ein einziges Mal gezwinkert, genau wie ihre.
„Ja, du hast Recht, mit allem, was du gesagt hast. Aber woher weißt du, dass Garden nie vorhatte an die Öffentlichkeit zu gehen? Er will keinen Ruhm, keinen Medienrummel."

„Ich weiß es. Zuerst war es nur eine Vermutung, und später – keine Ahnung, ich weiß es einfach." Er schluckte und auch Regine ließ ihre Maske fallen.
„Garden hätte Adam nie frei gelassen! Es tut mir so leid. Was er ertragen musste, war für uns nicht vorstellbar. Ich dachte, er würde es schaffen, bald würde sich alles ändern, und dann …!"
„Das dachten wir alle. Nur er wusste es damals schon, dass Garden nicht vorhatte, irgendetwas an seinem Leben zu ändern. Ganz im Gegenteil, er würde ihn vor der Öffentlichkeit weiter verstecken oder Schlimmeres."
„Es wird Zeit, dass wir dem hier ein Ende machen, ich werde Garden beweisen, dass du Pete bist. Und dann werden wir so schnell es geht von hier verschwinden! Morgen Abend treffen wir uns an unserem Ort. Sie werden uns beobachten, dafür sorge ich. Adam liebte mich einmal sehr, ganz im Gegenteil zu dir. Ich hoffe, du weißt, was du zu tun hast. Doch bis jetzt hast du ja auch einen fabelhaften Schauspieler abgegeben. Vielleicht machst du ihn zu deinem neuen Beruf, wenn du wieder draußen bist." Sie wandte sich zum Gehen um.
Dann drehte sie ihren Kopf zu ihm zurück. Die alte Regine war wieder da. Ihr Lächeln lag wie eine Maske über ihrem Gesicht.
„Wann sagst du es ihr?" Das klang wie eine Drohung.
Sicher, er musste es ihr früher oder später sagen, doch sie durfte es nicht von jemand anderem hören. Und erst recht nicht von Regine. Ihr ausgeliefert zu sein, ließ seine Wut wieder aufflammen. Unsanft griff er sie erneut am Arm. „Wieso tust du das? Was habe ich dir getan?"

„Ich weiß gar nicht, wovon du sprichst; ich rette uns vor einem jahrzehntelangen Dahinsiechen in Gefangenschaft und Tyrannei! Ich werde uns hier rausholen!"
„Und wie willst du das machen?"
„Warte es einfach ab, ich habe so meine Möglichkeiten. Und denk lieber an morgen. Pete ist ein Mensch, kein Klon. Wir werden es ihnen zeigen. Den Spaß, dass du nun nach meinen Regeln spielen wirst, musst du als kleine Entschädigung für mein Leid wohl oder übel in Kauf nehmen. Und wenn du ehrlich bist, ist es gar kein so mieser Job, mein Geliebter zu sein, vor allem, wo dir selbst noch nichts Besseres eingefallen ist. Hab ich Recht?"
„Wir hätten es auch ohne dich geschafft. Lisa könnte mich ebenso entlarven."
„Das wird sie auch, nur dass sie allein nicht glaubwürdig genug ist. Schließlich ist sie dir verfallen, dir und ihm!" Ihr Lächeln verschwand urplötzlich. Kalter Hass ließ ihr Gesicht altern. Ihre Augen blickten auf seine Hand, die ihren Arm noch immer fest umschlossen hielt.
Er zögerte keinen Moment mehr, ließ sie sofort los. Sie ging an ihm vorbei, den Weg weiter in den Park hinein.
All die Monate. Er hätte es spüren müssen. Ihre Blicke! Als er mit ihr Schluss gemacht hatte, hatte sie gelacht. Und dennoch hatte er die tiefe Trauer in ihr fühlen können. Aber sie galt in diesem Moment nicht ihm. Sie galt Adam, den sie schon damals für tot hielt.
Warum musste sie sich jetzt einmischen? Sie hätten Garden zu zweit zur Strecke bringen können. Mit Lisas freiwilliger Unterstützung. Wirklich? Mittlerweile war er sich da nicht mehr so sicher. Und er alleine, was hatte er getan? Wo hatte es

ihn hingeführt? Er hatte nichts anderes erreicht, als Lisa in Gefahr zu bringen. Er war ein Versager.

Zuerst wollte er durch Lisa beweisen, dass er, Adam, Petes Erinnerungen in sich trägt. Er wollte keine Drogen mehr und hoffte auf ein gutes Ergebnis, dass Garden mit ihm an die Öffentlichkeit gehen würde. Er hoffte auf die Freiheit.

Und nun? Er wusste, dass Garden nie vorhatte, die Menschheit über sein Können zu informieren. Er wollte sein eigenes kleines Reich aufbauen.

Regine hatte Recht, ihre Hilfe war zweifelsohne willkommen. Doch er hasste es, auf diese Art und Weise von ihr abhängig zu sein, um Garden die Identität beweisen zu können, die ihnen die Freiheit bringen würde. Und das, indem er ihm mit ihr etwas vorspielten musste. Aber sie hatte die Fäden in der Hand, sie hatte ihn in der Hand. Er wusste, dass ihr Plan besser war als seiner.

Und doch, eine innere Stimme schrie ihm geradewegs ins Ohr: „Trau ihr nicht!" Sie hatte es Pete wieder einmal gezeigt, wie wenig er von Adam wusste, und er hatte erneut daran gezweifelt, sein Verwechslungsspiel je durchhalten zu können, es so lange geheim zu halten, bis er Garden von der Aussichtslosigkeit seines Projekts überzeugt haben würde.

Ihr Plan war der erfolgversprechendere. Und irgendwie war es ja auch seiner.

40: Pete-Adam

Sie sah Pete. Er stand nur wenige Schritte vor ihr. Er lachte sie aus. Ein hässliches Lachen, das sein Gesicht völlig entstellte. Sie flehte ihn an, doch er stieß sie von sich. Dann zeigte er hinter sie.
Als sie sich umwand, standen ihr eine unendlich erscheinende Reihe von Seinesgleichen gegenüber. Ein Pete neben dem anderen, sie zeigten mit den Fingern auf sie und lachten. Es war das schrecklichste Geräusch, welches sie jemals vernommen hatte.
Erschrocken fuhr sie hoch. Ihr Gesicht glühte, sie zitterte am ganzen Körper. Es war nur ein Traum, ein Albtraum. Ihr Blick durchquerte ihr Zimmer. Sie war immer noch hier. Allein. Kalter Schweiß ließ ihr Hemd an ihrem Körper kleben. Schockiert und voller Angst einzuschlafen, setzte sie sich aufrecht in ihr Bett, zog sich die Decke bis ans Kinn und grübelte, bis die ersten Sonnenstrahlen über die Bettdecke krochen.
Nach dem Frühstück, bei dem sie nur Tee zu sich nahm, schlug sie sofort den Weg in Richtung Springbrunnen ein. Dort wollten sie einander treffen. Lisa sah ihn den Kiesweg entlanggehen. Langsam kam er auf sie zu. Sie fühlte dieses Brennen in ihrem Körper.
Sie hatte nur den einen Wunsch, sich in seine Arme zu flüchten und alles um sie herum zu vergessen. Es war so einfach, so wundervoll. Seine Blicke, die sie nie wieder loslassen wollten, seine Hände, die nur darauf warteten, sie zu berühren. Alles war so unglaublich, so nah, so schön, so leicht,

zu leicht! Die Bilder ihres Albtraumes schoben sich unaufhaltsam in ihr Bewusstsein.

Adam kam ihr freudestrahlend entgegen. Sie wich seiner Umarmung aus. „Nein, Adam, nein, lass mich!"

„Was ist los? Du musst keine Angst haben, sie können uns ruhig sehen. Es bestätigt unseren Plan."

„Wessen Plan? Regines?"

„Sie wird uns helfen, es glaubwürdiger erscheinen zu lassen. Garden weiß, dass du Pete nicht vergessen kannst, deshalb bist du hier."

„Nicht vergessen kann, wie du das sagst. Ich liebe ihn immer noch und werde nie damit aufhören!" Was sagte sie da nur? In Gegenwart von Adam. Wollte sie ihn unbedingt von sich stoßen?

Allerdings schien Adam mit ihrem Geständnis keinerlei Probleme zu haben. Er legte seine Arme um sie, aber sie befreite sich sogleich.

„Nein, es geht nicht, all das geht nicht, ich kann nicht!" Sie wandte sich zum Gehen.

„Lisa, bitte, lauf nicht weg!"

Auf der gegenüberliegenden Seite des Brunnens verharrte sie.

„Es tut mir leid, Adam, aber ich kann nicht, ich sehe Pete vor mir, die ganze Zeit nur Pete, du bist, wie er damals war. Meine Gefühle dir gegenüber sind eine Lüge. Es ist wie eine Fata Morgana. Du bist sein Spiegelbild, in allem, was du tust, du bist wie er, aber ich liebe ihn – immer noch!"

„Ich bin nicht, wie er war, das ist nicht richtig. Lisa, sieh mich an, und sag mir, was du siehst! Pete, wie er früher war, ist nicht hier, aber ich bin es."

Langsam wich sie zurück, um dann davonzurennen. Wovor sie floh? Sie wusste es nicht. Vielleicht vor sich selbst. Sie konnte ihren Traum nicht aufgeben, ihn nicht verraten. Das würde sie tun, wenn sie sich Adam zuwenden würde. Und nie könnte sie sich sicher sein, inwieweit ihre Gefühle Adam galten und wie viel Liebe Pete galt!

Lisa rannte immer schneller durch den Wald, doch Adam folgte ihr, er kam näher. „Warte, Lisa! Bitte warte! – Du weißt doch überhaupt nicht, wie er wirklich war!" In diesem Moment war seine Entscheidung gefallen. Wie konnte er sagen, ob es richtig oder falsch war? Er wollte nicht darüber nachdenken müssen, jetzt nicht! Im Augenblick ging es um mehr als um Lisas Zukunft, es ging um ihre gemeinsame Zukunft. Wenn er nicht endlich etwas dazu beitrug, würde es sie wohl nie geben.

Er holte sie ein und hielt sie am Arm fest. Dann zog er sie zu sich heran, so dass beide das hastige Heben und Senken des Brustkorbes ihres Gegenübers spüren konnten. Völlig außer Atem sahen sie einander in die Augen. Lisa versuchte nicht mehr, ihm zu entkommen.

„Du hast dir in deiner Erinnerung einen Menschen zusammengedichtet, den es nie gegeben hat! Du hast dich damals in einen Jungen verliebt, der überhaupt nicht wusste, was es bedeutete zu lieben!"

„Woher willst du das wissen? Du hast ihn nie so kennengelernt, wie ich ihn kannte! Hat er dir erzählt, was er damals empfand? Hat er dir auch erzählt, warum er sich umgebracht hat? Hast du seine Erinnerungen gefunden, hat er sich umgebracht?"

„Nein, ich weiß es nicht! Nein, das ist es nicht! Aber glaub mir doch, er war nicht so, wie du ihn noch heute siehst. Er war ein Frauenheld, er war hinter jeder her, die ihm nur irgendwie gefiel. Er wollte nur das Eine, er war jung und wollte es allen zeigen, dass er ein Mann war, wie beliebt er war, dass er etwas Besonderes war! Er hat die Mädels nur benutzt!"
„Wieso tust du das? Wieso soll ich schlecht von ihm denken? Ich liebe ihn und werde ihn immer lieben, egal was du mir einzureden versuchst. Ich weiß selbst, dass er mich nicht so geliebt hat wie ich ihn. Doch das spielt keine Rolle mehr. Liebe kann man nicht erzwingen. Aber warum quälst du mich, was bezweckst du damit?"
„Es tut mir leid, aber ich kann es nicht länger ertragen, dass du immer an früher denkst, an ihn, wie du ihn damals sahst. Er war es nicht wert, all die Jahre von dir geliebt zu werden. Du hättest dich neu verlieben, heiraten und Kinder kriegen sollen – glücklich werden sollen."
„Ich war all die Jahre glücklich!!"
„Ich will, dass du den Pete von damals vergisst, es gibt ihn nicht mehr, er ist tot!"
„Wie kannst du nur so grausam sein, ich dachte, ihr wart befreundet? Niemals werde ich ihn vergessen. Ich hasse dich, lass mich los, verschwinde!"
Vergebens versuchte sie sich aus seinem festen Griff zu befreien. Aber er ließ nicht locker. Wut und Verzweiflung stiegen in ihr auf. Sie kämpfte mit den Tränen. Dieses Mal wollte sie auf keinen Fall vor ihm weinen. Er hatte sie verraten, sie hatte geglaubt, er würde sie verstehen, wenn auch niemand anderes auf dieser einsamen Welt, er wusste, was sie für ihn empfand. Das hatte sie wenigstens geglaubt, bis zu dem

Augenblick, als er Petes Andenken in den Schmutz zerrte.
Vielleicht aus Eifersucht. Aber er musste auch sie verstehen.
Indem er Pete schlecht machte, wurde die Kluft zwischen
ihnen immer größer.
„Ich hasse dich, lass mich gehen!"
Er stand ihr so still wie nur möglich gegenüber und hielt sie an
beiden Handgelenken fest. Seine Augen waren glasig und
seine Locken fielen ihm wild ins Gesicht. Leise, als falle es
ihm schwer, diese Worte auszusprechen, sagte er: „Und ich
liebe dich, ich habe dich von Anfang an geliebt, nur wusste ich
es damals noch nicht!"
Wie versteinert blieb Lisa regungslos vor ihm stehen.
„Wenn du nur versuchen würdest *mich* zu lieben, so wie ich
heute bin, und nicht wie ich damals war!" Seine Augen flehten
sie an. Nicht wie beim ersten Mal, als er sie bat ihm zu helfen.
Nein, es lag eine tiefere Bedeutung in seinem Blick.
Erschrocken schüttelte sie ihren Kopf. „Wie du damals warst?
Adam, du machst mir Angst! Was redest du da? Hat dir
Garden etwas gegeben? Adam, wach auf, du bist nicht Pete.
Und du wirst ihn auch niemals in dir entdecken!"
„Nein, Lisa, wach du auf! Ich bin Pete und war niemals
jemand anderes. Adam ist tot, und das schon über ein halbes
Jahr. Es wusste nur keiner außer mir!"
„Das ist nicht wahr, du bist verrückt. Er hat irgendetwas mit
deinem Gehirn gemacht. Adam, fass mich nicht an, nein …!"
Lisa riss sich los und rannte davon.
Adam folgte ihr nicht. Wahrscheinlich hatte Adam seinen
Verstand verloren. Auf jeden Fall, hatte sie ihn verloren, so
wie sie Pete schon vor Jahren verloren hatte. Sie konnte sich
nicht mehr auf Adam verlassen, sie war wieder völlig allein.

Oder war das alles nur ein Spiel, sein Plan für Garden Pete zu spielen? Nein, das hätte er ihr doch gesagt. Regine sollte ihn doch entlarven!? Lisa wurde langsamer, sie stolperte zurück auf den Weg in Richtung Haus.

Er sah ihr traurig nach. Würde er je etwas richtig machen? Lisa konnte ihm nicht mehr vertrauen. Seine zusammengelogene Identität stand wie eine Mauer zwischen ihnen. Wie konnte er auch nur annehmen, dass sie ihm glauben und freudestrahlend um den Hals fallen würde?
Und doch. Seine innere Stimme sagte ihm, dass sie etwas für ihn empfand. Für ihn, für den Mann, den sie hier kennengelernt hatte. Auch wenn er seine Rolle wechselte, er brauchte sich nicht zu verstellen. Adam war ein guter Mensch und Pete war es ebenfalls, wenn er auch erst ein paar Jahre gebraucht hatte, um seine guten Seiten zu finden. Er durfte Lisa nicht gehen lassen. Sicher, er hatte sie verjagt, aber er würde alles nur Mögliche tun, um sie zurückzugewinnen. Was im Moment allerdings erst an zweiter Stelle stand. Sie musste erst daran glauben, dass er Pete und nicht Adam war und ist. Wie sollte er das tun? Nichts, was er sagen oder tun würde, konnte ein eindeutiger Beweis sein, oder doch? Wer weiß, vielleicht konnte er, vielleicht sollte er alles auf eine Karte setzen. Garden und Lisa, es wurde Zeit, dass sie die Wahrheit sahen. Auch wenn er sich dabei in Gefahr brachte, er musste es riskieren, er brauchte Lisa, auch um sein Ziel zu erreichen. Wer, wenn nicht sie, konnte die Wahrheit verbreiten? Ihr würde man glauben. Vielleicht sollte er einfach zu Garden gehen und ihm die Wahrheit sagen. Garden ist ein kluger Mann, er wird ihm glauben. Allerdings wäre er ihm danach schutzlos ausgeliefert.

Nein, er durfte nichts übereilen. Und da war noch Regine, vielleicht sollte er ihr für ihre Hilfe dankbar sein und mit ihr ihre gemeinsame Flucht vorbereiten. Umso eher sie damit fertig waren umso besser.

So schnell, wie er in den Wald gelaufen war, so langsam stapfte er wieder hinaus. Wenn sie Glück hatten, waren Udo und Bernd beim zweiten Frühstück und hatten nichts mitbekommen. Und wenn doch? Dann musste er sich beeilen.

41: Das Kind Adam

Mit schweren Schritten ging Georg auf das Fenster zu. Er hatte schon vor Stunden die Vorhänge beiseite gezogen, um mehr Licht in sein Arbeitszimmer zu lassen. Diese trüben verregneten Nachmittage setzten ihm zu.
Der Park war verwaist. Die kahlen Bäume sahen tot aus. Er stützte sich auf die Fensterbank und ließ seine Stirn gegen die kalte Scheibe sinken. Seitdem Peters seinen Verdacht geäußert hatte, fand er kaum noch Schlaf.
So viele Jahre waren vergangen. Sein Ziel lag nur noch einen Steinwurf entfernt. Dann würde er all denen helfen können, deren Leben in absehbarer Zeit zu Ende ging. Sie konnten in Frieden sterben, denn sie würden mit der Gewissheit sterben, dass sie in einem neuen Körper weiterleben werden. Und er, Georg Garden, machte dies möglich. All die Jahre hatte er dafür gearbeitet, die Grundsteine gelegt, die Saat gesät.
Adam war bereits die Frucht dieser Saat. Es fehlte nur noch die Qualitätskontrolle, die Überprüfung seiner Thesen. Seine Klienten wünschten, nein, sie verlangten Beweise.
Warum musste Pete sterben? Dadurch hatte sich alles verkompliziert. Oder doch Adam? Wer war er wirklich?
Garden hob den Kopf und sah hinunter in einen Garten.

Das Gras war saftig und grün. Gänseblümchen blühten überall. Im Hintergrund rauschten die kräftigen, frischen Blätter an den Bäumen. Es war erst Anfang Juni, doch der Sommer war dieses Jahr einfach nicht zu bremsen.
Die Mittagssonne strahlte mit voller Kraft vom Himmel herab, ebenso wie der kleine Junge, der so schnell er konnte hinter

einem roten Ball hinterher eilte. Der rote Ball rollte vor Georgs Füße, der ihn stoppte. Ebenso wie der kleine Junge, der vor ihm stehen blieb und ihn freudestrahlend und gleichzeitig auffordernd ansah. Georg ging einen Schritt zurück. Der Junge tat es ihm gleich.

Dann holte Georg mit dem rechten Fuß aus und schoss den Ball über die Rasenfläche bis fast in die Hagebuttensträucher, die eine natürliche Grenze zum Wald darstellten. Mit einem lauten Gekreische stürmte der Junge hinterher, um wenige Augenblicke später erneut vor Georgs Füßen aufzutauchen.

Langsam wurde das Bild verschwommen. Georg sah wie durch einen Schleier hinunter in den Park. Aus dem frischen Grün wurde ein mattes Grau. Der Himmel war wieder wolkenverhangen und weder Mensch noch Tier waren zu sehen.

Georg war zurück. Doch bis er begriff, dass es sich bei dem Nebel, den er wahrnahm, um endlose Tränen handelte, die ihm aus den Augen liefen, verging noch einige Zeit.

42: Date! Petes Enthüllung

Heute Abend sollte es sein, Regines und Adams Date. Lisa konnte in der Zwischenzeit weder mit Adam noch mit Regine unbeobachtet sprechen. Regine hatte ihr den Zeitpunkt auf ihrer Uhr gezeigt, indem sie sie vorgestellt hatte. Ihr Gesicht verriet keinerlei Regung. Sie lächelte freundlich und sprach wie sonst auch über unwichtige Dinge. Entweder war sie eine super Schauspielerin oder sie hatte wirklich so gute Laune und war weder nervöse noch schien sie Bedenken zu haben, dass ihr Doppelspiel von Peters oder Garden entdeckt werden könnte. Sie versuchte auch nicht mit Lisa anderweitig Kontakt aufzunehmen.

Lisa hingegen war unruhig und konnte dies kaum verbergen. Sie verschüttete ihren Orangensaft, und erst Stunden später bemerkte sie, dass sie ihren Joggingpullover links trug. Sie hatte so viele Fragen in ihrem Kopf, dass sie glaubte verrückt werden zu müssen.

Mittlerweile war sie zwei Wochen hier. Es kam ihr vor wie zwei Monate. Ob sie von Vera vermisst wurde? Vielleicht versuchten sie und ihr Mann ihren Aufenthaltsort herauszubekommen. Stellten sie sich nicht allmählich Fragen über ihren plötzlichen Sonderurlaub? Alles sollte geregelt sein, ihre Miete weiterhin pünktlich überwiesen werden und was sonst so noch alles anlag. Es machte sie schon reichlich nervöse, wie einfach ihr Leben ohne sie weiterlief und dass es anscheinend keinerlei Komplikationen gab.

Tat es das, war es so? Sie wusste es doch gar nicht! Ein, zwei Unterschriften und ihr Leben gehörte Garden und Co. Und doch, trotz all ihrer Bedenken und Ängste, sie würde ein zweites Mal ebenso handeln.

Adam sah sie nur von Weitem. Er war so in Gedanken, seine Stirn in Falten, seine Augen lagen in tiefen Schatten. Es war deutlich zu sehen, dass er sich große Sorgen machte. Vielleicht war das, was sie vorhatten, nicht gut genug. Und was war danach? Sie winkten sich zu und schon war er wieder verschwunden.

Er hatte ihr noch nichts über ihre Flucht gesagt, und wann sollte sie ihn „entlarven"? Würde sie das überzeugend hinbekommen? Sie wusste nur eines ganz sicher: Es musste bald geschehen, sonst würde sie unter diesem enormen Druck zusammenbrechen.

Ihr Gespräch im Wald hatte deutlich gezeigt, wie es um ihrer beider Nerven stand. Das musste endlich ein Ende haben, wie auch immer dieses aussehen würde.

Lisa sah auf die Uhr. Noch eine Stunde, dann wollten sich Regine und Adam treffen. Regine hatte ihr zu verstehen gegeben, dass sie sich in der Kantine treffen würden. Was würde dann passieren? Wie weit mussten sie ihr Spiel wohl spielen, um es glaubwürdig erscheinen zu lassen? Sie wollte es sich nicht vorstellen, doch die Bilder ihrer Phantasie waren stärker als ihr Wille, an etwas anderes zu denken.

Sie musste zu ihm, vielleicht eine halbe Stunde später, war das genug Zeit? Genug Zeit wofür? Um überzeugend zu wirken? Um Garden und Peters genug Zeit zu geben, zu begreifen, was sie da sehen und hören? Werden sie es glauben? Was werden sie unternehmen, wenn ihnen klar wird, dass ihr Adam nicht Adam ist, sondern Pete? Sie musste ihn sehen, ihn sprechen, ihn lachen hören und wissen, dass sie ihm nichts antuen.

Sie hatte ihn verletzt und zurückgewiesen. Damit gestand sie sich ihre Schwäche ein, sich in ihren Gefühlen für Adam getäuscht zu haben, sich verwirren zu lassen, Adam betrogen zu haben.

Und doch gab es da ein Band zwischen ihnen, welches sie auf keinen Fall zerreißen wollte. Was konnte sie nur tun? Die Minuten vergingen wie in Zeitlupe. Dann war es endlich so weit. Um elf hatten sie ihr Date. Lisas Unruhe war mit jeder Minute angestiegen.

Wie lange waren sie ein Paar? Wann und warum war Schluss? Warum hatte er es nie erwähnt? Empfanden sie noch füreinander? Würde nicht vielleicht diese Nacht ihre Gefühle erneut entzünden?

Was machte sie überhaupt so sicher, dass seine Gefühle für sie ehrlich waren? Er brauchte sie von Anfang an. Was, wenn er sie nur benutzte? Was, wenn er Pete ähnlicher war, als sie glaubte?

Es war völlig absurd, sich über dies alles Gedanken zu machen. Sie wusste einen Dreck, sie wusste überhaupt nichts, sie konnte niemandem vertrauen, nicht einmal sich selbst, denn ihre Gefühle manipulierten ihr Auffassungsvermögen und ihren gesunden Menschenverstand, den sie immer zu haben glaubte. Sie sollte hier abhauen, sich als Schwester verkleiden, Regines Ausweis klauen, was auch immer, aber sie sollte verschwinden und sie alle zum Teufel jagen.

Wer weiß, wie weit sie sie schon manipuliert hatten, sie hasste jegliche Art von Psychokram. Verdammt noch mal! Sie hielt es nicht mehr aus.

Sie ging ins Bad, zog sich allerdings nicht aus, sondern behielt ihre Kleidung unter ihrem Bademantel an. Dann hüpfte sie im Schutz des Mantels ins Bett und löschte das Licht.

Es war totenstill im ganzen Haus. Sie wusste, wie sie das Zimmer zu verlassen hatte. Nur die Nachtbeleuchtung im Flur war eingeschaltet. Auch hier kroch sie oder lief geduckt langsam von einem toten Winkel zum nächsten. Adam hatte ihr gezeigt, wie sie die Bewegung der Kameras verfolgen und unter ihrem Schatten hindurchlaufen konnte.

Sie erreichte so unbehelligt den Flur vor der Kantine. Nachdem die Köche und Küchenhelfer mit ihrer Arbeit fertig waren, wurde sie verschlossen. Doch Regine hatte einen Schlüssel.

Lisa lauschte an der Tür. Es war kein Laut zu vernehmen. Wahrscheinlich waren sie längst auf ihren Zimmern oder aber Garden hatte sie holen lassen.

Aber es war alles ruhig. Kein Tumult. Wahrscheinlich würden Garden und Peters sich erst beraten, was sie tun sollten. Sie war ja verrückt sich hier herumzutreiben und zu spionieren. Was, wenn sie von den Kameras doch entdeckt werden würde? Sie konnte ihnen damit schaden, sie verraten. Warum auch immer, sie konnte nicht zurück.

Sie drückte die Klinke herunter, und die Tür ging langsam auf. Sie musste einfach nachsehen, nicht das kleinste Stückchen Vernunft hielt sie mehr zurück. Und dann sah sie sie.

Regine stand mit dem Rücken lässig an eine Wand gelehnt, ihr Morgenmantel war leicht geöffnet und die rechte Schulter entblößt. Darunter trug sie fast nichts. Adam stand vor ihr und seine Küsse, liebkosten ihren Nacken.

Regines Augen fixierten die Tür. Auf diesen Augenblick hatte sie gewartet. „Ich habe es von Anfang an gewusst", flüsterte sie gewinnend. „Eine Frau kann man nicht hinters Licht führen. Wie konnte ich auch nur eine Sekunde glauben, du wärst Adam? Deine Erfahrung hat dich verraten, Pete. Doch es ist mir einerlei, wie du heißt oder wer du wirklich bist. Ich will nur, dass du mich liebst, jetzt, hier, jede Nacht, in diesem verdammten Gefängnis. Bleib bei mir und vergiss die Welt da draußen. Sie ist zu dir doch ebenso hart und unmenschlich gewesen wie zu mir. Bleib!" Regines Auftritt war wirklich filmreif. Adams Locken zerwühlend, hielt sie ihn fest umschlungen.

Er küsste sie stürmisch und wollte sie in eine Nische zwischen zwei Schränken drängen, als Lisa es nicht mehr länger ertragen konnte.

Sie verschwendete keinen Gedanken an ihren Plan, an Kameras, Garden, Peters oder eventuelle Nachtwächter im Flur, sie stürmte von der Tür los, an der sie sich, nur wenige Meter von ihnen entfernt, die ganze Zeit bewegungsunfähig festgehalten hatte, und schrie den beiden, die völlig überrascht dreinblickten, entgegen: „Nein! – Das wird er nicht tun, er wird mich nicht ein zweites Mal verlassen, nicht wegen dir, nicht wegen einer anderen Frau. Ich sage es nur einmal, verschwinde, Regine! Sonst werde ich das ganze Haus zusammenschreien, und ich werde Lügen über dich verbreiten. Du wirst hier keine Zukunft haben, nicht solange wir hier sind, und auch nicht danach." Lisa war nur wenige Schritte vor ihnen stehen geblieben.

Adam stand zwischen ihnen, er hob seinen Arm vor Lisa, um sie auf Abstand zu halten.

„Das wirst du mir nicht noch einmal antun, Pete, das lasse ich nicht zu. Ich weiß, wie schwach du bei Frauen bist, aber ich bin stark geworden durch dich, durch all die Nächte, in denen ich vor Kummer nicht schlafen konnte, weil du nicht zu mir kamst. Und ich wusste, du warst bei einer Anderen. Ich habe damals still zugesehen, wie du unsere Liebe zerstört hast, das wird mir kein zweites Mal passieren!
Du hast dich als Adam ausgegeben, um mich zu benutzen! Du wusstest genau, dass ich Pete nie wieder vertrauen könnte. Damit lagst du richtig. Doch wovon du auch heute immer noch keine Ahnung hast, ist die Liebe einer Frau! Ich liebe dich, Pete! Selbst dein Täuschungsmanöver konnte mein Herz nicht davon abhalten, meine Gefühle wiederzubeleben. Und jetzt, wo ich dich wiedergefunden habe, nachdem ich dich all die Jahre nicht vergessen konnte und dein Tod mich beinahe auch umgebracht hätte; jetzt, wo ich weiß, dass du lebst und mich immer noch liebst, werde ich um dich kämpfen!"
Fassungslos starrte er Lisa an. Seine Bestürzung war echt, wieso war sie hier, wie lange hatte sie sie schon beobachtet? Er fühlte sich mehr als nur ertappt. Sie hätte ihn nicht so sehen dürfen. Natürlich wusste Lisa, was sie vorhatten, aber sie hier zu sehen, zu wissen, dass sie ihn mit Regine beobachtet hatte, das hätte nicht geschehen dürfen.
„Bitte, Lisa, beruhige dich doch, was redest du da. Das ist doch alles nicht wahr!" Adam konnte es nicht fassen. Er hätte es nie für möglich gehalten, sie so zu sehen, so außer sich und doch so selbstsicher. Denn er wusste, das war nicht gespielt. Aber er hatte eine Rolle zu spielen. Er musste immer an die Kameras denken, die Lisa längst vergessen hatte.

„Lisa, höre mir zu, ich bin Pete, das ist wahr, aber ich wusste am Anfang nicht, dass du mich so sehr geliebt hast und es immer noch tust. Das musst du mir glauben, ich wollte dich nicht verletzen!"

„Hör endlich auf mich anzulügen, es war dir doch egal, was ich oder eine der vielen anderen Frauen empfunden haben. Ja, du bist den Frauen schon immer verfallen, leider hattest du auch immer ein zu leichtes Spiel mit uns. Du hast sie, uns alle, immer nur benutzt! Die Auswahl, die du hattest, war so groß, du warst nie allein! Und unsere Gefühle waren dir egal, du weißt überhaupt nicht, wie viele du verletzt zurückgelassen hast. Wer weiß, wie viele sich deinetwegen das Leben genommen haben!"

In diesem Moment hatte er das Gefühl, sein Kopf würde zerspringen; er konnte diesen Druck nicht mehr ertragen, er wollte nichts mehr hören, jetzt war der Zeitpunkt gekommen, diese Situation zu beenden.

Er dachte nicht nach, er wollte nur, dass sie still sein würde, er holte aus und schlug Lisa mitten ins Gesicht, so dass diese taumelnd gegen eine Theke neben ihr prallte und sich nur mit Mühe an ihr abstützen konnte.

Sie starrte ihn an, auch Regine stand mit halb geöffnetem Mund da und sah fassungslos auf Lisa. Die sich nun langsam zum Boden herabsinken ließ, ihre Hände vor ihrem Gesicht haltend, und in ein immer stärker werdendes Schluchzen verfiel.

Pete starrte wie gelähmt auf sie herab, was hatte er getan? Was hatte er ihr alles angetan, wie konnte er so sein, wie er war? Wohin hatte er sich treiben lassen? Durch was? Seine Selbstüberschätzung, Eitelkeit, durch Feigheit? Er wusste

nicht mehr, was ihn zu all dem getrieben hatte. Er hasste sich dafür, in diesem Moment wie an jedem verfluchten Tag, an dem er so war wie genau in diesem Augenblick.
Plötzlich war alles wieder da. Er sah Lisa strahlend auf sich zu laufen. Ein fast schmerzhaftes Glücksgefühl zog ihm die Brust zusammen. Seine Empfindungen für sie waren stärker denn je. Und jetzt saß sie vor ihm, kauerte weinend auf dem glänzenden Küchenboden. Er hatte sie geschlagen. Wie konnte er das nur tun?
Regine hatte sich als Erste wieder gefasst. „Wir sollten von hier verschwinden, jetzt gleich!" Sie zupfte am Ärmel seines Hemdes.
Er nickte nur, ohne den Kopf von Lisa abzuwenden.
„Komm, hilf mir!" Regine griff Lisa unter den Arm, um sie hochzuziehen.
„Lass! Ich mach das schon, ich bringe sie zurück!" Er sah Regine bestimmt an, sie machte ihm Platz.
In ihren Augen war Wohlwollen zu erkennen. Es war besser gelaufen, als sie erwartet hatte. Natürlich konnte sie nicht mit Lisas Auftauchen rechnen, aber sie hatte es gehofft, das beschleunigte die Sache ungemein, und überzeugender hätte sie es wohl kaum spielen können. Sie war überaus zufrieden. Adam schien ihr Triumph zu missfallen, doch was kümmerte sie schon seine oder Lisas Gefühle? Wichtig war nur eines: Dass Garden das bekommen hatte, was er wollte, und davon war sie überzeugt. Eindeutiger konnte diese Vorstellung nicht sein.
Langsam hob Adam Lisa auf, nahm sie auf seine Arme und trug sie durch die stillen Gänge bis in ihr Zimmer.

Regine war, nachdem sie die Kantine hinter ihnen zugesperrt hatte, in die andere Richtung verschwunden.
Lisas Kopf lag an seine Schulter gelehnt. Immer noch liefen ihr Tränen über ihre nassen Wangen. Sie fühlte sich wie gelähmt. Was hatte sie getan? Wieso hatte sie Pete gesehen und nicht Adam? Wie konnte sie ihm all das an den Kopf werfen, was er nie getan hatte? Sie war in diesem Moment, als sie die beiden zusammen gesehen hatte, nicht sie selbst gewesen. Sie war nicht die heutige Lisa, sie war die Lisa von vor zehn Jahren, so wie sie damals litt. Wie konnte sie all das so lange mit sich herumtragen? Wie konnte sie ihn Pete nennen, und wieso gab er ihr Recht? Es war so echt!
Es war ein Täuschungsmanöver. Er musste echt wirken! Aber was wäre, wenn er wirklich die Wahrheit gesagt hatte? Etwas Merkwürdiges war da drinnen in der Kantine passiert. Als wäre die Vergangenheit für wenige Minuten zurückgekehrt. Sie wagte es nicht, ihre Augen zu öffnen, obwohl er nirgends Licht machte, auch nicht als er sie auf ihr Bett legte und sie vorsichtig zudeckte. Er hatte kein einziges Wort gesprochen, doch sie hatte bemerkt, dass seine Hände zitterten, als er ihr die Decke überlegte. Sie hörte ihn nicht einmal, als er das Zimmer verließ.
Ihre Erinnerung kam langsam zurück, der Plan, sie war mitten in ihre Vorstellung gerauscht. Hatte sie alles zerstört? Nein, ganz im Gegenteil, sie hatte es glaubwürdiger erscheinen lassen, als sie es je hätte spielen können.
Regine, es war ihr Plan! Sie hatte ihr den Zeitpunkt und den Ort genannt, sie tat es mit Berechnung. War sie, Lisa, so leicht zu durchschauen, so leicht zu manipulieren?

Und Adam, was musste er nun von ihr denken? Sie war völlig hysterisch gewesen, so wie noch nie zuvor in ihrem Leben. Wie konnte sie ihm je wieder unter die Augen treten?
Es verging einige Zeit, bis sie vor Erschöpfung und unter Tränen schließlich einschlief. Sie träumte, sie läge in einem Grab. Jemand stand vor ihrem Grab, doch dieser Jemand stand dort und lächelte. Als sie das Gesicht erkennen konnte, war es das ihre. Durch ihr eigenes ängstliches Wimmern erwachte sie.
Und sofort wusste sie, dass sie nicht allein war. Ihr gegenüber am Fenster saß jemand auf einem Stuhl. Sein Kopf lag auf seiner Brust, die Arme ruhten verschränkt auf seinem Körper. Es war Adam, er schlief. Wie lange saß er dort schon? Oder hatte er sie gar nicht allein gelassen?
Sie setzte sich auf und rieb sich ihre schmerzenden Schläfen. Es dämmerte bereits, so dass das Zimmer nicht mehr völlig im Dunkeln lag. Adam rührte sich nicht. Sein Gesicht lag im Verborgenen, von seinen dunklen Locken umrahmt.
Lisa kamen ihre Worte von der vergangenen Nacht wieder in Erinnerung. Sie hatte Pete gesehen, nicht Adam. Doch es war nicht mehr zu leugnen, beide schienen immer mehr zu einer Person zu verschmelzen. Wurde Adam zu Pete? Würde seine Persönlichkeit sich immer weiter zurückziehen? Vielleicht, weil Pete dominanter war? War das möglich? Ihre Gene waren gleich, doch was jeder Einzelne daraus machte, entschied er selbst. Oder gab es schon seit langer Zeit keinen Adam mehr? Dieser Gedanke überfiel sie wie ein kalter Regenguss. Sie begann erneut zu zittern. War es möglich? Konnte und sollte sie ihren Instinkten endlich vertrauen?

„Pete, wie konntest du mir das nur antun?", flüsterte sie.
Tränen rannen erneut über ihre Wangen. Sie erhob sich und ging auf ihn zu. Vor ihm ließ sie sich nieder. Sie legte ihren Kopf auf seine Knie und umschlang sie mit ihren Armen. Wie ein kleines Kind, das Hilfe und Trost suchte, kauerte sie sich an ihn.
Er rührte sich langsam, streichelte über ihr Haar und küsste sie auf ihren Kopf. „Es tut mir so unendlich leid, Lisa. Mehr als ich dir sagen kann. Ich wollte dich nicht schlagen, du musst mir das glauben, wenigstens das!" Er hob ihren Kopf hoch, und sie sahen einander in die Augen. Es war etwas mit ihm geschehen. Er wollte nur noch die Wahrheit sagen. Er wollte endlich Schluss machen mit dem ewigen Versteckspiel. Langsam beugte er sich zu ihr hinunter, nahm ihr Kinn in seine Hand, hob es an und richtete ihren Blick zu ihm auf. „Du weißt, wer ich bin, nicht wahr?"
Lisa erstarrte. Sie hatte das Gefühl, ihr Herz würde wie ein schwerer Stein in ihrer Brust feststecken. Sie wollte schreien. Ja, ja, ich weiß es und ich will, dass es sich nie wieder ändert. Doch ich habe so große Angst, dass es nicht die Wahrheit ist. Sie schluckte und versuchte zu nicken. Ja, sie wusste es, ihre Lippen bebten und sie sah ihn wie durch einen Schleier. Träumte sie oder war dies real?
Er zog sie zu sich auf seinen Schoß. Er versuchte ihre Tränen fortzuküssen, doch sie wollten nicht versiegen. Es waren nun keine Tränen der Trauer und Enttäuschung, sondern Tränen der Erleichterung und des Glücks.
Er lebte, er lebte wirklich, dieses Mal gab es für sie keinen Zweifel mehr. Sie hätte sich selbst von Anfang an glauben

sollen. Seine Gründe waren ihr im Moment egal. „Du lebst!", sagte sie immer wieder leise vor sich hin.
Langsam erhellte die aufgehende Sonne den Raum. Lisa lag noch immer in seinen Armen. Sie hatte ihre Augen nicht wieder zufallen lassen, aus Angst, es könnte doch nur ein Traum sein. Sie hatten in der letzten Stunde viel geredet und auch lange geschwiegen. Lisa erinnerte sich an jedes Wort von ihm:
„Du hast in vielen Dingen Recht!", hatte er gesagt. „Das muss ich dir eingestehen, aber ich habe dich nie benutzt! Ja, ich war ein Weiberheld, ich war jung und ich genoss es. Ich konnte mich oft genug nicht entscheiden, meine Gefühle waren so unklar. Nur bei dir war es anders, leider begriff ich das erst, als es zu spät war.
Lisa, ich habe dich immer geliebt, all die Jahre, ich konnte dich nicht vergessen. Aber ich musste es versuchen. Zu deinem eigenen Schutz – vor mir – vor all dem Kummer, den ich dir brachte und weiterhin gebracht hätte. Ich glaubte, es wäre das Beste für dich, wenn du mich vergisst und einen anderen Mann findest.
Heute weiß ich, dass es falsch war. Ich habe immer an dich gedacht. Als ich wieder Hoffnung hatte, Garden mir neuen Lebensmut gab, habe ich dich aufgesucht, dich gesehen, mit einem Anderen. Du sahst so glücklich aus, da bin ich wieder gegangen.
Mit den Jahren habe ich mich verändert, das Leben hat mich verändert, vielleicht auch Garden und auf jeden Fall Adam. Er hat mir nicht nur mein äußeres Spiegelbild vorgehalten."
Sie wusste genau, was er meinte. Sie hatte es die ganze Zeit geahnt, gefühlt, erhofft. Wie war das nur möglich? Pete lebte,

er war niemals gestorben, er lebte, die ganze Zeit! Es war Adam, der mit Petes Motorrad gegen die Mauer gefahren war! Wieso? Sie sah ebenso wenig einen Grund dafür, wie sie auch für Pete keinen Grund entdecken konnte. Sie kannte sie beide nicht gut genug. Ihre Beweggründe hatten sicherlich etwas mit dieser Klinik und ihrem Leben hier zu tun! Es gab Gründe zu lügen und Gründe, sich das Leben zu nehmen. Existierten sie auch heute noch?

Was auch immer solche Entscheidungen hervorgerufen hatte, sie wollte es nicht wissen. Sie durfte die Gründe nicht kennen. Petes Handlungen waren gewiss gut überlegt gewesen. Sie konnte nur hoffen, dass seine letzte Entscheidung, Garden die Wahrheit zu sagen, zu zeigen, die Richtige sein würde.

Doch all das schien ihr zweitrangig. Es war Wirklichkeit geworden. Ihr Traum war kein Traum mehr. Nun war er bei ihr. Er sagte, er liebt sie, hätte nie aufgehört sie zu lieben, so wie sie nie aufgehört hatte ihn zu lieben. Aber warum hatte er sie so lange im Ungewissen gelassen? Warum sich nicht schon vor Jahren gemeldet? Zu ihrem Schutz? Wie dumm von ihm. Sie hätte es schon geschafft, bestimmt!

Er zog sie dicht an sich und küsste sie. In seinen Armen existierten weder Ängste noch Zweifel, nur das überwältigende Gefühl ihrer Liebe.

Alles, was sie wollte, war, die Zeit anzuhalten. Es durfte nicht hell werden, sie wollte nicht nachdenken über das, was ihnen nun bevorstehen konnte. Sie wollten einander nie wieder loslassen.

Erst als im Haus immer mehr Geräusche zu vernehmen waren und Pete darauf drängte, nicht länger bleiben zu können, verließ er ihr Zimmer.

Sie wussten nicht, was nun passieren würde. Dass er bei ihr war, konnte ihnen nicht entgangen sein. Doch er wollte nicht warten, bis sie ihn holen würden, nicht vor Lisas Augen.

43: Regine und Pete

Sie trafen sich wie verabredet am Springbrunnen. Es war immer noch früh am Morgen, Nebelschwaden zogen zwischen den Bäumen hindurch. Es war kalt, und die verschiedensten bunten Herbstblätter regneten auf sie nieder.
Pete sah fürchterlich aus, seine Augen waren gerötet, seine Miene wirkte angespannt. Auch ihn hatte die letzte Nacht stark mitgenommen. Ihm war klar geworden, dass er Fehler gemacht hatte, Fehler, die ihn um Jahre betrogen hatten, ihn und Lisa. Nur seine Jugend und Unerfahrenheit waren eine Entschuldigung für seine Annahmen. Er wollte das Beste für sie und das Einfachste für ihn selbst. Er war keine Kämpfernatur. Wenn Garden nicht aufgetaucht wäre, er hätte sich kampflos seinem Schicksal ergeben.
Das war es, was er heute nicht mehr tun wollte. Er würde kämpfen, genau wie Lisa. Dennoch zweifelte er an einem Happyend. Er kannte Garden nur zu gut!
Eigentlich wollte er Regine nicht sehen, aber er wusste, dass sie sich gezwungenermaßen treffen mussten. Niemand hatte ihn aufgehalten, als er den Weg in den Park einschlug. Er fand dies eigenartig, doch er war auch froh, so alles Weitere mit Regine besprechen zu können. Regine wollte ihn zur Begrüßung umarmen, doch er wies sie zurück.
„Was ist los, wie schaust du den drein? Es hat doch alles wunderbar funktioniert!" Sie griff nach seinem Arm, aber er wandte sich ab.
„Was meinst du mit wunderbar? Woher wusste Lisa, wann und wo wir uns treffen? Warum hast du es ihr gesagt?"
Sie lächelte vielsagend.

„Ich hätte es wissen müssen, du Hexe!" Er trat auf sie zu, blieb dann allerdings stehen. „Nein, ich lasse mich nicht mehr von dir manipulieren!"

„Wieso? Ich hatte nicht den Eindruck, dass es dir keinen Spaß gemacht hat. Schon damals, die ganze Zeit, als du noch glaubtest, du könntest mich täuschen, doch ich wusste es schon beim ersten Mal, gleich nach seinem Tod. Und ich hatte mir geschworen, ich werde ihn rächen, du würdest dafür büßen müssen!" Ihre Augen funkelten.

„Was meinst du? Du glaubst doch nicht etwa, ich hätte etwas mit seinem Tod zu tun? Glaubst du wirklich, dass ich ihn hätte gehen lassen, wenn ich gewusst hätte, dass er sich das Leben nehmen will? Nach all dem, was er für mich getan hatte?"

„Wer weiß, vielleicht hast du ihn seine Welt zu schwarz erscheinen lassen oder ihn verletzt, im Stich gelassen, wie Garden es tat?! Jedenfalls ist alles, was du danach versucht hast, um es dir hier als Adam gut gehen zu lassen, nun endlich umsonst gewesen. Ja, ja, ich weiß, was du sagen willst, dein Plan, um hier rauszukommen. Er hat nicht funktioniert. Und das wird dein nächster auch nicht!"

Pete stockte der Atem. „Was soll das heißen? Du wolltest uns hier rausbringen! Der Transporter mit den Lebensmitteln! Du wolltest den Fahrer überreden, uns mitzunehmen!?"

„Ach, hab ich das gesagt? Da musst du dich wohl verhört haben!" Regine funkelte ihn überlegen an.

Pete platzte beinahe vor Wut. Er griff nach ihren Schultern und schüttelte sie wild.

„Hör auf, du tust mir weh!" Regines Augen zeigten Angst und Verwirrung.

Er ließ sie sofort los. Völlig durcheinander ließ er sich auf die Bank sinken.

„Garden ahnte es schon längst!", begann sie langsam. „Er wollte nur ganz sicher gehen, mein Geständnis schien ihm nicht ausreichend. Und da habe ich mich zur Verfügung gestellt, mit dir dieses kleine Spielchen zu spielen, ein wirklich großes Opfer, findest du nicht?"

„Du bist hinterhältiger, als ich dachte, doch damit ist jetzt Schluss. Ich wünsche dir, dass du hier verrottest, alt und hässlich hier am Brunnen deine letzten einsamen Stunden verbringen wirst, du sollst dich selbst verfluchen für deine Chancen, die du dir selbst kaputt gemacht hast, hier jemals lebend herauszukommen, mit mir als Beweis! Er wird dich ebenso wenig gehen lassen wie uns, umso länger du hier bist und umso mehr du weißt!"

Ein gekünsteltes kurzes Lachen kam über ihre Lippen, so gequält, dass auch ihr Lächeln danach keine Täuschung möglich machte. „Du wirst hier ebenfalls verrotten, oder hast du wirklich geglaubt, es gibt für euch eine Fluchtmöglichkeit?"

„Es war mir schon einmal gelungen?"

„Weil er es wollte, er wollte wissen, was du vorhast. Du warst keine Sekunde allein. Wenn du versucht hättest dich an die Polizei oder Presse zu wenden, wärst du jetzt nicht mehr am Leben. Aber du wolltest ja nur zu ihr. Warum ist mir bis heute völlig schleierhaft bei diesem Mauerblümchen." Ihre Augen durchbohrten ihn beinahe.

„Da hast du Recht, du würdest es nie verstehen! Aber in einem Punkt täuschst du dich gewaltig, wir kommen hier raus, früher

oder später, doch mit deiner Verlogenheit hast du dir die Chance, mit uns zu gehen, verspielt."
„Das glaubst du doch selbst nicht. Was hast du dir dieses Mal ausgedacht, etwas, was genauso gut funktioniert wie das Vorherige? Garden überlegt nur noch, wie er dich am effektivsten bestrafen kann, dann wird er dich holen und niemand wird dir zu Hilfe kommen, und auch für deine kleine Freundin überlegt er sich schon einen realistischen Unfall!"
„Und was ist mit deinem Ruhm, der ungeteilten Aufmerksamkeit der gesamten Menschheit?" Sein Ton wurde lauter, herausfordernd sah er zu ihr auf.
„Mein dummer Junge, glaubst du wirklich, dass ich mich für den zweiten Platz entscheide, wenn ich den ersten haben kann? Garden zahlt mehr als du dir vorstellen kannst. Er gibt mir Prämien für jeden neuen Kunden. Doch alles Weitere wird er dir selbst erklären. Natürlich hat er uns alle benutzt. Nun hat er seinen Beweis. Unsere Nacht! Er hat alles auf Band. Sein Ergebnis als letzten Beweis für seine Kunden. Und du hast ihn auf diese Idee gebracht. Aus Adam wurde eindeutig Pete, zwei Frauen erkannten ihn eindeutig in ihm wieder. Weitere Tests und Untersuchungen werden zusätzliche Bestätigungen aufzeigen. Garden arbeitet bereits daran. Es wird auch langsam Zeit, dass sich wieder etwas tut. Garden braucht Aufträge, und ich brauche Geld. Man wird schließlich auch nicht jünger, noch nicht!"
„Ich weiß nicht, warum du dich überhaupt eingemischt hast, uns vorgemacht hast, auf unserer Seite zu stehen, was hat es dir gebracht? Abgesehen davon, Garden einen Gefallen getan zu haben. Er hätte sicherlich auch einen anderen Weg gefunden."

„Es hat mir eben Spaß gemacht mit euch beiden!"
„Wenn du glaubst, ich werde aufgeben, dann hast du dich getäuscht. Du bist noch nicht auf dem neusten Stand. Er wird Lisa gehen lassen."
„Wenn du meinst? Das soll mir recht sein, aber du bleibst! Sollte er sich dazu durchringen, dich doch am Leben zu lassen!" Mit diesen schnippischen Worten und ihrem gekünstelten Lächeln drehte sie sich um und ging zum Haus zurück. Sie hatte ihren langen Mantel eng um sich geschlungen und erreichte das Haus durch die großen, schnellen Schritte, die sie machte, recht zügig.
Pete sah ihr nach. Wie konnte er nur so dumm sein? Es geschah ihm ganz recht, dass er hier weiterhin gefangen war. Wenn Lisa doch endlich fort wäre, außer Gefahr. Was er zu erwarten hatte, war ihm gleich, völlig gleich! Er musste sich Garden stellen. Er hatte nur noch ein Ziel: dass dieser Lisa gehen lassen würde.
Sie wusste nichts, was Garden wirklich gefährlich werden konnte, noch nicht. Sie hatte keinerlei Beweise. Garden war kein Unmensch. Wenn Pete vernünftig war, würde er es sicherlich auch sein. Noch bevor die Klinik vollends erwachte, machte sich Pete auf den Weg zu Gardens Privatzimmern.

44: Garden und Pete

Pete schlug den direkten Weg in Richtung Haupthaus ein. Der Mittelpunkt des Hauses. Er stieg die Eingangstreppen hinauf, vorbei an dem Glashäuschen, aus dem der Pförtner ihn grüßte. Vorbei an den Fahrstühlen und dann zielstrebig die großen Glastreppen hinauf.

Die Anstrengung tat ihm gut. Als müsste er seinen Körper erst auf Volldampf bringen, um dem bevorstehenden Kampf mit Garden gewachsen zu sein. Im dritten und vierten Stock befanden sich die Privatwohnungen. Im vierten die größte davon – Gardens Wohnung.

Als Max Pete erkannte, sprang er aus seinem Sessel auf, der neben Gardens Tür stand. Er war über die Verwandlung informiert worden. Er hatte Pete noch nicht oft hier oben gesehen, vielleicht ein-, zweimal hatte er mit Prof. Dr. Garden zu Abend gegessen, was Adam regelmäßig getan hatte. Erst nach dem Unfall nicht mehr.

Max wusste, dass Garden Adam freundschaftlich darauf hingewiesen hatte, er möge ihn wieder öfter besuchen kommen. Er nahm es anscheinend als „jugendliche Laune", sich von seinem „Mentor" abzunabeln. Was Prof. Garden ihm vor wenigen Minuten berichtete, erklärte einiges.

„Hallo Max, ich möchte mit Georg sprechen." Pete wusste, dass Max ihn länger kannte als Adam. Allerdings lebte Adam ständig hier. Und Max kannte ihn von Kindesbeinen an. Dennoch war er sich sicher, dass Max in den letzten Monaten stets das sah, was er sehen sollte. Oder besser gesagt, den, den er sehen sollte. Erst seit letzter Nacht durfte es damit endgültig vorbei sein.

Und im Augenblick war er sich nicht mehr sicher, ob es überhaupt noch nötig war weiterzuspielen. Max sah ihn so merkwürdig an, verschlossen wie immer, und doch war da etwas anderes in seinen Augen. War es Mistrauen, Erstaunen oder sogar Trauer? Max wusste Bescheid, Pete war sich sicher. Als Max ihn zu Garden führte, trafen sich ihre Blicke noch einmal. Erschrocken stellte Pete fest, dass sich Hass in ihnen zeigte. Das überraschte ihn. Ja, Max war irgendwie immer da. Immer in Gardens Nähe. Wahrscheinlich wusste er mehr über sie alle als sie selbst. Aber er hatte weder ein freundschaftliches Verhältnis zu Adam aufgebaut noch zu ihm. Warum jetzt diese Gefühlsregung?
Er ging auf Garden zu, um Max so schnell wie möglich hinter sich zu lassen. Dieser schloss leise die Tür. Garden saß beim Frühstück an einem reichlich gedeckten Esstisch in einem zu reichlich möblierten Zimmer. Es hieß, er hätte damals, bevor er diese Klinik baute, ein großes Haus gehabt, eine Frau und einen Hund. Er hatte alles verlassen, nur seine antiken Möbel hatte er hierher mitgenommen.
„Guten Morgen! So früh hatte ich nicht mit dir gerechnet! Aber ich freue mich, dass du den Weg hier „hoch" zu mir wiedergefunden hast!" Er hatte sich seinen Mund mit einer Stoffserviette abgetupft und Pete die Hand zum Gruß entgegengesteckt.
Pete nahm sie etwas unsicher entgegen. Er wusste nicht, was er erwartet hatte, wahrscheinlich einen voller Wut aufbrausenden Garden, doch sicherlich keine freundliche Begrüßung. „Wir sollten miteinander reden!" Pete nahm die Einladung, sich zu setzen, an und ließ sich langsam ihm

gegenüber auf einen Stuhl sinken, der so aussah, als hätten schon Könige und Fürsten auf ihm gesessen.
„Das sollten wir wirklich. Möchtest du etwas essen oder trinken?" Garden war sehr gefasst, er wusste, was er wollte, und er wusste genau, wie er es bekommen würde, und dieser freche Lümmel war sein einziges Hindernis und zugleich auch sein einziges Pferd im Stall, welches diese Hürde meistern konnte.
„Jetzt nicht, danke! Es geht um Lisa! Ich will, dass Sie sie gehen lassen!" Petes Ton war weder flehend noch drohend. Er sprach klar, deutlich, aber bestimmt. Obwohl er bis jetzt glaubte, dass er keinerlei Möglichkeit besaß, seinen Wunsch zu erzwingen. So sah er seinem Gegenüber gefasst in die graublauen Augen, in der Hoffnung, dass dieser seine Ängste nicht erkennen möge.
„Aber natürlich wird sie gehen, schon in den nächsten Tagen werde ich sie nach Hause zurückbegleiten lassen. Sie wird ihren Job wieder aufnehmen und ihr ganz normales Leben weiterführen."
Sein Erstaunen konnte Pete nicht verbergen. Wieso war das so einfach möglich? Sein Misstrauen wuchs. „Sie lassen sie also so einfach gehen?" Er konnte sich diese Frage nicht verkneifen, auch wenn die Gefahr bestand, Garden damit zu verärgern.
„Ihre Aufgabe ist beendet, sie hat sie zu meiner vollsten Zufriedenheit erfüllt. Ich spiele mit dem Gedanken, zuzüglich zu ihrer Zeitentschädigung ihr einen weiteren Betrag, sozusagen als Erfolgsprämie, zu überreichen."
Sein breites Lächeln war nicht echt, Pete witterte Gefahr. Seine Aufmerksamkeit war wie ein Bogen gespannt. Sollte

Garden ihm einen Grund geben, würde ihn ein Pfeil treffen, den Pete schon seit Monaten mit sich herumtrug. Er war sein letzter Ausweg und ihre Rettung, falls es ernst werden würde und er um ihr Leben fürchten müsste. Dieser Pfeil würde alles beenden. Er bedeutete, sich selbst zu töten
„Erfolgsprämie, aha, sollte mir da etwas entgangen sein?" Pete stützte seine Ellenbogen auf der Tischplatte ab und faltete seine Hände, ließ sein Kinn auf ihnen nieder und musterte Garden scheinbar gelassen. Seine Handballen mussten den gesamten Druck, der auf ihm lastete, unbemerkt aushalten. Doch Garden kannte alle typischen und untypischen Verhaltensweisen der Menschen, er wusste genau, was in Pete vor sich ging. Dieser hatte nicht die kleinste Chance, sich zu verstellen, so sehr er sich auch bemühte. „Mein lieber Junge, ich glaube nicht, dass du etwas „verpasst" hast, ganz im Gegenteil. Du hast etwas wiederentdeckt, und das ist ein Erfolg, der eigentlich mit Geld nicht zu bezahlen ist." Jetzt hatte auch Garden sich vorgebeugt und seine gefalteten Hände weit nach vorne auf dem Tisch abgelegt. Seine weißen Haare waren gepflegt zurückgekämmt und selbst in seinem Morgenmantel sah er so vornehm, so klug aus, so dass niemand auf die Idee kommen konnte, er mochte verrückt sein. Allerdings war das die einzig mögliche Erklärung, die Pete einfiel.

„Was redest du da?" Pete hatte nicht bemerkt, dass er ihn duzte, so wie er es als Adam immer getan hatte. Er war erschrocken und verwirrt.

„Es ist alles so gekommen, wie ich vermutet hatte, denn mehr als eine Vermutung war es ja bis heute nicht. Doch nur so kann man etwas bewegen. Durch einen Traum, den man wahr

werden lässt. Indem man neue Wege geht und Vermutungen bestätigt. Nach den Sternen greifen und sich eine Leiter holen, die lang genug ist! So können Menschen ein Ziel erreichen, das als unerreichbar galt!
Sicher, es war nicht immer einfach. Es gab unzählige Rückschläge. Ich habe viel riskiert, doch dieses Risiko bin ich nur zu gerne eingegangen. – Ich sehe, du bist verwirrt, das ist völlig normal, denke ich, so lass dir erklären: Du kannst froh und glücklich sein und stolz, dich wiedergefunden zu haben. Herzlich willkommen unter den Lebenden, Pete! Ich hoffte, dass ich dich auch ein zweites Mal retten könnte, es ist mir gelungen, ich habe dich zurückgeholt!"
Pete glaubte, seinen Ohren nicht zu trauen. Was faselte er nur? Wieso war Garden nicht wütend? Warum schrie er ihn nicht an oder ließ ihn von Max wegschleppen, wer weiß wohin? Er hatte sie doch sicherlich in der Nacht beobachtet! Er wusste doch nun, wer er wirklich war. Er hatte sie monatelang betrogen, belogen, die gesamte Testreihe manipuliert!
Seine Verwirrung hatte den Höhepunkt erreicht. „Was reden Sie da? Ja, wir haben Ihnen etwas vorgespielt, Regine und ich. Sie sollten glauben, ich sei Pete, damit Sie mich gehen lassen, damit dies alles ein Ende hat. Aber es war dumm von mir, Regine zu vertrauen. Und es war dumm von mir zu glauben, dass ich mich damit von Ihnen und diesem Ort befreien könnte."
Pete war aufgesprungen, nur seine Hände, die die Tischplatte umklammerten, hielten ihn davon ab, sich auf Garden zu stürzen. „Doch was Regine nur erahnte, war die Wahrheit. Ich bin Pete und war es immer! Adam ist tot! – Garden, können Sie mir folgen? Adam ist tot und liegt unter dem Grabstein mit

meinem Namen. Wir haben getauscht, es war seine Idee. Ich wusste nicht, was er vorhatte. Sonst hätte ich ihn niemals gehen lassen. Das müssen Sie mir glauben!" Pete starrte Garden an, der merkwürdig ruhig auf seinem Stuhl saß. Garden hörte nun klar und deutlich, was er seit letzter Nacht auch nicht mehr anzweifelte. Ihr Verdacht hatte sich also bestätigt, erst Regine, dann Lisa, sie hatten ihn beide erkannt. Und so wie er vor ihm saß und ihm offen in die Augen sah, gab es auch für ihn keine Zweifel mehr. Er hatte so sehr gehofft, es möge einen Zweifel geben. Eine Chance, dass seine Theorie doch die richtige war. Wenn Adam noch ein wenig geschwankt hätte, ein Zögern in seiner Sprache, in seinen Gesten noch ein kleiner Rest von ihm zu erkennen gewesen wäre. Als er sie schlug, gab es einen Moment, der Garden erzittern ließ. Adam wäre dazu nie in der Lage gewesen. Und sollte er sich in Pete verwandelt haben, wäre seine Überraschung darüber gewiss größer ausgefallen. Er hätte verzweifelt reagieren müssen, vielleicht sogar panisch. Aber er war ganz ruhig. Eine so perfekte Verwandlung war einfach nicht möglich! Oder doch? Nein, unmöglich! Er hatte Adam verloren, für immer! Aber er durfte sich seinen Schmerz nicht anmerken lassen. Jetzt noch nicht. Er würde nie aufgeben, niemals!

„Nun beruhige dich wieder! Ich kann verstehen, dass das alles sehr verwirrend für dich sein muss, aber glaub mir, es ist nichts passiert, was dich so verunsichern sollte. Es ist alles sicherlich ganz normal, so wie ich es erhofft hatte. Du bist Pete, du hast all deine Erinnerungen, deine Gefühle wiedergefunden – in Adams Körper! Deine große Liebe zu Lisa hat dir dein eigenes Ich zurückgebracht.

Petes Körper ist tot, doch dein Leben wurde in Adams Körper bewahrt. Adam ist verschwunden, er hat seinen Körper für dich wachsen lassen, bis er so weit entwickelt war, um sich an dich zu erinnern. Du bist Adam, das heißt, du warst Adam! Du weißt es bloß nicht mehr! Ich habe dich so geschaffen! Adams eigene kurze Vergangenheit tritt in den Hintergrund. Petes Erinnerungen, seine Gefühle, Wünsche sind in dir gewachsen mit den Jahren. Sie mussten sich erst wieder entwickeln. Genau wie die Liebe zu Lisa. Sie war der erste Dominostein, der angestoßen werden musste, um diese Kettenreaktion in Gang zu setzen. Gestern Nacht, das war der Beweis! Zwei Frauen haben dich erkannt, wiederentdeckt. Und durch den enormen Druck, der auf dir lastete, bist du wieder zu dir gekommen." Garden hatte ruhig und gefasst gesprochen, er wollte dies eigentlich sagen, wenn es der Wahrheit entsprechen würde, doch nun log er für sein Projekt, und das hatte er nie gewollt. Aber er war sich sicher, dass der Tag kommen würde, an dem diese Worte wahr sein würden.
„Sie reden Blödsinn, völligen Stuss! Ich bin und war Pete, mein Leben lang. Ich wollte ihr Projekt aufhalten, Sie sollten keine weiteren Erfolge vorweisen können. Sie sollten einsehen, dass es unmöglich ist, einen Menschen in einem Klon weiterleben lassen zu können. Sie dürfen die Menschheit nicht mit ihren Zukunftshypothesen ins Verderben stürzen. Wenn Sie mich der Öffentlichkeit vorgestellt hätten, hätte ich vor laufenden Kameras die Wahrheit über Adam erzählt. Wie sehr er gelitten hatte und wie wenig Sie auf seine Gefühle Rücksicht nahmen. Für sie war er nur ein Stück Fleisch, in das sie Leben einflößen wollten, mein Leben. Sie sind ein Verrückter und man sollte sie wegsperren!"

Pete war außer Atem. Er hatte kaum geschlafen und fühlte sich ausgelaugt. Doch auch befreit von der Last, die er monatelang mit sich getragen hatte. Es war ihm im Moment völlig gleich, was nun mit ihm passieren würde. Garden kannte die Wahrheit. Er musste sie akzeptieren! Pete war für ihn unwichtig! Es war vorbei!
Aber das war es nicht. Nicht für Garden. Garden hatte sich auf seinem Stuhl zurückgelehnt und kurz die Augen geschlossen. Er musste eine Entscheidung treffen. Pete zu manipulieren würde wahrscheinlich einige Schwierigkeiten mit sich bringen, die er unterschätzt hatte. Doch es gab ja noch weit effektivere Mittel, ihn zur Kooperation zu bewegen.
Er öffnete seine Augen und sah genau in Petes vor Erregung leicht gerötetes Gesicht. „Nun gut, du hast für dich entschieden, mir deine Karten offen auf den Tisch zu legen. So will auch ich das tun! Das Spiel ist vorbei, aber nicht verloren. Du gibst zu, mich betrogen zu haben und dass dein Plan gescheitert ist, mich von der Sinnlosigkeit meiner Arbeit zu überzeugen. Du hattest deinen letzten Versuch, dein Spiel weiterzuspielen. Mich wolltest du überzeugen, du seist Pete, damit ich dich gehen lasse, damit ich Lisa gehen lasse. Ich sollte es wie unbeabsichtigt herausfinden, damit es glaubwürdiger erscheint. Wieso hast du deinen Plan geändert, wieso gibst du auf?"
„Ich weiß von Regines Doppelspiel und ich weiß, dass Sie niemals vorhatten, an die Öffentlichkeit zu gehen, selbst wenn Sie Erfolg gehabt hätten! Sie wollten Ihr eigenes Klonimperium aufbauen. Mit Ihrem Wissen, Ihrer Fähigkeit, Menschen in Not zu manipulieren und zum „Kauf" eines

Klons zu überreden. Hatten sie mit ihren lebensverlängernden Organen noch nicht genug Geld gerafft?
Sie wollten Macht und immer mehr Reichtum! Niemals hätten Sie Adam gehen lassen. Er hatte es erkannt und fuhr in den Tod. Er hatte Ihnen vertraut, vielleicht liebte er Sie sogar, und Sie haben ihn verraten, missbraucht. Er war für Sie nur das Probestück, das man nachher wegwirft, wenn das Original überarbeitet und verbessert in Serie geht."
Gardens Mundwinkel zuckten. „Das ist nicht wahr, nie hätte ich ihm etwas antuen können, niemals! – Aber nun zu dir, warum wolltest du Lisa im Glauben lassen, du seiest Adam?"
Pete ließ sich auf den Stuhl sinken. Seine Locken fielen ihm ins Gesicht, er sah auf die blankpolierte Mahagoniplatte, in der sich sein Gesicht spiegelte. „Adam!" Er vermisste seinen Freund. Als er noch lebte, hatte Pete die Rolle des großen Bruders übernommen, sich ihm immer überlegen gefühlt, doch ihn gleichzeitig auch beschützen wollen. Er hatte versagt und fühlte sich alles andere als stark. Adam hatte Mut bewiesen sich das Leben zu nehmen. Er hatte eine Entscheidung getroffen, wollte nicht mehr benutzt werden, kein Probestück in einer vielleicht endlosen Reihe von nachfolgenden Klonen sein. Und vielleicht wollte er auch Pete helfen von der Klinik, von Garden los zu kommen, wieder ein freies Leben zu führen und nicht sich ewig verantwortlich zu fühlen für einen Menschen, den es eigentlich nicht gab und nie geben durfte. Er war stark genug sich für andere aufzugeben. Sein Verhalten war mehr als nur freundschaftlich, es war selbstlos, dafür bewunderte Pete ihn.
„Ich wünschte, ich wäre Adam!" Er sagte dies ganz leise, doch Garden hatte es vernommen.

„Du bist Pete, aber du bist auch Adam! Warum wolltet ihr mir nicht glauben. Ihr besitzt identische Gene. Alles, was er ist, was er kann, das kannst auch du! Ihr lebtet in unterschiedlichen Lebensverhältnissen, Umgebungen. Ihr habt unterschiedliche Entscheidungen getroffen, treffen müssen. Aber ihr seid immer noch gleich. Du bist Adam, entscheide dich dafür, so zu sein, wie er war, und du wirst so sein, das verspreche ich dir!
Es geht um Lisa, nicht wahr? Du hast Lisa einmal verlassen, ihr das Herz gebrochen, wie man so sagt. Du hast Angst, es könnte dir erneut passieren? Aber wieso dachtest du, es wäre anders, wenn sie glauben würde, du wärest Adam?"
„Als Adam könnte sie mir Vertrauen entgegenbringen, was sie Pete vielleicht nie wieder entgegenbringen kann. – Doch es ist zu spät, sie weiß, wer ich wirklich bin, ihr Auftritt letzte Nacht war keineswegs gespielt!"
„Sie weiß gar nichts!" Garden erhob sich und ging zu Pete hinüber. Er setzte sich seitlich auf die edle Tischplatte wie auf eine Steinmauer im Garten. „Siehe mich an Pete!"
Er wartete, bis Pete den Kopf hob.
„Wir kennen uns jetzt so lange. Ich habe dir dein Leben zurückgegeben und du hast mir dafür Adam geschenkt. Wir sind quitt. Mit Adams Entscheidung konnte niemand rechnen. Doch ich werde nicht aufgeben. Ich werde Klone erzeugen und verkaufen, das ist wahr. Und niemand wird mich daran hindern, weil es niemand erfahren wird, dafür werde ich sorgen! Du weißt, dass ich es ernst meine!
Wenn du dein Spiel für mich und vor meinen Patienten weiterspielst, verspreche ich dir, werde ich Lisa kein Haar krümmen. Sie wird vor mir sicher sein, solange sie kein Wort

über mein Klon-Projekt verliert. Sollte sie es dennoch tun, wird sie den kommenden Tag nicht erleben!"
Pete biss sich auf die Unterlippe. Seine Hände ballten sich unter dem Tisch zu Fäusten. Was konnte er tun? Garden hatte ebenfalls seine Karten offen dargelegt. Zwei Männer sahen einander in die Augen und wussten, was sie voneinander zu erwarten hatten. Pete war in der schwächeren Position, wie er glaubte.
Doch Garden war sich darüber im Klaren, dass er seine Kunden überzeugen musste. Und dies konnte er zurzeit nur mit Adam und Pete. Er hatte sämtliche Unterlagen, Beweise zur Verfügung, die gesamten ärztlichen Aufzeichnungen von Jahren. Erst wenn er einen Nachfolger so weit vorbereitet hatte, dass er Pete ersetzen konnte, würde er sich von Pete trennen, endgültig.
„Was sagst du? Ist das ein Deal? Du wirst weiterhin Adam spielen, der sich zu Pete entwickelt hat, du wirst nichts entbehren müssen, es wird dir wie gehabt gut gehen. Ich denke, das ist eine aussichtsreiche Zukunftsperspektive! Ganz im Gegenteil zu dem, was du außerhalb unserer Klinik zu erwarten hast. Und du wirst lernen so zu sein, wie du sein möchtest." „Sie werden Lisa in Ruhe lassen, ihr wird nichts geschehen?"
„Du hast mein Wort, ich verspreche es, in Adams Gedenken."
Pete wollte ihm glauben, musste ihm glauben, er hatte keine Wahl. „Aber ich muss etwas tun, sonst werde ich hier verrückt. Was kann ich tun? Jedenfalls kann ich nicht wie Adam Peters bei seiner Arbeit unterstützen."
„Du denkst immer noch nicht weit genug. Natürlich könntest du das, wenn du willst! Allerdings kannst du auch ganz offen

das tun, was du immer getan hast. Adam ist Pete, deine Fähigkeiten und Fertigkeiten kommen immer weiter zum Tragen. Adams Existenz verschwindet, wie Bilder auf verblichenen Fotos. Ich werde dich dabei unterstützen. Wir bauen an, modernisieren. Wir werden schon was Passendes für dich finden.

Und unterschätze nicht deine Arbeit mit mir. Wir werden einige wichtige Dinge besprechen müssen, bevor ich meine Kunden mit dir vertraut machen kann." Gardens Gesicht entspannte sich zunehmend. Er war zufrieden mit ihrem Gespräch. Pete würde weiterhin ihm gehören. Und dass er ihn mehr noch als nur überredet hatte, sondern mit dem Leben von Lisa erpresste, störte ihn dabei nicht im Geringsten. Der Verlust von Adam lag ihm schwer auf der Seele, aber er konnte nichts daran ändern.

Für einen kurzen Augenblick hatte er mit dem Gedanken gespielt, ihn zurückzuholen. Aber er hatte sich entschlossen, es nicht zu tun, sondern sich ganz und gar seinem neuen Projekt zuzuwenden. Adams Gene lagen auf dem kleinen Friedhof und wurden von Petes Mutter beweint, so sollte es auch bleiben.

45: Gedanken: Pete

Nach dem Gespräch mit Garden verschwand Pete mit hängendem Kopf im Flur. Obwohl er mehr gerettet als verloren hatte, wusste er, dass er sich für immer an Garden verkauft hatte. Wie konnte er Lisa erklären, dass er bleiben und sie gehen sollte?
Max brachte ihn, mit einigen Metern Abstand, in sein Zimmer. Er hatte Pete nicht wieder in die Augen gesehen, dieser ließ es nicht zu. Beide wussten, dass sie weiterhin miteinander auskommen mussten, doch ein Gefühl von Spannung, von Hass und Verachtung umgab sie. Irgendwann würden sie sich ein Ventil suchen, das wussten sie beide. Die Frage war nur, wann und wo.
In seinem Zimmer angekommen, setzte er sich erschöpft auf einen Stuhl am Fenster. Sein Blick war auf den Wald, den Park gerichtet, doch seine Augen sahen ihn nicht. Er würde bleiben, fürs Erste. Ja, er sollte es sich endlich eingestehen. Seine Angst, hier für immer eingesperrt zu sein, war nicht viel größer als seine Angst vor der Welt da draußen.
Seine Mutter, wie mochte sie es verkraften, ihn lebend wiederzusehen? Vielleicht bekam sie einen Herzanfall? Und all die anderen Menschen, die ihn früher kannten, würden sie ihm verzeihen? Vielleicht sollte er auswandern? Würde Lisa ihm verzeihen können, mit einem Mann leben können, der seine Seele verkaufte, um seinen Körper zu retten?
Doch was wesentlich schwerwiegender war als all die Urteile, die andere über ihn sprachen, war sein eigenes. Er konnte Adam nicht vergessen. Immer wenn er in den Spiegel sah, sah er auch ihn. All die Jahre, in denen er ihn heranwachsen sah,

leben und lernen sah und dann, als er zu begreifen begann. – Er hätte ihn retten müssen, er hätte es wissen müssen, er konnte fühlen, was Adam fühlte. Wieso war er nur so blind? Er war immer mit sich selbst und seinen Problemen beschäftigt gewesen. Er dachte nur an sein eigenes Leben, nichts war ihm wichtiger als zu überleben, selbst als Adam tot war, suchte er nur nach dem besten Weg zu überleben. Aber später?

Pete sprang auf. Es hatte keinen Sinn, hier herumzusitzen und zu grübeln. Er musste mit Lisa sprechen, ihr alles erklären, doch würde sie dann gehen? Wenn sie wüsste, dass er sich von Garden erneut hat kaufen lassen und sein Bleiben der Preis dafür war, dass sie unbeschadet weiterleben durfte? Dann fielen ihm Gardens Worte wieder ein: „Sie weiß gar nichts, überhaupt nichts!"

Aber das war nicht wahr. Sie wusste nun, wer er war, ahnte es die ganze Zeit über, seitdem er sie hierhergebracht hatte. Zuerst glaubte sie sich in Adam verliebt zu haben. Wen wünschte sie sich wirklich? War sie wirklich überglücklich, dass er, Pete, wieder da war, dass sie niemals Adam erblickte? Hätte sie nicht vielleicht doch lieber einen sanfteren, verständnisvolleren Adam als ihn, einen impulsiven, egoistischen Verlierer?

Garden sagte, er könnte sich ändern. Natürlich, jeder Mensch kann sich ändern, wenn er den nötigen Willen dazu aufbringen kann. Aber er war schon immer schwach, er suchte den leichtesten Weg, würde es immer tun. Oder konnte Garden Recht haben? Hatten sie, Adam und Pete, die einmalige Gelegenheit bekommen, ihre gesamten Möglichkeiten ihrer Entwicklung vor Augen gehalten zu bekommen? Als Beweis, was möglich gewesen wäre? Sollte es so sein, dann wäre Adam wirklich in ihm.

Es war verrückt, sich das vorzustellen, alles war völlig verrückt! Vielleicht erging es ihm bereits wie Adam, der auch sagte, er würde früher oder später verrückt werden bei dem Gedanken, nur eine Kopie zu sein. Aber langsam fragte er sich, wer hier die Kopie war. Vielleicht ist eine Verbesserung eines Originals keine Kopie, sondern eine Erneuerung. Wen würde man danach kopieren, das Original oder die Überarbeitung? Ihm wurde schwindlig.

Er hatte manchmal Angst zu vergessen, wer er war. Und er hatte noch mehr Angst davor, Lisa könnte vergessen haben, wen sie all die Jahre geliebt hatte! Wieso hatte er sie überhaupt jemals erwähnt? Wieso nur? Weil Adam sie gesehen hatte, in seinen Träumen! Weil er es für Garden glaubwürdig erscheinen lassen wollte, nichts zu entdecken.

Oder musste er sich eingestehen, dass er sie wiedersehen wollte? Er war egoistisch wie früher schon, damit musste nun endgültig Schluss sein. Er musste sich zusammenreißen, das Richtige tun, nur einmal! Alles, aber auch wirklich alles war schiefgelaufen. Er hatte Garden unterschätzt. Sie waren seine Gefangenen. Ja, das war ihm schon klar geworden, als Adam starb. Und als sie ihn und Lisa hierher zurückbrachten.

Wie naive sein Plan doch war. Er als Adam, nach misslungener Testreihe, ein freier Mann! Als ihm klar wurde, dass er Lisa da niemals hätte mit hineinziehen dürfen, als er sie warnen wollte, lief alles schief. Die Überwachungsanlagen waren weit ausgereifter, als er geglaubt hatte. Wärmekameras spürten jegliche Art von Leben auf. Selbst wenn es ihnen gelingen sollte, ein zweites Mal durch die Absperrungen zu kommen, konnten Gardens Leute sie mit Leichtigkeit wieder einfangen, wie er nun wusste.

Wenn er wirklich etwas ändern wollte, gab es nur noch eine Chance, aber er konnte sie nicht ohne Hilfe durchführen, und er kannte nur noch eine Person, die ihm helfen konnte. Sollte er es wagen, einen weiteren Menschen in Gefahr zu bringen? Nein! – Noch nicht!

Seine Zimmertür schloss sich wie von Geisterhand. Der Schlüssel wurde umgedreht. Max hatte ihn eingeschlossen. Also konnte er Lisa nicht aufsuchen. Vielleicht auch besser so, dachte er, während er sich aufs Bett fallen ließ und die Augen schloss. Er konnte sie nur enttäuschen.

46: Warten 2

Als Lisa erwachte, war es fast Mittag. Pete war seit einigen Stunden fort und weder er noch Regine hatten sich bei ihr gemeldet. Lisa wartete ungeduldig auf ein Zeichen.

Als sie es nicht mehr aushielt und aus dem Zimmer stürmen wollte, musste sie feststellen, dass ihre Tür wieder verschlossen war. Es kam ihr vor, als hätte die gestrige Nacht nicht stattgefunden. Wie konnten sie sie nur so lange alleine lassen, ohne eine Nachricht? Wie konnten sie sie nur so ignorieren? Alte hässliche Zweifel suchten sich einen Weg an die Oberfläche.

So war es auch damals gewesen. Ständig hatte sie das Gefühl gehabt, er würde sie hintergehen, belügen und betrügen. Doch wenn er bei ihr war, kamen ihr die Ängste so dumm vor, völlig aus dem Nichts entstanden, nur um sie zu quälen. Bis zu dem Tag, als sie ihn mit einer anderen überraschte.

Es tat ihm leid er wollte sie nicht verletzen, die Andere war seine Ex-Freundin und es geschah „einfach so!", sagte er ihr und versuchte es ihr zu erklären.

Doch sie wollte nichts hören. Für sie war damit ihre Beziehung beendet. Sie gab ihm keine zweite Chance. Aber damals hatte sie auch noch nicht gewusst, wie sehr sie ihn liebte. Das wurde ihr erst in den Jahren danach klar, als es ihr Jahr für Jahr nicht gelang, ihn zu vergessen.

Und in der gestrigen Nacht fühlte sie sich in diese Zeit zurückversetzt. Es war nicht nur seine Gestalt und die Art, wie er sie im Arm hielt. Es waren seine Augen, sein Blick, als er sie sah, der das Gleiche sagte wie vor so vielen Jahren.

Es hatte sich nichts verändert! – Oh doch! Das Ganze war nur ein Schauspiel, Theater; eigens für Garden inszeniert. Regine würde Garden klar machen, dass es sich eindeutig um Pete handelte und dass er sie niemals hätte täuschen können.
Und dann war sie dazugekommen. Nur ihre Reaktion war echt. Und was war mit seiner Ohrfeige? War sie auch gespielt? Nein, sie war echt, genau wie damals!
Allerdings hatte sie nicht sie, sondern seine Ex getroffen. Sie hatte irgendetwas Gemeines über Pete und Lisa gesagt. Lisa konnte und wollte sich nicht erinnern, aber es kam ihr vor wie ein Déjà-vu, dabei wusste sie genau, dass sie es schon einmal erlebt hatte. Es war die Wahrheit, er lebte! Die ganze Zeit, es war einfach unfassbar.
Jetzt würde sicher alles gut werden. Regine würde sie hier rausbringen. Oder wer weiß, vielleicht war das gar nicht mehr nötig. Vielleicht warf Garden sie einfach vor die Tür. Pete war für ihn nicht mehr von Nutzen und sicher nicht so dumm sein Leben zu riskieren und irgendjemandem von all dem hier zu erzählen.
Ja, da war sie wieder, die optimistische Lisa, allerdings war sie seit ihrer Ankunft hier nur sehr selten zum Vorschein gekommen. Denn die Pessimistin Lisa war sofort wieder zur Stelle.
Garden würde sie nicht so einfach gehen lassen. Sein Risiko war zu groß. Und was wollte Pete der Welt da draußen sagen, woher er kam? Er war doch tot. Und seiner Mutter? Die Pessimistin siegte.
Sie stand am Fenster und sah in den Park hinunter, der sich immer mehr mit Patienten füllte. Es war ein herrlicher Herbstmorgen. Nachdem der Wind den Nebel weggepustet

hatte, schien die Sonne ungehindert auf die verschiedenfarbigen Blätter des Waldes. Einfach wundervoll. Normalerweise würde sie sich im Moment nichts sehnlicher wünschen, als dort unten durch den Wald zu spazieren.
Aber heute war alles anders. Und wenn sie „alles" sagte, so meinte sie auch alles. Selbst ihre Gefühle Pete gegenüber waren anders. Jetzt, da sie begriff, wer die ganze Zeit um sie war, dass es Pete war, der so war, wie sie nie geahnt hatte, dass er hätte sein können. So rücksichtsvoll, so verantwortungsvoll. Sicher, es war seine Schuld, dass sie hier war. Aber es war auch seine beste Entscheidung seit Jahren, wie sie heute fand. Langsam durchschritt sie ihr Zimmer. Was konnte sie nur tun? War es möglich, dass Pete nicht zu ihr kommen konnte? Was, wenn Garden ihn ebenfalls eingesperrt hatte – oder Schlimmeres? Pete sprach immer von Gefahr, doch er wollte sie beide rechtzeitig in Sicherheit bringen. Wo war er?
Die Stunden vergingen in endloser Grübelei. Eine fremde Schwester brachte ihr das Mittagessen auf ihr Zimmer. Sie war ebenfalls recht jung und hübsch, doch mit Regine konnte sie nicht konkurrieren. Aufgeregt stürmte Lisa auf sie zu.
„Können Sie mir sagen, wo Schwester Regine ist oder Pete – nein, ich meine Adam?"
Die Schwester stellte das Tablett auf den kleinen Tisch am Fenster. „Nein, das tut mir sehr leid, ich habe nur meine Anweisung, mich heute um Sie zu kümmern."
Als sie sich zum Gehen umwand, hielt Lisa sie am Arm zurück. „Ich möchte mit Prof. Dr. Garden sprechen, noch heute. Würden Sie ihm das bitte ausrichten?"
„Selbstverständlich!" Etwas verunsichert sah sie auf Lisas Hand hinab, die noch immer ihren Arm festhielt.

Lisa ließ sie sogleich los. Sofort verschwand die Schwester leise durch die Tür.

Jetzt fühlte sie sich schon etwas besser. Sie hatte etwas unternommen. Welchen Plan Pete und Regine auch für ihre Flucht im Auge hatten, er musste gescheitert sein, sonst wäre er längst bei ihr. Nach dem Mittagessen, das sie bis auf einen Kräutertee unberührt stehenließ, fiel sie in einen tiefen Schlaf. Sie träumte wirr von Gräbern, Gesichtern auf den Marmorsteinen, die ihr zulächelten; sie erkannte Garden, Regine, dann Pete, nein, Adam, oder doch Pete? Er lächelte nicht.

Dann sah sie eine endlose Reihe von Steinen. Nein, es waren Regale, mit Aktenordnern. Ein seltsames, orange schimmerndes Licht hüllte sie ein. Ein Ordner fiel und fiel, bis er geöffnet auf dem Boden landete. Ein Foto mit einem weiteren Gesicht wurde sichtbar.

Es war ihr eigenes, es weinte.

47: Garden und Lisa

Wie aus weiter Ferne drang ein Klopfen zu ihr vor, das immer lauter wurde. Bis sie richtig wach war und begriffen hatte, dass es an ihrer Tür klopfte, mussten einige Minuten vergangen sein.

„Hallo, sind Sie wach? Ich habe eine Nachricht für Sie!" Das Klopfen war nun fast ein Donnern. Lisa rieb sich die Schläfen und rappelte sich hoch.

Als sich die Tür öffnete, sah sie die Schwester verdutzt an. „Sie haben aber einen festen Schlaf. Ich versuchte schon einmal vor einer halben Stunde, Sie zu wecken. Ich hatte schon Angst, es könnte Ihnen etwas passiert sein!"

Wie sie nur darauf kam? Es war ihr etwas passiert. Dieser Schlaf war unnatürlich tief gewesen und Lisa fühlte sich, als hätte sie einen Kater.

„Sie sagten etwas von einer Nachricht?" Lisa nahm einen kleinen Briefumschlag in Empfang. Sauber und ordentlich geschrieben stand ihr Name darauf. Die Schwester verabschiedete sich und Lisa setzte sich an den Tisch, um den Brief zu öffnen. Kein Absender!

„Hiermit möchte ich Sie für heute Nachmittag, 16.00 Uhr, zu mir zum Tee einladen Mit freundlichen Grüßen, Prof. Dr. Garden."

Er hatte keine persönliche Anrede geführt. Warum nicht? Leider kannte sie sich in Psychologie nicht so gut aus, aber es gab bestimmt eine Erklärung dafür. Einerseits war Lisa zufrieden, dass Garden ihren Wunsch akzeptierte und erfüllen wollte, andererseits war sie enttäuscht, dass es keine Nachricht von Pete war.

Sie wäre am liebsten zu Petes Zimmer gelaufen, vielleicht war er ebenso eingeschlossen wie sie seit heute Morgen? Nein, das würde ihn nicht hindern zu ihr zu kommen, wie er ihr ja bereits gezeigt hatte. Allerdings war es jetzt taghell, und er konnte schwerlich für jedermann sichtbar über die Balkone klettern. Als sie auf die Uhr sah, merkte sie, dass ihr Mittagsschlaf fast drei Stunden gedauert haben musste. Dabei hatte sie, noch bevor das Essen kam, keinerlei Müdigkeit verspürt, ganz im Gegenteil.
Schnell zog sie sich um. Sie holte ihr schwarzes Baumwollkleid aus dem Schrank. Es war zwar kurzärmlig und eigentlich zu dünn, aber sie fühlte sich selbstsicherer, wenn sie ihre eigene Kleidung trug. Und mit dem Häkeljäckchen fror sie auch nicht mehr so stark. Kurz nachdem sie fertig war, klopfte es erneut.
Vor der Tür stand die Schwester, sie begleitete sie durch die Flure. Natürlich, wie konnte sie auch annehmen, alleine zu Garden gehen zu dürfen, abgesehen davon, dass sie den Weg in sein Büro ohnehin nicht wiedergefunden hätte. Allerdings führte sie die Schwester nicht zu Gardens Büro. Sie brachte Lisa zu seiner Privatwohnung.
Max öffnete ihr die Tür, sie erinnerte sich an ihre erste Begegnung. Es war sein Gesicht, das sie durch das Fenster der kleinen Kapelle anstarrte. Mit Schaudern dachte sie daran zurück. Doch das war der Tag, an dem sie Pete wiederfand, oder besser gesagt, er fand sie.
Garden kam mit großen Schritten auf sie zu und schüttelte ihr kräftig die Hand. „Es freut mich, dass wir heute Zeit finden konnten, etwas zu besprechen, was mir schon ein paar Tage auf der Seele lag und Ihnen sicherlich auch?"

Seine freundschaftlich verständnisvollen Blicke störten Lisa ebenso wie der mit Kuchen und Gebäck überfüllte Esszimmertisch.

„Bitte nehmen Sie doch Platz!" Er führte sie, man könnte fast sagen galant, zu einem Platz ihm gegenüber.

Lisa hatte sich vorgenommen äußerst vorsichtig zu sein mit dem, was sie sagte. Sie wollte ihn durch Fragen zum Reden ermuntern, um so von ihm zu erfahren, was er vorhatte. Doch das war nicht nötig.

„Wie bereits erwähnt, hatte ich schon in den letzten Tagen oft an Sie gedacht. Ihre Arbeit bei uns neigt sich nun leider dem Ende zu. Sie haben uns sehr bei Adams letzten schwierigen Experimenten geholfen, nein, mehr noch. Wir haben es Ihnen zu verdanken, dass er nun endlich der ist, der er sein sollte. Ich möchte mich, auch im Namen meiner Mitarbeiter und Mitarbeiterinnen, ganz herzlich für ihre Mithilfe bedanken!"

Er verharrte mit einem breiten Grinsen über seinem leicht geröteten Gesicht, als wollte er Lisa Gelegenheit geben, nachzudenken oder die Fragen zu stellen, die er von ihr erwartete.

Lisa zuckte zusammen, als er seinen Namen nannte. Doch danach rührte sie sich nicht. Es brauste in ihrem Kopf. Was redete er da? Regine wollte doch dafür sorgen, dass Garden ihr Treffen mit Pete beobachten würde. Er wusste sicherlich von ihrem Ausbruch letzte Nacht. Er wusste, dass Adam nicht Adam war, die ganzen letzten Monate nicht mehr existierte. Worauf wollte er hinaus?

Garden räusperte sich, als von Lisas Seite keine Reaktion kam.

„Ich hatte heute früh bereits ein ausgiebiges Gespräch mit Adam."

„Sie hatten heute ein Gespräch?" Vorsichtig vermied sie seinen Namen.

„Ja, und wir sind nach einer recht produktiven Diskussion zu einem Ergebnis gelangt. Adam hat sich bereiterklärt, sich für unbestimmte Zeit weiterhin zur Verfügung zu halten und uns bei unserer Forschungsarbeit zu unterstützen."

„Aber das ist nicht möglich, das kann er nicht tun! Sie wissen, dass Adam tot ist und Pete lebt! Er gehört nicht hierher, er muss nach Hause, er hat ein Leben außerhalb dieser Mauern, was er weiterleben muss!" Lisa war auf ihrem Stuhl ganz nach vorne gerutscht.

„Da muss ich Ihnen leider widersprechen. Sein Leben „außerhalb dieser Mauern", wie Sie es nennen, gibt es schon lange nicht mehr. Und daran wird sich auch nichts ändern!"

Er gab es also zu, dass sie über Pete sprachen, und – jetzt war es raus – er wollte Pete nicht gehen lassen, sie hatten es geahnt. Warum hatte sich Pete überhaupt auf ein Gespräch eingelassen? Er wollte sie doch retten, er wollte ihre Flucht vorbereiten. Hielten sie ihn gefangen, noch strenger bewacht? Was konnte sie tun?

Garden holte sie aus ihren Gedanken zurück. „Aber nun zu Ihnen. Wir alle wissen, dass sie irgendwann ja leider wieder zurück in ihr vorheriges Leben müssen, so leid uns dies auch tut, warten ein Job und Freunde auf Sie. Und damit wir Ihnen den Abschied etwas erleichtern, habe ich eine kleine Überraschung für Sie vorbereitet." Nach diesen Worten drückte er einen Knopf und rief Regine herein.

Warum rief er nicht gleich Max? Sie wurde nicht mehr gebraucht, und er würde sie genauso wenig gehen lassen wie Pete. Lisa war sich sicher, dass sie nun im Untergrund

verschwinden würde. Sie würden sie betäuben und ertränken oder einmauern oder vom Balkon stürzen. Es wusste eh niemand, wo sie sich befand, sie würden sie nie wiederfinden. Ihre Phantasie ging mit ihr durch und sie fühlte mit ihren Romanheldinnen aus den vielen historischen Liebesromanen, die sie bis heute gelesen hatte. Sie werden ihr Pete erneut entreißen, für Jahre, für immer. Bis in alle Ewigkeit.
Regine trat ein, und überreichte Garden einen weißen, länglichen Zettel. Sie sah Lisa lächelnd an, jedoch anders als sonst. Lisa wusste, dass es ein triumphierendes Lächeln war. Ihr wahres Gesicht! Sie stand an Gardens Seite, und das würde sich auch nicht ändern, darüber war Lisa sich nun völlig sicher.
„Ja, alles in Ordnung! Geben Sie ihn bitte Lisa!" Er hatte den Zettel kurz angesehen und dann unterschrieben.
Lisa wusste immer noch nicht, was das zu bedeuten hatte. Erst als sie die Zahl mit den vielen Nullen dahinter las, erkannte sie den Scheck. Die Nullen verschwammen vor ihren Augen. Sie zählte sie nicht. Langsam erhob sie sich, dann schleuderte sie den Scheck quer über den Tisch in Gardens Richtung.
Er wäre fast auf der Nusstorte gelandet, wenn Regine ihn nicht schon im Flug gerettet hätte. Beide sahen sie sprachlos an.
„Niemals werde ich Geld von Ihnen annehmen. Weder für mein Schweigen noch für meine Hilfe. Und ich werde Pete nicht allein lassen, nie wieder. Wir werden zusammen von hier fortgehen oder zusammen hierbleiben. Sie müssen uns schon töten, um uns zu trennen. Sie können das Geld Regine geben, sie hat es sich verdient!" Lisa starrte abwechselnd in Gardens gerötetes und dann in Regines fast weißes Gesicht, während sie sich an der Tischplatte festhielt.

Sie waren verblüfft, doch Garden fing sich schneller als Regine. „Aber, aber, warum denn gleich so theatralisch? Ich kann verstehen, dass Sie, nun, wo sie Pete von den Toten zurückgeholt haben, nicht verlassen wollen, doch …"
Lisa war auf ihn zu gerannt und noch ehe Regine sie zurückhalten konnte, stand sie vor seinem Sessel und rüttelte ihn an seinen Schultern. „Hören Sie auf, hören Sie sofort auf damit! Sie wissen ebenso wie ich, wie Regine, dass Adam seit langer Zeit tot ist und dass Pete niemals starb. Was auch immer Sie mit ihm vorhaben, ich werde daneben stehen und auf ihn aufpassen und Sie werden mich nicht daran hindern!"
Lisas Worte waren ein einziger Hilfeschrei. Sie wusste, dass sie Unrecht hatte, er konnte alles mit ihnen tun, einfach alles, sie waren ihm ausgeliefert. Doch sie wollte es nicht geschehen lassen.
Max war hereingestürmt, als er Lisas schreiende Stimme vernahm. Er packte sie um ihre Hüften und zerrte sie von Garden los. Dann trug er sie raus. Regine kümmerte sich um Garden, doch der wehrte sie ab.
„Ist schon gut, mit fehlt nichts, gehen Sie mit, und geben Sie ihr etwas!"
Dann strich er unzählige Male über sein Haar, das ihm völlig zerzaust ins Gesicht hing, und wischte mit einem einzigen Armschlag das Geschirr und den Kuchen vom Tisch, dass es nur so schepperte.
Sie sollte es noch zu spüren bekommen, was es heißt, ihn zu beleidigen, dafür würde er sorgen.

48: Pete und Lisa

Max trug Lisa fast waagerecht unter dem Arm. Er war ein sehr großer und breitschultriger Mann, so dass es ihm wenig ausmachte dass sie die ganze Zeit zappelte und um sich schlug. Nur ihre Hilfeschreie und die Beschimpfungen nervten ihn schrecklich.
Endlich vor ihrer Tür angelangt, schloss Regine auf, sie war immer an ihrer Seite gewesen und hatte versucht beruhigend auf sie einzureden, ohne den geringsten Erfolg. „Ich gehe die Spritze holen, in Ordnung?"
„Ja, geh schon, ich komme hier klar." Als Max Lisa wenig später wie einen Wäschesack aufs Bett fallen ließ, stand sie im Nu kerzengrad davor und wollte an ihm vorbei zur Tür hinauslaufen. Aber das war eine aussichtslose Aktion. Er griff sie wie nebenbei am Arm und hielt sie zurück.
In diesem Augenblick stürmte Pete zur Tür herein, die halb offen stand. „Was ist hier los, Lisa, was ist passiert?"
„Pete, wo warst du?"
Er riss Max' Hand von Lisa los, so dass sie ihm schluchzend in die Arme fiel. Max ließ es wortlos geschehen, doch sein linker Arm holte im selben Moment von hinten Schwung, so dass nur Augenblicke später seine geballte Faust an Lisa vorbeirauschte und Pete mitten ins Gesicht traf.
Pete konnte sich nicht auf den Beinen halten und fiel wie ein gefällter Baum der Länge nach auf den Rücken, wobei er Lisa mit sich riss. Es war ein ungleicher Kampf. Das Vernünftigste für Pete war, liegen zu bleiben. Was er auch tat. Aus seiner Nase lief Blut, ebenso drang es dunkelrot aus seiner Lippe.

Erstaunt über Max' plötzlichen Wutausbruch sahen sie ihn fragend an. Lisa fasste sich als Erste. „Was sollte das? Wolltest du ihn totschlagen? Ein Mann von deiner Statur sollte sich seine Gegner besser aussuchen!" Ihre Augen funkelten. Sie holte ein Handtuch aus dem Bad, das sie mit kaltem Wasser tränkte.

Als sie Pete damit das Gesicht kühlte und die Blutungen zum Stillstand gebracht hatte, stand Max immer noch an derselben Stelle und starrte auf sie hinunter.

„Es tut mir leid, das wollte ich wirklich nicht!"

Langsam rappelte sich Pete mit Lisas Hilfe auf. „Was ist los? Ich meine, was ist wirklich mit dir los? Ich kann mir nicht vorstellen, dass Garden dir Anweisungen gab, mich K.O. zu schlagen. Warum bist du sauer auf mich? Weil ich Adam nicht von diesem Schritt abhalten konnte? Ich habe es nicht gewusst. Er wollte doch nur einmal die Freiheit spüren. Woher hätte ich wissen sollen, dass er nicht wieder zurückkommen würde? Was geht dich das alles an?" Verzweifelt hielt er das Handtuch vor sein Gesicht. Es war kalt und nass und seine salzigen Tränen vermischten sich mit seinem Blut. Er schmeckte es auf seiner Zunge und fühlte sich erleichtert. Endlich hatte auch er etwas von all dem abbekommen, was sonst andere für ihn ausbaden mussten.

Max trat einen Schritt auf ihn zu. Lisa wich erschrocken zurück. Er stellte sich dicht vor Pete, so dass er ihm genau in die Augen sehen konnte. Auch wenn Max an Statur ein Mehrfaches zu bieten hatte als Pete, so waren sie doch fast gleich groß. „Du hast Recht! Es geht um Adam! Du warst sein bester Freund und hast ihn im Stich gelassen. Wieso? Warum habe ich nichts davon gewusst? Auch wenn ich es nie zeigen durfte, ich habe ihn geliebt!"

Diese letzten Worte lösten eine Stille aus, die eigentlich kaum bedrückender hätte sein können.

Dennoch spürten Lisa und Pete wenig später noch mehr als nur ein bedrückendes Gefühl, als Max mit den Worten „Adam war mein Sohn!" das Zimmer verließ, blieben sie völlig versteinert zurück.

Er hatte sie geschlagen, ohne seine Hände zu benutzen. Sie fielen in eine dunkle Gruft, ohne Aussicht auf Befreiung.

49: Max

Ohne bewusst wahrzunehmen, wohin er ging, führten seine schnellen Schritte ihn geradewegs in Adams Zimmer. Leise schloss er die Tür hinter sich und sah sich um. Seitdem Prof. Garden ihm heute Morgen mitgeteilt hatte, dass Adam tot sei, aber Pete seine Doppelrolle weiterspielen würde, wusste er zuerst nicht, wie er reagieren sollte. Seine Brust schmerzte und er hätte am liebsten laut geschrien, aber das war nicht seine Art, Gefühle zu zeigen.
Doch als Pete wenig später oben auftauchte, er ihn unbeschadet, lebend sah, stieg etwas in ihm auf, was er nur als Hass bezeichnen konnte. All die letzten Monate hatte er auf ihn aufgepasst, als sei er sein Sohn. Selbst seine Ausreißer-Aktion hatte er ständig unter Kontrolle gehabt, abgesehen von dem Brand in der Kapelle. Er war stolz auf ihn. Es war ihr gemeinsames Kind. Seines und das von Prof. Garden.
Natürlich war er damals überrascht, als dieser ihn bat seinen Samen für Petes Klon zu spenden. Aber es gab kaum etwas, was er ihm zu dieser Zeit hätte abschlagen können. Und natürlich war es schwer Adam aufwachsen zu sehen und ihm nicht sagen zu dürfen, wer sein Vater ist. Aber Prof. Garden verlangte auch das von ihm. Es hätte dem Projekt geschadet! So begnügte er sich mit der Tatsache, ihn immer um sich haben zu können, auf ihn aufzupassen. Jetzt stand er hier in seinem Zimmer und wusste, dass er ihn nie wiedersehen würde. Nein, das war nicht richtig. Er würde ihn sehen, ständig an ihn erinnert werden, durch Pete. Nach all den Jahren, die er

hier verbracht hatte, war heute der erste Tag, an dem er sich ernsthaft überlegte von hier fortzugehen.

Suchend sah er sich im Zimmer um. Es gab nichts, aber auch gar nichts Persönliches von Adam. Selbst die Bücher waren aus der Klinikbücherei, ebenso die CDs. Er ging ins Bad. Als er sein Gesicht im Spiegel betrachtete, sah er die Tränen, und er sah einen Mann, den er nicht kannte. Es wurde Zeit, sein Leben zu ändern.

Erschöpft ließ er sich auf einem Badhocker nieder, der gefährlich unter seiner Last knarrte. Beide Hände vors Gesicht geschlagen, die Ellenbogen auf die Knie gestützt versank er in Trauer und Hoffnungslosigkeit. Er hatte so gehofft, Adam würde eines Tages ein eigenständiges Leben führen können. Dann, wenn diese Testreihe endlich beendet sein würde. Es sollte doch gar nicht mehr lange dauern.

Wieso konnte er nicht mehr warten, es nicht mehr aushalten? Warum waren sie sich nicht nähergekommen? Warum hatte er kein Vertrauen zu ihm aufbauen können? Max kannte die Antworten, er war nur der Aufpasser!

Und selbst seinem Freund Pete hatte er nichts von seinem Plan erzählt, er wollte nicht gerettet werden! Doch auch diese Erkenntnis konnte ihn nicht trösten.

50: Pete und Lisa

Als sie eine Weile schweigend im Zimmer standen, holte Pete tief Luft und ließ sich auf einen Stuhl sinken.
Lisa tat es ihm gleich. „Wie kann Max Adams Vater sein? Er hatte deine Gene."
Verunsichert schüttelte Pete seinen Kopf. „Ich hätte nie gedacht, dass Garden so skrupellos sein könnte. Er hätte Samen eines Unbekannten nehmen können. Schließlich wurden die Erbanlagen komplett ausgetauscht. Nichts von Max ist in Adam vorhanden. Aber er musste persönliche Bindungen schaffen. Wer weiß, wozu er sie später nutzen konnte. Ein gerissener Hund. Niemand anderes wäre ein Leben lang hiergeblieben, um auf Adam aufzupassen, nur sein eigener Vater nahm all das auf sich."
Pete fuhr sich mit beiden Händen durch seine Haare. „Und Adam hat nun nie wieder die Möglichkeit, es zu erfahren. Ich glaube, er hätte sich gefreut. Vielleicht wäre genau das der Halt gewesen, den er gebraucht hätte, um es nicht zu tun!"
Langsam kam Lisa zu ihm herüber und setzte sich auf seinen Schoß. Er legte seinen Kopf gegen ihre Brust und sie hielten einander fest, als würde es unausweichlich sein, dass dies nicht der letzte Sturm war, der über ihre Köpfe hinwegziehen würde. Sie konnten nur hoffen, dass sie stark genug sein würden, ihn zu überstehen.
„Wie soll es nun weitergehen? Ich habe den ganzen Tag auf dich gewartet. Wir wollten doch weg von hier!?" Als sie seine traurigen Augen sah, wusste sie, dass etwas passiert sein musste, was nicht in seiner Hand lag.

„Es ist anders gekommen, als wir geplant hatten. Ich werde hierbleiben, aber du darfst nach Hause fahren!" Mit einem Lächeln auf den Lippen sah er sie an. „Ist das nicht wundervoll, du wirst endlich all dem hier entkommen. Du wirst wieder frei sein!"
„Ich verlasse dich nicht, ich bleibe bei dir. Niemand wird uns trennen, niemals wieder!" Tränen rannen über ihr Gesicht. Die starke Anspannung des Tages brach über ihr zusammen.
„Was redest du da? Du musst gehen, du musst diesen Ort verlassen, für immer. Das ist alles, was ich will!" Pete nahm ihr Gesicht in beide Hände und hielt es vor seins. „Ich liebe dich, ich habe dich immer geliebt und werde es immer tun, aber ich bitte dich, geh von hier fort!"
Pete meinte es ernst, das spürte sie, doch sie konnte ihm seinen Wunsch nicht erfüllen.
„Ich möchte dass du Garden alles unterschreibst, was er verlangt, und dass du dich an deine Schweigepflicht hältst, so kannst du mir am meisten helfen. Und ich verspreche dir, dass wir uns wiedersehen werden, vielleicht schon in ein paar Monaten." Das war gelogen, doch er musste ihr Hoffnung geben. Es war genau das eingetreten, wovor er Angst hatte. Er hatte es gewusst, aber er konnte es nicht abwenden. Garden hatte ihn in der Hand, und wenn er ihn nicht mit Lisa erpressen würde, dann vielleicht mit seiner Mutter, ihm war alles zuzutrauen.
„Wieso kannst du nicht mit mir kommen, was hat Garden dir angedroht, wieso können wir nicht fliehen?"
„Das ist unwichtig, ich habe keine andere Wahl, es ist hoffnungslos!" Er drückte sie fest an sich, damit sie seine Tränen nicht sah.

Max sah sie, er stand schon eine Weile im Türrahmen und wusste nicht, was er tun sollte, als er die beiden so dasitzen sah wie zwei verlorene Kinder, die keinen Ausweg mehr wussten. Er fühlte etwas in sich aufsteigen, was er seit Jahren nicht mehr gefühlt hatte.
Regine erschien hinter ihm mit einer kleinen Metallschale in der Hand. Sie sah Pete mit Lisa im Arm und blieb überrascht stehen.
Petes Augen bemerkte sie und entdeckten die Schale in ihrer Hand mit der bereits aufgezogenen Spritze. „Nein!", schrie er, sprang auf und schleuderte Regine die Schale aus der Hand. Adam tauchte vor seinen Augen auf, wie er sich vor Schmerzen auf dem Fußboden windet. Das war lange her, doch sein Stöhnen konnte er noch heute hören, und selbst die Schmerzen und seine Verzweiflung meinte er in diesem Augenblick in seinem Körper zu spüren.
„Sie bekommt keine Spritze, ganz egal, was du mir gleich darüber erzählen wirst, Regine. Du und auch niemand anderer wird ihr jemals wieder eine Spritze geben, ist das klar! Ich werde gleich mit Garden darüber sprechen!"
Seine Augen funkelten Regine an, so wie sie es bis heute noch nie gesehen hatte. Sie nickte und begann den Inhalt der Schale vom Boden aufzusuchen.
„Lisa höre mir jetzt genau zu, ich werde gleich zu Garden gehen und darauf bestehen, dass du noch heute nach Hause gebracht wirst." Lisa wollte ihm widersprechen, doch er hielt ihr seine Hand über ihren Mund. „Du fährst, ich verlange es von dir, und nichts, was du sagst, kann meine Meinung ändern." Langsam strich er ihre Tränen von den geröteten Wangen. „Glaube mir bitte, es gibt nur diesen Weg. Hilf mir

ihn zu gehen, indem ich dich in Sicherheit weiß, so gibst du mir Kraft, dies alles weiterhin durchzustehen."
Ihr Herz schrie, doch sie erkannte, dass er Recht hatte, sie durfte ihn nicht zusätzlich belasten. Ihre Blicke hielten einander fest, als versuchten sie die Zeit anzuhalten, Rettung oder einen anderen Ausweg herbeizubeschwören. Pete wendete sich ab und ging.-
Regine und Max hatten sich angesehen und Regine nickte. Dann verließen auch sie den Raum und Lisa war allein.

51: Garden und Pete

Max' und Petes Schritte hallten im Gleichklang durch die Flure. Das war auch das Einzige, was sie im Moment miteinander verband, wie sie glaubten. Sie bewegten sich in die Richtung, in der sich Gardens Arbeitszimmer befand.
„Wie konntest du dein Zimmer verlassen, ich hatte es verschlossen?" Max verlangsamte weder seine Schritte noch sah er Pete an.
„Vielleicht solltest du das nächste Mal beide Türen abschließen!"
Wortlos gingen sie weiter. Nur ein, zwei Blicke riskierte Max von der Seite.
Pete spürte, dass er ihn beobachtete. Wusste er immer noch nicht, was er glauben sollte? Hoffte er, Adam wäre noch da? Max war stets Gardens treuer Bodyguard gewesen, er tat alles, was Garden ihm befahl. Warum? Darauf hatte Pete bis heute keine Antwort gekannt. Und nun, seitdem er sie kannte, versuchte er sich immer mehr Szenen in Erinnerung zu rufen, in denen er und Adam mit Max in Berührung kamen. Wäre er aufmerksamer gewesen, hätte er vielleicht erkennen können, dass Max Interesse mehr auf Adam gerichtet war. Allerdings war Adam auch von jeher die Hauptperson gewesen.
Er hatte keine Zeit mehr, noch weiter über Max nachzudenken. Denn in diesem Augenblick kam ihnen Prof. Garden entgegen.
„Georg! Ich muss Sie sprechen!" Pete hatte ihm den Weg versperrt, als dieser mit einem angedeuteten Gruß an ihnen vorbeigehen wollte.

„Was denn schon wieder, wir haben doch erst heute Vormittag miteinander gesprochen!? Alles Nötige ist gesagt und veranlasst!"
„Das sehe ich nicht so! Was ist mit Lisa? Sie sollten sie gehen lassen!"
„Ach Lisa, diese störrische kleine …! Sie wollte das Geld nicht, und sie wollte auch nicht von hier fort."
„Jetzt wird sie gehen! Sie werden sie noch heute nach Hause bringen lassen! Sie wird sich an die Schweigepflicht halten und Sie sich an unsere Abmachung. Sie glauben, Sie haben uns in der Hand, aber Sie irren sich! Ich habe Sie in der Hand."
Georg Garden ließ deutlich mehr Falten zum Vorschein kommen als ohnehin schon vorhanden waren. Und Pete wurde klar, dass es nun kein Zurück mehr gab. Es war höchste Zeit für seinen letzten Trumpf, seinen Pfeil, den er nun vorhatte mitten in Georgs Herz zu schießen. Wenn dieser Schuss nicht treffen sollte, waren sie gänzlich verloren.
„Was soll das nun wieder heißen?" Schweißperlen bildeten sich auf seiner Stirn, doch er griff nicht zum Taschentuch. Das würde seine Schwäche nur unterstreichen. Ja, wenn es das war, was er ahnte, dann wurde er mit Petes nächstem Satz schachmatt gesetzt.
Pete ging langsam einen Schritt auf Georg zu, so dass er deutlich die Panik in dessen Augen erkennen konnte. Dann schoss er, leise und zielgerade seinen Pfeil ab. „Solltest du Lisa weiterhin gefangen halten, sie unter Drogen setzen oder ihr anderweitig auch nur ein Haar krümmen, schwöre ich dir, dass es weder einen Adam noch einen Pete geben wird!"
Garden und Max sahen Pete gleichermaßen überrascht und erschrocken an.

Dass er ihn nicht bei der Überzeugung seiner neuen Klienten behilflich sein würde, damit hatte er gerade noch gerechnet, doch sich das Leben zu nehmen, das war einfach unfassbar. Würde er seine Drohung wirklich wahr machen? Wäre Pete in der Lage, seinem Leben ein Ende zu setzen, ebenso wie es Adam tat? Garden kannte die Antwort auf diese Frage. Das war auch der Grund für seine immer stärker werdende, nun für jedermann deutlich sichtbare Angst. Die Antwort darauf war eindeutig ja! Pete besaß nichts auf dieser Welt außer den Menschen, die er liebte. Wie könnte er ohne sie weiterleben wollen? Er würde alles für sie tun. Und – es waren seine Gene, die genau dieselbe Entscheidung schon einmal getroffen hatten.

Garden nickte ein paarmal stumm vor sich hin. Dann sah er Pete von oben bis unten an. „Meine Wahl fiel damals auf dich, weil du so warst, wie du genau in diesem Augenblick bist. Du wusstest es damals nicht. Doch ich habe es gleich gesehen. Durch deine Augen sah ich einen ganz besonderen Menschen. Ich hatte eine Person wie dich gesucht, mit einer festen Persönlichkeit, einer starken Identität, Charakterstärke und noch vielen Eigenschaften, die ich als wertvoll erachtet habe und es immer noch tue, um einen Klon daraus zu entwickeln. Durch dich gelang mir mein Meisterstück, darum werde ich dir deinen Wunsch auch nicht abschlagen. Alles, was nach Adam kommen wird, werden in Bandarbeit gefertigte Kopien sein!"

Mit diesen Worten schob er sich an Pete vorbei, der mit offenem Mund im Gang stehenblieb. Max, der nicht weniger verdattert dastand, beeilte sich Garden zu folgen.

Garden wusste, dass das so nicht ganz stimmte. Die Zukunft, die er beschrieb, hatte bereits begonnen. Und es gab Ausnahmen! Aber sein kleines Geheimnis sollte auch weiterhin eines bleiben. Nicht mehr lange und Garden würde seine ersten Kunden über seinen Erfolg informieren und Beweise liefern müssen. Pete musste Überzeugungsarbeit leisten für etwas, das er aufs allerschärfste verurteilte. Würde er diesem Druck standhalten? Garden hatte keine andere Wahl als es zu riskieren. Pete liebte Lisa über alles, auch wenn er es für lange Zeit nicht zugeben konnte. Er würde ihr Leben nie wieder bewusst oder unbewusst gefährden.

Mit schweren Schritten ging er, durch den gläsernen Flur, auf den Fahrstuhl zu. Das Treppensteigen fiel ihm immer schwerer. Vielleicht sollte er gelegentlich etwas kürzertreten. Er lächelte bei seiner Wortwahl. Der Fahrstuhl war ein prima Anfang. Und alles andere würde folgen, in naher Zukunft.

52: Gedanken-Pete

Er hatte gewonnen, er hatte über Garden gesiegt! Seine Bestürzung war echt. Nun würde er Bedingungen stellen. Auch wenn er noch immer ein Gefangener war und Lisa sich wieder weit von ihm entfernen würde. Sie war außer Gefahr, solange sie sich beide, Garden und er, an die Spielregeln halten würden. Und Pete wusste, dass er für Garden wichtiger war als Lisa. Also würde es für Garden keinen Grund geben, ihr etwas anzutun, wenn er seine Arbeit zufriedenstellend erledigen würde.

Konnte er damit leben? Würde er Gardens Kunden, Klienten oder Patienten, wie auch immer er sie nannte, überzeugen können, dass er „Pete" in sich wiederentdeckt habe? Dass er ein Klon ist, der seine Identität gewechselt hatte! Der zwei Identitäten in sich trägt, jedoch weder schizophren noch verrückt sei, sondern ein von Menschenhand produzierter neuer Mensch!

Ihm fiel wieder die Bedeutung des Wortes „Adam" ein:
„… der als Mann von Gott erschaffene erste Mensch. Aus seiner Rippe soll das erste Weib, Eva, entstanden sein. Nach der Vertreibung aus dem Paradies wurden Adam und Eva die Stammeltern des Menschengeschlechts. Nach christlicher Auffassung ist Adam Urheber der Sünde, die erst durch den „zweiten Adam", Christus, getilgt wurde!"

Durfte er Garden emporheben, den Menschen bestätigen, dass durch Adam ein neues Menschengeschlecht entstehen könnte? Ja, er hatte es geschafft, ihn zu klonen. Und er konnte jeden Menschen verbessern, schlechte Gene einfach weglassen,

entfernen und neue hinzufügen. Sollte er dabei helfen, diese Nachricht zu verbreiten? Wollte er das wirklich tun?
Doch diese Frage war sinnlos. Er musste es tun! Auch wenn es ihm irgendwie gelingen sollte, die Polizei oder die Presse zu verständigen, so oder so würde die Menschheit von Gardens Ergebnissen erfahren. Nur die Menschen alleine konnten einen Weg finden mit dem Neuen hoffentlich richtig, sinnvoll, menschlich umzugehen. Aber dazu brauchten sie Zeit! Diese Zeit konnte nur Pete ihnen verschaffen. Er musste Gardens „Produktion" stoppen.
Aber wie? Er hatte schon oft darüber nachgedacht, Karl um Hilfe zu bitten. Wenn er ihn überreden könnte Material nach außen zu schaffen …? Nein, er durfte ihn nicht auch noch gefährden.
Und falls Garden davon zu früh erfuhr, würde der erste Verdacht auf Lisa fallen. Sie wäre das erste Ziel. – Wie lange konnte es dauern, bis sich jemand auf den Weg machen würde, um genauere Untersuchungen durchzuführen? Die Presse würde die Klinik belagern, sie würden nach ihm suchen. Was, wenn sie ihn nicht finden würden? Es könnte alles als großer Schwindel, Verleumdung hingestellt werden.
Adam ist tot. Und wenn er, Pete, auch nicht zu finden wäre, wem sollten sie glauben? Lisa? Karl? Wenn sie dann noch lebten! Und die Beweise mussten jeder Überprüfung standhalten.
Er müsste an Gardens Computer! Ohne Hilfe würde er da nie herankommen. Und dann war da noch seine Mutter. Wie könnte er ihr das antun, aus den Zeitungen zu erfahren, dass er noch lebte, sie betrogen hatte, geklont wurde und sie alleine gelassen hatte in ihrem Schmerz?

Vielleicht würde er doch noch einen anderen Weg finden. Mit der Zeit konnte er eine Lücke in Gardens Gefängnis entdecken. Er musste nur weiterhin Augen und Ohren offen halten, dann würde es ihm vielleicht doch noch gelingen, ein weiteres Klonen zu verhindern und all dem hier ein Ende zu bereiten.

53: Lisas Abschied

Am frühen Abend stand Lisa vor dem Haupteingang der Klinik. Gepäck hatte sie keines. Regine wartete mit ihr auf die Limousine, die Max soeben aus der Garage holte. Regine hatte ihr die besten Grüße und Wünsche von Prof. Dr. Garden übermittelt und alles Gute für die Zukunft.
Er hatte nicht noch einmal versucht, ihr den Scheck zu geben und Lisa war froh darüber. Sie hatte so das Gefühl, dass er sie trotz allem zu respektieren schien. Was sie allerdings an den Rand der Verzweiflung brachte, war, dass Pete sich nicht von ihr verabschieden wollte. Er hatte Regine aufgetragen, Lisa zu sagen, dass sie sich keine Sorgen machen sollte. Das war alles. Lisa wusste, dass er Regine niemals seine Gefühle ihr gegenüber erwähnen würde, um sie ihr auszurichten. Sie musste sich damit abfinden. Sie wusste, dass sie sich liebten, und musste nun daran glauben, dass sie sich wiedersehen würden, er wollte es so!
Als der Wagen vorfuhr, stieg Max aus und öffnete die Tür für Lisa. Wahrscheinlich tat er es aus Gewohnheit, dachte Lisa. Aber er sah dabei weder grimmig noch anderweitig schlecht gelaunt aus. Nein, er machte einen äußerst zufriedenen Eindruck. Lisa konnte es sich nicht erklären, aber auch Regine schien verändert. Sie wünschte ihr alles Gute. Sie verabschiedeten sich mit einem fast freundschaftlichen Händeschütteln. Und auch ihr sanftes Lächeln wirkte fast wie eine Entschuldigung.
Als Lisas Blick ein letztes Mal über die gläserne Fensterfront schweifte, erkannte sie Pete hinter seinem Fenster. Er stand einfach nur da und sah zu ihr hinunter. Lisa hob langsam ihre

Hand und winkte, er tat es ihr gleich und war froh darüber, dass sie seine Tränen nicht sehen konnte.

Als sie ins Auto stieg, hatte sie das Gefühl, jeden Augenblick aus einem langen Traum zu erwachen. Dass ein Traum nicht wirklich wurde, war schon schlimm, doch wenn die Wirklichkeit zum Traum wurde, war das fast nicht zu ertragen. Nun konnte auch Lisa ihre Tränen nicht länger zurückhalten. Sie weinte still vor sich hin, während das Auto die lange Auffahrt entlangfuhr und die kahlen Bäume rechts und links vorüberflogen, als seien sie auf der Flucht und nicht Lisa. Als sie das Pförtner-Häuschen passierten, sah Lisa Karl das erste Mal. Max stoppte und begrüßte ihn mit Namen. Was sie danach sprachen, konnte sie nicht verstehen. Karl sah sehr freundlich, ja, gütig aus. Alles, was sie über ihn von Pete erzählt bekommen hatte, konnte sie sich nun gut vorstellen. Als sie weiterfuhren, nickte er ihr lächelnd zu. Lisa erwiderte seinen Gruß und lächelte ebenfalls. Als sie danach endlich ihre Tränen von den Wangen strich, änderte sich ihre Stimmung. Und als Max sein Fenster herunterließ, um ihr zu sagen, dass sie sich einen Tee oder Kaffee nehmen konnte, denn der würde ihr gut tun, hatte sie bereits einen Entschluss gefasst, für dessen Planung ihr ein Kaffee gerade recht erschien.

Max ließ zufrieden die Rückscheibe wieder zwischen ihnen hochfahren. Er verfolgte, wie sie wenige Minuten später ruhig auf dem Rücksitz einschlief und fuhr entspannt auf die Autobahn.

54: Petes Entscheidung

Der nächste Tag verlief ereignislos. Pete musste einige medizinische Untersuchungen über sich ergehen lassen wie auch schon am Tag vor Lisas Abreise. Doch er hatte das Gefühl, sie taten es mehr aus dem Grund, um ihn zu beschäftigen, als dass sie diese Untersuchungen wirklich benötigten.

Er hatte die Möglichkeit, sich auf dem gesamten Gelände frei zu bewegen. Natürlich war die Überwachung durch die Kameras und Mikros nach wie vor vorhanden, aber er wurde weder in seinem Zimmer eingeschlossen noch, was er eigentlich erwartet hatte, von einem Bodyguard bewacht. Er konnte nicht fliehen und alles andere wusste er bereits – wie er bis dahin annahm.

Pete gab sich damit zufrieden, dass sie ihm wenigstens den halben Nachmittag Zeit für ihn selbst ließen. Meistens ging er in den Park. Nur den Springbrunnen mied er. Seine Gedanken waren weit vor den Zäunen dieser Festung. Ja, er empfand die Klinik mehr denn je als sein Gefängnis. Er konnte nicht verstehen, warum diese Gefühle sich nicht schon viel früher eingestellt hatten.

War alleine Lisa der Grund, weshalb er nun hier unbedingt heraus wollte? Ja, er wollte endlich in Frieden leben, ohne das ständige bedrückende Gefühl zu haben, Verantwortung zu tragen für Dinge, für Menschen, die er nicht beeinflussen, nicht beschützen konnte. Wirklich nicht?

Seine Gedanken kreisten unaufhörlich über einen möglichen Fluchtweg. Einen, der keine Menschen gefährden würde.

Doch es gab von hier kein Entkommen für ihn, das war ihm klar geworden.

Er wusste nun, wie er weiter vorgehen konnte, wo Gardens Schwachpunkt lag. Und er wusste, womit er Lisa schützen konnte, für immer. Ihr musste die Flucht aus Gardens Zugriff gelingen. Dafür wollte er die nötigen Vorkehrungen treffen. Wenn nötig mit Karls Hilfe. Auch wenn er im Augenblick die Fäden in der Hand zu halten schien, er musste sich eingestehen, dass sein Sieg nur von kurzer Dauer sein würde. Er hatte gespielt und verloren.

Aber er hatte es versucht und wer weiß, vielleicht konnte Lisa doch noch die Welt aufrütteln, so wie er es vorgehabt hatte? Später, wenn er Beweise besorgt haben würde und nachdem er einen Platz für sie gefunden haben würde, wo Garden sie nicht suchen würde. Dann, wenn er alles geregelt haben würde.

55: Der erste Kunde

Zwei Tage nachdem Lisa die Klinik verlassen hatte, traf der erste potentielle Kunde für Gardens geheimes Projekt ein. Garden hatte Pete über alles Nötige in Kenntnis gesetzt und ihm genaue Anweisungen gegeben, wie er sich zu verhalten und was er zu sagen hatte.

Pete verspürte große Lust, Adams wahre Gedanken zum Besten zu geben. Seine körperlichen wie seelischen Qualen, seine Enttäuschung über Gardens Verrat an ihm. Und seine Ängste, sich in seiner, Petes Identität zu verlieren! Pete hatte genug Zeit, um seine Gedanken immer wieder um Adam und Lisa kreisen zu lassen. Er wünschte, er könnte einige von Adams Arbeiten bei Paul Peters im Labor wieder aufnehmen. So wie er es die Monate zuvor getan hatte.

Sie hatten ihn nach Adams Tod erst einmal in Ruhe gelassen. Und auch später zeigte er ihnen, dass ihm wenig daran lag, weiterhin mit Paul zu arbeiten, was sie ohne Weiteres akzeptierten. Dennoch hatte ihm diese Abwechslung gut getan. Und heute? Er musste irgendetwas mit den langen Tagen anfangen. So übernahm er Überprüfungen von Testreihen am Computer und ähnliche Dinge.

Er war überrascht, dass Paul ihn nicht schon wenige Wochen nach Adams Tod wegen seiner Unkenntnis über viele Dinge entlarvt hatte. Doch von Garden erfuhr er, dass sie damit gerechnet hatten, sollte Adam Petes Erinnerungen wiederfinden, dass seine eigenen verblassen würden. Und nun sollte er Adam sein.

Er war jetzt Pete und sollte auch so auftreten, nur ab und zu sollte er etwas einwerfen, was Adam auszeichnete. Etwa seinen Lieblingssaft bestellen oder seinen Kittel bis zum letzten Knopf zuzumachen, auch wenn es eigentlich in den Räumen zu warm war.

Pete erfüllte Gardens Wünsche und hoffte, ihn damit in Sicherheit zu wiegen. Er sollte glauben, Pete hätte sich in sein Schicksal gefügt, Garden für alle Zeiten zu Nutzen zu sein. Seltsamerweise fiel es ihm in keiner Situation schwer, seine Identität zu wechseln. Er war ebenso selbstverständlich Adam wie auch Pete. Garden mischte sich nur selten ein, gab immer weniger Anregungen, die Pete als Adam zur Schau stellen sollte.

Manchmal fing er einen heimlichen Blick von Georg auf, der ihn verunsicherte. Wenn Georg bemerkte, dass Pete ihn ansah, schaute er jedes Mal schnell beiseite, was normalerweise nicht seine Art war. Was heckte Georg wieder aus? Irgendetwas schien ihn zu beschäftigen. Pete nahm sich vor, Augen und Ohren offenzuhalten, doch tat er dies nicht schon seit Monaten?

Dann kam der Tag, an dem Garden einen neuen Kunden von seinem Können überzeugen wollte.

Im Vorführraum wurde es still. Garden begann mit seinem Referat und dem Diavortrag vor seinem neuen Kunden. Pete sah die ersten Schritte, die ersten Tests im Labor. Noch nie wurde ihm der Vorgang des Klonens so detailliert erklärt, doch er hatte das Gefühl, dies alles bereits immer gewusst zu haben.

„Das Größte, was ein Mensch erreichen kann, ist die Unsterblichkeit!", begann Garden zu zitieren. „Dieser Satz ist nicht von mir, leider. Nein, er ist von einem in unserer

Erinnerung ewig jung gebliebenen, leider früh verstorbenem Idol der fünfziger Jahre. Von James Dean."

Petes Körper durchfuhr ein Zucken. Die Möglichkeit, dass Garden je auf die Idee kommen könnte, längst verstorbene Menschen wieder zum Leben zu erwecken, war einfach nur gruselig.

„Dean war ein Revolutionär. Ich bin sicher, er wäre fasziniert von den Möglichkeiten, die uns heute die Stammzellenforschung eröffnet hat. Die Schöpfung „beginnt" im Reagenzglas! Jede Zelle enthält den gesamten genetischen Aufbau des Menschen. Die Eizelle ist die größte Zelle des menschlichen Körpers, die Samenzelle die kleinste.

Eine Eizelle wird entnommen und entkernt. Das heißt, es wird das bestehende Erbmaterial herausgenommen und alle Erbinformationen des zu klonenden Spenders, gesundes Erbmaterial, in die entkernte Eizelle gespritzt. Bis zu fünf Tagen lassen wir die Eizelle in einer Nährlösung heranwachsen. Im achten Zellstadium, dem Zellhaufen, wird eine Zelle zur Diagnostik von kranken Genen entnommen. Aus jeder einzelnen Zelle kann noch ein Embryo entstehen. Liegt ein Genedefekt vor, wird eine Selektion durchgeführt. Nach fünf Tagen wird der Embryo einer Leihmutter eingesetzt. Sie erhalten eine exakte genetisch identische Kopie!

Das ist es, was wir Ihnen anbieten können. Natürlich werden wir in weiteren Gesprächen noch viel näher auf die einzelnen Entwicklungsschritte eingehen. Und Sie werden die Möglichkeit erhalten, sich selbst ein Bild zu machen."

Als Paul Peters das Licht wieder anschaltete, waren sie zuerst wie geblendet. Pete schirmte seine Augen mit der Hand ab und sah zur Seite. Zwei Reihen vor ihm saß der Kunde. Er kannte seinen Namen noch nicht, und weder Peters noch Garden hatten ihn vorgestellt.

Während des Diavortrages, den beide ihm Wechsel leiteten, hatte der Kunde kein Wort gesprochen. Eigentlich war Pete davon ausgegangen, dass er bereits über ihre Arbeit informiert war, doch wenn er ihn sich jetzt so ansah, wie bleich er war, wie überrascht, nein, wie erschrocken er aussah, war sich Pete nicht mehr sicher.

„Vielleicht sollten wir uns nun in mein Büro begeben, dort ist es etwas gemütlicher und sicherlich haben Sie noch viele Fragen, die wir Ihnen natürlich gerne beantworten wollen." Garden führte den Kunden aus dem Raum, ohne ihn mit Pete bekanntgemacht zu haben.

Pete, der sich ebenfalls erhoben hatte, blieb unentschlossen in seiner Sitzreihe stehen. Sollte er mitkommen oder nicht? Fragend sah er zu Paul hinüber.

Seitdem er als Pete entlarvt und als verwandelter Adam für sie arbeitete, hatte Paul keine drei Wörter mit ihm gewechselt. Er hatte es Garden überlassen, Pete zu leiten. Auch jetzt schien er zu zögern. Mit großem Eifer wickelte er das Kabel des Diaprojektors über einen Doppelstecker. Doch als er spürte, dass Petes Blicke ihn nicht losließen, wandte er sich ihm mürrisch zu. „Was ist Pete, was willst du?" Mit dem Diaprojektor unterm Arm in der einen und dem Kabel in der anderen Hand sah er ihn herausfordernd an.

„Was ich will? Das wollte ich gerade dich fragen. Was wollt ihr, das ich jetzt tue? Eigentlich sollte der Kunde mich schon längst kennengelernt haben, vor dem Vortrag, soweit Georg mir gestern noch sagte. Und nun haut er einfach mit ihm ab und lässt mich hier stehen!"

„Ehrlich gesagt weiß ich auch nicht, was er vorhat." Paul stellte den Projektor wieder auf den kleinen Tisch zurück und legte das Kabel daneben. „Dieser Kunde ist nicht ganz einfach. Seine Bedenken sind doch sehr hartnäckig. Georg muss wahrscheinlich noch etwas mehr Überzeugungsarbeit leisten. Ich bin sicher, dass er dich dazu bitten wird, sobald der Kunde so weit ist."

Schweigend sahen sie einander einen Augenblick in die Augen.

„Paul! – Es tut mir sehr leid, dass ich dich all die Monate belogen habe. So etwas habe ich noch nie zuvor getan. Ich weiß, dass das keine Entschuldigung ist, aber ich wusste einfach keinen anderen Ausweg. Ich hatte Angst um mein Leben."

„Das kann ich verstehen, nach all dem, was du durchgemacht hast!" Paul senkte seinen Blick. Als er aufsah bildeten sich Buchstaben auf seinen Lippen, doch er sprach sie nicht aus. „Am besten wartest du vor Georgs Büro, er wird dich in seiner Nähe haben wollen, wenn er dich braucht."

Mit einem kurzen Nicken wandte sich Pete ab und ging zur nächsten Tür hinaus. Ein seltsames Gefühl und Pauls Blicke im Rücken begleiteten ihn.

Sie hatten in Gardens Büro gegenüber Platz genommen. Ihr Gespräch war an einem Punkt angelangt, an dem es um alles ging. Georg wusste, wenn er ihn heute nicht überzeugen würde, dann nie.

„Aber soweit ich weiß, ist das therapeutische Klonen in Deutschland verboten!"
„Ja, sicher und in Spanien und England ist das Klonen von embryonalen Stammzellen erlaubt. Vielleicht wird in Spanien in drei bis vier Jahren eine Therapie für Diabetiker entwickelt. Jedoch dürfte es dann für Sie zu spät sein!"
„Aber bis jetzt wurden doch nur Tiere geklont. Ich habe da mal von einem Hund gehört, das war im Jahre 2004 glaube ich."
„2005! Genauso wie das Schaf Dolly, das den Paul Ehrlicher Preis erhielt oder besser gesagt sein Dr. ...? Mir will der Name einfach nicht mehr einfallen. Ist ja auch nicht so wichtig."
„Ja, 2005! Und es gab so viele Fehlversuche. Und auch aus den USA und Großbritannien waren Teilerfolge zu hören. Stammzellen aus menschlichen Geweben, die Alzheimer und Parkinson heilen könnten."
„Verzeihen Sie mir, dass ich Sie unterbreche, aber sicherlich kommen Sie mir gleich auch noch mit Südkorea, dem genormten Menschen und der Frage, ist die Technik des Klonens menschlicher Stammzellen dort verfügbar. Dazu kann ich nur sagen: Neun von elf Stammzelllinien sind gefälscht. Die gesamte Arbeit ist gefälscht. Und Dr. Huang Hengyangs Stammzellentherapie bei Querschnittslähmungen und Nervenerkrankungen wie Multiple Sklerose oder ALS sind alles andere als wissenschaftlich. Er muss seine westlichen Experten erst mal überzeugen. Die Wirbelsäulenspezialisten brauchen mehr Daten, sie müssen urteilen, denn die Wirkung, der Nutzen bleibt ungewiss. Dieser Verrückte bohrt Öffnungen nur unter örtlicher Betäubung in den Schädel, um zwei Millionen Riechzellen mit einer Nadel ins Gehirn zu injizieren, um zerstörtes

Nervenzentrum zu regenerieren. Er baut eine Art Brückengewebe aus dem Geruchsnerv auf, auf dem sich dann die Nervenzellen regenerieren können. Der Geruchsnerv erneuert sich immer wieder, im Gegensatz zu den Nervenzellen im Gehirn oder Rückenmark, die nicht nachwachsen können. Doch um Anerkennung zu erlangen, muss er beweisen, dass es seinen Patienten besser geht. Aber dies kann er nicht! Er spricht aber von hohen Erfolgsraten! Seine Gegner sagen, das Ganze ist nicht wissenschaftlich genug, nicht klinisch abgesichert, ha!" Garden hatte sich so ereifert, dass er erst jetzt sah, dass sein Gegenüber förmlich im Sessel versunken war.

Mit einem entschuldigenden Lächeln und seiner typischen Geste, sich die Haare mit beiden Händen glattzustreichen, setzte er sich ihm gegenüber in seinen Sessel. Nachdem er sich seine Stirn mit dem Taschentuch abgetupft hatte, legte er seine Hände weit vorgestreckt auf den glänzenden, stets ordentlichen Schreibtisch. „Er kann seine Arbeit nicht beweisen! Im Gegensatz zu mir! Es gibt nur noch eine Frage, die Sie mir beantworten müssen! Wollen Sie in einem neuen Körper, in einem gesunden Körper weiterleben?"

Der Mann, der sich wie ein geprügelter Hund in die Polster des Sessels drückte, war Ende fünfzig. Von seiner Krankheit gezeichnet hatte er große Hoffnungen in Prof. Dr. Georg Garden gesetzt.

Was er in der letzten Stunde alles erfahren hatte, machte ihn mehr als nur nervös. Er hatte Angst, entsetzliche Angst, doch welche Alternativen gab es für ihn? Außer auf den Tod zu warten, mehr oder weniger bei vollem Bewusstsein. Nur eine, und die führt ihn immer wieder zu Georg.

56: Geheimunterlagen

Es war merkwürdig ruhig im Gebäude. Pete hatte eine halbe Stunde unnötig vor Gardens Büro gewartet, er wurde nicht gebraucht. So wanderte er ziellos durchs Gebäude.
Einige Zeit später sah er ihn mit seinem Sicherheitspersonal von vier Männern in zwei Limousinen davonfahren. Die Patienten gingen ihren üblichen Anwendungen und Untersuchungen nach, das Pflegepersonal war freundlich wie immer. Pete schlenderte durch die Flure. Paul hatte bereits frei und Regine machte ohnehin in den letzten Tagen einen Bogen um ihn. Niemand schien ihn irgendwo zu brauchen, zu vermissen oder gar aufhalten zu wollen. Sein Weg führte ihn wie zufällig auf den Flur, dem sich Gardens Büroräume anschlossen.
Er spürte: Heute war sein Tag! Von da an umging er wieder wie gewohnt die Kameras, um nicht erwischt zu werden, was ihm durch sein langes Training immer leichter fiel. Er kam durch ein Nebenzimmer, in dem sich an normalen Tagen Max und weitere Bodyguards aufhielten, leicht durch eine nur ungenügend gesicherte Tür in Gardens Büro.
Es war still, und selbst die Kamera blinkte nicht. Aber dass es so einfach war, an Gardens Computer heranzukommen, machte ihn stutzig. Garden musste sich völlig sicher fühlen. Er glaubte, es ginge keinerlei Gefahr mehr von ihm aus. Er war sicher, dass Pete dieses Haus ohne sein Einverständnis nie verlassen würde. Wie konnte er nur so sicher sein, wie wollte er ihn daran hindern, für immer?
Doch er durfte sich jetzt nicht durch Was-würde-passieren-wenn-Fragen ablenken lassen. Er

musste Gardens Geheimcode knacken, er musste an seine Unterlagen, an sein Wissen über das „Klonen von menschlichen Genen".

Pete wusste, dass Garden einige Fehlschläge hinnehmen musste, das hatte er aus unendlich vielen Versuchsprotokollen in Gardens Akten erfahren. Und er wusste, dass es ihm, nach seiner Information, nur ein einziges Mal gelungen war, einen Menschen zu klonen, in kürzester Zeit altern zu lassen und ihm die Daten seines Spenders, sein Wissen, seine Erinnerung, seine Erfahrungen, sprich sein Gedächtnis mit zu überliefern. Ja, er hatte es wirklich geschafft, Pete wusste das. Und Adam war der Beweis. Ohne Adam hatte er nichts in der Hand, nur Formeln, Untersuchungsprotokolle, Berichte, Fotos. Und die würde er ihm wegnehmen. Das war er Adam schuldig. Verbissen suchte er das Passwort. „Adam!" – Nichts! Ihm wurde der Zugriff auf die Datenbank verweigert. Das wäre auch zu einfach gewesen. „Eva!"– So ein Quatsch! Garden war altmodisch, aber so stark nun doch nicht.

„Verflixt noch mal, wie kann es nur heißen?" Pete warf sich in dem großen, weichen Ledersessel zurück, dass er knarrte. Garden hatte Adam erschaffen, er hatte den ersten Menschen geklont – so wie er sein sollte, identisch wie ein Spiegelbild, ersetzt. Nicht nur nachgebildet, abfotografiert, wie er sich gerne auszudrücken pflegte. Er hatte es geschafft, daran bestand für Pete kein Zweifel, er hatte einen Menschen erschaffen, wie … Gott!

„Gott" – natürlich, wie konnte er sich mit weniger betiteln, er wollte Gott spielen, sein, und seine Arbeit war sein Werk. Pete tippte es in den Computer ein, die vier Buchstaben, vor denen

Garden keine Ehrfurcht kannte und sie sich zu eigen machte.
„GOTT"
Es vergingen nur wenige gespannte Sekunden, dann war er drin. Pete war in Gardens Allerheiligstem. Er scannte die Datenbank. Alles, aber auch alles war hier gespeichert. Pete konnte sich kaum lösen von den vielen Berichten über ihn und über Adam. Er erblickte Bilder, Adam als Baby, Adam als Dreijähriger und so weiter. Es war unglaublich, was dieser Mann vollbracht hatte.
Pete überrollte eine Welle des Respektes, der Dankbarkeit. Es gab eine Zeit, in der Garden die Rolle seines früh verstorbenen Vaters übernommen hatte. Er hatte ihm Mut gemacht, ihn unter seine „Fittiche" genommen. Er hatte ihm sein Leben zurückgegeben.
Doch nun war alles anders. Er wusste, was Georg vorhatte. Er würde sein Wissen missbrauchen. Und egal, was er mit ihm, Lisa oder anderen noch vorhatte, er durfte auf gar keinen Fall die Möglichkeit erhalten, seine Ziele weiterzuverfolgen. Er musste aufgehalten werden, so schnell wie möglich.
Die Menschheit war noch nicht so weit. Sie würden sich verführen lassen, da war Pete sich sicher, verführen lassen, wie er selbst es zugelassen hatte, ohne über die Folgen nachzudenken. Vielleicht würden sie in nur ein paar Jahren mit mehr Wissen und Vernunft der ganzen Sache beggenen, doch zur Zeit hatte Garden den Joker, und er würde ihn gnadenlos benutzen, da war sich Pete hundertprozentig sicher! Er würde mit der Erschaffung neuer Klone fortfahren, sobald seine Kunden ihn bezahlen würden.
Dann fand er technische und medizinische Unterlagen. Den Vorgang, einen Menschen zu klonen, den Alterungsprozess zu

beschleunigen, das Serum und Gardens Bemühungen, durch eine Droge das Erinnerungsvermögen ihres Spenders wiederzuerlangen. Lisa als lebendes Medikament, als Blockadebrecherin. Sie hatte Adams Erinnerungsvermögen geöffnet.

Der Eintrag danach verwirrte ihn. Garden musste ihn erst kürzlich eingegeben haben. Denn er stand unzusammenhängend mit etwas Abstand zu dem vorhergegangenen Text: „Alle notwendigen Tests sind abgeschlossen, das Experiment ist hiermit erfolgreich beendet! Ich bin selber von der Vollständigkeit der Erinnerungs-, Gefühls-, und Gedankenübertragung überrascht. Ein solches Ergebnis hatte ich ersehnt, allerdings es in einem so überragend gutem Zustand vorzufinden nicht für möglich gehalten!"

Manipulierte Garden seine eigenen Unterlagen für den Fall, dass sie jemand, namens Pete, sie zu klauen gedachte? Pete grinste, so clever war selbst Georg nicht. Sollte Garden tatsächlich davon überzeugt sein, dass Adam lebt? Dass er, Pete, in Adams Körper steckt? Wie kam er darauf, nach allem so etwas zu schreiben? Er wusste doch von ihrem Rollentausch. Er hatte ihn mit Lisa erpresst zu bleiben und die Rolle von Adam zu spielen und als zurückgekehrter Pete die Kunden von Gardens erfolgreichem Ausgang seines Experimentes zu überzeugen.

Warum schrieb er dies in seine Aufzeichnungen? Wurde Garden langsam verrückt? War er davon überzeugt, es geschafft zu haben? Adam hatte ihm nie etwas von seinen Erinnerungen erzählt. Es war einfach unmöglich! Oder galt dies nur als offizieller Abschluss seiner Unterlagen? Das musste es sein. So schnell es der Computer schaffte, kopierte er die Daten auf einen Stick.

Er hatte fast eine Stunde in Gardens Büro verbracht, ohne bemerkt worden zu sein. Einerseits war er erleichtert, doch andererseits etwas skeptisch über den zu leichten Coup. Nun hatte er alle nötigen Informationen, Beweise, die anerkannte Forscher auf diesem Gebiet prüfen und bewerten konnten. Wenn er es schaffen sollte, sie ihnen zu zeigen.

Gleichzeitig ließ ihn das Gelesene nicht wieder los. Was wäre, nur einmal angenommen, wenn Garden nicht verrückt geworden war, sondern er selbst? Das heißt, wenn er selbst nicht mehr wüsste, wer er wirklich war? Nein, das war einfach unmöglich.

Aber vorstellbar. All die Medikamente – Drogen! Adam hatte sich sein Motorrad ausgeliehen. Noch niemals zuvor hatte Adam auf so einem Ding gesessen, geschweige denn es beherrschen können. Ja, das war vielleicht auch der Grund für seinen Unfall. Er fuhr damit in den Tod. Vielleicht, vielleicht auch nicht. Er war mehr als nur labil. Seine Psyche lag am Boden.

Und Pete, er selbst, gab es einen Grund für ihn, sich das Leben zu nehmen? Früher schon, doch dann …? Er konnte sich nicht erinnern.

Verzweifelt versuchte er die Bruchstücke in seiner Erinnerung zusammenzusetzen. Bilder über Bilder flogen durch seinen Kopf. Verflucht noch mal! Was passierte, nachdem Adam fort war? Immer mehr Bilder liefen in seinem Kopf wie ein Film vor seinen Augen ab.

Es war einen Tag später. Er saß alleine in seinem Zimmer. Garden hatte ihm von Petes Tod berichtet. Nur kurz. Sie sahen

einander in die Augen, fanden aber keine Worte. Für jeden von ihnen brach in diesem Augenblick eine Welt zusammen. Dann ließ er ihn allein. Nachdem er sich Weinkrämpfen und folgender Erschöpfung hingegeben hatte, stand er auf dem Balkon, sich am Geländer festkrallend.
Sein Blick war starr, ein kühler Wind rieb über seine tränennassen Wangen. Als er hinunter sah, schwankte der Rasen unter ihm. Er hatte ihn alleingelassen, wie konnte er das tun? Niemals würde er ohne ihn zurechtkommen. In seinem Kopf rauschte es, das Rauschen wurde immer stärker, es tat so gut. Denn es löschte alle Gedanken. Der Schmerz in seiner Brust ließ nach, ein Gefühl der Wärme strömte in seinen Kopf. Den von Panik erfassten Schrei Regines hörte er nicht mehr. Ihre Arme rissen ihn mit all der Kraft, die sie aufbringen vermochte, vom Geländer fort. Zusammen fielen sie nach hinten.
Er erwachte erst wieder, als er auf dem Bett lag und Regine seine Hand hielt. Viel später fragte sie ihn, warum er in Petes Zimmer war. Er fand diese Frage seltsam, denn er war Pete. Erst als sie ihm einen Kuss gab und lächelnd das Zimmer verließ, merkte er dass sie ihn für Adam hielt. Sein Kopf schmerzte, seine Erinnerung kam zurück.
Sie hatten getauscht, niemand wusste davon außer ihm selbst. Eine ganze Nacht lang brauchte er, um sich über seine Situation klar zu werden. Adams Gesicht immer vor Augen, legte er ein Versprechen ab. Er würde seine Verzweiflungstat rächen. Jemand sollte für seine Qualen büßen. Und er war sich vollkommen sicher, wer das sein sollte. Nur er, Pete, war noch am Leben.

Aber wieso glaubte Garden nun, heute und jetzt, er wäre Adam? Gab es irgendwo einen Beweis dafür? Und warum wusste er selbst keine Antwort darauf? Warum wollte er sich vom Balkon stürzen? Als er wieder in seinem Zimmer war, lief er ruhelos durch den Raum. Es gab etwas, natürlich, es war da. Bruchstücke einer Erinnerung erschienen vor seinen Augen. Er stand an der Brüstung in seinem Zimmer und hatte etwas in seiner Hand. Einen Zettel, einen Brief. Seine Hände zitterten, einen Brief. Eine Hitzewelle durchflutete ihn. Gleichzeitig sammelte sich kalter Schweiß auf seiner Haut. Warum hatte er das vergessen? Wo konnte dieser Brief nur sein? Verzweifelt begann er sein Zimmer zu zerwühlen. Bis er ihn endlich gefunden hatte. Er steckte in seiner schwarzen Lederjacke. In einer Innentasche, die ganze Zeit über war er da gewesen. Ja, er hatte diese Lederjacke an, in dem Augenblick, als er sich vom Balkon stürzen wollte. Langsam faltete er den Brief auseinander. Seine Augen überflogen so schnell die Wörter, dass er kaum Zeit hatte, sie zu begreifen.
Tränen liefen über seine Wangen und ließen die Wörter auf dem Papier zerlaufen. Es war ein Abschiedsbrief. Damit waren alle Zweifel beseitigt. Es war kein Unfall!
Aber wieso hatte er ihn vergessen? Er konnte es nicht fassen. Hatte er ihn verdrängt? Völlig aus seinem Gedächtnis radiert? Erst als er die letzte Zeile des Briefes las, fand er auf seine Fragen eine Antwort.

57: Autofahrt mit Garden

Garden hatte es sich in seiner Limousine gemütlich gemacht. Sein Laptop lag neben ihm, zugeklappt. Seine rechte Hand ruhte auf dem schwarz glänzenden Kunststoff, streichelte ihn fast zärtlich. In der linken Hand hielt er ein Glas Champagner, ihm war zum Feiern zumute. Der Kunde war überzeugt, auch ohne Petes Hilfe.
Natürlich will er sich noch persönlich mit ihm unterhalten, ihn befragen, die Beweise sichten. Aber das erst in ein paar Tagen. Und nach dem letzten Anruf seines Freundes John und den Daten, die er ihm übermittelt hatte, sah alles andere ebenfalls sehr gut aus. Nach vielen Fehlschlägen war es ihm endlich wieder gelungen.
Er besaß Klone in den verschiedensten Altersstufen, doch manchmal gab es Probleme. Unerwartete Komplikationen traten auf, die eine weitere Forschung unmöglich machten. Oder sie vertrugen das Serum zur schnelleren Entwicklung, Beschleunigung des Wachstums und der Alterung nicht.
Aber heute konnten sie davon ausgehen, dass es gut laufen würde. In den letzten Monaten hatte es nicht so gut für ihn ausgesehen, doch der heutige Anruf schien alle Sorgen für ungerechtfertigt zu erklären. Alle Untersuchungen waren zu ihrer vollsten Zufriedenheit abgeschlossen und als gelungen bewertet worden. Garden war darüber mehr als nur erfreut. Denn dieser Klon war ihm, nach Adam, der Wichtigste.
Es handelte sich um seinen Klon, sein Abbild, sein Duplikat. Er war bereits drei Jahre alt und Garden würde ihn bald zu sich nehmen, um ihm das beizubringen, was er von ihm wissen musste, und ihn dann, zu gegebener Zeit, seine vollständige

Erinnerung entdecken zu lassen. Vielleicht in zehn Jahren, wenn er Mitte dreißig sein würde. Er selbst käme dann in die Jahre, in denen er sich genüsslich zur Ruhe setzen wollte. Und sein Duplikat würde all das Wissen besitzen, über was er, Garden, bis zu seiner Genübertragung verfügte.

John führte, ebenso wie Garden, eine Privatklinik. Genau wie Garden war er von jeher von der Idee besessen, Menschen vollständig zu klonen, ewiges Leben zu erschaffen. Den Verfall des organischen Körpers durch vollständige Erneuerung auszutauschen. Allerdings hatte John eine Klinik für werdende Mütter, Leihmütter. In der Ukraine war die Leihmutterschaft erlaubt, so dass John keinerlei Probleme hatte, die geeigneten Frauen zum Austragen ihrer Klone zu finden.

Anschließend wurden sie an Pflegefamilien vermittelt mit der Auflage, sie zu regelmäßigen medizinischen Tests zur Verfügung zu halten. Garden war sich seiner Sache sicher. Auch noch nach Adams Tod. Er war sich sicher, dass er ganz nahe dran gewesen war. Adams Erinnerung wäre durchgedrungen. In wenigen Wochen oder Monaten, aber es wäre passiert.

Selbst diese dumme Panne mit Petes Verwechslungskomödie hatte er schon fast vergessen. Er freute sich auf einen nun lebenden Beweis für seine Theorien. Auch wenn es noch Jahre brauchen würde, bis er so weit war. Für diese Zeit hatte er immer noch Pete. Er hatte seine Arbeit für erfolgreich beendet erklärt. Alles andere war ein wenig Theater und Psychologie. Gemeinsam mit Pete sollte es keine Schwierigkeiten machen, andere Klone nach und nach an den jeweiligen Mann oder die jeweilige Frau zu bringen. Seine finanzielle Situation konnte also auch nur noch besser werden. Erst wollte er Geld sehen, dann würde er mit seiner „Therapie" beginnen. Das Serum wuchs schließlich nicht auf den Feldern!

„Max." Er klopfte kurz gegen die Scheibe, die den Fahrerraum von dem restlichen Teil der Limousine trennte. „Max, halten Sie im nächsten Ort an einem Spielzeuggeschäft!"

Er wollte seinem kleinen Georg etwas mitbringen. Es war wichtig, sein Vertrauen zu gewinnen, um ihn ohne Probleme bald mit in seine Klinik nehmen zu können. In ungefähr zehn Jahren, vielleicht sogar schon früher, würde es so ablaufen wie mit Adam. Bis dahin würde er sein Serum natürlich stetig verbessern, so dass die quälenden Nebenwirkungen nachlassen würden.

Vielleicht sollte er ihm auch eine „Lisa" zur Seite stellen? Der Anfang hierzu war bereits getan. Es würde ebenso gut funktionieren, da war er sich sicher.

Mit dem einen Unterschied, dass beim nächsten Mal keine Verwechslungen möglich sein würden.

58: Der Stick

Erschöpft von der Anspannung der letzten Stunden ließ er sich auf sein Bett fallen. Er schloss seine Augen und lauschte dem Rauschen in seinem Kopf.
Den Brief hatte er sorgsam gefaltet in der Lederjacke verstaut. Sein Inhalt war nur für ihn bestimmt gewesen, und so sollte es auch bleiben. Den Stick trug er, an einem Band befestigt und ihn sich um den Hals hängend, am Körper. Ein gutes Gefühl, doch sicher war er erst außerhalb dieser Mauern.
Er musste ihn Karl anvertrauen. Er musste Karl davon überzeugen, ihm zu helfen, bevor Garden zurückkommen würde. Es gab einfach keine andere Möglichkeit. Er sollte damit zur Polizei gehen. Sie mussten Karl und seiner Frau sowie Lisa und seiner Mutter Polizeischutz geben. Er selbst konnte nichts tun als abzuwarten.
Wenn er verschwinden sollte, wäre Georg gewarnt. Alles musste still und heimlich von statten gehen. Und dann konnte nur ein Überraschungsangriff Georg daran hindern, Gegenmaßnahmen zu ergreifen. Wie diese aussehen würden, wusste er nicht. Er versuchte sich vorzustellen, was Georg tun würde.
Aber es fiel ihm zu schwer. Vielleicht wagte er es auch einfach nicht, sich auszumalen, dass seine Mutter, Lisa, vielleicht auch Karl von ihm bedroht oder sogar verletzt werden könnten.
Sobald er sich etwas erholt haben würde, wollte er tun, was für ihn nun unausweichlich war.

59: Lisas Rückkehr

Max hatte Lisa wohlbehalten vor ihrer Haustür abgesetzt. Sie war nur wenige Minuten vorher aufgewacht und noch etwas schwach auf den Beinen. Er hatte zugesehen, wie sie ihren Haustürschlüssel aus der kleinen schwarzen Handtasche holte und die Tür aufschloss. Dann hatte er sich mit einem Kopfnicken von ihr verabschiedet und war nur ein paar Häuser weiter gefahren, um dort zu parken.
Lisa hatte ihm ein Restaurant empfohlen, das ganz in der Nähe war. Er fand es nett von ihr, ihm diesen Tipp zu geben. Sein Magen hatte ihm schon mehrfach verkündet, dass es an der Zeit war, etwas zu Abend zu essen. Also ging er die wenigen Meter zum Restaurant hinüber, um danach die Heimreise anzutreten.
„Heimreise!" Ja, es war schon seit vielen Jahren sein Zuhause, seitdem Garden seiner Schwester das Leben gerettet hatte. Sie hätten die Operation niemals bezahlen können. Garden bot ihnen an, es für seine Forschung zu tun und keinerlei Bezahlung zu verlangen. Allerdings suchte er zu dieser Zeit einen Bodyguard und da Max ohnehin arbeitslos war und außer seinem Bodybuilding-Training keinerlei Betätigung nachkam, entschied er sich spontan, sich Garden anzubieten. Dieser nahm ihn nur zu gerne in seine Dienste. Er wusste, dass ein dankbarer Beschützer der erfolgversprechendste Beschützer war. Und dankbar war Max über alle Maßen.
Nun saß er hier im warmen und auch recht gemütlichen Restaurant und ließ sich sein Schnitzel schmecken. Es hatte zu regnen begonnen. Max hasste es, in der Dunkelheit und dann

auch noch bei Regen zu fahren. Doch er musste noch heute Abend zurück. Gardens Anordnung!

Lisa lief so schnell sie konnte die Treppe hoch zu ihrer Wohnungstür. Ihr Schlüssel passte noch. In ihrer Wohnung sah alles so aus, wie sie es verlassen hatte. Ein Stapel Prospekte und einige Briefe lagen ordentlich nebeneinander aufgereiht auf ihrem Esstisch. Lisa musste lächeln. Das war eindeutig Veras Handschrift!
Sie besaß natürlich einen Schlüssel für Lisas Wohnung und hatte sich nicht nur um ihre Post, sondern auch um die vielen Grünpflanzen gekümmert, die überall in der Wohnung verteilt waren.
Lisas Blicke schweiften umher, sie wurde langsam melancholisch. Es war in dieser kurzen Zeit so viel geschehen! Aber sie durfte keine Zeit verlieren. So schnell sie konnte zog sie ihr Kleid aus, warf es aufs Bett und öffnete ihren Kleiderschrank. Sie entnahm ihm ihre Reisetasche und füllte sie mit den verschiedensten Kleidungsstücken. Dann lief sie ins Bad, plünderte den Spiegelschrank. In der Küche öffnete sie den Kühlschrank, er war leer und ausgeschaltet – dank Vera. Irgendwo musste doch noch etwas zu essen zu finden sein.
Endlich, eine Packung Kekse und eine Flasche Mineralwasser und die Reisetasche war voll. Im Flur überlegte sie noch kurz, dann nahm sie den Schreibblock vom Seitboard und schrieb Vera ein paar Zeilen: „Liebe Vera; vielen Dank für alles! Mir geht es gut. Mach dir bitte keine Sorgen, ich melde mich, sobald ich einiges geregelt habe. Liebe Grüße Lisa."

Dann nahm sie ihre Lederjacke von der Garderobe und schloss die Tür hinter sich. Sie wusste nicht genau, wie viel Zeit ihr noch bleiben würde. Das hing von dem Restaurant und von Max ab. Sie hoffte, er möge einen großen Appetit haben und sich reichlich bestellen.
Im Laufschritt machte sie sich auf den Weg und postierte sich gerade so nahe an der ihr so bekannten Limousine, wie sie meinte, von Max noch unbemerkt zu bleiben.
Als er wenige Minuten später auftauchte, schlüpfte sie, von ihm unbemerkt, auf den Rücksitz. Sie war zwar pitschnass, aber sie hatte es geschafft. Sie würde zurückfahren und einen Weg finden, um Pete zu helfen, irgendwie!

Es war bereits gegen neun, als er sich auf die Rückfahrt vorbereitete. Es regnete in Strömen. Er hielt sich den Mantel über den Kopf, öffnete sein Auto schon von weitem per Funkschlüssel, um so schnell wie möglich wieder ins Trockene zu gelangen.
Als er sich auf den Fahrersitz fallen ließ und seine Vordertür bereits geschlossen hatte, zeigte für einen kurzen Moment sein Cockpit eine offene Hintertür an. Allerdings nur für wenige Sekunden. Da das Warnlicht so schnell verschwand wie es aufgeleuchtet war, machte sich Max keinerlei Gedanken und fuhr durch die Dunkelheit davon.

60: Pete und Karl

Der Herbst hatte den Sommer endgültig besiegt. An den Bäumen war kaum noch ein Blatt, nur die Eichen hielten an ihrem sich bereits braun gefärbten Blätterkleid fest. Es war noch früh am Morgen.

Pete hatte das Gefühl, etwas unternehmen zu müssen. Der Stick lag auf seiner Brust, er musste ihn rausbringen, unbedingt. Er zog die schwarze Lederjacke über und stieg in seine Cowboystiefel.

Eigentlich waren es nicht seine Stiefel, denn die hatten den Unfall nicht überstanden, genau wie die braune Lederjacke. Er hatte sich die Stiefel von Chris besorgen lassen. Ein Freundschaftsdienst, den er ihm hoch anrechnete. Doch vertrauen konnte und wollte er ihm nicht.

Zögernd strich er mit den Fingern über die Jacke. Das Leder war weich und glatt. Dann roch er an der Jacke. Sie roch nach Leder und einer Pflegecreme. Die braune Jacke mochte er lieber, weil sie nach Rauch roch und an den Ärmel schon etwas zerschlissen war.

Wieder stiegen Erinnerungen in ihm auf. Er sah Bilder, die er schon längst vergessen glaubte. Nun fühlte er sich seinem wirklichen Ich endlich wieder so nahe wie seit Monaten nicht mehr. Er sollte seine alte Kleidung tragen und wieder Rockmusik hören.

Garden sagte, es dient als zusätzlicher Beweis für seine Verwandlungstheorie.

Als Pete durch den Wald lief, atmete er die feuchte moderige Luft tief ein. Er hatte nicht den Weg genommen, nein, er stieg über Baumstümpfe, sprang über Pfützen und als er endlich vor

Karls kleinem Pförtnerhäuschen stand, war er völlig außer Atem. Doch dieser kleine Waldspaziergang hatte ihm gutgetan, er fühlte sich stark und entschlossen.

Wie in jeder anderen Sekunde wusste er, dass er beobachtet wurde, aber er hatte gelernt, damit umzugehen. Bevor er losging, hatte er Max über seine Absicht, Karl zu besuchen, informiert.

Etwas skeptisch hatte er sein Gesicht betrachtet. Karls Häuschen war die letzte überwachte Station vor der Außenwelt, das Tor in die Freiheit. Max telefonierte kurz mit Garden. Pete glaubte, dass Garden es ihm wahrscheinlich untersagen würde oder Max ihn begleiten müsste. Doch wieder einmal schätzte er Garden nicht richtig ein. Dieser gab ihm noch recht schöne Grüße an Karl mit auf den Weg.

Das sollte wohl so viel wie ein Vertrauensbeweis darstellen, vermutete Pete. Aber selbst mit Karls Hilfe sah Pete keine Chance zu entkommen, so dass sich Garden keinerlei Sorgen machen brauchte. Egal, er war hier, und er hatte keinerlei Ambitionen, heute und hier zu entfliehen, schon gar nicht, bei dieser Kälte sich vor Gardens Fängern in irgendwelchen Ställen und Verschlägen versteckt halten zu müssen.

Mit kräftigem Stampfen schüttelte er die Blätter und den Waldboden von seinen Stiefeln, und als er eben anklopfen wollte, öffnete Karl bereits die Tür.

„Pete, was für eine Überraschung, du warst schon so lange nicht mehr hier, ich dachte, du hättest mich vergessen!" Karl umarmt Pete und klopfte ihm freundschaftlich auf den Rücken. Dann schob er ihn hinein.

Karl hatte ihn Pete genannt, wieso wusste er Bescheid? Hatte Garden ihn und weitere Angestellte darüber informiert, dass Adam sich in Pete verwandelt hat?

Obwohl es sehr eng in seinem Pförtnerhäuschen war, war es gemütlich eingerichtet. Der Fernseher lief, die Jalousien waren heruntergelassen und schräg gestellt – bis auf das Fenster zur Schranke hin. Es war warm und Karl bot Pete an, sich in seinen Sessel zu setzen.

Er selbst holte einen Hocker unter der langen Arbeitsplatte hervor, die das einzige Möbelstück war, welches darauf schließen ließ, dass dies hier eine Dienststelle und nicht ein Ferienhäuschen war. Der Bildschirmschoner des Computers zeigte einen Sonnenaufgang in den Bergen und die vielen kleinen Lämpchen am Pult sahen eher nach Weihnachten als nach Arbeit aus.

Er besaß auch einen Bildschirm, um die Bilder der vielen Außenkameras sichten zu können, doch diesen schaltete er nur ein, wenn ein Signal eines Bewegungsmelders aufleuchtete. Und dann bekam er meistens Eichhörnchen oder Hasen zu Gesicht. Nur selten kamen Wanderer oder spielende Kinder in die Nähe ihrer Umzäunung. Von den Warnschildern ließen sich die meisten rechtzeitig abschrecken.

„Nun zieh doch endlich die Jacke aus, oder willst du gleich wieder gehen? Das würde ich dir nicht erlauben, Lotte hat mir heute Morgen selbstgebackenen Kuchen mitgegeben. Oder wenn du lieber ein Bier möchtest, das steht hinten in meiner Kammer." Er zwinkerte ihm verschmitzt zu, während Pete sich erhob und die drei Schritte in Richtung Kammer machte. Als Pete die Tür zu der kleinen Kammer öffnete, die Karl und sein Arbeitskollege zur Nachtschicht als Schlafstelle benutzten, traf ihn fast der Schlag. An der Wand hinter der Tür stand Lisa.

Sie fiel ihm um den Hals und küsste ihn stürmisch. Vielleicht aus Angst, er könnte sein Missfallen sofort äußern. Aber auch Pete war von seinen Gefühlen völlig überwältigt.

Erst nach einer kleinen Ewigkeit nahm er ihr Gesicht in beide Hände und sah sie kopfschüttelnd an. „Wieso hast du das getan? Und wie hast du zurückgefunden?"

„Max war so freundlich mich mitzunehmen!"

„Max? Bist du verrückt geworden?" Pete trat erschrocken einen Schritt zurück.

„Keine Angst, er weiß nichts von seiner selbstlosen Tat!" Lisa griff nach seinen Händen und umschlang damit ihren Körper. „Du brauchst dir keine Sorgen zu machen. Hier bin ich weit sicherer als irgendwo anders."

„Sie hat Recht, Pete, ich passe schon auf sie auf. Eigentlich wollte ich heute Abend nach meiner Schicht zu dir kommen und dir Bescheid geben, doch du bist mir zuvorgekommen. Das nenne ich Eingebung!"

„Ich nenne es Liebe!" Lisa strahlte Pete an, so dass er für einen Augenblick vergaß, wo sie waren und was er hier eigentlich wollte.

„Wie hast du das nur geschafft?"

„Sie hat sich einfach bei Max auf die Rückbank geschmuggelt, und als er hier hielt und wir miteinander sprachen, schlich sie sich in mein Pförtnerhäuschen." Karl sprach voller Achtung und Stolz über Lisas Aktion. Ihm gefiel die junge Frau, ihr Mut und ihre liebevolle Art, in der sie über Pete sprach.

„Aber was ist mit den Mikros, den Kameras, der ganzen Überwachung?"

„Du glaubst doch nicht etwa, dass ich mich hier drinnen selbst überwachen lasse? Keine Angst, dafür lege ich meine Hand ins Feuer, hier drinnen ist der Spuck zu Ende."
„Und dein Kollege, deine Ablösung?"
„Der hat bis jetzt nichts bemerkt und wird auch weiterhin nichts bemerken. Kurz bevor er kommt, verstecke ich Lisa in meinem Auto, und dann fahren wir nach Hause. Lotte geht es nicht so gut, ihre Gesundheit macht ihr wieder etwas zu schaffen, da kann sie ein wenig Gesellschaft und Ablenkung gebrauchen."
„Karl hat mir gesagt, ich darf so lange bleiben, wie ich möchte. Ich kann seiner Frau zur Hand gehen, und wenn uns etwas eingefallen ist, bin ich ganz in deiner Nähe."
„Lisa hat mir alles erzählt. Du hättest mir ruhig schon früher vertrauen können, Pete! Natürlich wusste ich ja von dir und Adam schon so einiges, aber jetzt ist es genug, wir dürfen nicht weiter tatenlos zusehen. Ich werde euch helfen so gut ich kann!" Karl hatte sich von seinem Hocker erhoben und holte drei Bierflaschen aus dem Kühlschrank aus der Ecke der Kammer. „Gib mir doch bitte mal den Öffner!", wandte er sich an Pete.
Dieser drehte sich um, ging zur Arbeitsplatte und zog eine von vier übereinanderliegenden Schubladen heraus, um ihm den Flaschenöffner zu entnehmen. Als er ihn Karl hinhielt, grinste er Pete breit entgegen. Auch Lisa lächelte ihm zu.
„Was ist los?" Pete sah von einem zum anderen.
„Ach, eigentlich nicht viel, ich habe Lisa nur einen kleinen Trick gezeigt, wie ich schon immer Adam von Pete unterscheiden konnte, was ich auch tat." Karl sah Pete vielsagend an.

„Ich wusste schon lange, dass du Pete bist und dass Adam gestorben war. Dazu brauchte ich nie irgendwelche Psychoanalysen. Ich brauchte immer nur diesen Öffner in einer von vielen Schubladen!"
Jetzt musste auch Pete lachen, er mochte Karl, er war so bodenständig, er hatte Pete wie auch Adam oft in die reale Welt zurückgeholt, wenn sie längst nicht mehr wussten, was sie glauben, was sie zu hoffen wagen konnten.
Gemeinsam stießen sie nun auf ein baldiges Ende dieses Versteckspielens an. Und Pete hatte das Gefühl, mit Karls Hilfe würde es nicht mehr lange dauern.

61: Lisa und Pete bei Karl

Karl war in seinem Sessel eingedöst, während Lisa und Pete nebeneinander auf der schmalen Liege saßen. Pete hatte seinen Arm um Lisas Schultern gelegt, sein Kopf lehnte an der Wand, während Lisas an seiner Schulter ruhte. Pete versuchte seine Gedanken zu sortieren, was ihm in Lisas Anwesenheit schwerfiel.
Dann begann er: „Lisa, ich muss dir was zeigen!" Er holte den Stick unter seinem Pullover hervor und reichte ihn ihr.
„Versteck ihn gut, ich will gar nicht wissen, wo, aber bitte zeig ihn niemandem – noch nicht!"
Er sah zu Karl hinüber und sie hing sich den Stick um den Hals und steckte ihn unter ihren Pulli. „Was ist da drauf?" Lisa sah ihn fragend an.
„Alles! Das heißt, ich hoffe es. Hör mir jetzt bitte genau zu, ohne mich zu unterbrechen." Er rückte von der Wand ab bis vorne an den Rand der Liege. Mit seinen Augen hielt er die ihren fest, dann legte er seine Hände auf ihre Schultern und drückte sie leicht. Er strich sanft über ihre Arme hinab, bis er ihre Hände in den seinen hielt. Lisa hatte einen Kloß im Hals, selbst wenn sie es gewollt hätte, wäre kein Ton aus ihrer Kehle gedrungen.
„Es gibt noch etwas ganz Entscheidendes zu tun, – der Stick, den du jetzt hast, ist Gardens Gehirn; sein Wissen, seine Arbeit, sein Kapital, seine Gegenwart. Aber sein Herz ist in diesem Fall ebenso wichtig, vielleicht sogar wichtiger, denn das enthält die Zukunft."

„Pete, du sprichst in Rätseln, was ist los, was hast du vor?" Sie rückte näher an ihn heran, wollte ihn umarmen, doch er hielt sie einen Arm breit von sich.
„Seine Krankenakten, über Jahrzehnte gesammelt, ruhen im Keller – das ist sein Herz – und ich werde es vernichten!" Er betrachtete Lisa aufmerksam. Dann schenkte er ihr ein Lächeln. „Das wird ein schönes Feuerchen werden. Ich habe keine Ahnung, wie lange die Feuerwehr braucht bis hier heraus, aber wenn sie hier eintrifft, wird es keine Unterlagen mehr geben."
Lisa nickte. „Aber was ist mit den Beweisen, wir sollten ein paar Akten mitnehmen."
„Nein! Auf gar keinen Fall!" Seine Stimme war laut geworden, so dass sie sich beide gleichzeitig zu Karl umsahen, doch dieser schien tief und fest zu schlafen.
„Aber wieso denn nicht, sind seine Akten auch auf diesem Stick?" Lisa beobachtete ihn skeptisch. Warum war er so außer sich?
„Nein, sind sie nicht, und ich hoffe, dass sie auch nirgends sonst gespeichert sind."
„Wieso nicht?"
Er sah sie besorgt an. Sollte er es ihr sagen und ihre Gefahr vergrößern, in der sie bereits schwebte? Doch wiederum, wer außer ihr konnte die Wahrheit verbreiten, wenn er nicht mehr da war? Und wie viel größer konnte eine Gefahr noch sein, als dass jemand einem nach dem Leben trachtete? „Also gut." Er holte tief Luft und sah sie wieder an.
Sie hatte ihn die ganze Zeit betrachtet, wie schön er war, ja, wieso sollte sie etwas anderes sagen, er war schön, zu schön, wie sie damals bitter feststellen musste. Und nun saß er hier

neben ihr, wollte sie retten, sie und die Menschheit. Sie war stolz auf ihn, auch wenn sie ihn nicht immer durchschauen konnte. Sie vertraute ihm blind, sie würde vom Dach dieser verfluchten Klinik springen, wenn er es ihr sagen würde. So war es schon damals, und so würde es auch in hundert Jahren noch sein.

„Lisa, hörst du mir zu?"

„Ja, ja doch!"

„Da du auch das letzte Geheimnis noch erfahren willst, so will ich es dir sagen, aber vergiss nicht, du solltest sorgsam umgehen mit dem, was du jetzt von mir hören wirst, OK?"

Sie nickte gespannt und ließ ihn nicht aus den Augen.

„In diesen Akten, die auch du schon im Keller gesehen hast, steckt nicht nur Gardens Herz. Sie enthalten die Herzen all seiner Patienten. Und nicht nur ihre Herzen! In diesen Akten seiner Patienten befinden sich nicht irgendwelche Patienten, sondern potentielle Spender, das heißt solche, die vorhaben, sich früher oder später klonen zu lassen.

Das sind Menschen, die auf Nummer sicher gehen wollen. Es ist alles geregelt. Falls sie krank werden, kommen sie zu Garden, ihnen werden die nötigen Proben entnommen und alles Weitere setzt Garden in Gang. Ebenso bei ihren engsten Familienangehörigen.

Für den Fall des Todes gibt es eine DNA-Probe, die in den kleinen Tresoren konserviert und verschlossen bereitliegen, um das gleiche Ziel zu erreichen. Auch im fortgeschrittenen Alter reicht ein Anruf, und Garden beginnt mit der Arbeit. Dass er sich diese Gefälligkeit über alle Maßen gut bezahlen lässt, muss ich dir wohl nicht weiter erläutern.

Und da ihre Gene sozusagen auf Eis liegen, können sie auch nach dem Tode der Spenderperson jederzeit dazu benutzt werden, einen Klon entstehen zu lassen."
„Der riesige Behälter!"
„Ja genau, du hast ihn gesehen?"
„Ich habe dir doch gesagt, dass ich unten war!"
„Ja, das hast du!"
„Aber warum willst du nicht einige dieser Akten sicherstellen? Diese Menschen könnten zur Rechenschaft gezogen werden, sie unterstützen Gardens Machenschaften!"
„Was willst du ihnen vorwerfen? Sie haben nichts getan, außer die Chance zu ergreifen, weiterleben zu können – so, wie ich es tat. Willst du sie deshalb verurteilen?" Seine Lippen bebten, bis er sich erhob, sich abwandte und mit beiden Händen durch sein Haar fuhr, um sie dann auf seinem Kopf zu verschränken, als müsse er sich schützen.
„Es tut mir leid." Lisa hängte sich an seinen Rücken, umklammerte seinen Körper. Sie hielt ihn so fest sie konnte.
„Ich wollte dich nicht verletzen, verzeih mir!"
Er löste sich aus ihrer Umarmung. „Es gibt noch einen Grund, einen noch schwerwiegenderen. Garden hat bereits begonnen weitere Menschen zu klonen!"
Stille – nicht einmal der Wind, der um das Häuschen brauste, war in diesem Moment zu hören.
„Sag, dass das nicht wahr ist!" Lisas Hoffnung war gering, doch es durfte keinen weiteren Adam geben, niemals durfte jemandem so großes Leid zugefügt werden wie ihm.
„So leid es mir tut, ich habe die Beweise dafür in diesen Akten gefunden. Garden ist altmodisch, er vertraut der Technik nur so weit, wie er sie beherrschen und bewahren kann. Ich bin

sicher, dass selbst auf diesem Stick ein ganz entscheidendes Stück fehlt, so dass niemand sein Werk kopieren kann. Und seine Patientenkarteien sind in seinem Keller sicherer als auf irgendeiner Diskette oder einem Stick im Safe, da es kaum eine Handvoll Menschen gibt, die davon wissen, uns eingeschlossen."

„Aber wo sind diese Klone? Wie können wir ihnen helfen?"

„Indem wir sie nicht finden, indem sie niemand findet. Deshalb werde ich auch alle Akten zerstören, denn in ihnen stehen unter anderem auch ihre Aufenthaltsorte. Nur so können wir ihr Leben schützen."

„Aber er weiß, wo sie sind, er wird an ihnen weiterexperimentieren."

„Nein, dazu werden wir ihm keine Zeit lassen. Im Moment sind sie noch zu jung, ich habe den ältesten mit eineinhalb Jahren entdeckt. Es sind vielleicht ein Dutzend, aber Garden ist noch nicht so weit mit ihnen, dass sie das Serum erhalten können. Sie müssen mindestens drei Jahre alt sein, besser älter, dann nimmt er sie wieder zu sich, und damit beginnt ihr Martyrium." Der letzte Satz klang bitter.

„Du denkst an Adam, du bist ihm sehr nahe gekommen?"

„Unsere Nähe zueinander ist wie ein Fluch. Wir sind auf ewig miteinander verbunden. Wir sind eins. Und nur ein Körper blieb uns, um zu überleben. Wir waren uns so nahe, und doch nicht nahe genug, um ihm das Leben zu retten!"

Pete ließ sich wieder auf die Liege fallen. Er war blass. Lisa hatte plötzlich Angst um ihn. Er hatte seinen Freund verloren. Er war Garden allein ausgeliefert. Wie viel konnte er noch ertragen?

Schnell versuchte sie ihn in die Gegenwart und zu ihr zurückzuholen. „Aber wo sind diese Klonkinder, sie sind doch nicht hier!?"

„Nein, sie leben in Pflegefamilien, wo auch … Adam lebte. Die Pflegeeltern wissen nichts davon, sie erhalten hilfsbedürftige Kinder aus gescheiterten Familien. Das ist alles eine Sache der Organisation, und davon versteht Garden fast so viel wie vom Klonen.

Er hat einen Teilhaber, John, auch ein angesehener Professor der Biogenetik. Er fährt ab und zu in seine Klinik. Ich glaube, dort werden die Leihmütter ausgesucht, denen die Stammzellen eingesetzt werden, und auch alles Weitere danach veranlasst."

„Aber was macht dich so sicher, dass Garden seine Klone nicht ohne diese Akten wiederfinden kann? Vielleicht existiert doch irgendwo eine Diskette mit den Krankenakten und Aufenthaltsorten seiner Klonkinder? Oder dieser John hat weitere Unterlagen!?"

„Ich weiß nur, was mir Paul einmal sagte; er sagte, dass Garden niemandem vertraut und dass er alle wichtigen Unterlagen und Aufzeichnungen in seiner unmittelbaren Nähe hat. Ich kann nur hoffen, dass Paul Recht hat!"

Sie saßen schweigend nebeneinander, als Karl langsam wach wurde. Lisa fragte sich, warum Pete Karl nicht über sein Vorhaben informierte. Doch sie gab sich mit dem Gedanken zufrieden, dass er ihn nicht zum Mitwisser machen wollte aus Angst um ihn.

Aber dann bat Pete ihn doch um seine Mithilfe. „Karl, weshalb ich heute eigentlich zu dir gekommen bin, hat einen schwerwiegenden Grund!"

Karl rieb sich die Augen. „Nun sag schon, raus damit!"
Pete erhob sich und setzte sich auf den Hocker ihm gegenüber.
„Ich habe eine große Bitte an dich, ich weiß, ich verlange viel, aber wenn dir die Sache zu heiß ist, dann sag einfach nein. Ich bin dir deswegen nicht böse. Ich habe selbst lange darüber nachgedacht, doch nun, wo du Lisa bei dir aufgenommen hast, glaube ich, dass ich dich darum bitten kann."
„Pete, sag schon, ich werde dir helfen, was immer es auch ist!" Karl hatte seine Brille aufgesetzt und sah ihm direkt in die Augen.
„Ich möchte dich bitten meine Mutter in Sicherheit zu bringen. Wenn auch sie außer Gefahr ist, kann ich Garden angreifen, ohne um ihr Leben fürchten zu müssen."
„Natürlich, das kann ich tun, aber was soll ich ihr sagen?"
„Ich weiß es nicht. Auf keinen Fall, dass ich noch lebe, das musst du mir versprechen, das muss ich schon selber tun – irgendwann!"
„Vielleicht kann ich dir helfen, wir könnten so tun, als ob sie gewonnen hätte, einen Wochenendaufenthalt an der See oder in den Bergen!"
Lisas Idee fand bei den beiden Zuspruch, und als Karl ihnen von seiner Hütte in den Bergen erzählte, die seinem Bruder gehört und er jederzeit benutzen darf, war die Sache beschlossen.
„Schön, dass du hier bist, Lisa, gemeinsam werden wir Petes Mutter aus der Schusslinie bringen und damit die Spielregeln verändern und Gardens Pläne durchkreuzen!"
Auch Pete war beruhigt, Lisa würde ihr dadurch näherkommen, und vielleicht konnte Lisa ihr später einmal helfen alles zu verstehen. Nachdem sie so verblieben waren,

dass Karl Pete Bescheid geben sollte, wann sich Petes Mutter in Sicherheit befinden würde, verabschiedete sich Pete von ihnen.
Er war sich immer noch nicht sicher, das Richtige getan zu haben, aber er wusste sich einfach keinen anderen Rat mehr. Jetzt, da Lisa hier bei Karl in Sicherheit war und seine Mutter dank Karl bald auch, war die Zeit mehr als nur günstig. Vielleicht würde er eine solche Chance nie wiederbekommen. Er würde die Akten vernichten. Egal wie viele Klonkinder schon existierten, es würden keine neuen hinzukommen. Und was noch wichtiger war: Sie konnten nicht als solche identifiziert werden. Nicht, wenn alles glatt ging.
Garden konnte Pete nicht weiter erpressen, sobald seine Mutter in Sicherheit sein würde. Er hoffte nun, dass Lisas Verschwinden noch nicht bemerkt worden war. Doch gleichzeitig war er sich sicher, dass Garden niemanden zu ihrer Überwachung zurückgelassen hatte. Er wusste, dass sie nichts in der Hand hatte, niemand würde ihr glauben. Das Areal war unauffindbar und ausreichend gesichert.
Auf dem Rückweg durch den Wald kreisten seine Gedanken um das, was er sich vorgenommen hatte. Zurzeit gab es für ihn nichts weiter zu tun als abzuwarten, dass Karl und Lisa seine Mutter zu einem Ausflug überreden konnten.
Wenn das geschafft war, konnte er den Keller in Brand setzen und bei dem Durcheinander mit den Einsatzkräften entkommen. Lisa und Karl würden die Informationen zur Staatsanwaltschaft bringen, damit würde Garden für geraume Zeit außer Gefecht gesetzt werden. So sah der neue Plan aus! – Im Pläneschmieden war er ja kein Neuling mehr, doch bei der Umsetzung ging selten alles glatt. Und wenn er an seine

Zukunft dachte, fiel es ihm besonders schwer, sie sich vorzustellen. Es gab nur noch ihn, er musste für sich entscheiden, wie sein Leben weiterhin verlaufen sollte, und er war sich nicht sicher, ob er ein weiteres Leben überhaupt noch wollte.

Wenn es geschafft war, Garden gestoppt, die Klonkinder unauffindbar, seine Mutter und Lisa in Sicherheit waren, was sollte er dann tun? Sich der Öffentlichkeit stellen, würde er dem gewachsen sein? Er kannte sich nur zu gut, er zweifelte, und er war im Begriff, den einfachen Weg zu wählen. Auch wenn Lisa ein zweites Mal darunter zu leiden hatte!

War das wirklich so? Konnte er ihr das antun? Er war Pete, und er war auch Adam. Er hatte sich verändert, ja, aber reichte diese Veränderungen aus, um Lisa glücklich zu machen, um selbst glücklich zu werden? Diese Fragen konnte er sich nicht beantworten. Er fühlte sich verloren, er existierte nicht mehr. Doch worüber er sich in den letzten Tagen erst klar geworden war, er wollte auch nicht mehr existieren. Ganz egal, wo er weiterleben würde, er würde ein ewig Gejagter bleiben. Garden würde ihn nie vergessen, geschweige denn unbehelligt irgendwo leben lassen.

Und auch die Öffentlichkeit wird ihr Recht auf Informationen nie für erfüllt halten. Sie werden ihn belagern, verfolgen, richten, denn er war der Erste, der es zuließ, dass Garden seinen Traum verfolgen und erreichen konnte. Er war der Erste, der aus Eigennutz gehandelt und die ganze Menschheit in Gefahr gebracht hatte. Es waren Jahre vergangen, bis er begriff, was er angerichtet hatte. Da half ihm auch nicht die Entschuldigung, wenn nicht du, dann hätte es jemand anderes getan.

Aber es gab noch etwas, was er tun konnte, etwas, was der Menschheit wenigstens noch eine letzte Möglichkeit der Besinnung, des Überdenkens dieses Schrittes zu geben. Er wollte ihnen Zeit schenken, Zeit zum Nachdenken, zumindest das war er ihnen schuldig. Und wer weiß, vielleicht würden sie es durch Lisas Berichte verstehen und die richtigen Entscheidungen treffen, Gardens Material sorgsam benutzen, seine Aufzeichnungen über Pete und Adam gewissenhaft analysieren. Selbst wenn er nicht mehr da sein würde.

Das gab ihm Hoffnung und Kraft für die nächsten Tage, die noch vor ihm lagen. Nun ging es hauptsächlich darum, Erfolg zu haben. Sie durften keine Zeit mehr verlieren. Und es ging um Lisa. Er musste sie noch einmal sehen, bevor er seinen letzten entscheidenden Schritt tun würde.

Auch wenn er nicht wusste, was er Lisa sagen sollte. Wie konnte er ihr in die Augen sehen? Er würde sie ein weiteres Mal verletzen, doch es musste sein. Er tastete nach dem Papier in seiner Jackentasche. Er war noch da! Der einzige Beweis für seine wahre Identität.

Wenn auch er selbst nicht mehr wusste, wer er war, konnte ihn dieses Stück Papier davon überzeugen, dass er nicht verrückt, sondern geklont war.

62: Lisa bei Karl

In den nächsten Tagen war Lisa voll und ganz damit beschäftigt, Petes Mutter auf den bevorstehenden Ausflug vorzubereiten. Sie schrieb einen Brief auf Karls PC mit der Überschrift: „Sie haben gewonnen!" und was sonst noch dazugehörte. Sie telefonierte mit ihr, mit verstellter Stimme, und erkundigte sich nach dem schnellstmöglichen Termin. Wie erwartet sträubte die alte Dame sich zuerst, und es bedurfte einiger weiterer Telefonate, um sie umzustimmen. Doch dann war es endlich so weit, am kommenden Wochenende sollte sie mit dem Zug in die Berge fahren. Karl und Lisa wollten zusammen zu seinem Bruder fahren, den Schlüssel für das Ferienhaus abholen, alles Weitere vorbereiten und Karl sollte ihr den Schlüssel dann am Bahnhof übergeben.

Lisa grübelte jede freie Minute über die neuen Informationen, die ihr Pete berichtet hatte. Wie viele Akten hatte sie gesehen? Es mussten Hunderte gewesen sein. Sie konnte sich nicht vorstellen, dass Georg so viele Menschen über sein Tun informiert hatte. Wahrscheinlicher war, dass er ohne ihr Wissen die nötigen Untersuchungen und Vorbereitungen getroffen hatte, um sie bei Bedarf klonen zu können. Oder sollte er vielleicht nicht einmal auf ihre Zustimmung warten? Alles war möglich! Umso mehr sie darüber nachdachte, umso sicherer wurde sie, dass Petes Entscheidung, die Akten zu vernichten, richtig war. Dennoch machte sie sich große Sorgen um seine Sicherheit. Er hatte noch nie einen Brand gelegt. Wie gut kannte er sich in

den Kellerräumen aus? Konnte er einschätzen, wie viel Zeit ihm bleiben würde, um sich in Sicherheit zu bringen? Sie selbst war dort unten nur durch die Idee mit den Kreidepfeilen zurechtgekommen.
Und noch etwas verursachte ihr Bauchschmerzen. Es war etwas in seinen Augen gewesen, als hätte er ihr nicht all seine Gedanken, seine Bedenken, die er mit sich herumschleppte, genannt. Was verschwieg er vor ihr?
Lisa konnte nur hoffen, dass alles gut gehen würde. Sie wünschte, er wäre bei ihr. Ob er noch einmal zu ihnen kommen konnte? Auch Karl hatte seine Probleme. Es fiel ihm nicht leicht, seine Frau zu beschwindeln, aber er wollte sie auf gar keinen Fall mit der Wahrheit konfrontieren, er hatte Angst, sie würde sich zu sehr aufregen, was ihrem Herzen schaden konnte.
Doch mit Lisas Hilfe erfanden sie eine glaubwürdige Geschichte, in der sie einer Frau, die ihre Wohnung plötzlich verloren hatte, für einige Tage Obdach in dem Ferienhaus seines Bruders geben wollten. Was ja auch fast der Wahrheit entsprach.
Nachdem Karl aber, nur wenige Tage vorher, schon Lisa als kurzzeitige Heimatlose angeschleppt hatte, war Lotte mehr als nur skeptisch. Allerdings hatte sie keine andere Wahl, als ihrem Mann zu vertrauen und den beiden zu glauben. Lisa tröstete Karl damit, dass bald alles vorbei sein würde und er dann seiner Lotte die ganze Geschichte erklären konnte.
Die letzten Tage verstrichen wie im Fluge, Karl und Lisa kauften Lebensmittel ein, besorgten im Internet Karten für ein Theaterstück in der nahegelegenen Stadt, organisierten in einem Restaurant für die nächsten drei Tage Frühstück und

Abendessen, reservierten den Tisch und bestellten ein Taxi. Es sollte ihr an nichts fehlen. Sie durften ihr auch nicht den kleinsten Grund geben, diesen Reisegewinn in Frage zu stellen.

Eine Stadtrundfahrt und noch ein Museumsbesuch, und die Tage sollten ausgefüllt sein, um Petes Mutter abzulenken. Erst dann konnten sie sicher sein, dass Garden Pete nicht weiter erpressen konnte.

Den Abend vor ihrer Abreise verbrachten Lisa und Karl schweigend im Pförtnerhäuschen. Karl hatte Nachtschicht und Lisa hoffte inständig, dass es Pete gelingen würde, noch einmal vor ihrer Abreise zu ihr zu kommen. Karl hatte Pete über ihre Vorbereitungen auf dem Laufenden gehalten. Er hatte ihm einen kurzen Brief zugesteckt und zu verstehen gegeben, dass alles bestens lief.

Lisa hatte ihm erzählt, dass Pete vorhatte die Akten zu vernichten, da Karl nicht locker ließ und sie immer wieder nach Petes Vorgehensweise erkundigte. Sie fand es nur fair, ihn einzuweihen nach all dem, was er für sie tat. Karl war keineswegs überrascht über Petes Plan, doch nachdem er es wusste, war er lange Zeit sehr still.

Es war bereits weit nach Mitternacht, als sie ein leises Klopfen vernahmen. Karl war sofort aufgesprungen. Er schloss die Kammertür, hinter der sich Lisa schnell, aber leise an die Wand stellte. Ihre Schuhe in der Hand, hielt sie den Atem an, bis sich die Tür öffnete und Pete hereintrat. Sie ließ ihre Schuhe fallen und sprang an ihm empor.

„Hey, langsam, oder willst du mir das Kreuz brechen?" Pete strahlte sie an. Wie schön sie war und wie vertraut. Immer wenn er in ihrer Nähe war, war alles so einfach. Ihr Vertrauen in ihn ließ ihn zu dem werden, der er so gerne sein wollte. Doch umso deutlicher er ihre Liebe spürte, umso unentschlossener wurde er. War seine Entscheidung die Richtige? Jetzt gab er sich ihrer glücklichen Stimmung hin, doch sobald er wieder alleine war, kamen die kleinen Monster des Zweifels zurück. Damit sie ihn nicht umstimmen konnten, musste er nur an all die anderen Klone denken, und sofort wusste er, dass er das Richtige tun würde.
„Morgen ist es so weit! Und übermorgen wirst du frei sein!" Pete setzte sich mit Lisa auf die Liege. Er hatte sie auf seinen Schoß gezogen und wünschte sie wären diese Nacht alleine in der kleinen Kammer am Waldrand dieses verfluchten Ortes. Am Ende der Welt.
„Wie hast du es nur geschafft, noch so spät hierher zu kommen?" Karl stand in der Tür und schüttelte mit dem Kopf.
„Ich klettere halt gerne, Lisa weiß bereits von meinen Kletterkünsten!"
Seine Grübchen vertieften sich und Lisas ängstlicher Gesichtsausdruck bei dem Gedanken, wie er von Balkon zu Balkon kletterte, ließen ihn in ein schallendes Gelächter verfallen. Er fühlte sich beschwingt, unverletzlich, euphorisch. Sein Zustand war für Außenstehende wohl eher als Rausch eines Betrunkenen oder anderweitig unter Drogen stehenden Menschen zu bezeichnen. Er war froh, dass es so war. Er brauchte diesen Zustand, das Adrenalin! Sonst würde er sein Vorhaben wohl kaum bewältigen können.

Karl hatte Pete einen Pieper besorgt. Sie wollten ihn nur kurz anpiepen, sobald seine Mutter angekommen sein würde. Dann wollte Pete mit seiner Arbeit beginnen.
„Wie lange wirst du brauchen, bist du alles erledigt hast und fliehen kannst?" Karl war genau wie Lisa besorgt.
„Ich weiß nicht, wie leicht ich in den Keller gelange. Der Fahrstuhl ist relativ gut gesichert, und das Treppenhaus reicht nicht bis in den untersten Keller hinab, aber ich werde einen Weg hinunter finden, notfalls mit Gewalt."
„Du bist zu allem entschlossen, habe ich Recht?" Lisa sah ihn beunruhigt an.
„Ja, das bin ich. Du kennst meine Motive und du weißt, wie lange ich auf diesen Tag gewartet habe."
„Ja, ich weiß, aber ich weiß auch, dass du dich einer großen Gefahr aussetzt. Wie willst du das Feuer möglichst schnell und gleichmäßig entfachen, bevor es jemand entdeckt und löschen kann oder dich entdecken kann?"
„Ich werde mir ein paar äußerst leicht entzündbare Chemikalien aus dem Labor ausleihen. Paul hat da so einen Vorrat, den ich schon vor Tagen umgefüllt und versteckt habe. Wenn das Zeug erst einmal brennt, kann es nur schwer gelöscht werden."
„Aber die Patienten?" Lisas Bedenken wuchsen.
„Die Feuermelder funktionieren tadellos. Bis das Feuer aus dem Keller zu den oberen Stockwerken durchdringen kann, sollten alle evakuiert sein. Außerdem liegt der Trakt mit den Krankenzimmern weit genug entfernt. Brandschutztüren und ähnliches dürften genügend Schutz bieten."
Lisa schien sich wieder etwas zu beruhigen. Sie könnte den Gedanken nicht ertragen, dass jemand durch ihre Maßnahmen,

Garden zu stoppen, verletzt werden würde. Sie hatten vor, eine Straftat zu begehen, egal ob ihre Gründe dafür nachvollziehbar waren. Rechtfertigen konnten sie ihre Vorgehensweise dadurch nicht.

„Bist du ganz sicher, dass du es tun willst?" Sie sah ihm tief in die Augen, und obwohl sie wusste, dass sie damit endlich einen Weg gefunden hatten, Pete zu befreien und die Klonkinder von ihrem Los zu verschonen, hoffte sie doch insgeheim, er möge es sich noch einmal überlegen. „Wenn deine Mutter außer Gefahr ist, könnten wir mit Karls Hilfe fliehen. Wir würden sofort zur Polizei fahren, ihnen alles erzählen und hierher zurückfahren, die Akten holen und sie den geeigneten Institutionen zukommen lassen."

Pete schüttelte den Kopf. „Es gibt keine geeigneten Institutionen für diese Akten, wir haben keinerlei Einfluss auf sie, sobald sie diesen Keller verlassen. Selbst der Stick mit Gardens Forschungsergebnissen birgt Gefahren. Allerdings auch Hoffnung für unzählige kranke Menschen. Bitte versuche nicht, mich davon abzuhalten! Es fällt mir schwer, sehr schwer, doch wenn ich es nicht bald tue, wer weiß, ob ich es dann überhaupt jemals tun kann!"

Er hatte vorgehabt, ihr noch einen Satz zu sagen, einen, oder besser gesagt, den wichtigsten Satz in seinem Leben, doch er konnte, er durfte ihn ihr nicht sagen, denn dann würde sie wissen, was er vorhatte. So sah er wieder nervös nach rechts und nach links, was ihm Gelegenheit gab, mit seinen Augen zu blinzeln und die aufsteigenden Tränen zu unterdrücken. Seine Miene wurde ernst, sollte er sie jetzt wirklich zum letzten Mal sehen? Wieso war das Leben so grausam zu ihnen, wieso waren sie sich nicht woanders begegnet? – überall, aber nicht hier!

Noch war es nicht zu spät, er könnte mit ihr fliehen, sicher würde er es schaffen. Und dann, wie konnte sein Leben weitergehen? Die Erklärungen an die Polizei, seine Mutter, konnte er ihr das antuen, ihr erklären, dass ihr Sohn sie hat rücksichtslos leiden lassen?

Er müsste sich wahrscheinlich ein Leben lang versteckt halten. Ständig umziehen, weil die Paparazzi ihn überall aufspüren würden. Was sollte das für ein Leben sein? Konnte er Lisa so ein Leben zumuten? Und später vielleicht ihren Kindern?

Schnell wandte er sich Karl zu. Er reichte ihm die Hand und hielt sie fest gedrückt. „Ich möchte mich bei dir bedanken, für alles, was du für mich und die, die ich liebe, getan hast."

Karl zog Pete in seine Arme, nun musste auch er mit den Tränen kämpfen. „Ist schon gut, mein Junge." Er klopfte ihm freundschaftlich auf den Rücken. „Ihr habt so viel durchgemacht, ich bin froh, dass ich helfen konnte!"

Pete löste sich aus seiner Umarmung. „Karl, ich weiß von Lotte!"

Karl nickte stumm. „Das hätte ich mir denken können, dass du ihre Akte findest."

„Es gab eine Art Inhaltsverzeichnis in seinem Computer, in dem seine Kunden nach Schweregrad gegliedert waren. Dadurch habe ich auch die anderen gefunden, die er bereits geklont hatte. Er hatte die Angaben verschlüsselt, aber ich kenne seinen Code"

„Klonen kam für uns niemals in Frage, doch einem neuen Herz hatten wir noch vor einem Jahr zugestimmt."

Lisa ließ sich auf die Liege niedersinken. Erschüttert betrachtete sie Karl.

„Aber wenig später, als wir wussten, was mit Adam passierte, entschlossen wir uns anders. Ich hatte es Garden mitgeteilt, doch schon damals hatte ich das Gefühl, er wollte davon nichts hören. Na ja, wir blieben trotzdem hier. Ich arbeitete weiter für ihn, obwohl er mir mehrfach anbot, mich zur Ruhe zu setzen. Ich wollte hier sein, falls Lotte sich doch für ein neues Herz entscheiden sollte. Sie sollte immer die Wahl haben."

„Es tut mir so leid! Ich werde Garden daran hindern, für lange Zeit, vielleicht für immer, Menschen zu retten. Das ist der Preis, den nicht ich, sondern viele andere Menschen zahlen werden. Es macht mich mehr als nur traurig, doch ich weiß keine andere Lösung."

„Ist schon gut, mein Junge, du darfst dir keine Vorwürfe machen. Lotte und ich haben oft darüber gesprochen. Und wir sind uns beide einig, dem lieben Gott nicht ins Handwerk pfuschen zu wollen, so wie Garden es tut. Es mag für eine Weile so aussehen, als ob er den Menschen helfen würde, doch wir sind davon überzeugt, dass das nur vorrübergehend so sein wird.

Wir glauben an die Seele eines jeden Menschen und daran, dass sie in unserem Herzen wohnt. Was soll ich mit einer fremden Lotte? Sie ist derselben Meinung. Gott hat uns erschaffen und kein Mensch wird uns das wiedergeben können, was er uns nimmt.

Ich weiß, Garden hat auch dir dein Leben gerettet, doch der Preis dafür war hoch. Wir wissen alle, dass du darunter leidest, und hoffen, wir können dir helfen, wo es nur geht."

Pete fiel Karl erneut um den Hals. Dieser recht kleine alte Mann war für den großen, kräftig gebauten Pete ein starker Halt. Sie wussten beide, dass sie einander vertrauen konnten.
„Es ist schon spät, ich werde jetzt zu Lotte fahren. Gegen Morgen bin ich zurück, rechtzeitig zur Schichtübergabe." Mit diesen Worten holte er seinen Mantel aus dem Schrank und Pete half ihm hinein.
„Aber was ist, wenn jemand kommt?" Pete sah ihn fragend an.
„Du weißt doch was zu tun ist. Drücke auf den Knopf, um das Tor zu öffnen, und lass dich nicht sehen! Alles klar?"
Lisa und Pete nickten ihm erstaunt zu. Als er zur Tür hinaus war und sie den Motor seines Diesels in der Ferne verschwinden hörten, standen sie sich immer noch stumm gegenüber. Sie hatten beide nicht erwartet, heute Nacht allein zu sein.
Zögernd, fast schüchtern gingen sie aufeinander zu. All die Fragen, all die Ängste waren in dieser Nacht unwichtig, sie waren zusammen, nach all den Jahren waren sie hier in dieser kleinen Hütte wieder vereint. Es gab keinen Garden, keine Klone, keine unüberwindbar scheinenden Hindernisse. Es gab nur Pete und Lisa und eine Liebe, die über den Tod hinaus weiterlebte, das hatte sie ihnen bewiesen.
In dieser Nacht hatten sie beide das Gefühl sich so zu lieben, wie es ihrer Liebe gebührte. In den letzten Wochen hatten sie voneinander mehr erfahren, als es ihnen damals auch nach Monaten möglich gewesen wäre. In ihren Körpern war die Sehnsucht von Jahren zu spüren und die unendliche Dankbarkeit für die heutige Nacht.

63: Abschied

Es war schon fast sechs Uhr morgens. Noch immer herrschte draußen tiefe Dunkelheit. Gegen halb sieben sollte der Schichtwechsel sein. Lisa und Pete lagen eng umschlungen auf der schmalen Liege. Pete glaubte, Lisa wäre eingeschlafen, doch als er sich vorsichtig aus ihrer Umarmung lösen wollte, öffnete sie ihre Augen.
„Ich schlafe nicht. Wie könnte ich auch bei dem, was vor uns liegt?"
Er strich ihr eine Haarsträhne aus ihrem ängstlich dreinblickenden Gesicht, küsste sie auf die Stirn, um dann aufzustehen und sich anzuziehen. Lisa sah ihm zu, er musste gehen, es wurde höchste Zeit. Die alten Ängste waren wieder da. Sie hatten nur darauf gewartet, dass diese Nacht enden würde.
Als er fertig angezogen war, setzte er sich zu ihr. Seine Augen hatten einen feuchten Glanz, sein Mund lächelte, doch es kam kein Wort über seine Lippen. Auch Lisa brachte kein Wort heraus. Nicht einmal „sei vorsichtig" oder „pass auf dich auf!" Petes Abschiedskuss ließen in ihr noch einmal die Gefühle der letzten Nacht aufsteigen. Aber kaum hatte er sich zum Gehen umgewandt, waren sie wieder da. Diese Schmerzen im Magen. Dieses Unheil verkündende Stechen in ihrer Brust. Tränen liefen ihr über die Wangen, als er die Tür leise hinter sich schloss. Warum nur? Ja, es war gefährlich. Er würde einen Brand legen, er musste unerkannt entkommen. Doch er konnte der Feuerwehr entgegenlaufen, er würde sich mit ihnen in Begleitung von vielen Menschen hier hinausbegeben, weit weg aus Gardens Reichweite. Dann würden sie sich bei Karl

treffen. Wieso saß sie hier herum und heulte? Ganz einfach, weil er nichts dergleichen sagte. Weil er nicht „bis nachher" sagte! Schon gar nicht, dass er sie holen werde.

Lisa hatte dem erst keinerlei Bedeutung beigemessen, er war nervös, wie sie alle, doch nun, kaum dass er nur wenige Minuten fort war, sah sie das anders. Und was ihr wie eine Hiobsbotschaft plötzlich einfiel: Er hatte *ihr* den Stick gegeben!!! Ein Frösteln durchfuhr ihren Körper. Pete hatte nicht vor, zurückzukommen!

Was auch immer er vorhatte, er würde nicht mit ihr fahren in die Freiheit, in eine gemeinsame, aber ungewisse Zukunft. Wie konnte sie nur so naiv sein und an ein Happyend glauben, nach all den Jahren und dem, was sie hier entdeckt hatte? Ihr Körper war starr vor Entsetzen.

Karl hatte Recht, Pete litt schon zu lange unter Gewissensbissen. Wieso hatte sie nicht bemerkt, wie schlecht es um ihn stand? Sie war nur mit ihrer eigenen Verzweiflung beschäftigt gewesen. So schnell sie konnte warf sie sich ihre Kleider über und als sie eben das Licht löschen wollte, kam Karl zur Tür herein.

„Du bist schon fertig angezogen, das ist gut, ich bin spät dran, wo ist Pete?" Erst jetzt sah er ihre Tränen. „Was ist los?" Im ersten Moment glaubte er an einen Streit, doch schon sein zweiter Blick sagte ihm, dass Lisas Verzweiflung ernstere Ursachen haben musste.

„Es tut mir leid, Karl", schluchzte sie. „Ich kann nicht mit dir kommen, ich muss Pete finden, bevor es zu spät ist!"

„Warte!" Er hielt sie zurück, als sie an ihm vorbei zur Tür hinauslaufen wollte. „Nun mal langsam! Du magst berechtigte Gründe haben, aber in deiner Verfassung wirst du ihm keine

Hilfe sein. Und wenn ich dich recht verstanden habe, braucht er Hilfe."

Lisa ließ sich von Karl in den Sessel schieben. „Er wird sich umbringen, ich weiß es, ich fühle es, er will nur noch das, was er begonnen hat, zu Ende bringen, dann hat er sein Möglichstes getan, er hat Adam gerächt, die Klonkinder verschwinden lassen und danach wird er sein Leben beenden!"
„Bist du dir sicher? Er sah so glücklich aus – mit dir!?" Karl versuchte sich an ihr letztes Gespräch zu erinnern, er hatte seine Ablösung völlig vergessen.
„Ich muss zu ihm, ganz egal wie!" Flehend sah sie in sein faltendurchzogenes Gesicht.
„Nein, ich werde ihn suchen. Wenn man mich entdeckt, wird mir schon eine Ausrede einfallen!"
„Aber nein, das geht nicht, ich kenne weder deinen Bruder noch den Weg zur Hütte. Und du kennst dich nicht so gut in der Klinik aus. Ich weiß, wo die Kameras sind und wie ich an ihnen ungesehen zu Petes Zimmer gelangen kann. Und ich weiß, welcher Fahrstuhl in den versteckten Keller führt. Du musst Petes Mutter abholen. Sie sollte auf jeden Fall in Sicherheit sein und möglichst keinerlei Verdacht schöpfen, dass irgendetwas nicht stimmt mit dieser Reise. Was, wenn unser Plan misslingen sollte und ich Pete zu spät finde?" Sie konnte nicht mehr weitersprechen. Mit einem Satz war sie wieder an der Tür.
„Schon gut, wahrscheinlich kommst du auch besser durch den Wald als ich. Es ist noch stockdunkel. Du darfst nicht den gepflasterten Weg zur Klinik nehmen. Du musst dich möglichst geradeaus halten, mitten durch den Wald. Etwa auf halber Strecke wirst du die ersten Lichter der Klinik erkennen

können. Halte geradewegs auf sie zu. Mach möglichst keinen Lärm und halte dich dicht an den Bäumen entlang auf. Wenn wir Glück haben, pennen die beiden Computer-Asse vor den Bildschirmen noch. Und ein Knacken im Wald wird sie nicht gleich aufschrecken. Wie du allerdings ins Haus kommen willst, ist mir ein Rätsel."

„Ich werde schon einen Weg finden. Noch ist Zeit. Du gibst mir Zeit. Bevor du ihn nicht angepiepst hast, wird er nichts unternehmen. Gib mir eine Stunde. Ich werde ihn vorher finden und mit ihm gemeinsam unseren Plan durchführen. Wenn ich bei ihm bin, wird er sich nichts antun!"

Karl nickte wieder stumm. Er hätte es ahnen müssen, doch er sah nur die Liebe zwischen den beiden, er hielt es nicht für möglich, dass Pete in Gefahr sei, sich etwas anzutun. Vielleicht spielten Lisas Nerven ihr auch nur einen Streich. Doch das Risiko wollte er nicht eingehen. Es konnte nicht schaden, wenn sie bei ihm war. Und sollte sie doch entdeckt werden, so würde man an eine von Liebe getriebene Spontanaktion glauben.

Noch in Gedanken versunken sah er plötzlich Lisa von der Tür zurückweichen und in die Kammer flüchten. Sie hatte eben die Kammer erreicht und die schmale Tür hinter sich zugleiten lassen, so dass ein kleiner Spalt offen stand, als ein großer schlanker Mann zur Vordertür hineinstampfte.

„Hey Karl, du bist ja schon angezogen. Willst wohl möglichst schnell nach Hause was? Wie war denn die Nacht? Oh, ich sehe schon, niemand raus und niemand rein. Also verflucht langweilig, wie?"

„Ja, ja, wie du schon sagst, langweilig!" Karl erhob sich und starrte zur Kammer hinüber. Wie sollte er Lisa da wieder rauskriegen? Es gab keine zweite Tür. „Du, Eckard, kannst du nicht noch mal kurz mit zu meinem Wagen kommen? Er hat gestern Abend so merkwürdige Geräusche von sich gegeben, ich habe wirklich keine Lust, irgendwo in der Botanik liegenzubleiben!"

„Das kann ich verstehen, besonders, da es immer kälter wird; ich glaube, wir bekommen bald Schnee! Ich hole mir nur eben eine Flasche Bier aus dem Kühlschrank, hast du noch das alkoholfreie? Sonst darf ich ja keins!"

„Ja, Nein! Warte!" Doch Karls Ausruf kam zu spät. Eckard hatte die kleine Kammertür bereits aufgestoßen. Karl wollte das Herz stehenbleiben. Aber es geschah nichts. Eckard kam mit einem Bier in der Hand zurück, sich Richtung Schublade zu bewegend, wo er den Öffner herausholte.

„Du hast vergessen, das Fenster zuzumachen, verflixt kalt da drinnen, ich habe es geschlossen!"

„Oh, ja!" Mehr konnte er nicht herausbringen. Das Fenster war winzig, doch Lisa musste es geschafft haben hindurchzuschlüpfen.

„Was ist nun, kommst du mit dem Autoschlüssel?"

„Ja, sicher – der Autoschlüssel." Noch einmal drehte er sich um, doch von Lisa war keine Spur mehr zu entdecken.

Lisa lief, so schnell es ihr die Dunkelheit erlaubte, durch den Wald. Sie wusste, dass sie, sollte ein Bewegungsmelder sie erwischen, so schnell wie möglich weiter musste, bevor sie eine Wärmebildkamera auf die jeweilige Stelle richten konnten. Es war feucht und kalt. Wie froh war sie doch über ihre Jeans. Mit dem Kleid wäre sie hier nicht weit gekommen.

Der Waldboden war mit Ästen übersät. Sie konnte nur schemenhaft ihre Umrisse erkennen.

Vor einigen Wochen hätte sie jeden für verrückt erklärt, der ihr einen solchen Trip durch die Nacht prophezeit hätte. Niemals wäre sie auf den Gedanken gekommen, in tiefster Finsternis sich durch einen Wald zu tasten – oder sollte sie lieber sagen zu stolpern? Sie hatte sich bereits in den ersten Minuten den Knöchel verknackst, die Hände verschrammt und sich immer wieder Zweige durchs Gesicht peitschen lassen. Doch sie spürte keine Schmerzen.

Nur die Angst saß ihr im Nacken, die Angst irgendjemand würde sie aufhalten und daran hindern, rechtzeitig zu Pete zu gelangen. Der plötzliche Schrei einer Eule ließ sie für einen Moment erstarren. Früher wäre sie niemals auf die Idee gekommen, ihren Weg fortzusetzen. Sie hätte sich einen Busch, eine Wurzel oder sonst irgendeinen Unterschlupf gesucht und wäre nicht eher wieder zum Vorschein gekommen, bis es taghell geworden wäre oder bis sie jemand gerettet hätte.

Doch nun verschnaufte sie nur kurz, um dann ihren Weg immer weiter durch den Wald zu suchen. Erst als sie schon glaubte, in die falsche Richtung gelaufen zu sein, entdeckte sie ein erstes schwaches Licht zwischen den Bäumen. Erleichtert ging sie, nun etwas langsamer, darauf zu. Am Waldrand angekommen lehnte sie sich erschöpft gegen einen Baum. Sie konnte nicht einfach blind weiterlaufen. Sie überlegte angestrengt, welche Möglichkeit es gab, ungesehen ins Haus zu gelangen. Obwohl es fast sieben war, war es immer noch finstere Nacht. Plötzlich kam ihr ein Gedanke: Der Lieferanteneingang zur Küche.

Er musste irgendwo an der Ostseite des Gebäudes liegen. Sie wagte es noch nicht aus dem Schatten der Bäume hervorzutreten, trotz der Dunkelheit wusste sie, dass man sie leicht auf der Wärmebildkamera erkennen konnte. Diese waren nur nachts eingeschaltet. Auch Pete hatte dies erst später entdeckt. Allerdings kannte er die toten Winkel, Lisa leider nicht.

Endlich sah sie die schmale Nebeneingangstür direkt vor der großen Fensterfront der Großküche. Dort brannte schon Licht. Lisa sah sich um, eine Hecke verlief bis fast an die Hauswand heran. Wenn sie geduckt laufen würde, konnte sie sie ungesehen erreichen.

Auf halben Wege hörte sie ein Auto die Auffahrt heraufkommen.

Schnell ließ sie sich in die Hocke sinken. Gerade noch rechtzeitig, um dem Scheinwerferlicht zu entkommen. Es war ein Lieferfahrzeug, welch ein Glück. Ein Mann stieg aus und ging geradewegs zur Tür hinüber. Er betätigte eine Klingel und wartete geduldig, bis ihm geöffnet wurde. Dann ging er hinein.

Kurze Zeit später kamen er, ein weitere Mann und eine Frau heraus. Sie gingen zur Wagentür und begannen verschiedene Kisten auszuladen. Lisa wusste, dass sie diese Chance nutzen musste, doch es war ein Glücksspiel, ungesehen an ihnen vorbeizukommen. Sie zögerte. Die Zeit war knapp, die zwischen dem Hineingehen und wieder Herauskommen der drei lag. Lisa hatte keine Ahnung, wie es im Inneren aussah und welche Möglichkeiten sich ihr bieten würden, sich zu verstecken.

Als sie sich eben entschlossen hatte, nach dem nächsten Durchgang hineinzusprinten, sobald sie hinter den offen stehenden Türen des Fahrzeuges ihre leeren Kisten verstauten, kamen nur noch die beiden Männer aus dem Gebäude.
„Verdammt", durchfuhr es sie. Aber sie lief dennoch los, als die Männer in dem Transporter verschwanden. Sie lief hinten um ihn herum, dann das kurze Stück bis zur Tür. Im Inneren des Gebäudes angelangt blieb sie kurz an eine Wand gelehnt stehen und lauschte.
Die zwei hatten sich draußen Zigaretten angezündet und unterhielten sich angeregt, während sie rauchten, sie hatten sie nicht bemerkt. Doch wo war die Frau? Langsam schlich Lisa den kurzen Flur entlang. Dieser lag im Halbdunkel, erst der Raum dahinter war hell erleuchtet. Sie musste da durch, es gab keinen Weg zurück.
Als sie vorsichtig in die Küche späte, sah sie sie an der riesigen Spüle stehen – mit dem Rücken zu Lisa. Dann drehte sie sich um und ging in einen anderen Raum.
Lisa erkannte die Küche wieder, die Frau war im Kühlraum verschwunden. Und Lisa wusste, aus welcher Tür sie Pete damals herausgetragen hatte auf einen Flur hinaus ins Hauptgebäude. Sie verlor keine Zeit und lief quer durch die Küche. Ihr Herz pochte laut, als sie im nächsten Flur kurz stehen blieb.
Sie hatte Glück, weder drinnen noch hier draußen im Flur hörte sie Stimmen. Niemand hatte sie gesehen. Bis hierher hatte sie es geschafft. Doch so langsam würde die Klinik erwachen. Und es gab noch endlos lange Gänge zu durchqueren.

64: Regine und Lisa

Als Erstes suchte sie eine Wäschekammer auf. Hier war noch alles still. Nachdem sie sich komplett weiß eingekleidet hatte, fiel sie bestimmt nicht mehr so auf. Sie musste sich nur ganz normal benehmen. Keiner wusste, dass sie hier war, niemand achtete auf sie.
So kam sie langsam auf die Etage, auf der Petes Zimmer lag. Als sie ungefähr in der Mitte des Flures angelangt war, öffnete sich hinter ihr eine Tür. Sie erkannte Max' Stimme.
So schnell sie konnte stürzte sie auf die Tür zu, die sie für Petes Zimmertür hielt. Sie riss sie auf und stolperte Regine in die Arme.
„Hey, nun mal langsam, wo kommst du denn her und was willst du hier?" Regine schien zuerst überrascht, doch nachdem Lisa sie ins Zimmer zurückdrängte und die Tür hinter ihnen schloss, lachte sie kurz belustigt auf. Allerdings fing sie sich sofort wieder, als sie Lisas verquollene Augen erblickte und ihre von Angst getriebene Unruhe spürte. Sie ahnte, dass etwas vor sich ging, wovon sie keinen blassen Schimmer hatte und was nicht eben als ein Überraschungsbesuch zu deuten war.
Lisa lauschte, aber die Schritte im Flur entfernten sich wieder. Max und ein Pfleger hatten nichts bemerkt.
„Wo ist Pete?"
„Nicht hier, wie du siehst!"
„Und warum bist du in seinem Zimmer?"
„Dasselbe frage ich dich, warum bist du zurückgekommen, und wie zum Teufel hast du uns gefunden?"

„Lass mich durch, Regine, ich habe es eilig!" Lisa versuchte Regine beiseite zu schieben, doch Regine war stärker und versperrte ihr den Weg.

„Zuerst erzählst du mir, wo du hin willst, du kannst hier nicht so einfach durch die Gegend spazieren, ich bin für die Sicherheit verantwortlich, solange Garden außer Haus ist."

„Ach, verantwortlich – das ist ja was ganz Neues, wie weit geht denn dein Verantwortungsgefühl, darf ich hier in Ruhe auf einen letzten Termin bei Prof. Dr. Garden warten? Wird er eine schreckliche Krankheit bei mir diagnostizieren? Oder werde ich nach langer, schwerer Depression aus dem Fenster springen?" Lisas Augen funkelten wild. So gerötet und glasig sie waren und so unberechenbar und aggressive sie war, könnten sie Lisa im Moment mit einer schweren Bewusstseinsstörung, Schizophrenie oder Ähnlichem belasten.

Regine stand jetzt etwas sprachlos vor ihr. Sie wusste, dass Pete schon recht bald, nachdem Lisa hierher gekommen war, eine Möglichkeit gesucht hatte, sie so schnell es ging wieder von hier fortzubringen. Doch sie hatte nie wirklich geglaubt, dass Garden vorhatte ihr etwas anzutun. Wenn es wirklich so wäre, warum kam sie dann freiwillig zurück? Sie sollte sie einfach gehen lassen, vielleicht kam sie ihr so auf die Schliche. Sollte doch diese Irre tun, was sie wollte, sie konnte ja nicht fliehen und alles andere war nun eh egal.

„Also gut, ich lasse dich hier herumgeistern, aber glaub ja nicht, dass du uns nur im geringsten Schaden zufügen könntest. Auch wenn Garden fast alle seiner Bodyguards mitgenommen hat, wir anderen sind noch da und sehen alles!"

Diese Drohung verfehlte ihre Wirkung völlig. Das Gegenteil war sogar der Fall, Lisa wusste nun, dass weder Garden noch die meisten seiner Bodyguards im Haus waren, außer Max, dessen Stimme sie einwandfrei erkannt hatte. Vielleicht war diese Information wichtig, aber Lisa hatte nur einen Gedanken, so schnell wie möglich in den Keller zu gelangen, zu Pete.

Sobald Regine dabei war, zur Seite zu treten, sprang Lisa an ihr vorbei und lief den Gang hinunter. Sie wusste, dass sie sie durch die Kameras sehen würden, doch sie musste es drauf ankommen lassen.

Pete hatte keine Zeit genannt, er wollte auf Karls OK warten, aber warum war er nicht mehr in seinem Zimmer? Es war riskant, was sie nun tat. Wenn sie zu spät kam, war er vielleicht schon tot, und wenn sie das Sicherheitspersonal zu früh auf ihn aufmerksam machte, konnte er gefasst werden, bevor er seinen Plan ausführen konnte. An der nächsten Ecke schlüpfte sie in einen ihr wohlbekannten toten Winkel.

Sie schnappte hastig nach Luft. Das war doch verrückt. Sie durfte nicht alles aufs Spiel setzen. Sie beobachtete die zwei Kameras in diesem Gang und spähte hinüber zu einer, die im nächsten Gang die Abzweigung überwachte. Sie bewegten sich nicht. Hieß das, es sah niemand hin, waren sie ausgestellt oder sollte es nur so aussehen? Regine, warum bist du mir nicht gefolgt? Oder tust du es dort oben? Lisa wagte sich etwas aus ihrer Nische hervor, es war kein Mensch zu sehen.

Mit einem Satz spurtete sie unter die Kamera und betrachtete sie genauer. Das kleine rote Licht war aus. Auch die folgenden hingen wie tot an der Decke. Wieso waren sie abgeschaltet? Sie konnte im Moment keine Erklärung dafür finden, doch nun war der Weg zu Pete frei. Auch die nächsten hingen untätig von der Decke herab.

So schnell sie konnte lief sie durch die Gänge. Ab und zu traf sie einen Patienten auf dem Weg zum Frühstück, der ihr verwundert nachsah. Doch nicht eine Person vom Sicherheits- oder Pflegepersonal war zu sehen. Dann erreichte sie den Fahrstuhl, er war verschlossen.

65: Keller

Es war mehr oder weniger ein Zufall, dass Chris kurz vor Pete im Gang vor dem Fahrstuhl aufgetaucht war. Wie ein Roboter hatte er Chris von hinten einen Schlag versetzt, dass dieser stöhnend zu Boden ging. Er hatte den jungen Mann in ein kleines Therapie-Zimmer gezogen und die Tür von außen mit einem Beistelltisch nur leicht verklemmt, so dass Pete keine Schwierigkeiten hatte, mit seinem Schlüssel in den Keller zu gelangen.

Pete hoffte, dass die Zeit, die Chris benötigte, um sich zu befreien, für ihn ausreichen würde, um den Keller in Brand zu setzen.

Er lief rückwärts von einem Gang zum nächsten. Er hielt einen Kanister in den Händen und ließ die leicht grünliche Flüssigkeit über den Boden laufen. Die Dämpfe, die dabei austraten, brannten in seinen Augen und in seinen Bronchien, doch er ignorierte es, er handelte wie in Trance.

Es gab nun kein Zurück mehr, er hatte alles vorbereitet, ein einziges Streichholz würde genügen, um den Raum in Flammen aufgehen zu lassen.

Erschöpft lehnte er sich an die kalte Steinwand. Seine Haare waren struppig und umrahmten ein von Furcht und Hoffnungslosigkeit gequältes, völlig erschöpftes, Gesicht. Er wartete auf sein Signal. Angst beschlich ihn, doch er hatte sich entschieden, für ihn gab es keine Zukunft. Er war bereits tot. Sein Blick wanderte durch die langen Regale. Ordner neben Ordner. Und dann der riesige „Gefrierschrank" mit den Styroporkisten. Gene, gefroren in Stickstoff. Haltbar bis in alle Ewigkeit. Doch nichts sollte ewig halten, und kein Mensch sollte ewig leben. Und niemandem würde er wünschen, das Gleiche wie er zu erleben.

Er hatte bereits sämtliche Kisten geöffnet. Weißer Nebel trat aus ihnen hervor. Nun würden sie ungeschützt dem Feuer ausgeliefert sein.

Langsam griff er in seine Jackentasche und holte ein mehrfach gefaltetes Stück Papier hervor. Es war der Brief, den er, nachdem er von dem Tod seines Freundes erfahren hatte, in dessen Lederjacke gefunden hatte. Der Abschiedsbrief:

„Mein lieber Freund, ich hoffe, dass du, wenn du diesen Brief liest, bereits weißt, was geschehen ist. Es tut mir so leid, dass ich nicht den Mut hatte, dir in die Augen zu sehen und dir selbst zu sagen, was ich dir leider nur schreiben kann. Meine große Hoffnung ist, dass du mich verstehst, meine Entscheidung hinnimmst als einzigen Ausweg, der für mich in Frage kam.

Als du fort warst, erfuhr ich von Peters, dass meine Krankheit wieder ausgebrochen ist. Ja, sie hatten mich für geheilt entlassen. Sie konnten es selbst kaum glauben, aber es ist geschehen. Garden wollte mich sofort beruhigen. Er sagte, es gibt doch dich, Adam, der erneut für mich da sein könnte, für eine – weitere – erfolgversprechende Therapie bereit wäre. Ich sagte ihm, dass ich das nicht noch einmal schaffen würde. Es wäre unmöglich für mich, noch einmal all die Kraft aufzubringen, diese Therapien durchzustehen. Zu hoffen! Für wie lange? Es war ein so unerwarteter, nicht vorhersehbarer Schlag – nicht einmal du hättest es geschafft, mich wieder aufzurichten.

Aber Garden wollte nicht aufgeben, er begann von seiner Forschung zu sprechen und davon, wie nahe er vor seinem

großen Erfolg stehen würde. Es konnte nicht mehr lange dauern. Du bist meine Rettung, zu 100 % Pete!
Nach diesem Gespräch war für mich alles klar. Ich hatte mich entschieden. Anders als Garden es von mir erwartet hatte, doch im Prinzip gleich. Ich wartete wie besprochen in der Nähe des Pförtnerhäuschens auf dich. Versteckt habe ich zugesehen, wie du dich umgezogen hast. Meine Absicht, mein Leben zu beenden, um dein Leben zu retten, dieser Gedanke an deine Zukunft, der tat so gut.
Karl sagte ich, ich hätte was vergessen und könne doch nicht bleiben, so ging ich. Später schickte ich Karl die schwarze Lederjacke mit meinem Brief in der Innentasche. Er sollte sie dir bringen, ein Geschenk!
Diese meine Entscheidung löst all unsere Probleme.
Meine Mutter wird bestens versorgt sein. Durch die Lebensversicherung kann sie ein sorgenfreies Leben führen. Damit meine ich auch die ständige Sorge um mich, die ihr nun endlich genommen wird.
Und die Firma – ich habe es dir nie gesagt, aber sie gehörte schon lange nicht mehr mir. Es ist vorbei, mir ist nichts geblieben.
Selbst meine Liebe zu Lisa ist bei dir besser aufgehoben als bei mir.
Und du, Adam, für dich habe ich mir auch etwas ausgedacht. Du willst doch endlich da raus, für immer, in Freiheit leben, nicht wahr?
Also, es ist ganz einfach. Du erzählst Garden, dass du Lisa in deinen Träumen siehst. Nur Lisa! Du musst Garden davon überzeugen, dass nur sie dir weiterhelfen kann, dich zu

erinnern. Du musst ihn dazu bewegen, dass er dir keine Drogen mehr gibt!
Ich will, dass du Lisa ausfindig machen lässt! Sie wird dir helfen! Lisa wird deine Therapie sein, du wirst deine Erinnerungen wiederfinden, erzähl Garden die Wahrheit, du wirst zu Pete werden, du wirst als Pete frei leben können, als der neue Pete! Garden hat seinen Erfolg und du deine Freiheit. Ich wünsche dir so sehr ein glückliches, zufriedenes Leben mit der Liebe unseres Lebens! Vielleicht wirst du eines Tages meine Mutter besuchen und dich als Adam – mit meinen Erinnerungen – bei ihr vorstellen? Vielleicht wird es ein Trost für sie sein? Bitte erkläre ihr alles, und sage ihr, dass ich sie liebe.
‚Vergiss mich nicht' scheint hier wohl überflüssig zu erwähnen. Trotzdem, ich wünschte, es wäre anders gelaufen und wir könnten gemeinsam alt werden.
Dein unsterblicher Freund, Pete!"
„Nein! Nein – nein!!" Adam schrie so laut er konnte. Seine Stimme war ein einziger Schmerz. Er wünschte, sie könnte ihn zerreißen, so wie dieser Brief sein Herz schon zerrissen hatte. Erst einmal in seinem Leben hatte er diesen Schmerz gefühlt. Er hatte um seinen Freund getrauert, den er so überraschend verloren hatte. Es tat weh, so sehr, wie er es nicht für möglich gehalten hätte.
Doch dieser Brief, seine Worte, seine Gedanken, von denen er meinte, es wären seine eigenen. Als er ihn das erste Mal gelesen hatte, hatte er nicht nur einen Freund verloren, er hatte sich selbst verloren. Verloren in den Nervensträngen seines Gehirns, das nur glauben will, was es sehen kann; aber fühlen muss, dass das nicht alles ist, was in ihm existiert.

Er war Pete! Für eine kurze Zeit war er Pete! Es gab für ihn keine Zweifel. Adam war tot! Wie konnte das nur mit ihm geschehen sein? Er hatte diesen Brief doch schon einmal gelesen. Er hatte ihn versteckt. Vor sich selbst versteckt. War es möglich, dass er es einfach nicht ertragen konnte, Pete verloren zu haben? Oder gab es eine geheime Macht in ihm, die Adam verdrängte, um es Pete möglich zu machen weiterzuleben?
Und dann gab es noch eine Frage, eine sein Leben bestimmende Frage: Sollte er es jemandem erzählen? Angestrengt versuchte er, als er den Brief wiederfand, sich vorzustellen, was Pete dazu sagen würde. Wieso wusste er es nicht einfach? Er war doch Pete! Er ist immer noch Pete! Normalerweise sollte er mittlerweile verrückt sein.
Oder war er es bereits? Nein, es fühlte sich heute alles ganz klar und eindeutig an. Garden hatte mehr vollbracht als er ihm je zugetraut hätte. Jetzt war sich Adam sicher, dass Garden es nie erfahren durfte.
Damit war seine Entscheidung gefallen. Seine und Petes Entscheidung, ja, er war sich sicher. Pete hätte es so gewollt, und er wollte es auch, nach allem, was geschehen war, nach all dem, was er erfahren hatte. Wenn Pete all das wüsste, was er nun wusste, hätte Pete seine Entscheidung verstanden. Vielleicht nicht unterstützt, aber verstanden. Es gab nur einen Weg für Pete und nun würde es auch nur einen Weg für ihn, Adam, geben. Als Pete wollte er neu anfangen. Und Lisa wollte er für immer glücklich machen. Ein toller Plan.
Adam sah auf das Stück Papier in seiner Hand. Konnte er das wirklich tun? Die Menschen belügen, die seine Familie waren und die, die es werden würden, und die, die er liebte? Pete

wollte, dass er die Wahrheit sagt, dass er als Adam anerkannt und als Pete weiterleben kann.
Doch das war unmöglich für ihn. Es durfte keine Klone geben, weder ihn noch andere. Er musste es beenden, endgültig beenden!

Dann ertönte der Klingelton seines Handys. Es war so weit. Gut, dass er schon hier und seine Arbeit getan war. Er starrte ins Nichts.
„Pete, Adam, Pete – das hier ist für uns! Es soll uns rächen, für all die körperlichen und vor allem seelischen Schmerzen, die wir erleiden mussten. Für all das, was Garden uns antat. Pete, du wolltest weiteres Klonen verhindern. Aber weder du noch ich konnten Garden davon abhalten, doch es wird ihnen nicht so ergehen wie mir. Niemand sollte geboren werden, nur um für einen anderen zu leben, um ein anderer zu sein. Mit diesem Feuer ist unser Leiden für alle Zeit vorbei."
Er zog sein Feuerzeug aus der Tasche und ließ die kleine flackernde Flamme vor seinen Augen tanzen. Dann warf er es weit von sich in die sich überall verteilende Flüssigkeit. Die kleine Flamme wurde grün, als sie die Flüssigkeit erreichte, und wuchs schnell zu einem lodernden Feuer heran.

66: Am Fahrstuhl

Am Fahrstuhl angelangt, drückte Lisa auf die Aufwärts-Taste. Sie lauschte, aber der Fahrstuhl rührte sich nicht. Man brauchte einen Schlüssel, um ihn zu starten. Lisa sah sich nach allen Seiten um, es war niemand zu sehen. Wie sollte sie nur in den Keller gelangen? Sie hatte gehofft mit irgendeiner Ausrede mit hinuntergenommen zu werden, was für eine völlig verrückte Idee! Oder durch „Zufall" in den Besitz eines Schlüssels zu kommen. Diese Vorstellung toppte die erste um das Vielfache.

Wie dumm von ihr, es sich so leicht vorzustellen. Sie wusste, dass das Treppenhaus bis zu den Laborräumen und den geheimen Krankenzimmern, in denen sie Pete damals versorgten, hinunterreichte, doch das letzte Stück Treppe bis zu den Kellerräumen war zugemauert worden. Garden wollte sie sichern, so gut es überhaupt ging.

Und nun stand sie hier herum, Rauch konnte sie noch nicht riechen. Vielleicht war Pete noch gar nicht unten. Er hatte einen Vorsprung von etwa zwanzig Minuten. Hatte er es in dieser relativ kurzen Zeit geschafft, einen Weg hinunter zu finden? Warum war hier auch nicht ein Mensch zu sehen? „Wo sind die nur alle?" Lisa hatte den letzten Satz halblaut vor sich hingesagt, da tippte ihr jemand von hinten auf die Schulter. Erschrocken fuhr sie herum. „Regine!?" Lächelnd stand sie vor ihr. „Du fragst dich also, wo sie alle sind, und vielleicht fragst du dich auch, warum die Kameras ausgeschaltet sind?" Regines Lächeln wechselte zu einem fiesen Grinsen.

Lisa wurde es unheimlich, mit ihr hier so allein zu sein. Was wusste sie schon von ihr? Nicht viel, das stand fest. Sie liebte Adam und sie hasste Pete. Doch was für ein Mensch sie war, das wusste Lisa nicht. Was für ein Mensch konnte sie sein, die sie jahrelang als Gardens rechte Hand fungierte? Für seine ganz „besonderen" Patienten war sie zuständig. Er vertraute ihr bedingungslos, und wie sie bitter erfahren mussten wohl zu Recht.
Doch tat er das wirklich? Oder war sie mittlerweile genauso eine Gefangene wie Pete und wie sie selbst es gewesen war? Wusste sie nicht viel mehr als sie beide zusammen? Wollte sie denn ewig hierbleiben, ohne eigene Zukunft, jetzt, da Adam nicht mehr hier war?
Regines Grinsen war verschwunden. Sie sah Lisa direkt in die Augen, Kälte und Hass schlugen ihr entgegen. „Du bist an allem schuld, ganz allein wegen dir ist Adam gestorben, mit dir kam das Unglück über uns."
„Regine, was soll das? Ich verstehe dich nicht. Als ich hierhergeholt wurde, war Adam doch bereits tot. Ihr wusstet es nur noch nicht."
„Es begann schon viel früher!"
Ihr Blick wanderte den Gang hinunter und blieb abwesend auf einem kleinen Landschaftsbild an der Wand haften. Bäume im Nebel, so wie man sie hier oft sehen konnte. „Garden war am Ende, er wusste nicht, wie er es bewerkstelligen sollte, Petes Erinnerungen, sein Wissen, seine Gefühle in Adam zu erwecken. Er hatte alles Mögliche ausprobiert, doch Adam schien nichts von Pete in sich zu entdecken.
Adam war verzweifelt. Er wollte Garden nicht enttäuschen, doch der Druck, der auf ihm lastete, wurde immer größer. Und

sein Bewusstsein für das, was er sein sollte, und das, was er wirklich war, wurde stärker und stärker. Er hatte Pete das Leben gerettet, und darauf war er stolz. Doch für Garden war das Experiment noch lange nicht zu Ende. Es gab heftige Diskussionen zwischen ihm und Adam. Er erzählte mir alles, wir waren so vertraut miteinander, wir brauchten einander so sehr." Ohne sie wahrzunehmen, liefen Regine zwei Tränen die Wangen hinunter.
Lisa wollte sie am liebsten in die Arme nehmen und trösten, doch sie wusste nicht, ob sie ihr dies nicht nur vorspielte. Außerdem war sie auch ebenso gespannt auf das, was ihr Regine noch erzählen würde, und fürchtete sie zu unterbrechen.
„Es war kurz vor … kurz bevor er … starb. Ich sah die beiden, Adam und Pete, am Springbrunnen sitzen. Dort war unser Treffpunkt, weil wir dort ungestört sprechen konnten, ach du weißt es ja. Ich wollte sie erschrecken, schlich mich hinter den Bäumen heran und lauschte. Eigentlich war es nicht meine Absicht, doch ich vernahm einen Namen: „Lisa!" – und konnte nicht anders als zuzuhören.
Pete sprach von dir, wie ihr euch kennenlerntet und dass eure Liebe etwas ganz Besonderes war. Adam wollte alles genau wissen. Er hatte so wenig Erfahrungen mit Menschen machen dürfen. Ich lehnte an einem Baumstamm und hörte ihnen zu, ich hatte keine Lust mehr, zu ihnen zu gehen. Dann geschah es, Pete erzählte von einer Verabredung an einem See, nachts, der Mond spiegelte sich im Wasser. Die Grillen zirpten und ihr gingt spazieren, Hand in Hand.
Da sprach plötzlich Adam für Pete weiter, ich konnte es nicht fassen, es war seine Stimme, sie unterschieden sich kaum,

doch ich konnte sein Zögern heraushören, seine Unsicherheit.
Ich sah zu ihnen hinüber, es war sein Mund, der sich bewegte.
Pete hatte weit geöffnete Augen, er starrte Adam an, als wäre
ihm ein Geist oder Urzeittier begegnet. Und Adam sprach über
das gelbe Kleid, das du trugst. Über die Steine, die ihr übers
Wasser springen ließt, über die Bank unter einer weißen Birke.
Er sah Pete an.
Dieser nickte nur stumm. Dann sagte Adam noch: ‚Du hättest
sie nie verlassen dürfen, du liebst sie noch immer! – Ich liebe
sie noch immer!'
Dann herrschte Stille. Ich hatte noch nie zuvor so große Angst.
Es war gespenstisch. Starr vor Entsetzen lehnte ich am Stamm
einer uralten Eiche, sah empor in ihr hellgrünes Blätterdach
und wusste, von jetzt an würde alles anders werden.
Pete und Adam saßen noch eine Weile still am Brunnen. Sie
sprachen kaum. Ich konnte sie nicht mehr verstehen, sie
flüsterten, sie waren sich beide bewusst, welche
ungeheuerliche Entdeckung sie gemacht hatten.
Dann standen sie auf, Pete ging auf Adam zu und umarmte ihn
fest. Mir kam es so vor, als hätte Adam geweint, er wischte
sich sein Gesicht unsanft mit dem Ärmel. Dann gingen sie
nebeneinander zum Haus zurück. So begann es. Sie hielten ihr
Geheimnis verborgen. Und ich auch.
Doch Adam hatte sich von jenem Tag an verändert. Ich war oft
nahe daran, ihm zu sagen, dass ich weiß, was geschehen ist.
Doch ich wagte es nicht. Ich wollte auch nicht wahrhaben,
dass er Pete in sich hatte, dass er dich in sich hatte. Eine
Fremde, die er nie zu Gesicht bekommen hatte, doch das
brauchte er auch nicht. Er sah dich.

Unsere Liebe, wenn es denn von ihm aus je Liebe war, worüber ich mir nicht mehr sicher bin, verschwand langsam und unaufhaltsam. Er war oft mit Pete zusammen. Pete fühlte sich verantwortlich und dankbar und wollte ihm helfen, doch genau das Gegenteil hatte er bewirkt. Ich hasse ihn, er zeigte Adam einen Weg, der es ihm ermöglichte, in sein Innerstes zu blicken, welches nicht sein eigenes ‚Ich' war. Er machte ihn unglücklich. Und deshalb brachte sich Adam um." Regine starrte immer noch auf das Bild.

Lisa konnte nicht fassen, was sie eben erfahren hatte. Garden, er hatte es wirklich geschafft. Wusste er über seinen Erfolg Bescheid? Nein, sicher nicht, aber er glaubte daran!

Mit einem Ruck kehrte Regine in die Gegenwart zurück, sie sah Lisa an und ihre Miene verdunkelte sich. „So, und nun zu dir, was ist euer Plan, wo ist Pete? Bis hier zum Fahrstuhl habe ich dich verfolgt, vorher habe ich alle zu einer kurzen Ansprache in die Sitzungsräume zusammenrufen lassen, um ihnen einen besonderen Dank Gardens zu überbringen, mit Sekt und Sonderpause. Du siehst also, wie weit ich meine Fäden ziehen kann.

Doch jetzt raus mit der Sprache, wo ist Pete, was habt ihr vor?" Regine war zu Lisa vorgetreten und hatte sie an den Schultern ergriffen. Sie schüttelte sie unsanft, bis Lisa sie von sich fortstoßen konnte.

„Warum willst du das wissen? Lass uns doch einfach in Ruhe! Dadurch kommt Adam auch nicht wieder zurück."

„Wieso eigentlich nicht, glaubst du etwa, Garden könnte nicht auch einen Klon klonen? Du bist so dumm, du hast immer noch nicht begriffen, was hier vor sich geht!"

Pete hatte Recht, sie mussten die Unterlagen vernichten, die Identität der bereits geklonten Kinder schützen, die Öffentlichkeit informieren, es wurde höchste Zeit. Lisa spürte, wie brennende Wut in ihr aufstieg.

Adam klonen, das hieße Pete klonen, das hieße weitere unglückliche Nachbildungen eines Mannes, der im Begriff war sich selbst zu bestrafen.

„Rauch!" Lisa sah ungläubig auf die Rauchschwaden, die aus den Rändern der Fahrstuhltür, gegen die Regine sie gedrückt hatte, krochen. „Es brennt, Regine, es brennt!" Sie drehte sich um und schlug mit ihren Fäusten so fest sie konnte dagegen. „Pete – Pete, komm raus da!" Tränen liefen ihr in den Mund. Sie schmeckte das Salz und die Verzweiflung, die in ihr aufkam.

Dann drehte sie sich wieder zu Regine um, die ihr fassungslos zusah. „Regine, schließ die Tür auf, sofort, er wird verbrennen, wenn du nicht öffnest!"

„Verbrennen? Du meinst, er hat das Labor in Flammen aufgehen lassen? Warum? Was für ein sinnloser Plan soll das sein?" Sie starrte ungläubig auf die Rauchwolke, die sich vor der Tür aufbaute und Lisa zurückweichen ließ.

„Er ist nicht im Labor, er ist im Keller, das Labor ist unwichtig!" Lisa rieb sich die Augen.

„Ihr seid ja von Sinnen, das Archiv ist im Keller, sämtliche Aufzeichnungen von Patienten, die –" Sie verstummte und wühlte in ihren Kitteltaschen nach dem Schlüsselbund.

Plötzlich vernahmen sie heftiges Klopfen an einer Tür, die gegenüber dem Gang lag. Beide Frauen sahen einander überrascht an. Erst jetzt erkannten sie, dass ein Tisch die Türklinke verklemmte.

Doch noch ehe sie handeln konnten, wurde die Tür von innen aufgestoßen, der Tisch schleuderte ihnen entgegen und ein Mann fiel vor ihre Füße.
„Chris, was ist geschehen?" Regine half ihm aufzustehen.
„Ich wurde niedergeschlagen und dann in das Zimmer gesperrt."
„Ein Glück, bist du nicht dort unten, du solltest doch auf der Feier sein!"
Chris starrte auf den Rauch, der langsam den Flur füllte.
„Ruf die Feuerwehr, schnell, und bring die Leute raus!"
Regine hatte den passenden Schlüssel gefunden und steckte ihn in das Schloss.
Chris lief los, und nur einige Sekunden später ertönte die Alarmglocke.
„Du musst dir was vor das Gesicht halten, ich öffne jetzt die Tür" Regine hatte den Fahrstuhl nach oben geholt. Sie hielt sich ihren Kittel vor Nase und Mund, Lisa ihren Pulli.
Noch einmal sahen sie sich in die Augen. Sie wussten beide, dass sie nicht das gleiche Ziel hatten, doch ihr Weg war derselbe.

67: Feuer

Sein Ziel war erreicht, der Keller stand in Flammen, er sah zu, wie die Ordner Feuer fingen und die Flammen ihre Arbeit zu seiner vollen Zufriedenheit erledigten.
Er fühlte eine Erleichterung in sich aufsteigen, die ihn ruhiger werden ließ, als wäre ihm genau in diesem Augenblick eine schwere Last von den Schultern genommen worden. Nein, das traf es nicht ganz, ein starker, andauernder Druck verschwand, das war es, was ihn in den letzten Monaten nicht zur Ruhe kommen ließ. Endlich hatte er sein Ziel erreicht!
Der Rauch hatte den gesamten Raum gefüllt, Adam/Pete konnte nur noch mit Mühe atmen, er wich vor den Flammen immer weiter zurück und ließ sich dann an der hintersten Wand zu Boden sinken, wo noch ein wenig mehr Luft zu sein schien. Nur noch eine kleine Weile musste er durchhalten. Er wollte ganz sicher gehen, dass auch wirklich keine Akte unversehrt zurückbleiben würde. Dann wollte er einschlafen und alles vergessen.
Aber es gab noch einen Grund, der ihn davon abhielt, seine Augen ganz zu schließen. Er wollte warten, bis die Sirenen der Feuerwehr zu hören waren. Die Patienten mussten in Sicherheit gebracht werden. Gleich, gleich würden sie kommen, gleich, ganz bestimmt. Aber er hörte nicht einmal mehr die Alarmglocken in den Räumen über ihm, die ertönten, als er ohnmächtig wurde und regungslos zu Boden sank.
Mit seinem Oberkörper an die Steinwand gelehnt, lag er bewusstlos am Boden, während sich das Feuer über die letzten Ordner hermachte, um danach weitere Nahrung zu suchen.

68: Fahrstuhl

Als sich die Tür des Fahrstuhles öffnete, sahen sie, dass er nur wenig Rauch enthielt. Er musste unten also geschlossen gewesen sein, so dass der Rauch hauptsächlich im Schacht hochstieg.
Regine betätigte die Knöpfe. LABOR leuchtete gelb auf der Schalttafel auf.
„Regine, was willst du im Labor?" Lisa hatte ihren Pulli vom Mund genommen. Sie konnten recht gut atmen.
„Wir müssen in den Keller, Pete ist dort unten!"
„Und was willst du dann tun, wenn du unten bist? Ich habe keine Ahnung, wo da unten ein Feuerlöscher hängt, und wahrscheinlich werden wir vor lauter Rauch kaum die Augen offen halten können, aber ich weiß, wo wir einen finden, im Labor. Und soweit ich weiß, sind dort auch Schutzmasken fürs Gesicht, mit so einer Art Gasmaske. Das ist Vorschrift bei all den Chemikalien, die dort verwendet werden, Gasflaschen und so weiter!"
Die Fahrstuhltür öffnete sich, eine Wand aus Rauch schlug ihnen entgegen.
„Verdammt, die Lüftungsschächte saugen den Rauch und letztendlich auch das Feuer nach oben wie ein Schornstein. Wir müssen uns beeilen, ich möchte nicht in der Nähe sein, wenn das Feuer die Gasflaschen erreicht. Bleib hier drin, ich hole alles!" Regine verschwand im Nebel.
Lisa versuchte den Hustenreiz, der immer stärker wurde, zu unterdrücken, aber sie konnte es nicht. Der Pulli nützte kaum noch. Ihre Augen tränten und der Rauch raubte ihr den letzten Sauerstoff. Es wurde auch immer heißer im Aufzug. Sie lehnte

sich mit dem Gesicht zur Wand und hoffte, Regine möge schnell zurückkommen.

Es waren nur ein, zwei Minuten vergangen, da stürzte sie in den Fahrstuhl und schloss die Tür. Sie trug eine Atemmaske mit Gesichtsschutz und reichte Lisa eine zweite. In der anderen Hand hielt sie eine dritte und einen Feuerlöscher. Sogar eine Schutzjacke hatte sie für Lisa, unterm Arm geklemmt, mitgebracht. Sie selbst hatte bereits eine angezogen.

„Bist du dir sicher, dass du mit runter willst?" Ihre Stimme klang merkwürdig durch die Maske.

Lisa nickte. Der Husten ließ nach und sie fühlte nur noch ihre Angst um Pete.

„Du weißt doch gar nicht, ob er noch unten ist?"

Lisa schüttelte den Kopf. „Er will sterben! Aber das lasse ich nicht zu!"

Der Fahrstuhl hatte sich längst wieder in Bewegung gesetzt, und die Tür öffnete sich erneut. Eine Hitzewelle strömte hinein. Sie wichen links und rechts zur Seite aus. Regine lief voraus, sie kannte den Weg. Lisa folgte ihr. Je näher sie dem Brand kamen, umso lauter wurde es. Es war ein Höllenlärm, ein Getöse und Krachen. Die Neonröhren zersprangen nacheinander. Nur die Notbeleuchtung ließ die Wände einigermaßen erkennen.

Regine entsicherte den Feuerlöscher und sprühte den weißen Schaum auf das erste Regal, das sie erreichen konnten.

„Pete! Pete! Wo bist du?" Lisa schrie so laut sie konnte, doch ihre Stimme drang nicht laut genug durch die Maske hinaus, um den Raum zu durchdringen. Sie kam nicht gegen das

Brausen des Feuers an. Und sehen konnte sie auch kaum etwas.

Langsam tasteten sie sich an der Wand entlang. Regine ging mutig auf das nächste Regal zu und erstickte die Flammen so schnell sie nur konnte.

Doch es war sinnlos. Sie kam zu spät. Das Feuer hinterließ nur Asche. Lisa schlugen die Flammen entgegen. Sie lief zu Regine und griff sie am Arm.

„Regine, komm hierher, wir müssen Pete finden, lass die Ordner, sie sind nicht mehr zu retten!"

Aber Regine drehte sich mit einem Ruck herum und löschte weiter. Lisa ließ nicht locker. Mit all ihrer Kraft, die sie noch hatte, griff sie den Feuerlöscher und riss ihn zu sich herum. Regine starrte sie fassungslos an.

„Regine, wir müssen ihn retten, er ist hier irgendwo, ich weiß es. Stell dir vor, er wäre Adam!" Lisa schrie so laut sie konnte, dann erkannte sie die Veränderung in Regines Augen und schrie sie weiter an: „Was macht dich eigentlich so sicher, dass er Pete ist? Genauso gut könnte er auch Adam sein. Du sagst, du hast ihn erkannt. Was, wenn genau das sein Plan war? Was, wenn er Pete sein wollte? Ein Ausweg, den ihm Pete geschenkt hat. Was, wenn er uns alle getäuscht hat und sein Gewissen ihn jetzt zwingt, dies hier zu tun? Hilf mir, ihn zu retten, bitte, er darf nicht sterben, wer er auch sein mag!"

Als ob sie ihr Hoffnung eingehaucht hätte, veränderte sich ihre Miene, sie nickte und nahm den Feuerlöscher, um ihnen einen Weg an der Wand entlang zu bahnen. Lisa wusste, dass sie in ihr falsche Hoffnungen erweckte, doch sie konnte es alleine nicht schaffen, selbst wenn sie ihn fand. Vielleicht war er verletzt und sie konnte ihn nicht alleine hier herausschleppen.

Sie hatten den Raum schon halb umrundet, immer der Wand folgend, und beide sahen wie „Schneemänner" aus. Der Schaum des Feuerlöschers wurde von dem Wind, den die Flammen erzeugten, auf sie zurückgeweht. Was sie gleichzeitig vor den Flammen schützte. Doch es gab keine Spur von Pete.

Plötzlich sahen sie Lichtkegel durch den Raum tanzen und fast gleichzeitig vernahmen sie Rufe. Die Männer von der Feuerwehr stürmten auf sie zu, sobald sie sie in ihrem Taschenlampenlicht an der gegenüberliegenden Kellerwand entdeckten.

Sie durchquerten den Raum, ohne zu zögern, warfen Regale um, und löschten sich einen Weg durch das Feuer zu ihnen hinüber. Wie erstarrt lehnten Lisa und Regine nebeneinander. Völlig außer Atem sahen sie zwei Männer auf sich zukommen.

„Endlich!", entfuhr es Regine.

„Sind Sie verletzt?" Der Feuerwehrmann sah erstaunt auf die beiden Frauen, die er unter den Atemmasken entdeckte. Er schüttelte ungläubig den Kopf. „Dann los, nichts wie raus hier!" „Nein! Hier unten ist noch ein Mann! Wir konnten ihn noch nicht finden!" Lisa stöhnte unter ihrer Maske.

Der zweite Mann schüttelte ebenfalls den Kopf, als er den Feuerlöscher in Regines Hand sah. So verrückt konnten auch nur Frauen sein, durchfuhr es ihn. „Wir müssen hier raus, und zwar am besten schon vor fünf Minuten!" Seine Stimme war kräftig und ließ keinen Wiederspruch zu.

Das erkannte auch Lisa, sie riss Regine den Feuerlöscher aus den Händen und rannte in den Rauch, der sie sofort verschluckte.

„Bring die Andere hier raus, sofort!"

Regine versuchte Lisa zu folgen, in diesem Moment bewunderte sie sie, ja, sie empfand sogar etwas wie Freundschaft, Zuneigung, was sie noch vor wenigen Tagen nicht für möglich gehalten hätte.

Doch der Mann neben ihr hatte ihre Absicht erahnt und zog sie so fest am Arm mit sich, dass sie keine andere Wahl hatte, als ihm zum Aufzug zu folgen.

Lisa tastete sich wieder zur Wand, hier hinten waren noch mehr Flammen. Sie sprühte drauflos, doch nach wenigen Sekunden ließ der Strahl nach, der Feuerlöscher war leer. Die Flammen schlugen ihr ungezähmt entgegen. Sie kam nicht weiter, ein Regal versperrte ihr den Weg zur Seite.

Als sie sich umdreht, sah sie den Feuerwehrmann auf sie zulaufen. Als er neben ihr war, ergriff er sie sofort und zog sie an sich, in diesem Moment krachte es und eine gewaltige Druckwelle warf ihnen das Regal entgegen und schlug es gegen die Wand. Sie duckten sich unter ihm und hockten nun erschrocken, wie in einer Höhle, voreinander. Asche rieselte auf sie hinab.

„Glauben Sie mir jetzt, dass wir hier raus müssen? Das Feuer hat bereits den gesamten Trakt erreicht. Und das Labor ist die reinste Sprengstoffkammer. Früher oder später fliegt hier alles in die Luft!" Seine Augen sahen sie nun fast entschuldigend an. Er wusste, wie es war, umdrehen zu müssen, jemanden zurücklassen zu müssen, aber er hatte keine andere Wahl. Er zog sie unter dem Regal hervor, fasste ihr unter die Arme und bahnte sich einen Weg durch die Trümmer der umgestürzten Regale.

Als sich die Fahrstuhltür wieder vor ihnen schloss und sie nach oben fuhren, konnte sich Lisa nicht mehr auf ihren Beinen

halten. Sie sackte zusammen, hielt die Hände vor ihr Gesicht. „Nein! – Nein!!!", schluchzte sie. Tränen flossen unbändig über ihre Wangen. Ihr Verstand konnte nicht erfassen, was ihr Herz bereits fühlte. Sie hatte ihn verloren, ein zweites Mal, für immer verloren. Sie war so nahe bei ihm, und doch konnte sie ihn nicht retten. Das durfte nicht sein, nicht jetzt, da er frei sein würde. Nicht heute, als er ihr all seine Liebe, seine Zärtlichkeit und Leidenschaft geschenkt hatte. Wieso, niemals hätte es passieren dürfen. Er nahm sich sein Leben wie Adam!
Warum tat er das? Jetzt, da sie keinen Zweifel mehr an seinen Gefühlen ihr gegenüber hatte. Er meinte es ehrlich! Wieso jetzt? Lisa bäumte sich ein letztes Mal auf und versuchte den Knopf des Fahrstuhles zu drücken, der sie wieder nach unten bringen sollte.
Aber ihr Retter ließ es nicht zu. Er hielt sie fest, nahm sie in seine Arme und ließ sie nicht eher wieder los, bis sie oben angekommen waren. Jan sah auf sie herab, spürte, wie ihr Körper bebte. Wie konnte er sie trösten? Den Mann, den sie gesucht hatte, hatte er nicht retten können. Er musste ihr sehr viel bedeutet haben.
Als der Fahrstuhl zum Stehen kam, verließen sie den Schacht, völlig wie in Trance versunken. Als sie aus dem Fahrstuhl stiegen, wurden sie von zwei Feuerwehrmännern in Empfang genommen.
„Seid ihr die Letzten? Das Feuer ist bereits im Labor, das fliegt uns gleich um die Ohren, raus jetzt!"
Er ließ ihnen keine Zeit zu antworten, sie rannten so schnell es ihnen möglich war Richtung Ausgang.
Auf halbem Wege erreichte sie eine Explosion, die sie zu Boden warf. Tische, Stühle, Bilder von den Wänden und das

Glas aller sich im Flur befindenden Fensterscheiben flog über sie hinweg und landete teilweise auf ihren Körpern.
Als die Druckwelle vorbei war, rappelten sie sich auf. Jan zog Lisa mit sich ins Freie. „Sind Sie verletzt?" Er betrachtete sie sorgenvoll.
„Nein, ich glaube nicht." Lisa sah ihn nun das erste Mal ohne Maske. Er hatte ein freundliches Gesicht. Seine Augen verrieten Einfühlungsvermögen und Wärme. Er mochte etwa 45 Jahre sein, sicherlich wartete eine Frau und ein halbes Dutzend Kinder zu Hause auf ihn. Er war bestimmt ein guter Vater und Ehemann. Lisa lächelte ihn schwach an, er sollte sich nicht schuldig fühlen; sie wusste, dass es zu spät war. Pete war so lange dort unten – wenn überhaupt, hätten sie ihn nur noch tot bergen können.
„Vielleicht war er gar nicht mehr dort unten?" Jan sah Lisa mitfühlend an.
„Schon gut, ich weiß, dass er da war, es gibt nur diesen einen Weg hinunter, wir wären ihm begegnet. Wir waren schon eine ganze Weile vorher im Flur und im Fahrstuhl. Wir hätten ihn gesehen."
Jan nickte. Dann sahen sie sich um, es herrschte das reine Chaos. Überall liefen Menschen herum. Sanitäter versorgten mit Decken und Sauerstoffmasken die noch unter Schock stehenden Patienten. Die Feuerwehr war mit vier Löschwagen angerückt und versuchte das Feuer unter Kontrolle zu bringen. Es hatte sich auf den gesamten rechten Gebäudetrakt ausgeweitet. Lisa sah mit Genugtuung, wie die Flammen aus den Fenstern züngelten. Nun waren sie frei, sie alle. Sie wünschte Garden wäre hier, er hätte es sehen sollen." Das war die Rache der Klone!"

Als Regine Lisa erblickte, winkte sie heftig. Lisa nickte ihrem Retter dankend zu, der sie nicht mehr loszulassen schien. „Danke, dass Sie mich da rausgeholt haben!"
„Passen Sie gut auf sich auf, und lassen sie sich Sauerstoff geben!" Er winkte einem Sanitäter zu und zeigte auf Lisa. Doch sie war schon losgelaufen zu Regine hinüber. Jan blieb stehen und sah ihr nach. Wie sehr wünschte er sich, dass er den fremden Mann ebenfalls hätte retten können.
Dann sah er sich um. Die große Rasenfläche vor dem Park war nicht wiederzuerkennen, sie glich einer Notaufnahme im Krankenhaus, was sie ja hier auch war. Das Stimmengewirr übertönte fast das Prasseln des Feuers.
Ein Kollege rief seinen Namen. Ihr Einsatz war noch lange nicht beendet, so hatte er keine Zeit mehr, weiter über die fremde Frau und den zurückgelassenen Mann zu grübeln.
Auch Regine hatte man auf eine Liege gelegt. Lisa war so froh sie zu sehen, sie umarmte sie stürmisch, dann musste sie husten. Sie war zu schnell gelaufen und der Rauch hatte sie doch mehr erwischt, als sie dachte. Sofort kam der Sanitäter, den Jan ihr geschickt hatte, und hielt ihr eine Maske vors Gesicht. Sie setzte sich mit auf den Rand von Regines Liege. Regine nahm ihre Maske ab und sah sie fragend an. „Und?"
Lisa schüttelte ihren Kopf, so dass ihre langen Haare, auf denen noch immer Reste von Schaum lagen, flogen. Dann begann sie zu schluchzen. Wieso tat er ihr dies an? Wie konnte er nur so egoistisch sein und sie ein weiteres Mal allein lassen? Sie glaubte, er hätte sie geliebt, doch wie konnte man jemanden, den man liebte, so verletzen?
Lisa hatte das Gefühl, sie wäre in die Vergangenheit zurückversetzt worden. All die gleichen „Warum-Fragen"

schwirrten ihr im Kopf herum, all die gleichen schmerzlichen Gefühle stiegen in ihr auf, als hätte es die letzten Wochen nicht gegeben.
Regine hatte sich aufgerichtet und ihre Arme um Lisa gelegt. Sie waren sich in diesem Augenblick so nahe. Regine hatte nun das Gefühl, Lisas Auftauchen in der Klinik hatte einen zuvor nicht erkennbaren Sinn. Es war nun alles zerstört. Gardens Forschungsergebnisse waren dem Feuer zum Opfer gefallen. Seine Klone hoffentlich unauffindbar.
Natürlich war sie sich sicher, dass das nicht das Ende seiner Arbeit war, wahrscheinlich hatte er irgendwo anders weitere Aufzeichnungen über sein „Verfahren". Doch Regine hatte genug davon, sie würde dem allen hier den Rücken kehren und neu anfangen. Sollte er doch alleine von seinen Klonen träumen! Er hatte nur Unglück über die Menschen gebracht, mit denen er seinen Traum verfolgt hatte, sie eingeschlossen. Sie richtete Lisa auf, die noch immer an ihrer Schulter lag und weinte, und sah ihr strahlend in die Augen. „Lisa, ich glaube, wir haben noch eine Mission zu erfüllen. Wir beide werden der Menschheit unsere Geschichte erzählen, wir werden sie aufrütteln, sie warnen!"
Lisa sah sie ungläubig an.
„Sie sollen nicht umsonst gestorben sein. Alle beide nicht!"
Nun liefen auch Regine Tränen aus den Augen, es tat so weh, doch sie fühlte auch Erleichterung, dass es nun vorbei war, nun war auch sie frei!
„Und mit dem Geld, das uns unsere Sensationsstory einbringen wird, fangen wir ganz neu an, OK?"
Das war wieder die Regine, wie Lisa sie kannte, und auch ihr altes Lächeln fand den Weg zurück auf ihr tränennasses

Gesicht. Lisa war froh, dass es sie gab. Ja, sie hatte ihre Situation ausgenutzt, um sich an Pete zu rächen, doch im Grunde konnte sie sie verstehen. Sie liebten denselben Mann, irgendwie! Sie wurden zurückgewiesen, verlassen. Sie waren beide eifersüchtig. Und nun trauerten sie gemeinsam. Jede auf ihre Art.

Lisa war ihr dankbar für ihre Stärke, die ihr Mut machte und Kraft gab, gemeinsam ihren Plan durchzuführen, so wie es Pete und Adam gewollt hätten.

„Leider sind alle Beweise vernichtet, ich habe etwas Bedenken, ob man uns glauben wird, jetzt wo auch Pete … tot ist." Regine brach ab, verstummte, die Realität tat weh. Sie hatte nie richtig um Adam trauern können. Sie alle glaubten, Pete sei tot. Und dann schlich sich ihr Verdacht immer stärker in ihr Bewusstsein. Wen hatte sie auf dem Balkon gerettet? Damals glaubte sie, es wäre Adam, heute wusste sie, dass es doch Pete war! Eine kurze Zeit hasste sie ihn dafür. Doch nun trauerte sie um beide.

„Es wurden nicht alle Beweise vernichtet!" Lisa fasste mit einer Hand unter ihren Pulli. Er war noch da, unversehrt hing um ihren Hals der Stick.

„Was ist das?" Regine sah sie erstaunt an.

„Das sind unsere Beweise, wir werden ihr Werk beenden. Wir werden die Menschheit aufrütteln. Georg Garden, hiermit sagen wir dir den Kampf an! Dies ist nicht nur eine Drohung, dies ist ein Versprechen!" Lisa streckte den Arm aus und hielt den Stick hoch über ihren Kopf. Regine lächelte, und Lisa spürte, dass ihr Lächeln dieses Mal ehrlich gemeint war. Sie waren Verbündete, auch wenn sie sich bis vor Kurzem noch auf verschiedenen Seiten befanden. Nun hatten sie das gleiche

Ziel und Lisa glaubte fest daran, dass sie es zusammen erreichen würden.

69: Adam in Gefahr

Adam öffnete die Augen, es war so unerträglich heiß. Er blinzelte in die Flammen vor ihm. Nur einige Meter entfernt erhob sich ein Flammenmeer.
Langsam versuchte er sich aufzurappeln. Das Atmen fiel ihm so schwer, er musste husten, seine Augen brannten. Er hätte schon längst tot sein müssen. Was hatte er hier noch verloren? Als er endlich auf seinen Beinen stand und sich an der Wand abstützte, sah er in der Mitte des Raumes Lichtkegel tanzen, Taschenlampen!
„Hierher!", rief er so laut er konnte.
Doch das Brausen des Feuers übertönte seine schwachen Rufe. Die Lichter stoppten an der Seitenwand, dort waren noch Leute. Er glaubte zwei weitere entdeckt zu haben. Aber die Sicht wurde ihm immer wieder durch die hochschlagenden Flammen verdeckt. Sie hatten die Regale bis unter die Decke erfasst.
Er hatte es geschafft. Niemand konnte nachvollziehen, wo sich Gardens Klone aufhielten, nicht einmal sein Freund John kannte die wahren Namen der Familien. Genugtuung breitete sich in Adam aus. Alles war gut. So wie er es wollte. Er war der Erste, und er würde auch der Einzige bleiben. Ohne das Serum würden sich die Klonkinder ganz normal entwickeln, und die Spender würden nicht einmal erfahren, dass sie geklont worden sind.
Er war so müde, er wollte nur noch schlafen. Und als eine plötzliche Explosion ihn zurück an die Wand schleuderte, war er sofort wieder bewusstlos, so dass er den Aufprall eines Regals auf seinen Körper nicht mehr spürte.

70: Schutt und Asche

Die Grünflächen im Park leerten sich langsam. Die Feuerwehrmänner saßen erschöpft auf den Stufen der Eingangstreppe. Das Feuer war gelöscht. Die meisten Patienten wurden bereits in andere Kliniken fortgebracht. Die Verletzungen der Patienten waren nur leicht bis mittelschwer. Der Schock war für Einige die größere Gefahr, da viele mit Herzproblemen in der Klinik lagen und diejenigen, die frisch operiert waren, allgemein mehr gefährdet waren. Schnittwunden und Rauchvergiftungen trafen besonders Leute vom Personal, welche die Räume nach Patienten abgesucht und mit den Feuerwehrmännern zusammengearbeitet hatten. Nachdem die Rettungshubschrauber fortgeflogen und Krankenwagen abgefahren waren, wurde es ruhiger. Busse der Polizei holten weitere Menschen von hier fort.
Lisa ließ den anderen den Vortritt. Es ging ihr gesundheitlich gut, so dass die Helfer sie bereitwillig auf einer Bank sitzen ließen. Auch Regine blieb bei ihr, obwohl sie in nicht so guter Verfassung war. Sie hustete stark. „Du kannst noch nicht fort von hier, habe ich Recht Lisa?"
Lisa sah Regine von der Seite an. „So vieles ist geschehen in der Zeit seit meiner Ankunft. Es kommt mir alles wie ein Traum vor. Ich glaube, sollte ich an Petes, nein, Adams Grab erwachen, würde ich an einen Albtraum glauben. Real ist nur die Zeit, die vergangen ist und sich in der Jahreszeit wiederspiegelt. Es wird bald Schnee geben, ich kann es fühlen." Lisa fröstelte und zog die Decke, die sie übergelegt bekommen hatte, enger um sich herum.

Sie sah auf die Mauerreste und Trümmer der Klinik. Rauch stieg noch immer auf. Die Feuerwehr suchte nach versteckten Brandherden. Wie durch ein Wunder war die linke Seite der Klinik fast vollständig verschont geblieben.

„Sieh nur, Regine, es scheint fast, als wäre der liebe Gott mit dem Züchten und Verpflanzen von Organen einverstanden. Diese Hälfte der Klinik ist noch intakt. Garden hätte noch so vielen Menschen helfen können. Warum konnte er sich nicht mit dem, was er bereits erreicht hatte, zufriedengeben?"

„Das ist eine bittere Eigenschaft der Menschheit! Wenn ich so auf die Klinik starre, kommt auch in mir der Wunsch auf, das jetzt zu verändern. Ich wünschte, Pete würde aus den Trümmern hervortreten, unversehrt und so schön, wie ich ihn damals das erste Mal sah."

Lisa hielt die Luft an, sie wusste, was Regine meinte. Es war ihr genauso ergangen. Es waren nur ein paar Sekunden nötig, und der Zauber hielt ein Leben an.

„Wer weiß, vielleicht sollten wir den Stick nehmen, Garden aufsuchen und ihn bitten, uns Pete und Adam zurückzuholen."

Lisa starrte Regine fassungslos an. „Das kann nicht dein Ernst sein! Nein, wie kannst du nur so etwas sagen? Du weißt doch, wie viel Leid ihnen Garden zugefügt hat!"

„Aber hast nicht du selbst dir, vor noch gar nicht allzu langer Zeit, genau das gewünscht?"

„Nein, nicht das! Ich habe mir Pete zurückgewünscht, das ist wahr, und auch jetzt wünschte ich, er wäre hier. Doch niemals zu diesem Preis, den Garden ihm und Adam durch seine fanatischen Visionen abverlangte."

„Würde Pete dasselbe sagen, wenn er könnte?"

„Das würde er, ich weiß es!" Lisa erhob sich und ging ein paar Schritte auf das Gebäude zu. Verschwommen sah sie zu den oberen Fenstern hinauf. Dort, wo Pete sein Zimmer hatte. Das Glas war zersplittert und für einen kurzen Moment meinte sie, einen Schatten hinter der Balkontür vorbeihuschen zu sehen. „Pete!", durchfuhr es sie. Sollte sie all das aufs Neue durchleiden? Es schien darauf hinauszulaufen. Sie würde ihr Leben leben, Tag für Tag, doch es würde kein Tag vergehen, an dem sie nicht mindestens einmal eine Gestalt in der Ferne für ihn halten würde, und sei es nur ein Schatten.
Dennoch fand sie Trost. Heute war etwas anders als damals. Nun war sie sich seiner Liebe sicher. Es gab keinen Zweifel mehr. Auch wenn sie es nur für kurze Zeit erleben durfte, würde sie sich dennoch ein Leben lang daran festhalten können.

71: Gardens Rückkehr

Eine schwarze Limousine, die die Auffahrt entlangraste, riss Lisa aus ihren Gedanken. „Garden!", dachte sie sofort. Jemand musste ihn verständigt haben.

Das Auto hielt direkt vor dem Haupteingang. Garden sprintete aus dem Wagen, was Lisa ihm gar nicht zugetraut hätte, er stürmte auf den erstbesten Feuerwehrmann zu, packte ihn am Kragen und schüttelte ihn, während er auf ihn einredete.

Lisa konnte kein Wort verstehen, dazu waren sie zu weit entfernt. Aber es waren zwei weitere Feuerwehrmänner nötig, um Garden von dem ersten loszureißen und ihn einigermaßen ruhigzustellen, indem sie ihn auf eine Liege drückten, wo er erschöpft den Kopf in beide Hände stützte.

Immer wieder sah er kurz auf, sah auf seine zur Hälfte vernichtete Klinik und schüttelte ungläubig mit dem Kopf. Er war sichtlich geschockt.

Deutete es darauf hin, dass wirklich sein gesamtes Forschungsmaterial verbrannt war? Wäre er sichtlich ruhiger gewesen, wenn er eine Kopie seiner wichtigsten Unterlagen irgendwo versteckt hielt? Hatte Petes Verzweiflungstat den gewünschten Erfolg?

Regine stellte sich langsam neben Lisa. Auch sie hatte Garden gesehen. „Ich muss zu ihm gehen!"

„Was willst du ihm sagen?" Lisa sah Regine prüfend an. Auch wenn sie hoffte, sie könnte ihr vertrauen, so war sie sich doch noch nicht hundertprozentig sicher. Wie konnte sie auch, und wem würde sie überhaupt hundertprozentig vertrauen? Wahrscheinlich nicht einmal sich selbst.

„Ich werde ihm sagen, dass ich von hier fortgehen werde, ich kündige!"
„Glaubst du, er wird dich so einfach gehen lassen?"
„Noch gestern wäre dies nicht der Fall gewesen, aber heute ist alles anders. Adam und Pete sind tot. Die anderen Klone sind über die ganze Welt verstreut und ihre Akten vernichtet. Selbst wenn sie sich von sich aus irgendwann bei Georg oder John melden, es ist vorbei!
Sollte noch irgendetwas auf dem Stick auf ihre Identität hinweisen, werden wir es vernichten. Georg und John sollen für das bestraft werden, was sie Adam angetan haben. Wir haben die Beweise und wir werden die Experimente beenden, indem wir die Öffentlichkeit informieren. So wie Adam und Pete es gewollt hätten. Jetzt hält mich hier nichts und niemand mehr!"
Lisa ließ ihren Blick schweifen. Dieses Mal in die entgegengesetzte Richtung. Sie konnte den Springbrunnen sehen. Er sah trostlos und verlassen aus. Der Wald ohne Blätter an den Bäumen, grau und trist. Das Laub auf den Wegen war braun und matschig. Selbst die Vögel rührten sich nicht. Wie ausgestorben lag der Wald vor ihr. Er lag in einem tiefen Schlaf, doch sie würde nicht mehr hier sein, wenn er zu neuem Leben erwachen würde. Sie hoffte, es würde hier in einigen Monaten wieder glückliche Menschen geben, die durch den Park gehen und sich an dem kühlen Springbrunnen niederlassen würden. Vielleicht sogar verliebte Paare.
„Lisa!"
Von dem Ruf nach ihrem Namen aufgeschreckt, drehte sie sich um. Garden stürmte auf sie zu.

Erst wollte sie die Flucht ergreifen, doch dann entschloss sie sich abzuwarten. Schnaufend blieb er nur ein, zwei Schritte vor ihr stehen. Sie wich keinen Zentimeter zurück. Regine war besänftigend auf ihn einredend neben ihm hergelaufen. Aber er hörte ihr nicht zu. Sein Blick hielt Lisa gefangen.
„Was haben Sie getan? Wie konnten Sie ihn nur so verhexen? Er war mein Junge, er tat nur das, was ich ihm sagte, und nun sehen Sie sich mein Leben an, mein Traum, meine Zukunft, ein Trümmerhaufen!" Er schwankte, sein Gesicht war puterrot und er schwitzte stark.
Lisa und Regine führten ihn zu einer Bank.
„Sie müssen sich beruhigen!" Regine sah Lisa hilfesuchend an.
„Professor Garden, ihr Lebenswerk wurde nicht zerstört, sehen Sie doch genauer hin! Ihre Klinik ist zur Hälfte unversehrt geblieben. Vielleicht werden Sie schon bald wieder Menschen ihre selbstgezüchteten Organe einsetzen? Ihr Leben verlängern!" Lisa hatte so beruhigend wie ihr möglich war zu ihm gesprochen, aber er war außer sich.
„Verlängern! Ich wollte ihnen Leben schenken, unendliches Leben, so wie ich es Pete geschenkt hatte. Und was tat er? Er vernichtete meine sämtlichen Aufzeichnungen, er vernichtete sich selbst, warum tat er mir all das an?
Er wollte Adam beschützen, das war schon damals so, doch nun, da Adam ihm seinen Körper vermacht hatte, hätte er ihn in Ehren halten müssen und ihn nicht den Flammen übergeben dürfen!" Er brach in ein ruckartiges Schluchzen aus.
Lisa und Regine sahen sich erstaunt an. Anscheinend glaubte er fest daran, das Pete damals bei dem Unfall starb und er es geschafft hatte, ihn in Adam weiterleben zu lassen. Er tat

ihnen leid. Er war völlig verwirrt. Ein Feuerwehrmann kam auf sie zu. Lisa erkannte ihn sofort, es war ihr Retter, Jan.
„Wie geht es Ihnen?", fragte er in die Runde, sah aber nur Lisa an.
„Regine braucht noch ärztliche Betreuung und Prof. Garden geht der Verlust seiner Forschungsunterlagen sehr nahe."
Er sah auf ihn hinab und nickte. „Und was ist mit Ihnen, der Verlust dieses Mannes, ich meine, kannten Sie sich näher?"
Lisa sah ihn erschrocken an. „Haben Sie ihn gefunden?"
„Nein, nein, wir haben das Kellergewölbe vollständig durchsucht, er war nicht auffindbar."
„Was soll das heißen, nicht auffindbar?" Regine zog ihn am Arm in ihre Richtung, so dass er seine Blicke ihr zuwenden musste.
„Es tut mir leid, aber bei so einer enormen Hitze, die die verschiedenen Chemikalien ausgelöst haben, und den Explosionen ist es nicht ungewöhnlich, dass es keine Spuren mehr von einem Menschen zu finden gibt!" Er wandte sich wieder Lisa zu. „Es tut mir sehr leid!"
„Ich weiß, Sie haben alles Mögliche versucht und sie haben uns da rausgeholt, das war sicherlich Petes größter Wunsch, danke."
Er beugte sich zu Garden hinab. „Kommen Sie mit mir, ich werde Sie zu einem Arzt bringen, der wird sich um sie kümmern und dann nach Hause fahren!"
„Nach Hause!" Garden war aufgesprungen. „Das ist mein zu Hause und sie hat es zerstört!" Er zeigte mit dem Finger auf Lisa, so dass sie dieses Mal erschrocken zurückfuhr. „Sie und Pete, ihr glaubtet, ihr könntet mich aufhalten, doch ihr habt euch geirrt. Ich werde sie wiederfinden, jeden Einzelnen, ihr

könnt mich nicht aufhalten, niemals!" Seine Augen funkelten hasserfüllt.
Aber Lisa hatte sich wieder gefasst. Ihr kurzes Mitleid, das sie noch vor wenigen Sekunden für diesen verwirrten alten Mann empfunden hatte, war wie fortgeweht. „Pete tat das, was er für das einzig Richtige hielt, er bezahlte mit seinem Leben dafür. Doch er würde es gewiss nicht bereuen. Ich werde seine Arbeit fortführen. Sie werden nie wieder einen Menschen klonen, dafür werde ich sorgen!"
Garden kam noch einen Schritt dichter an ihr Gesicht heran. Sie waren beinahe gleichgroß, so dass sie sich genau in die Augen sehen konnten. „Sie können mich nicht aufhalten!", wiederholte er erneut.
Lisa hielt seinem Blick stand. „Ich nicht, doch die anderen werden es tun, wenn ich ihnen ihre Beweise geben werde!"
Garden zuckte zusammen. Er wich einige Schritte zurück, seine Augen ließen Lisa nicht los. Sollte sie die Wahrheit sagen? Konnte sie über Beweise verfügen, die sein Geheimnis aller Welt preisgeben würden? Er musste John informieren! Der Feuerwehrmann hakte sich bei ihm unter und zog ihn nun mit sich fort. Verblüfft über das Gehörte, sah er noch einmal von einem zum anderen. Heute würde er sicherlich keine Antworten bekommen auf das, was ihm an Fragen durch den Kopf wirbelte, doch er wollte sich weiter informieren, auf dem Laufenden bleiben. Diese Geschichte interessierte ihn.
Und das nicht nur wegen der Frau, die er gerettet hatte. Es schien Brandstiftung zu sein und vielleicht steckte noch viel mehr dahinter.

72: Adam und Max

Als Adam erwachte, schrie er vor Schmerzen laut auf. Sein Blick fiel auf das Metallregal, das über seinen Beinen lag. Erstaunt sah er sich um. Er war noch immer im Keller, das Feuer hatte seinen Körper nicht erreichen können, da das Regal wie eine Mauer zwischen ihm und den tosenden Flammen lag. Aber er war eingeklemmt und unter einem Schuttberg von Steinen verschüttet.
Wie war das nur möglich, dass er immer noch lebte, bei diesem Rauch und den Gasen, die sich durch die Chemikalien gebildet hatten?
Er biss sich vor Schmerzen auf die Unterlippe. Würden sie ihn suchen? Konnten sie ihn hier in der äußersten Ecke des Kellergewölbes finden? Wollte er überhaupt gefunden werden?
„Ja, verdammt!" Verzweifelt versuchte er sich zu befreien, aber es war sinnlos, das Regal konnte er keinen Zentimeter alleine bewegen. Erschöpft legte er seinen Oberkörper auf den Boden zurück. Das war doch nicht möglich. Noch vor ein paar Tagen wäre er erleichtert gewesen, wenn er gewusst hätte, dass so ein Zufall ihm seine Entscheidung abnehmen würde. Fast zufrieden hatte er sich zurückgelehnt und von dieser Welt Abschied genommen. Seine letzten Gedanken galten seiner Mutter und Lisa. Und er dachte mit Genugtuung daran, dass nun endlich alles so sein würde, wie es sein Schicksal für ihn bestimmt hatte.
Aber jetzt, jetzt war alles anders, alles neu. Er lebte, immer noch. Das Schicksal entschied anders, als er geglaubt hatte. Plötzlich wollte er leben. Er sollte leben!

Lisa, sie liebte ihn, er liebte sie! Sie wollte ihn ins Leben zurückholen, warum ließ er sich nicht darauf ein? Sie hatte ihm bewiesen, dass es sich lohnt zu kämpfen, zueinanderzuhalten, einander zu vertrauen, auch wenn, wie er es getan hatte, sie sehr verletzt und enttäuscht hatte. Sie zeigte ihm, dass sie ihn liebt, so wie er ist. Die ganze Zeit geliebt hatte, selbst als sie zu wissen glaubte, Adam vor sich zu haben, sah sie nur Pete in ihm.

Sie war nicht mehr das kleine Mädchen von früher, das er sofort in ihr wiederzuerkennen glaubte. Nein, sie war an ihrer Liebe zu ihm gereift, sie war stark und selbstbewusst geworden. Sie war entschlossen alles Nötige für ihre Liebe auf sich zu nehmen, für ihn.

Letzte Nacht war ihm klar geworden, dass auch er so fühlte. Er lebte, es sollte so sein, er durfte sie nie wieder enttäuschen, er würde sie nie wieder verletzen, er würde es schaffen, das wusste er nun. Garden sagte einmal zu Pete, er könnte genauso sein wie Adam, es läge in seinen Händen, seinen Entscheidungen.

Und nun, er war Adam, die ganze Zeit! Aber er war auch Pete, ein reifer, erfahrener Pete, der eine Menge über sich und seine Eigenschaften gelernt hatte. Der nun den Mut aufbringen wollte, seine Fehler sich und anderen zu gestehen. Als Erstes seiner Mutter, er musste ihr gegenübertreten, ihr die Wahrheit über das Genprojekt sagen, sich für das, was er ihr angetan hatte, entschuldigen. Das hätte er schon vor langer Zeit tun müssen.

Lisa wusste es all die Jahre, dass die Zeit kommen würde, wo er an diesen Punkt gelangen würde, an dem er Verantwortung für sein Handeln übernehmen würde. Nur sein Tod konnte dies verhindern. Nein, das würde nicht noch einmal passieren, das durfte nicht passieren, jetzt nicht mehr.

„Ich muss hier raus!" Er schrie es laut vor sich hin, versuchte seine Beine unter dem Regal hervorzuziehen und wurde vor Schmerzen fast wieder ohnmächtig. Tränen der Verzweiflung und des Schmerzes flossen über sein verrußtes Gesicht.

„Nicht jetzt!", flüsterte er in das Tosen der Flammen. Warum kamen die Feuerwehrleute nicht zu ihm? Es war niemand mehr zu sehen. Keine flackernden Taschenlampenlichtkegel waren im Rauch zu erkennen. Sie mussten den Keller verlassen haben. „Explosionsgefahr!", fuhr es ihm durch seinen pochenden Schädel.

Er wollte nicht aufgeben, es musste eine Möglichkeit geben. „Denk nach, denk nach!" Aber die Schmerzen und die heiße, vom Rauch verdunkelte Luft ließen keinen rettenden Gedanken zu. Nur ein Wunder, so wie damals, als plötzlich Garden an seinem Krankenbett auftauchte, konnte ihn noch retten.

Und dieses Mal hieß das Wunder Max, als er plötzlich wie aus dem Nichts neben ihm auftauchte. Seine großen Hände strichen Adam die Locken aus dem Gesicht und fühlten seinen Puls.

Als er seine Augen öffnete, strahlte Max ihn an, so wie er es bisher noch nie gesehen hatte. „Alles klar?"

Adam nickte, er konnte nicht sprechen. Wie konnte das möglich sein? Wie konnte er, ein ewig zweifelnder, schuldiger, schwacher Mensch, zweimal in seinem Leben dieses Wunder geschenkt bekommen?

Max' Blick fiel auf das Regal. Er verlor keine Zeit. Wie er es als Bodybilder beim Gewichte heben gelernt hatte,

positionierte er sich mittig, ging vor dem Monstrum in die Knie und stemmte das Regal langsam, aber stetig empor. Adam beobachtete seine Kraftanstrengung. Sobald er seine Beine befreit sah, stieß er sich mit seinen Armen nach hinten vom Boden ab und zog so seine Beine unter dem Regal hervor. In ausreichendem Abstand blieb er liegen.
Max ließ das Regal unter lautem Krachen zu Boden fallen. Schweiß lief ihm von der Stirn, er atmete schwer. Doch sein Lächeln war stolz und glücklich. „Jetzt sollten wir aber wirklich gehen!", sagte er, als wollten sie zu einem Fußballspiel, zu dem sie nun wirklich nicht zu spät kommen durften. „Kannst du aufstehen?"
„Ich werde es versuchen!"
Max griff Adam unter die Arme und mit seiner Hilfe konnte er sein linkes Bein belasten. Das rechte musste gebrochen sein, er zog es hinter sich her. Erst jetzt fragte er sich, wo Max denn so plötzlich hergekommen war und wie sie hier rauskommen sollten. Denn hinter dem Regal lag nach wie vor ein Flammenmeer.
Dann sah er die mannshohe Öffnung in der Mauer hinter ihnen. Sein Blick fiel auf eine Treppe. Jetzt wusste er, wo sie waren. Die zugemauerte Türöffnung, die ins Treppenhaus führte. Durch die erste Explosion musste sie geradezu aufgesprengt worden sein.
Der Schutt, der Adam bedeckt hatte, stammte von dieser Wand. Er hatte es nicht sehen können, denn sie lag direkt hinter ihm im Dunkeln. So hatte er Luft bekommen und war nicht erstickt. Er war der Rettung die ganze Zeit über so nahe gewesen und hatte es nicht gewusst.

Max stützte ihn und half ihm die Stufen hoch. Es war niemand zu sehen, alle Feuerwehrmänner hatten bereits das Gebäude verlassen. „Wir sollten zum Hinterausgang hinaus, der Weg ist kürzer!" Max blickte besorgt in Adams schmerzverzerrtes Gesicht. Dann schnappte er ihn und hob ihn auf seine Arme. „Lass doch, Max, das ist nicht nötig, ich schaff das schon!" „Ich denke schon, dass das nötig ist, der Kasten geht jeden Moment hoch, ich kann es spüren. Ein Wunder, dass es noch nicht passiert ist!"
Als sei Adam ein Kind und kein erwachsener Mann, begann Max mit ihm davonzulaufen, die Treppen empor, durch die Flure, bis sie eben die offen stehende Tür erkennen konnten und ein Stück vom gepflasterten Hof, als es hinter ihnen knallte und eine schwere Explosion beide Männer durch die Tür schleuderte.
Sie landeten in einigen Meter Entfernung auf einem Grünstreifen, der ihren Sturz etwas abfederte. Max rappelte sich als Erster wieder auf.
Adam lag bewusstlos neben ihm. Aber er war am Leben! So schnell er konnte holte Max Hilfe und fuhr mit Adam im Krankenwagen ins nächstgelegene Krankenhaus.

73: Im Krankenhaus

Langsam humpelte er durch den Raum. Vor dem Waschtisch blieb er stehen. Seine Hände stützten sich auf dem kalten glatten Becken ab. Sein Blick wanderte langsam nach oben, bis er sich selbst im Spiegel in die Augen sehen konnte. „Wo bist du, Adam? Pete? Zeig dich! Hilf mir!"
Seine Augen begannen zu glänzen, seine Wangen zuckten und sein Mund verzog sich zu einem Lächeln. Petes Lächeln, das seine Grübchen erscheinen ließ. Während seine Augen nur auf sein Lächeln gerichtet waren, rannen Tränen aus ihnen hervor und stürzten in das kalte Becken hinab. Ihr Klang, den sie dabei verursachten, ließ Adam aufschrecken. Das Lächeln war plötzlich verschwunden.
Wer war er nun wirklich, wer? Er war ein Mann, er hatte ein Herz, eine Seele. Er liebte eine Frau, und die hieß Lisa, nicht Regine. Regine hatte sein Leben gerettet, er hatte sich nie bei ihr bedankt. Wie auch, er wusste es nicht mehr. Regine liebte Adam. Aber es gab keinen Adam mehr. Und es gab auch keinen Pete.
Es gab einen Mann, der sich entwickelte, aus ihnen beiden! Ja, das war es, was er akzeptieren konnte, womit er leben konnte. Alle anderen glaubten, er sei Pete, auch wenn Garden seinen Kunden etwas anderes weißmachen wollte. Also sollte er auch unter diesem Namen weitermachen. So war es am einfachsten. War das Pete, der da sprach? Nein, beide wollten es so, es durfte keinen Klon geben, nicht Adam und auch keinen anderen, nie wieder! Er war nun Pete, für immer, das schwor er sich hier, auf diesem Zimmer, im Angesicht seines Spiegelbildes, für immer!

Pete rollte leicht mit dem Rollstuhl über die blitzblank glänzenden Linoleumböden des Kreiskrankenhauses. Sein rechtes Bein lag, in einer dicken Schicht von Verbänden und Gips wohlverpackt. „Schon wieder ein Krankenhaus!", schoss es ihm durch den Kopf.
Allerdings konnte er den Unterschied deutlich erkennen. Es wimmelte überall von Menschen, Patienten, Ärzten, Schwestern und Pflegern. Und Besuchern, die mit Blumensträußen oder Konfekt-Päckchen die richtige Tür suchten. Genau wie der riesige Kerl, der eben mit einer Schwester sprach und mit dem bunt verpackten Karton unter dem breiten Arm etwas verloren dreinblickte.
Pete erkannte ihn sofort. So schnell er konnte fuhr er auf ihn zu. Er fühlte eine Freude in sich aufsteigen, die er bei Max' Anblick nie für möglich gehalten hätte.
„Max!", schrie er ihm entgegen, so dass sich sämtliche Anwesende nach ihm umsahen.
Max erwiderte seinen Ruf: „Pete!" Er bedankte sich bei der Schwester und ging ihm mit großen Schritten entgegen.
Als er Pete etwas unsicher die Hand reichte, zog dieser ihn zu sich herunter und umarmte ihn. Sie klopften sich freundschaftlich den Rücken und als sie einander ansahen, hatten sie beide feuchte Augen.
„Schön dich zu sehen! Schiebst du mich in den Garten? Ich muss hier raus!" Pete grinste und Max drückte ihm das Paket auf den Schoß.
„Das habe ich dir mitgebracht, allerdings wirst du für eine Weile nur die eine Hälfte von meinem Geschenk benutzen können, wie ich sehe." Max klopfte auf das eingegipste Bein.

So schnell er konnte befreite Pete den Karton von dem bunten Blumenpapier. Wie ein kleiner Junge freute er sich über das überraschende Geschenk. Als er den Deckel öffnete, lag ein dunkelbraunes Paar Cowboystiefel vor ihm, reichlich mit Ziernähten und Nieten verziert.

„Vielleicht ein bisschen zu auffällig!", bemerkte Max. „Aber wenn du es erst mal eine Zeitlang getragen hast und es ein wenig alt aussieht, ist es doch ganz passend für dich, nicht wahr?" Er beobachtete Pete von der Seite, während er ihn zwischen den herumstehenden Menschen hindurchlenkte.
Pete drehte sich zu ihm um. Er war sichtlich gerührt. „Danke, Max! – Sie sind wundervoll! Woher wusstest du …?"
„Von Chris, er sagte, dass er dir schon einmal ein Paar besorgt hatte, und nachdem sie gestern deine Stiefel aufgeschnitten haben …"
„Haben sie?"
„Ja, es ging wohl nicht anders!" Max grinste.
Mittlerweile waren sie draußen im Park angekommen. Er war viel kleiner und hatte auch keinen so imposanten alten Baumbestand wie der Wald um Gardens Klinik. Aber um sich an der frischen Luft die Beine zu vertreten und in Ruhe miteinander sprechen zu können, war er ausreichend groß.
„Warte, lass uns hier weiterreden!" Pete zeigte zu einer Bank an einem Springbrunnen.
„Alte Gewohnheit, wie?" Max grinste erneut.
„Sicherlich, ich werde wohl so einiges noch eine Zeitlang mit mir herumschleppen. Dank dir kann ich es noch. Danke, Max, danke, dass du mich gerettet hast!"
Max machte eine abwertende Handbewegung, von wegen nicht der Rede wert!

Pete spürte, dass er nicht darüber sprechen wollte. Also fragte er: „Erzähl schon, wie geht es den andere? Was ist mit Lisa, Karl, Chris und vor allem, hast du Garden gesehen?" Pete sah Max gespannt an.
Dieser setzte sich ihm gegenüber auf die Bank, nachdem er den Rollstuhl festgestellt hatte. „Wo soll ich anfangen?" Max legte beide Hände auf seine muskelösen Oberschenkel.
Es war kalt, die Sonne schien von einem wolkenlosen, hellblauen Himmel. Aber ihre Wärme war kaum noch zu spüren. Er trug nur eine Jeans und ein riesiges Holzfällerhemd über einem T-Shirt. Auch Pete schien die Kälte nicht zu spüren, der Morgenmantel klaffte weit auseinander und ließ einen grauen Pyjama erkennen, Klinikeigentum, er hasste ihn.
„Wie geht es Lisa?" Petes Frage war ganz leise, fast sanft hervorgekommen.
„Ehrlich gesagt glaube ich, es geht ihr nicht so gut."
Petes Gesichtsausdruck verdunkelte sich sofort. „Warum? Was ist passiert?"
Max berichtete ihm, was er von Karl und Regine erfahren hatte. „Sie glaubt, du bist tot! Wir haben schon mehrmals versucht sie zu erreichen, aber sie geht nicht ans Telefon. Regine war zuerst auch völlig sprachlos, kaum zu glauben, nicht wahr? Aber dann freute sie sich für Lisa."
„Lisa glaubt, ich bin tot? Aber genau das hatte ich gehofft verhindert zu haben. Nun ist es doch geschehen, ich habe ihr erneut so viel Schmerz zugefügt!" Pete schlug die Hände vors Gesicht.
„Du kannst doch nichts dafür, es ist nicht möglich, die Zukunft vorauszuplanen, zu bestimmen. Sie entsteht, während du sie lebst, immer wieder neu!"

Pete ließ seine Hände sinken. Max hatte Recht. „Also lassen wir sie entstehen, du musst mich zu ihr bringen. Nein, warte, ich habe eine bessere Idee!"
Erfreut über seinen Tatendrang und den Lebenswillen, den Pete wiedergefunden zu haben schien, klopfte Max ihm kräftig auf die Schulter, so dass dieser, etwas übertrieben, ein schmerzverzehrtes Gesicht zeigte.
Fast eine Stunde saßen sie noch beisammen und redeten. Bis eine Schwester vorbeikam und empört den halb erfrorenen Patienten aufs Zimmer zurückbeorderte – mit den Worten: „Wie die kleinen Kinder, man kann sie nicht alleine lassen!"
Max und Pete nahmen die Schelte gelassen und einsichtig entgegen, sie hatten eh mittlerweile alles besprochen, und Max verabschiedete sich mit den Worten: „Bis Morgen!", und ging fröhlich in Richtung Ausgang.
Er war so froh, dass ihm die zugemauerte Treppe eingefallen war. Er hatte nicht gewusst, was Pete vorgehabt hatte, es war nur so ein Gefühl gewesen, dass er ihn brauchen würde. Und er war so froh darüber, dass er diesem Gefühl gefolgt war. Adam konnte er nicht retten, aber Pete hatte er gerettet. Es sollte wohl so sein, er musste sich damit abfinden.
Pete sah ihm noch lange nach, während er von der Schwester ins Gebäude zurück und dann aufs Zimmer geschoben wurde. Auf seinem Zimmer angekommen, hatte er viel Zeit nachzudenken, bis Max ihn am nächsten Tag abholen würde. Seine Bettnachbarn waren ruhige ältere Herren, die ihn meistens seinen Gedanken überließen. Er dachte an Lisa, wie sie sich fühlen musste, und an seine Mutter, die er noch heute anrufen würde, während Max sie schonend vorbereiten sollte.

Sie hatten beide Angst ihr zu sagen, dass er am Leben war, aber es musste sein. Sie musste es erfahren!
Pete lebte! Er lebte in Adam, und Adam in ihm! Diese seine Gedanken hörten nicht auf in ihm zu kreisen. Ein Bewusstsein, sein Bewusstsein, das um Kontrolle kämpfte, um den Verstand nicht zu verlieren, sondern ihn zu kontrollieren. Er würde es schaffen, ja, früher oder später würde alles ganz normal sein und er zur Ruhe kommen, ganz bestimmt!

Von Max hatte er auch erfahren, dass es Karl gut ging. So wie es aussah, würde er nun in Rente gehen und seiner Frau beiseite stehen.
Chris soll zu seinen Eltern zurückgefahren sein, er hatte schon längere Zeit vorgehabt sein Studium zu Ende zu machen. Er hatte immer die Hoffnung, Regine würde mit ihm gehen, doch sie hatte andere Pläne, und auch eine andere Liebe, wie er schmerzlich feststellen musste.
Sie arbeitete bereits gedanklich an einem Buch, das ihre und besonders Adams Geschichte erzählen sollte.
Von der Polizei, mit der er schon gestern Abend sprach, hatte er erfahren, dass Regine und Lisa eine Aussage gemacht hatten.
Der Beamte war daher sehr überrascht, als er Petes Personalien aufnahm. Pete wurde zu einem längeren Gespräch in ein anderes Zimmer gebracht, wo er bereitwillig Auskunft gab. Ob er wegen Brandstiftung angezeigt werden würde, war noch offen, da er sich in einer Notlage befand, ein Gefangener war, unter großem Druck und zeitweise unter Drogen stand, die Garden ihm verabreicht hatte.

Prof. Dr. Georg Garden lag ebenfalls im Krankenhaus, er hatte einen Herzanfall erlitten. Wie es ihm ging und wie schwer der Anfall war, konnte Max nicht sagen. Sobald es ihm besser gehen würde, drohte ihm von der Staatsanwaltschaft ein Prozess, der Freiheitsberaubung und Erpressung nur als Beigaben auf der langen Liste der Vergehen tragen würde. Er würde nie wieder einen Menschen klonen, dafür würde das Gesetz sorgen. Wahrscheinlich drohte ihm ein längerer Gefängnisaufenthalt, er hatte sich über zu viele Gesetze hinweggesetzt.

Dr. Peters sollte an seiner Stelle vorübergehend die Patienten der Organ-Transplantations-Klinik übernehmen. Aber auch er würde nicht ohne eine Anklage davonkommen. Schließlich war er Mitwisser und auch aktiver Teilnehmer an verbotenen Gentests gewesen.

Für Dr. Peters war es ein Schock, dass seine Forschung nunmehr gestoppt war. Die Klone hatte er wohl, mehr aus Eigennutz, nicht erwähnt in der Hoffnung, dass die anderen es auch nicht tun würden. Was von Regine und Lisa der Fall sein mochte, denn die Polizisten sprachen immer nur von Adam. Und Garden selbst wäre sehr dumm, sollte er es tun, es würde ihm mehr Schaden zufügen als irgendjemand anderem.

Auch John wurde vorgeladen und sollte überprüft werden. Da in seinem Land Leihmütter erlaubt waren, gab es keinen Grund, seine Klinik zu schließen. Und wie weit er an dem Klonen von Adam beteiligt gewesen war, musste erst noch geklärt werden.

Jetzt gab es nur noch Petes Mutter, Lisa und ihn. Morgen wollte er alles in Ordnung bringen. Pete hatte Max nicht nach seinen Beweggründen gefragt, die ihn dazu bewogen hatten, ihn zu retten. Vielleicht fürchtete er sich vor der Antwort?! Was wäre, wenn Max, der Garden immer treu gedient hatte und ihm bedingungslos vertraute und ihm das Leben seiner Schwester verdankte, was wäre, wenn er seine Theorie für die Wahrheit hielt? Wenn er immer noch glauben würde, Pete sei Adam, so wie Garden es erklärt hatte? Adam hätte Pete in sich entdeckt, und Adam würde immer mehr von Pete verdrängt werden. Dass Pete das nicht wahrhaben wollte, wäre eine Art Schutzfunktion des Geistes, der mit dieser Situation noch nicht fertig werden konnte.

Wenn Max das glauben sollte, konnte Pete es ihm nicht übelnehmen, aber es würde auch nichts an seinem Entschluss ändern, die Wahrheit für immer zu verschweigen. Es konnte aber auch ganz einfach so sein, dass Max ein gutes Herz hatte und Pete nicht sterben lassen wollte.

Woher er allerdings wusste, wo sich Pete befand und wie er ihn da unten finden konnte, das konnte er sich im Moment noch nicht erklären. Aber vielleicht gab es noch mehr um sie herum, was nicht erklärbar war. Wenn nicht er selbst, wer sonst sollte einfach daran glauben?

74: Im Haus seiner Mutter

Das Klopfen an der Tür klang bedrohlich. Leise schlich Lisa durch den Flur. Im Türspion konnte sie niemanden entdecken. Es klopfte erneut.
Als Lisa ihre Wohnungstür langsam öffnete, hätte sie fast der Schlag getroffen, erschrocken wich sie einige Schritte zurück.
„Keine Angst, ich komme in freundschaftlicher Absicht!"
Max war ebenfalls einen Schritt zurückgegangen. Er hatte ganz vergessen, wie sein Auftauchen auf Lisa wirken musste, erst als er ihr ängstliches Gesicht sah, fiel ihm wieder ein, wie ihre erste Begegnung ausgesehen hatte. Und dass auch die folgenden nicht eben erfreulich waren.
„Was wollen Sie hier? Wenn Garden Sie schickt, das können Sie vergessen. Ich werde weder meine Aussage zurücknehmen noch irgendetwas unterschreiben!" Sie wollte schon die Tür zuschlagen, aber Max stellte seinen Fuß zwischen Türrahmen und Tür.
So schwierig hatte er sich die Sache nicht vorgestellt. „Es hat wirklich nichts mit Garden zu tun, das können Sie mir glauben. Da Sie telefonisch nicht zu erreichen waren, musste ich selber kommen."
„Ach ja, das Telefon, es wurde abgestellt, Garden hatte wohl vergessen die Rechnung zu zahlen." Garden. Sie war noch nicht einmal einen Tag zu Hause und schon drängte er sich wieder in ihr Leben. Natürlich, wie könnte es auch anders sein, sie selbst würde dafür sorgen, dass er ihren Namen nicht so schnell wieder vergessen würde.
Sie strich sich über ihr unordentliches Haar. Es war weit nach Mittag, doch sie trug noch immer ihren Pyjama und einen

Morgenrock darüber. Sie war endlich wieder zu Hause, ja, das war wohl wahr. Aber sie hätte nie gedacht, dass es ihr so wenig bedeuten würde. Verlegen zog sie die Bänder des Morgenrockes etwas enger. „Nun, weshalb wollten Sie mich sprechen?"
„Es handelt sich um Petes Mutter." Max sah, wie sich Lisas Mund öffnete, eine Weile stumm verharrte und dann wieder schloss.
„Was ist mit seiner Mutter?"
„Sie würde Sie gerne sehen."
„Mich?" Lisa war zu überrascht, um zu bemerken, dass Max von einem Bein auf das andere wechselte. Es lag ihm nicht zu lügen, und sollte sie ihn nach Pete fragen, könnte er ihr die Wahrheit nicht verschweigen.
„Sie weiß über alles Bescheid, die Polizei und so ...", druckste er herum. „Ich soll Sie abholen, zum gemeinsamen Kaffeetrinken."
„Jetzt? – Ich kann nicht!"
„Wir haben noch genügend Zeit. Wenn ich drinnen warten dürfte, dann könnten Sie sich fertigmachen?"
„Ja, wenn Sie meinen." Sie war total überrollt worden. Nicht einmal Angst vor Max zeigte sich in ihr, als sie ihn an sich vorbei in ihre Wohnung ließ. Unter normalen Umständen hätte sie ihn niemals eingelassen. Ihre Gedanken waren nur bei Petes Mutter. Was sollte sie ihr nur sagen? Sie weiß alles, hatte Max gesagt.
So schnell sie konnte machte sie sich frisch und zog sich an. Max brachte sie noch einen Kaffee, während sie versuchte ihre Haare hochzustecken. Sie wusste nicht warum, denn es machte sie älter und sie sah einfach gouvernantenhafter aus.

Welche altmodische Bezeichnung, vertrauenserweckender wäre vielleicht passender. Und Vertrauen, das wünschte sie sich sehr, von Petes Mutter.

Doch ihre Hände zitterten und so gab sie es schließlich auf und ließ ihren Haaren ihre Freiheit. Ungefähr eine dreiviertel Stunde später saß sie neben Max im Auto.

Er fuhr einen Leihwagen, bis er sich einen eigenen kaufen würde, erklärte er. Als sie mit Max alleine im Auto saß, überkam sie dann doch ein mulmiges Gefühl. Was, wenn Garden ihn beauftragt hätte, sie erneut zu entführen oder Schlimmeres? Wie leichtsinnig sie doch war!

Aber Max war total verändert. Er plauderte lustig drauflos, als hätte man ihn komplett ausgetauscht. Oh nein, nicht das! Lisa schüttelte den Gedanken sofort von sich ab. Immer wieder sagte sie zu sich selbst: „Wir fahren zu Petes Mutter, Punkt, aus!" Diesen Gedanken hielt sie fest umschlungen wie ihre Handtasche auf ihrem Schoß. Bis sie vor dem Bauernhaus Halt machten, was sie schon einmal unter größten Bedenken und Zweifeln betreten hatte.

Eine ältere, ihr wohlbekannte Frau trat aus der Tür, um sie zu begrüßen.

75: Die Zuckerdose

Dieser Augenblick der Begrüßung, das Gegenüberstehen weckte in Lisa Erinnerungen an ihren ersten Besuch bei ihr, nach Petes Tod, das heißt nach Adams Tod. Es schien Petes Mutter ebenso zu ergehen. Aber da war noch mehr, etwas anderes, sie befand sich in einer ganz eigenartigen Stimmung. Eine Art von Anspannung, die sich Lisa nicht erklären konnte. Sicherlich war auch sie nervös, hatte sogar etwas Angst vor Gefühlausbrüchen – ihrerseits wie auch von seiner Mutter –, die ja nur zu verständlich wären. Aber nein, es war eine Art Vorfreude, die sie bei ihrem Gegenüber erkennen konnte. Es gab dafür keinerlei plausible Erklärung.

Nachdem sie einander guten Tag gesagt, sich umarmt hatten und auch ein paar Tränen geflossen waren, standen sie zu dritt im Wohnzimmer. Verunsichert sah sich Lisa zu Max um, der wie ein gern gesehener Gast höflich mit hineingebeten worden war. Auch er blickte etwas verlegen drein.

Nachdem sie alle an dem runden Couchtisch Platz genommen hatten, was für Max etwas schwierig war, da seine große Statur zwischen Tisch und Couch wenig Platz fand, wurde Lisa von beiden so strahlend angelächelt, dass sie glaubte, im falschen Haus, bei der falschen Mutter zu sein. Wie konnten sie so fröhlich sein, hatten sie Pete denn völlig vergessen? Oder sollte sie sich wirklich darüber Gedanken machen, ob sie es hier mit dem echten Max und der echten alten Dame zu tun hatte oder eher mit ihren Klonen? Warum nur sah sie in jedem einen Klon, hatte sie die ganze Geschichte noch mehr mitgenommen, als ihr bewusst war? Einen bleibenden Schaden in ihrer Psyche hinterlassen?

Sie sah von einem zum anderen. Nein, das war Utopie, so weit konnte Garden noch nicht gegangen sein, unmöglich.
Ihre Verunsicherung schien sich in ihrem Gesicht abzuzeichnen, denn Petes Mutter meinte, sich zu ihr vorbeugend und Lisas Hand in die ihre nehmend: „Wir haben eine großartige Überraschung für dich, mein Kind! So großartig, dass ich selbst es immer noch nicht fassen kann – es ist kein Traum, glaube mir!"
Verwirrt sah Lisa in ihr freudig erregtes Gesicht. Was redete sie da? Ihre Augen waren feucht, doch sie strahlte, als wäre ein Wunder geschehen.
„Würdest du bitte nach dem Kaffee sehen, Liebes? In der Küche!"
Sofort erhob sich Lisa aus ihrem Sessel, sie war froh, diesen überaus glücklichen Gesichtern entkommen zu können, denn auch Max sah sie nun strahlend an. Das war doch nicht normal, standen sie beide unter dem Einfluss von Medikamenten?
Mit schnellen Schritten begab sie sich zur Küche. Die Tür war angelehnt. Sie öffnete sie nur halb und ging sogleich auf die Kaffeemaschine zu. Der Kaffee war durchgelaufen. Als sie sich nach einer Kanne umsah, bemerkte sie überrascht, dass sie nicht alleine im Raum war. Vor dem Fenster saß jemand in einem Rollstuhl und fuhr langsam auf sie zu.
Nach dem ersten Schreck folgte ein regelrechter Schock. Sein Gesicht lag im Schatten, doch schon die Konturen reichten aus, um Lisas Herz einige Schläge aussetzen zu lassen.
Wollten sie sie für verrückt erklären lassen, war das alles hier ein großes Verwirrspiel, damit sie für unzurechnungsfähig erklärt werden konnte? Blinde Wut baute sich in ihr auf. Hatte

sie denn noch immer nicht genug durchgemacht? Wie viel grausamer konnte Garden denn noch sein?

Das Gesicht hatte den Schatten verlassen, sein Gesicht! Lisa stand wie versteinert in der Mitte der Küche. Ihre Wut wich einer schmerzlicheren Hoffnung. Weder ihr Atem noch ihr Herz, die mittlerweile beide um die Wette rasten, vermochten sie davon überzeugen, dass sie dieses wirklich erlebte.

Wie im Traum streckte dieser Mann seine Hände aus und flüsterte leise: „Lisa, keine Angst, ich bin es wirklich!"

„Pete!" Was sollte sie denken, was konnte sie glauben? Am Ende zählte nur das, was sie sich wünschte, sie sich sehnsüchtiger wünschte als alles andere auf dieser Welt. Sekunden später fiel sie ihm in die Arme. Er zog sie zu sich auf den Schoß.

Seine Küsse überzeugten sie – ja, es waren seine, ganz bestimmt, sie wollte keinen Zweifel mehr zulassen. Dann lag sie auf seiner Brust und ihre Tränen durchnässten sein Hemd. Sie konnten nicht sprechen, so überwältigend waren ihre Gefühle füreinander. Ihre Umarmung war so fest, als hätten sie immer noch Angst, es könnte erneut etwas passieren, was sie auseinanderreißen würde.

Auch dass Max und Petes Mutter ihre Köpfe zur Tür hereinsteckten, um sie dann sogleich leise hinter ihnen zu schließen, bemerkten sie nicht.

Sie hatten keine Ahnung, wie viel Zeit vergangen war, bis sie in das Wohnzimmer zu den anderen gingen. Pete hatte Lisa nur kurz von seiner Rettung berichtet, was in Lisa unendliche Dankbarkeit, großen Respekt und Bewunderung für Max auslöste.

Im Wohnzimmer saßen sich Max und Petes Mutter gegenüber und plauderten angeregt. Vor ihm stand eine Flasche Bier und sie trank aus einem kleinen, edel verzierten Kristallgläschen einen Likör.

„Was ist, dürfen wir mitfeiern?" Pete lenkte seinen Rollstuhl auf seine Mutter zu.

Die war sogleich aufgesprungen, um ihn zu umarmen. Tränen schossen ihr erneut in die Augen, und auch Pete ließ ihnen freien Lauf.

Lisa ging langsam auf Max zu, dieser erhob sich unsicher aus dem Sessel. Abwartend betrachtete er Lisas Gesicht. Sie sah ihn so an, als konnte sie es immer noch nicht glauben, was sie hier soeben erlebt hatte.

„Max, du kannst dir nicht vorstellen, wie unendlich dankbar ich dir bin und es bis in alle Ewigkeit sein werde." Auch ihr liefen wieder Tränen über die Wangen. Langsam ging sie auf ihn zu und umarmte den Riesen.

Verlegen hielt er sie in seinen Armen und als sie einander ansahen, sagte er so ernst, dass auch Pete seinen Worten Glauben schenkte: „Doch das kann ich, und ich kann dir nur sagen, dass ich glücklich bin, es getan zu haben, und es jederzeit wieder tun würde." Damit sah er zu Pete hinüber, der ihm blind vor Tränen dankend zunickte.

„Ehrlich gesagt", begann seine Mutter, „könnte ich jetzt einen starken Kaffee gebrauchen!"

Die anderen stimmten ihr lachend zu. Sie verteilten gemeinsam das Kaffeegeschirr, das schon auf einem Tablett bereitstand, und Petes Mutter holte eine selbstgebackene Torte aus dem Kühlschrank. Lisa schenkte den Kaffee ein und sie plauderten wild durcheinander.

„Ach, ich habe den Zucker vergessen!"
Gerade wollte Petes Mutter losgehen, da sagte Pete, während er seinen Rollstuhl wendete: „Ich fahr schon!", was ein schallendes Gelächter auslöste. Einen Augenblick später kam er mit der kleinen getöpferten Marienkäferzuckerdose zurück. „Ich musste diese nehmen, an die andere kam ich leider nicht heran." Er klopfte auf sein Gipsbein.
Lisa starrte ihn mit offenem Mund an.
„Schon gut, Kleines", Petes Mutter strich ihr beruhigend über den Rücken, „du kannst ihm vertrauen, er ist es wirklich, ich weiß es, und du weißt es jetzt auch ganz genau!"
„Was ist los, gefällt euch meine selbstgetöpferte Zuckerdose nicht? Ich habe sie mit fünf im Kindergarten selbst geformt und sie meiner Mutter zum Muttertag geschenkt. Sie passt vielleicht nicht gerade zu dem Service, aber es ist Zucker drin!"
Wieder mussten alle lachen und Petes Augen waren nur auf Lisa gerichtet, sie musste ihm vertrauen, er würde es nicht ertragen, sollte sie immer noch zweifeln. Es gab keinen Adam mehr. Er wusste nicht mehr, wann er ging, und wie es möglich war, dass er lebte. Er wusste nur noch, wer er jetzt war. Er war Pete! Er liebte Lisa! Er wollte mit ihr alt werden! Er hoffte inständig, dass er einen Weg finden würde, der ihm das ermöglichen würde.
„Ich vertraue dir!", flüsterte sie ihm über den Tisch hinweg zu. Pete nahm ihre Hand und wusste, dass er ihr Vertrauen voll und ganz in Ehren halten würde.

Nachruf

Überschriften wie „Der erste Klon" oder „Der tote Klon" waren in den darauffolgenden Wochen überall in den Zeitungen zu lesen. Petes Geschichte erzeugte ein großes Medienspektakel. Gemeinsam mit Regine stellte er sich der Öffentlichkeit, in Interviews und Talkshows.
Die Reaktionen waren wie erwartet unterschiedlich, aber das empfanden sie alle auch als nur natürlich. Was sie bewirken wollten, hatten sie gemeinsam erreicht. Gardens Geheimnis war keines mehr. Die Welt wurde aufgeschreckt, wachgerüttelt und die Diskussionen über die Weiterentwicklung der Gentechnik bis hin zum Klonen sollte nun, unter neuen Aspekten, begutachtet und geprüft werden. Pete war der wichtigste Zeuge, er sollte so viel wie nur möglich über Adam berichten, was er nur zu gerne tat. Endlich konnte er der Welt berichten, was Adam all die Jahre durchleiden musste. Aber auch das, was er sich am meisten gewünscht hatte, frei zu sein und sein eigenes Leben zu leben!
 Die unwissenden, über die ganze Welt verstreut lebenden Klone wurden nicht entdeckt, es gab keinerlei Beweise für ihre Existenz.
Prof. G. Garden bekam keinerlei Möglichkeit, sich zu äußern noch sich seiner Verantwortung zu stellen; er verstarb einige Tage später bei einem erneuten Herzinfarkt.
Regine schrieb ihr Buch über ihre Zeit und Erfahrungen während ihres jahrelangen Aufenthaltes in Gardens Klinik. Es war ihrer aller Geschichte, doch die Hauptperson war Adam. Sie besuchte Pete und Lisa regelmäßig, um sich mit ihnen zu beraten.
Erstaunlicherweise war der Rummel um Petes Person nur kurz gewesen. Nachdem die Reporter ihre Fotos geschossen und

ihre Interviews abgedruckt hatten, rannten sie neuen Geschichten hinterher.
Lisa und Pete, die gemeinsam zu Petes Mutter gezogen waren, konnten ihr Glück kaum fassen. Der Traum vom alltäglichen Leben wurde für Lisa und Pete Wirklichkeit. Und die Wirklichkeit wurde ein Traum.
Gemeinsam besuchten sie häufig „Adams" Grab. Sie ließen den Grabstein austauschen, Adams Name stand nun in Stein gemeißelt für jedermann lesbar auf dem Stein.
Pete legte eine weiße Rose auf den grünen Rasen des Grabes. Für die Gefühle, die er empfand, während er dies tat, gab es keine Worte. Körper und Geist gehören zusammen. So hatte er es gelernt. Aber so war es nicht mehr. Sein Körper ruhte unter diesem Rasen. Aber sein Geist war hier, in ihm, in Adams Körper. Pete fühlte sich so frei, so klar, als könnte er sich selbst sehen. Adams Körper gehörte nun ihm, aber er war sich sicher, dass auch Adams Geist noch in ihm ruhte. Sie waren nun eins. Ein Klon, ein Mensch. Adam wollte auch immer nur ein Mensch sein. Nicht weniger, aber auch nicht mehr!
Nun war es so. War Adam jetzt glücklich? Das wusste nur Pete allein. Aber er würde es niemals jemandem sagen; und er würde mit Lisa glücklich leben bis an sein vom Schicksal bestimmtes Ende. So sah sein Plan für die Zukunft aus. Die Zukunft war noch nicht geschrieben, als er sich für eine Version entschieden hatte.
Früher als erwartet wurde sein Plan angegriffen. Er spürte, dass es da jemanden gab, der ihn belauerte wie ein Panter in der Nacht. Er blieb im Verborgenen, aber Pete spürte die Bedrohung und wusste, es würde etwas passieren, etwas, das er nicht kontrollieren konnte und ihm Angst machte.

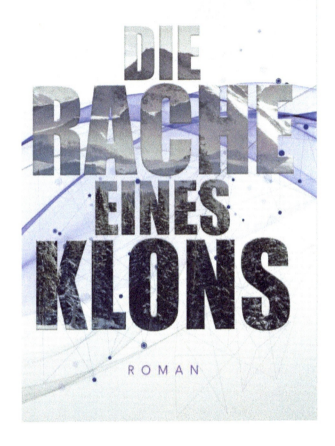

Erhältlich bei BoD
ISBN 9783753404868

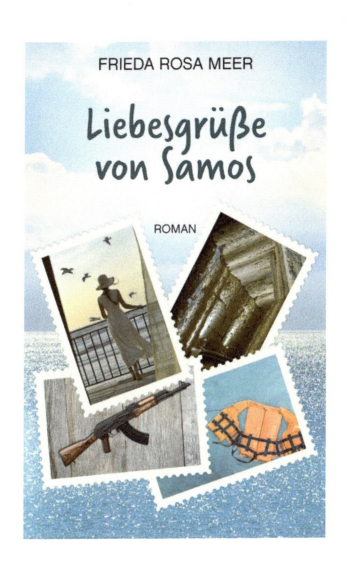

Erhältlich bei BoD
ISBN 9783752851595